Pour protéger sa fille

Sous le signe de la peur

NICOLE HELM

# Pour protéger sa fille

*Traduction française de*
PASCALE DOMÉJEAN

BLACK ROSE

HARLEQUIN

*Collection :* BLACK ROSE

*Titre original :*
COVERT COMPLICATION



**HARPERCOLLINS FRANCE**
83-85, boulevard Vincent-Auriol, 75646 PARIS CEDEX 13
Service Lectrices — Tél. : 01 45 82 47 47 - www.harlequin.fr
ISBN 978-2-2804-5259-5 — ISSN 1950-2753

Composé et édité par HarperCollins France. Achevé d'imprimer en mars 2021.
par CPI Black Print - Barcelone - Espagne
Dépôt légal : avril 2021.

MIXTE
Papier issu de sources responsables
FSC® C159065

Pour limiter l'empreinte environnementale de ses livres, HarperCollins France s'engage à n'utiliser que du papier fabriqué à partir de bois provenant de forêts gérées durablement et de manière responsable.

# 1

Lorsque, enfant, il rêvait à sa vie d'adulte, Cody Wyatt n'imaginait pas qu'il reviendrait un jour travailler au ranch de sa grand-mère.

Même s'il était le plus jeune de six frères au caractère bien trempé, il n'avait jamais aimé qu'on lui dise ce qu'il avait à faire. Il l'acceptait de sa grand-mère – après tout, c'était elle qui les avait élevés, lui et ses frères, et refuser de lui obéir n'était même pas envisageable.

Mais il n'allait pas tarder à envoyer son poing dans la figure de Dev si ce dernier continuait à critiquer sa façon de monter à cheval.

Ça ne serait pas la première fois qu'il en viendrait aux mains avec un de ses frères, mais il se mettait rarement en colère contre Dev : c'était celui dont il se sentait le plus proche.

L'aîné, Jamison, était parvenu à les faire tous sortir du gang que dirigeait leur père, et les avait confiés à grandma Pauline, leur grand-mère maternelle. Elle avait tout fait pour qu'ils souffrent le moins possible de l'absence de leur mère, prématurément décédée. Jamison avait alors endossé le rôle de chef de famille, et Cody avait parfois eu du mal à l'accepter. Il avait beaucoup d'affection et de respect pour son frère aîné, mais il y avait entre eux une grande différence d'âge et, lorsqu'il était jeune, Cody n'avait pas toujours réalisé combien les responsabilités assumées par Jamison pouvaient parfois être lourdes à porter.

Venaient ensuite les jumeaux Brady et Gage. Ils étaient inséparables, et n'avaient pas besoin de se parler pour se comprendre. Cody les aimait mais, lorsqu'il était en leur compagnie, il lui était difficile de trouver sa place.

Tucker, qui avait presque le même âge que Cody, idolâtrait Jamison. Comme lui, il avait cette honnêteté et cette droiture chevillées au corps, mais avec un peu plus de légèreté.

Dev, quant à lui, partageait avec Cody une colère qu'il arrivait à faire taire, mais qui était toujours présente au fond de lui. Il y avait en eux une part d'obscurité qui avait failli mener Dev à sa perte quelques années auparavant, et que Cody s'était juré de canaliser pour en faire un atout.

C'était ce que son travail au sein de l'agence North Star lui avait permis d'accomplir.

Et maintenant qu'il était revenu au ranch après sa dernière mission pour le compte de cette organisation, ce travail lui manquait.

North Star lui avait fourni un cadre dans lequel il avait pu s'épanouir, et devenir l'homme qu'il était aujourd'hui. Mais il avait toujours su que son rôle au sein de l'organisation ne serait que temporaire. C'était la clé de l'efficacité de cette agence qui œuvrait dans l'ombre, et dont l'activité consistait à démanteler des groupes mafieux.

Comme celui de son père, chef des Fils des Badlands.

Depuis son arrestation, le mois dernier, et la mort de son second, le groupe était affaibli… mais il existait encore.

C'était à d'autres que reviendrait la tâche de le dissoudre complètement pendant que Cody était là à rassembler le bétail avec un de ses frères.

Et il avait bien du mal à l'accepter.

Il jeta un coup d'œil à Dev, qui bouchonnait son cheval après un après-midi passé à conduire le troupeau sur un nouveau lieu de pâture. Ses deux chiens étaient assis à ses pieds. Dev semblait impassible mais, même si Cody n'avait pas souvent été là au cours des dernières années, il le connaissait assez pour savoir qu'il luttait contre la douleur.

— Tu es sûr qu'il ne va pas sortir ? demanda soudain Dev.

Cody ne lui demanda pas de qui il parlait. Depuis que leur père – Ace Wyatt – avait été incarcéré, ils craignaient tous qu'il ne réussisse à négocier sa libération et n'échappe à un procès.

— Pas dans l'immédiat.

Dev poussa un soupir. Ses chiens pointèrent le museau et reniflèrent l'air, puis se levèrent et s'éloignèrent ensemble. Grandma avait dû mettre à manger dans leur gamelle, se dit Cody.

Dev regarda l'horizon en clignant des paupières. Trois silhouettes à cheval s'approchaient. C'était Duke Knight avec deux de ses filles. Enfin, seule Rachel était sa fille biologique. Sarah était l'une des enfants qu'il avait recueillies… la seule que sa femme, Eva – maintenant décédée –, et lui avaient réussi à adopter légalement.

Parfois, Cody songeait que la mort d'Eva Knight coïncidait avec le moment où tous leurs problèmes avaient commencé… Même si, à vrai dire, leur origine était beaucoup plus lointaine : comment les choses auraient-elles pu être simples lorsque l'on naissait dans la famille du leader des Fils des Badlands ?

Grâce à Jamison, Cody était sorti du gang juste avant son septième anniversaire, et avait connu une enfance normale, contrairement à ses frères. Les Knight exploitaient le ranch voisin et les considéraient comme faisant partie de la famille. Toutes leurs filles avaient été les camarades de jeu des frères Wyatt.

Et parfois plus comme, par exemple, Liza et Jamison… Avant que Liza tombe à nouveau sous l'emprise des Fils des Badlands.

Et comme, plus tard, Cody et Nina.

Cody avait tout fait pour chasser Nina de son esprit… Mais ici, au ranch, toutes les questions qui l'avaient hanté lui revenaient à l'esprit : pourquoi était-elle partie ? Et si elle n'avait pas pris cette décision, seraient-ils encore ensemble ?

Mais tout cela n'avait plus d'importance. Elle avait choisi de le quitter. Du jour au lendemain, elle avait disparu sans la moindre explication, en le suppliant de ne pas chercher à la contacter.

Alors, il avait fait ce qu'elle lui demandait.

— Je suppose qu'ils viennent dîner ici.

Cody s'était efforcé de parler d'une voix enjouée. Il ne lui était pas facile de se retrouver assis à la même table que Duke Knight, qui le rendait toujours responsable de la fuite de Nina.

Mais, pour ne pas contrarier grandma, ils évitaient tous les deux soigneusement le sujet.

C'est le moment que choisit grandma pour entrer dans l'écurie. Elle ne portait pas ses habits de travail, et elle était très pâle.

— Viens avec moi, Cody.

Il croisa le regard de Dev, qui haussa les épaules. Grandma avait un air inhabituellement grave. D'ordinaire, elle menait son monde avec une étincelle joyeuse dans les yeux. Aujourd'hui, cette lumière était éteinte.

Cody avait appris à garder son sang-froid en toutes circonstances. Il avait en cela suivi l'exemple fourni par son frère Jamison qui, bien qu'ayant libéré ses cadets de l'emprise des Fils des Badlands, avait été obligé d'y rester lui-même contre son gré jusqu'à ses dix-huit ans. La formation dispensée par la CIA et les missions menées pour le compte de l'agence North Star n'avaient fait que renforcer la maîtrise que Cody avait de lui-même.

Mais toutes ces années d'entraînement ne servirent à rien lorsqu'il vit l'air grave de sa grand-mère. Il se raidit, et sentit son cœur se mettre à battre plus fort.

Il la suivit jusqu'à la maison. Lorsqu'il vit une ambulance surmontée d'un gyrophare garée devant, il se mit à courir, dépassant sa grand-mère qui marchait plus lentement. Des urgentistes étaient en train de mettre à l'intérieur du véhicule un brancard sur lequel une femme était allongée.

Il s'immobilisa en reconnaissant son visage.

Grandma le rattrapa, un peu essoufflée.

— Pourquoi Nin…

Avant qu'il puisse prononcer son nom, sa grand-mère lui donna un coup sur le bras. Fort.

Les secouristes refermèrent les portes du véhicule, et Cody se tourna vers sa grand-mère, stupéfait.

— Je vais t'expliquer. Mais ce n'est pas elle qui a besoin de toi en ce moment, déclara-t-elle, l'air encore plus grave.

Cody ne comprenait peut-être pas ce qui se passait, mais le message de sa grand-mère était clair.

Il s'agissait bien de Nina, et elle était en danger… Et moins ils en diraient pour l'instant, mieux ils pourraient la protéger.

— J'ai déjà appelé Gage, reprit grandma. Il va s'occuper de tout à l'hôpital. La blessure était trop profonde pour que je puisse m'en charger toute seule.

Cody demeura immobile, regardant l'ambulance qui

commençait à s'éloigner. Peut-être avait-il rêvé… Peut-être n'était-ce pas Nina…

— Suis-moi.

Grandma entra dans la maison, et Cody lui emboîta le pas. L'image de Nina, livide, ensanglantée, le hantait… Il ne comprenait rien à la scène dont il venait d'être témoin.

Il traversa la cuisine, monta l'escalier, et suivit sa grand-mère jusqu'à la chambre qu'occupaient Liza et sa demi-sœur, Gigi, lorsqu'elles étaient au ranch.

Liza et Gigi se trouvaient en ce moment dans la maison de Bonesteel où elles avaient emménagé avec Jamison, mais une autre petite fille était là. Elle était blottie dans un coin, et serrait une poupée dans ses bras. Une poupée tachée de sang… comme ses vêtements.

— Elle n'est pas blessée, déclara grandma.

Comme lui, elle était restée dans l'embrasure de la porte.

— Qui est-ce ? demanda-t-il avec la sensation dérangeante que quelque chose n'allait pas.

Il avait l'impression qu'un poids s'était abattu sur lui.

— Nina est arrivée à l'improviste. Elle était blessée. J'ai essayé de l'aider, mais il y avait tant de sang que j'ai immédiatement appelé les secours. Je ne pouvais rien faire toute seule.

— Qui est-ce, grandma ? répéta Cody, même si l'idée que Nina était grièvement blessée le bouleversait.

— Nina m'a demandé de la cacher, répondit grandma en désignant la petite fille du menton. Elle n'arrêtait pas de répéter que je ne devais révéler son existence à personne.

— Je ne comprends pas…

— Je pense que si, Cody. La dernière chose que Nina m'a dite avant de perdre connaissance, c'est qu'elle s'appelle Brianna. Et que maintenant, c'est *toi* qui dois la protéger.

La petite fille leva vers lui de grands yeux effrayés. Son

visage était taché de sang. Elle avait un air vaguement familier, mais Cody ne savait pas où il l'avait déjà vue. Il n'arrivait pas à réfléchir alors que le sang tambourinait à ses oreilles et que tous ses membres étaient comme engourdis.

— Elle refuse que je m'approche d'elle, déclara grandma avec tristesse.

— Et pourquoi penses-tu qu'elle va me laisser faire ? répliqua Cody d'une voix rauque.

Même s'il savait déjà ce que sa grand-mère allait dire, il lui était impossible de le formuler clairement dans son esprit.

Grandma secoua la tête.

— Parce que tu es son père, Cody.

Nina Oaks tentait de sortir des ténèbres qui la retenaient. Elle entendait quelque chose biper, et sa fille n'était pas avec elle.

*Brianna. Brianna.*

*Il devait la protéger !*

Lorsqu'elle ouvrit les yeux, ce fut sur un visage familier.

Mais pas celui qu'elle s'attendait à voir. Ou plutôt, qu'elle avait espéré voir.

Soudain, elle se souvint de tout. Un homme était entré chez elle. Il était masqué. Et Brianna…

— Gage…, souffla-t-elle.

Tous les frères Wyatt étaient les bienvenus, même si ce n'était pas celui auquel elle devait parler de toute urgence. Ils la connaissaient. Ils la protégeraient. Eux seuls pouvaient l'aider.

— Bonjour, Malory.

Elle grimaça sous l'effet conjugué de la douleur et de la perplexité.

— Mais Gage, je ne m'appelle pas Malory ! Tu connais mon…

Il posa délicatement sa main sur le bras où on lui avait installé une intraveineuse.

— Bien sûr que je connais ton nom, Malory Jones, déclara-t-il en la regardant avec intensité.

Sa voix, elle, était demeurée calme, neutre.

— Je t'ai porté secours après t'avoir trouvée sur le bord de la chaussée. Tu es à l'hôpital maintenant. Ils vont te soigner. Tout ira bien, ne t'inquiète pas.

Ce n'était pas ainsi que les choses s'étaient déroulées mais, même si tout était encore très confus dans son esprit, Nina savait qu'elle ne devait pas le contredire. Gage lui paraissait plus grand que dans son souvenir, mais c'était certainement à cause de son uniforme… Et elle avait l'habitude de le voir au ranch de grandma Pauline, pas dans une petite chambre d'hôpital…

« Malory Jones. »

Gage savait parfaitement qui elle était. Même si cela faisait sept ans qu'ils ne s'étaient pas revus, elle n'avait pas changé. Pas vraiment… en tout cas, pas physiquement.

— Je ne me souviens plus…

Il fallait qu'elle se rappelle ce qui s'était passé… Qu'elle ait les idées claires, afin de pouvoir déterminer ce qu'elle allait faire.

*Brianna. Il devait la mettre en sécurité.*

— Ne t'inquiète pas. Ça doit être à cause de tous ces médicaments. Pour le moment, tu dois te reposer et reprendre des forces. Ne parle pas, Malory.

Il ne voulait pas qu'on sache qui elle était…

— Gage, il faut que je sache…

Même si elle ne comprenait pas tout, elle savait qu'elle ne devait pas prononcer le nom de Brianna. L'existence de sa fille devait demeurer secrète.

Mais il fallait qu'elle sache si Brianna allait bien. Elle

se rappelait qu'elle avait été blessée par balle… Qu'elle avait ensuite attrapé un tesson d'une lampe en verre qui s'était cassée et qu'elle l'avait enfoncé dans la gorge de son assaillant.

Elle se souvenait du sang qui avait coulé, des cris… D'avoir rassemblé les forces qui lui restaient pour sortir de la maison avec Brianna.

Alors, elle avait dû y mettre le feu. Réduire tout en cendres était le seul moyen de continuer à cacher l'existence de Brianna au monde entier, et aux Fils des Badlands en particulier.

— Gage… Gage… Je t'en supplie !

Elle sentit une larme couler sur sa joue. Elle ne se rappelait plus ce qui s'était passé après l'incendie. Elle ne savait pas où était Brianna.

Gage s'accroupit pour être à sa hauteur.

— Écoute : tout le monde va bien et est en sécurité. Ils vont te soigner.

Il essuya sa larme.

— Tout le monde va bien. *Tout le monde.* C'est bon ?

Il devait faire allusion à Brianna. Il fallait que ce soit ça ! Elle hocha la tête. Ainsi, elle avait réussi à mettre Brianna à l'abri… chez les Wyatt.

*Cody…*

Il ne comprendrait pas. Il était trop orgueilleux, trop déterminé pour cela. Il allait croire qu'elle aurait dû le mettre au courant et qu'il aurait pu tout arrêter.

Aujourd'hui encore, Nina était persuadée du contraire… Alors même qu'elle était venue trouver refuge auprès de lui et de sa famille, et leur avait confié sa fille.

Si elle n'avait pas agi ainsi sept ans plus tôt, Cody serait mort. Brianna aussi.

Mais Cody ne le lui pardonnerait jamais…

La porte s'ouvrit, et Gage et elle levèrent les yeux vers l'homme qui entrait dans la pièce.

Il était grand, athlétique et élancé, et dégageait une énergie pleine de fureur. Elle aurait dû avoir peur.

Mais cet aspect de sa personnalité lui était familier. Elle avait appris à le connaître par le passé, et s'était réjouie de savoir qu'elle était la seule à pouvoir éclairer son côté sombre.

Mais pas aujourd'hui.

— Il faut que je lui parle, déclara Cody d'un ton sec alors que Gage se relevait lentement.

Gage s'avança vers Cody, essayant de l'empêcher de s'approcher du lit.

— Pas ici, dit-il en posant la main sur le torse de Cody. Pas maintenant.

Les yeux noisette de Cody brillèrent d'une colère qu'elle ne comprenait que trop. Elle n'en attendait pas moins.

Mais elle préféra se laisser à nouveau absorber par les ténèbres plutôt que de l'affronter…

# 2

Grandma lui avait vivement recommandé de ne pas se rendre à l'hôpital mais, après avoir passé des heures à tenter vainement d'apprivoiser la petite fille, Cody n'avait pas pu résister : il fallait qu'il ait des explications.

Ce n'était pas possible…

Mais l'expression du visage de Nina lorsqu'elle le vit pénétrer dans sa chambre d'hôpital laissa peu de place au doute : dans ses yeux il lut qu'elle implorait son pardon.

Cette petite fille qui ne voulait laisser personne essuyer le sang sur son visage était bien la sienne.

*La sienne.*

Et Nina lui avait caché son existence. Pendant sept ans.

Gage le conduisit hors de la pièce, et Cody se laissa faire parce que Nina avait fermé les yeux. Elle ne semblait pas en état de parler.

— Rentre à la maison, Cody. Je gère la situation.

Cody souffla avec mépris. Gage gérait la situation ! Qu'y avait-il à gérer ? Cela ne voulait rien dire !

— Plus longtemps tu resteras ici, plus tu la mettras en danger, souffla Gage avec force. Et je sais que tu ne le veux pas.

— Tu ne sais pas ce que je veux !

— Dès qu'elle sera en état de sortir, nous l'emmènerons. Mais pars. Il faut que nous soyons très prudents !

— Pourquoi agis-tu comme si…

— D'après toi, pourquoi une femme – ton ex-petite amie – surgirait-elle au ranch avec une balle dans le ventre, Cody ?

— Il est en prison, répliqua Cody en baissant lui aussi la voix. Et nous sommes dans un hôpital. Alors, je ne vois pas…

— *Il* est en prison. Pas les autres. Quelqu'un a tiré sur elle. Quelqu'un qui est certainement encore à ses trousses. Les secrets qu'elle…

— Effectivement : elle a des secrets, l'interrompit Cody.

— Écoute : je ne sais rien de plus que ce que m'a raconté grandma. Je me mets à ta place… je comprends tout à fait que tu sois en colère et que tu aies des questions à lui poser. Mais fais attention : la situation n'est pas seulement délicate, elle est dangereuse.

Gage posa la main sur son épaule, comme s'il essayait de le stabiliser.

— Et pas seulement pour toi. Pour nous tous.

— Et d'après toi, je dois faire quoi ? grommela Cody.

— Retourne au ranch. Assure-toi que tout va bien là-bas. Je m'occupe d'elle et, quand elle aura le droit de sortir de l'hôpital, nous verrons ensemble ce que nous pouvons faire.

Même si Cody avait bien du mal à l'admettre, Gage avait raison.

— Rentre à la maison, Cody.

C'est ce qu'il fit. Toute la rage qu'il avait en lui s'était évanouie lorsqu'il avait posé les yeux sur Nina, livide sur ce lit d'hôpital, le regardant comme si elle s'apprêtait à affronter la pire épreuve qui soit.

Mais aussi comme si elle plaçait tous ses espoirs en lui.

Il fit le trajet dans un état second. *Brianna. Brianna.*

Ce nom se répétait en boucle dans son esprit, occupant toutes ses pensées.

Lorsqu'il entra dans la cuisine, grandma était penchée au-dessus de l'évier, en train de faire la vaisselle.

— Tu devrais être au lit, lui dit Cody, remarquant l'heure tardive.

Il était presque minuit. Sa grand-mère devait apprendre à se ménager…

— Elle court se cacher sous le lit dès qu'elle entend la porte s'ouvrir, déclara grandma avec un soupir. J'étais tellement désespérée que j'ai appelé les filles.

Elle tourna le robinet pour arrêter l'eau et s'essuya les mains sur un torchon.

— Elles sont en haut avec elle, en train d'essayer de l'amadouer.

« Les filles »… Celles de Duke et Eva Knight. Là-haut avec…

Avec…

— Écoute, Cody… Pour le moment, il faut que tu mettes ta colère de côté. La seule chose qui importe est de mettre cette enfant à l'abri.

— Cette enfant…

Cody ferma les yeux. Il avait toujours du mal à croire que c'était la sienne… Que Nina avait pu lui faire ça… Elle avait mis fin à leur relation des années plus tôt, mais il n'avait pas été surpris. Nina était douce et aimante : tout le contraire de ce qu'il était lui-même. Elle était trop bien pour lui – et Duke Knight n'avait pas manqué de le lui dire.

Il était en train de suivre sa formation à la CIA lorsqu'elle lui avait envoyé un message pour lui signifier que tout était fini entre eux. Il avait eu mal, très mal. Il n'avait rien vu venir mais, en fin de compte, la décision de Nina était compréhensible. Elle méritait mieux que lui.

Il avait accepté cette rupture avec fatalisme. Mais cela…

Il n'arrivait même pas à l'envisager.

Il avait une fille… *lui*…

Ce n'était tout simplement pas possible !

— Va lui parler. Essaie de lui poser quelques questions sans l'effrayer, pour savoir ce qui s'est passé.

Cody aurait pu refuser. Il fut tenté un instant de le faire. Mais ils devaient essayer d'en savoir plus, et Brianna était pour le moment la seule capable de leur fournir quelques informations.

— Et ne fais pas de bruit, ajouta grandma d'un ton autoritaire. Gigi dort dans ma chambre.

Cody hocha la tête et monta l'escalier. Lorsqu'il arriva devant la chambre qu'occupaient habituellement Liza et Gigi, il vit que la lumière était allumée. Toutes les filles Knight s'étaient rassemblées autour de Brianna.

Le visage et les mains de la petite fille n'étaient plus tachés de sang et ses cheveux étaient humides, comme si elle sortait du bain. Elle portait des vêtements trop grands, et semblait fatiguée mais calme.

— Vous avez réussi à lui donner un bain !

Tous les visages se tournèrent vers lui, même celui de Brianna. Elle avait les yeux bleus, comme sa mère. Mais alors que Nina avait des cheveux d'un blond doré, les siens étaient bruns. Comme lui.

Elle n'était le portrait craché d'aucun d'eux, et pourtant il suffisait de la voir pour comprendre.

— Elle sait qu'elle n'a rien à craindre avec nous, déclara Liza avec un petit sourire triste.

— Parce que ce sont des princesses, murmura Brianna. Je sais que les princesses ne peuvent pas me faire de mal. Et elles m'ont dit qu'on soignait maman et qu'elle allait mieux.

Cody jeta un coup d'œil interrogateur à Sarah, qui

demeura silencieuse. Brianna était assise sur les genoux de Rachel, et Liza lui tressait les cheveux.

— Des princesses ? répéta Cody, toujours debout dans l'embrasure de la porte.

— Ma maman m'a parlé des princesses. Je sais que princesse Rachel a mal à un œil, dit-elle en portant la main à la fine cicatrice que Rachel avait sur la paupière, souvenir de l'attaque d'un cougar lorsqu'elle était petite.

Brianna la suivit du doigt doucement, avec révérence, avant de se tourner vers les autres filles qui l'entouraient.

— Princesse Sarah ne veut pas être une princesse. Elle voudrait être un chevalier, un guerrier.

Brianna sourit à Sarah, qui portait un jean évoquant fort peu un chevalier ou un guerrier… Mais cela ne semblait pas troubler la petite fille.

— Princesse Cecilia a toujours voulu avoir une médaille, poursuivit Brianna en désignant le badge de la police de la réserve tribale qu'arborait Cecilia sur son uniforme. Et princesse Felicity protège les animaux et la forêt.

Felicity ne portait pas son uniforme de garde du parc national des Badlands mais, visiblement, Brianna avait entendu parler de son métier.

Soudain, Cody s'entendit demander :

— Et Liza ?

Il était comme rivé à ses yeux bleus.

— Elle n'est pas une princesse, répondit Brianna avec un large sourire. Elle est la reine qui protège tout le monde.

Liza finit de tresser les cheveux de la petite fille, et leva les yeux sur lui. Il vit qu'ils étaient pleins de larmes.

— Et moi ? Je suis qui ? demanda Cody.

Sa voix se cassa alors qu'il posait la question, mais il le remarqua à peine. Il avait l'impression d'être dans un rêve.

Brianna pencha la tête de côté et l'étudia.

— Tu es mon papa. Mais tu ne sais pas que je suis ta fille, parce que des méchants nous ont obligées à partir, maman et moi.

— Qui sont ces méchants ? Où sont-ils ?

Brianna soutint son regard, mais son sourire avait disparu.

— Presque partout.

— Tu dois me faire sortir d'ici !

Gage, qui n'avait pratiquement pas quitté sa chambre d'hôpital ces derniers jours, lui lança un regard contrit.

Nina s'assit dans son lit, sans prêter attention aux douleurs qui se réveillaient dans son corps.

— Je t'assure que je vais bien. Je sais que je ne suis pas complètement remise, mais je le suis assez pour sortir d'ici. Je dois sortir. *Il le faut !*

— Tu as reçu une balle dans le ventre.

— Et ils ont suturé la plaie. Gage, je ne peux pas rester ici plus longtemps. Il faut que je…

Nina ne voulait pas prononcer le nom de Brianna. Elle savait que sa fille était en sécurité avec les Wyatt, mais c'était tout. Elle n'avait aucune autre information…

Pendant sept ans – depuis qu'elle avait appris qu'elle était enceinte – son seul souci avait été de mettre Brianna à l'abri des Fils des Badlands… de faire en sorte qu'ils ignorent son existence.

*J'ai besoin de Brianna, et elle a besoin de moi.*

Même si Brianna était en ce moment sous la protection de grandma Pauline et des frères Wyatt… et probablement de Duke et de toutes ses sœurs.

Nina avait mal en pensant que Brianna faisait leur connaissance, et qu'elle n'était pas là.

Pourtant, Brianna savait déjà beaucoup de choses sur eux. Nina lui avait parlé de ses parents adoptifs qui lui avaient donné le gîte et le couvert, mais surtout de l'amour, un sentiment de sécurité, et un cadre de vie rassurant rythmé par l'école, les tâches ménagères, les moments de loisir… Une vraie vie.

Quant à ses sœurs… Nina avait toujours évoqué les membres de sa famille comme s'ils étaient des héros de conte de fées. Ainsi, si d'aventure Brianna parlait d'eux à des étrangers, ils penseraient qu'ils étaient des personnages imaginaires. Mais Nina avait tenu à faire connaître à sa fille tous ceux qui lui avaient donné une existence décente. Une vie dont elle n'aurait même pas osé rêver lorsqu'elle passait ses journées dans un mobil-home, le ventre tenaillé par la faim, avec des parents biologiques que la drogue plongeait presque constamment dans un état semi-comateux.

Ses sœurs, des princesses… Et les courageux frères Wyatt, des chevaliers…

— Tu dois me faire sortir d'ici, répéta-t-elle à Gage.

— Je vais voir ce que je peux faire, mais sois rassurée : tout va bien.

Elle aurait voulu lui rétorquer que non, mais il ne pouvait pas comprendre. Il n'avait pas d'enfant. Il ne savait pas ce que c'était…

Plus les jours passaient, plus les souvenirs revenaient.

Elle avait tué l'homme qui l'avait attaquée. Elle s'était fait un garrot en se nouant une serviette autour de l'abdomen, et était partie en voiture avec Brianna vers le seul endroit où elle était sûre de trouver de l'aide.

Elle ne se souvenait pas de grandma Pauline ni du trajet en ambulance…

Cela n'avait pas d'importance.

Elle avait mis sa fille à l'abri, et Gage semblait comprendre à quel point il était important de tenir l'existence de Brianna secrète… de même que sa propre identité.

Plus longtemps elle resterait à l'hôpital, plus elle courrait le risque que quelqu'un devine qui elle était. Vraisemblablement, les personnes qui avaient voulu sa mort savaient qu'elle était blessée et, s'il s'agissait véritablement de ceux qu'elle soupçonnait, ils commenceraient par la chercher chez les Wyatt. Ils l'avaient probablement déjà fait.

— Nous ne sommes pas en sécurité. Plus cette situation s'éternise, plus c'est dangereux. Je dois aller…

Gage lui jeta un coup d'œil pénétrant.

— Tout est sous contrôle. Crois-moi.

— Je t'en prie…

Elle ne voulait pas pleurer. D'ailleurs, elle savait que les frères Wyatt se sentaient toujours démunis et mal à l'aise devant les larmes d'une femme.

Gage se pencha vers elle.

— Tu crois que je ne comprends pas ? Que je ne sais pas ce dont ils sont capables ? J'ignore pourquoi ils ont décidé de s'en prendre à toi après tout ce temps, mais je suis parfaitement conscient du danger. J'ai fait mon possible pour mettre tout le monde à l'abri.

Elle aurait voulu lui expliquer qu'elle avait confiance en lui. C'était seulement qu'elle avait *besoin* de voir sa fille… Besoin de la prendre dans ses bras et de lui dire que tout irait bien.

Mais Nina n'avait plus la force de parler et, lorsqu'une infirmière ouvrit la porte et passa la tête, elle ferma les yeux pour ne pas avoir à répondre.

— Madame Jones ? Votre mari et votre fille sont ici.

Nina se redressa et fit la grimace en sentant la douleur de sa blessure se réveiller.

— Mon…

Cody entra. Il avait son chapeau tiré sur les yeux et ne semblait plus être le même homme que celui qui avait fait irruption dans sa chambre la dernière fois, plein de fureur. Mais elle ne s'attarda pas sur cette impression, car il portait une petite fille… une petite fille aux cheveux roux.

— Vous avez besoin de cachets contre la douleur ? demanda l'infirmière.

— Non, répliqua Nina d'une voix étranglée.

Elle dut faire appel à toute sa volonté pour ne pas éclater en sanglots et bondir hors du lit. Même si Brianna était affublée d'une perruque et vêtue de vêtements trop grands pour elle, elle reconnaissait sa fille.

— Je vais bien.

L'infirmière hocha la tête et sortit de la chambre. Avant même que Nina puisse prononcer le moindre mot, avant qu'elle puisse tendre les bras pour serrer Brianna contre elle, Cody secoua la tête, l'air sombre. Il fit un signe de tête à Gage.

— Surveille la porte.

Gage n'était visiblement pas prévenu de l'arrivée de Cody. Il se leva lentement, l'air désapprobateur.

— Cody ?

— J'ai fait très attention. Surveille la porte, s'il te plaît.

Gage lança un regard noir à son frère, mais il finit par hocher la tête et sortir de la chambre.

Cody demeura silencieux. Il commença à aller et venir dans la pièce, l'inspectant avec attention, plaçant des petits dispositifs sur les murs, tout en portant Brianna… qui ne disait rien. Et qui s'agrippait à lui comme si elle le connaissait depuis toujours.

Mais pendant tout ce temps, elle ne quitta pas sa mère du regard. Alors Nina lui sourit… d'un grand sourire où elle mit toute sa fierté et son amour pour sa petite fille.

Puis elle demanda à Cody :

— Que fais…

Il posa son doigt sur ses lèvres et continua ses mystérieux préparatifs. Puis, lorsqu'il sembla satisfait de ce qu'il avait accompli, il traversa la pièce et installa Brianna sur le lit à côté d'elle.

Nina saisit sa fille avec tant de force que la perruque tomba, mais cela n'avait pas d'importance. Brianna lui enlaça le cou et la serra dans ses bras. Nina sentit la suture de sa plaie s'étirer douloureusement, mais elle n'essaya pas de se soustraire à cette étreinte.

— Tu vas mourir ? murmura Brianna. Papa m'a promis que non, mais je voudrais que tu me le dises, toi aussi.

« Papa. » Deux émotions contradictoires la paralysèrent. La joie que Brianna connaisse enfin son père. Et une froide terreur qu'ils soient constamment en danger.

Elle desserra les bras de Brianna pour pouvoir prendre un peu de recul et la regarder dans les yeux.

— Je ne vais pas mourir. Les médecins m'ont soignée.

Puis, levant les yeux vers Cody :

— *Papa* t'a dit la vérité.

# 3

Cody ne cessait de s'étonner de la facilité avec laquelle Brianna s'était mise à l'appeler « papa ». Cela semblait tout naturel pour la petite fille. Mais il était vrai que Nina lui avait souvent parlé de lui, et que Brianna reconnaissait en lui le personnage des histoires que sa mère lui contait. Et elle croyait à ces récits.

Quelques jours seulement s'étaient écoulés, mais Cody aimait déjà cette petite fille de tout son cœur. Pour autant, cela ne rendait pas la situation plus facile à accepter.

Que devait-il faire ? Demander à une fillette de six ans de ne pas l'appeler papa ? Les choses étaient ainsi, et il devait l'admettre. Il s'occuperait plus tard d'analyser les émotions que cela suscitait en lui.

Mais entendre Nina parler de lui à Brianna en prononçant le mot « papa » brisa quelque chose en lui. Il n'aurait su dire quoi, ni comment y remédier. Il ne put que la regarder, la tête vide.

Il aurait voulu venir seul, mais Brianna avait besoin d'être rassurée. Certes, les « princesses » – c'était ainsi qu'elle appelait les filles de Duke et Eva Knight – avaient réussi à l'amadouer et à la faire sortir de son silence, mais il était évident qu'à chaque heure passée loin de sa maman son angoisse s'intensifiait.

Alors, il l'avait emmenée. Et maintenant, il ne savait que faire. C'était une sensation nouvelle pour lui.

Du coup, il s'était concentré sur des gestes qu'il maîtrisait : vérifier qu'il n'y avait aucun dispositif d'écoute dans la chambre, et installer un brouilleur. Et maintenant que plus personne ne pouvait surprendre leur conversation, ils allaient pouvoir parler.

Avant qu'il puisse formuler sa première question, Nina lui lança un regard si désespéré qu'il en fut réduit au silence.

— Cody, il faut que je parte d'ici ! C'est trop dangereux ! Ils me cherchent !

— Qui te cherche ? demanda-t-il, tentant de retrouver son sang-froid habituel.

Il n'était plus cet homme qui effectuait des missions périlleuses méthodiquement, sans s'impliquer émotionnellement, alors même qu'il s'agissait de combattre le gang de son père.

— À ton avis ? répliqua Nina qui serrait toujours Brianna contre elle.

— Pourquoi les Fils des Badlands chercheraient-ils à s'en prendre à toi après si longtemps ?

— Cody…

Elle le considérait d'un air perplexe, comme s'il ne comprenait à quel point c'était évident.

— Ils n'ont jamais cessé de me poursuivre.

— Mais pourquoi ?

Elle poussa un soupir étranglé, et poursuivit en détournant le regard.

— Je… À l'époque…

— Nous en parlerons plus tard.

Il redoutait que Brianna n'entende des choses qui pourraient la blesser ou l'effrayer, mais surtout…

Il ne voulait pas évoquer leur rupture, car il craignait

que lui apparaissent aujourd'hui des signes qu'il n'avait pas su voir – qu'il n'avait pas *voulu* voir – sept ans plus tôt… Des signes qui auraient pu lui montrer que leur séparation n'était pas aussi inéluctable qu'il l'avait cru.

— Il faut que tu me fasses partir d'ici, souffla Nina avec force. Il le faut !

— Mon père est en prison.

Elle eut à nouveau l'air troublée.

— Comment… Comment est-ce possible ? C'était un de ses hommes qui m'a attaquée.

— Tu en es sûre ?

— Oui.

Il soutint son regard et elle cilla.

— Je veux dire…

Elle jeta un coup d'œil à Brianna, comme si elle ne souhaitait pas en dire plus devant elle.

— Qui d'autre cela pourrait-il être, Cody ? Qui d'autre ?

La douleur qu'il lut sur son visage fut telle qu'il préféra reporter son attention sur Brianna.

— Nous devons partir, annonça-t-il à la fillette.

— Je n'ai pas envie…

— Je le sais, mais ta maman a besoin de dormir pour aller mieux.

— Je vais dormir avec elle, répliqua Brianna.

Cody se passa la main sur le visage. Dans quoi Nina l'avait-elle entraîné ? Dans quoi les avait-elle tous entraînés ?

Et si ce n'était pas Nina, mais lui, qui était à l'origine de tout cela ?

— Grandma Pauline m'a dit qu'elle allait faire un gâteau, réussit-il à dire d'une voix qu'il aurait voulu plus enthousiaste.

Nina leva les yeux au ciel en le regardant mais, lorsqu'elle se tourna vers Brianna, elle avait un large sourire.

— Vas-y. Je vais guérir très vite.

Elle prit la perruque qu'elle avait fait tomber et la rajusta sur la tête de Brianna en ajoutant :

— Et nous mangerons les gâteaux de grandma Pauline ensemble !

— Les princesses m'ont donné de nouveaux jouets.

— Les princesses…

Nina sourit d'un air mélancolique.

— Elles te protégeront, lui dit-elle.

Puis elle leva de nouveau les yeux vers lui et, avec sur le visage une expression qu'il ne sut déchiffrer, elle déclara :

— Les valeureux chevaliers aussi.

— Il te faut un chevalier, maman ! s'exclama Brianna, le front barré d'une ride soucieuse.

— J'en ai un, répondit Nina, sans cesser de sourire. Tu te souviens du monsieur qui était ici lorsque tu es entrée ? C'est le frère de ton papa. Il me protège, et il va continuer à le faire. D'accord ?

— Pourquoi ce n'est pas toi qui protèges maman ? demanda Brianna en tournant vers lui un regard noir.

Cody ne sut que répondre. Cela était très inhabituel pour lui mais, depuis quelques jours, il devenait coutumier du fait… D'autant plus que la fillette – sa fille ! – le considérait d'un air accusateur.

— Le travail de ton papa, c'est de *te* protéger, répliqua Nina.

Elle lui jeta un regard implorant.

— Et de me faire partir d'ici aussi vite que possible.

Malgré lui, Cody commençait à se ranger à l'avis de Nina. Si c'étaient les Fils des Badlands qui s'en étaient pris à elle, il ne leur faudrait pas longtemps pour s'intéresser aux Wyatt, et cela ne tarderait pas à les mener jusqu'à l'hôpital.

— Nous ferons tous de notre mieux… Tous les chevaliers !

Cody s'efforça de sourire en tendant les bras à Brianna. Elle embrassa sa mère une fois encore, et vint vers lui à contrecœur.

— Je n'ai toujours pas le droit de marcher ? demanda-t-elle d'un ton geignard.

— Nous ne voulons pas qu'ils sachent que tu es une grande fille.

Brianna soupira :

— J'en ai marre des secrets !

Cody ne dit rien, mais il croisa le regard de Nina. Il y lut du regret, de la peur, de la tristesse, de la souffrance...

Tout cela trouvait un écho en lui. Alors, il se détourna.

— Nous ferons de notre mieux, marmonna-t-il en ouvrant la porte.

En sortant, il baissa son chapeau sur les yeux et, à voix basse, interrogea Gage, qui montait la garde debout devant la porte.

— Que sais-tu ?

— Elle vivait à Dyner, répondit Gage sur le même ton, la tête penchée vers lui.

Dyner était une petite ville située aux confins du comté de Valiant. Et dire que Nina était si près d'ici ! Certes, pendant toutes ces années, Cody vivait dans le Wyoming, et les chances qu'ils avaient de se croiser étaient minces, mais...

— En se défendant, elle a tué l'homme qui l'avait attaquée. C'était un membre des Fils. Tucker va enquêter mais il vaut mieux qu'il reste tranquille pour le moment. D'une part, il ne doit pas attirer l'attention sur nous, et d'autre part, en tant que policier, il doit respecter certaines règles.

Des règles... C'était pour cela que Cody n'avait pas pu suivre les traces de ses frères. Il aurait voulu entrer dans la police, lui aussi, mais il n'arrivait pas à respecter aveuglément des directives ; trop souvent, jugeait-il, ces consignes mettaient dans l'impossibilité d'aider ceux qui en avaient besoin.

Cody baissa les yeux vers Brianna. Elle avait posé la tête sur son épaule. Elle ne pleurait pas, mais était très triste.

— Il faut la faire sortir d'ici.

Gage fit la grimace, mais ne le contredit pas.

— D'accord, mais comment ? Tu as une idée ?

— Pas encore, mais nous devons agir. Sans tarder.

Les Knight lui avaient inculqué le sens du bien et du mal. Les gens honnêtes respectaient la loi, et leur droiture était récompensée.

Nina ne croyait plus à cela. Après des années passées à dissimuler l'identité de sa fille, à déménager, à se cacher, à vivre dans la peur, elle avait perdu ses illusions.

Sortir en douce de l'hôpital sans l'accord des médecins était répréhensible et elle répugnait à agir ainsi, mais elle n'avait pas le choix. Gage avait créé une diversion, et Cody en avait profité pour lui ôter son intraveineuse et désactiver les alarmes qui auraient pu avertir les infirmières que certaines machines avaient été débranchées.

Puis Cody avait quitté les lieux avec Brianna, laissant Nina s'esquiver de son côté dès que Gage lui avait signalé que le chemin était libre.

Grâce aux deux frères Wyatt, Nina était sortie du petit hôpital aussi tranquillement que si elle avait été autorisée à le faire.

Lorsqu'elle vit Cody debout près d'un 4x4, son chapeau baissé sur les yeux, faisant semblant de consulter son téléphone, elle sentit son cœur battre dans sa poitrine, et réalisa qu'elle était en vie.

Elle avait traversé tant de moments difficiles, douloureux, dangereux qu'elle avait parfois craint de ne plus parvenir à faire face, mais, à chaque fois, elle avait tenu bon pour Brianna. Pour sa fille, elle pourrait tout endurer.

Il ouvrit la portière du passager. Elle se glissa à l'intérieur et sourit à Brianna, assise à l'arrière. Cody avait réussi à lui trouver un siège-auto.

— Comment…

Cody s'installa sur le siège du conducteur.

— C'est celui de Gigi. Oh… Gigi est la demi-sœur de Liza, expliqua-t-il. Elle n'a que quatre ans, alors nous avons dû régler le siège différemment, mais il fait l'affaire.

— Liza… Je ne l'ai pas vue depuis…

Nina vivait depuis deux ans déjà chez les Knight lorsque Liza était arrivée : elle avait seize ans, et était plus âgée que les autres filles recueillies par le couple. Avec l'aîné des fils Wyatt, elle venait de réussir à se soustraire à l'emprise du gang, non sans mal.

Nina se souvenait très bien de l'été où tout cela était arrivé. À l'époque, elle avait eu très peur, craignant que les Knight ne veuillent plus d'elle. Elle était la dernière pupille à avoir été accueillie par les Knight avant l'arrivée de Liza. Les autres vivaient ensemble depuis de nombreuses années lorsqu'elle était entrée dans la famille, et Nina avait eu peur… Peur de s'attacher à eux… Peur de se sentir membre d'une famille.

Alors, Liza était apparue dans leur vie, et cela n'avait fait que renforcer son sentiment d'insécurité. Mais au lieu de la rejeter dans l'ombre, d'empiéter sur la place que Nina s'était faite au sein du groupe, la présence de Liza les avait soudés plus encore, et avait fait d'eux une vraie famille.

Puis, trois ans plus tard, Liza avait disparu. Tout le monde avait cru qu'elle était retombée sous l'emprise des Fils. Mais Nina savait qu'elle n'était retournée dans le gang que pour sauver sa sœur Marci… Quoi que les frères Wyatt aient pu croire.

— Donc, Liza est revenue.

— Plus ou moins. Elle vit à Bonesteel avec sa petite sœur et Jamison.

— Jamison… Mais…

De tous, Jamison avait été celui qui avait été le plus touché par la disparition de Liza… et le plus en colère. Mais tout cela s'était passé quinze ans auparavant

Cody haussa les épaules.

— Ils ont repris leur relation le mois dernier, lorsqu'elle a quitté le gang.

Les mots « ils ont repris leur relation » continuaient à résonner inconfortablement entre eux alors que Cody sortait du parking de l'hôpital.

— Gage va rester quelque temps dans ta chambre, déclara Cody d'une voix neutre. Puis il en sortira en recommandant qu'on ne te dérange pas. Cela va nous laisser un peu de temps avant que ta fuite soit découverte.

— Mais ils connaissent Gage ! Et ils te connaissent…

— Si ce sont les Fils des Badlands qui s'en prennent à toi, ils sauront de toute façon où te trouver. Sinon, cela prendra un peu plus de temps.

— Ce sont eux, répliqua Nina d'un ton sans appel.

Il jeta un coup d'œil dans le rétroviseur, et Nina l'imita. Dans son siège, Brianna dormait à poings fermés.

— Elle doit être très fatiguée, déclara Cody. Le jour de son arrivée au ranch, elle est restée blottie dans un coin, sans dire un mot, jusqu'à ce que les filles – les princesses – rappliquent. Elles lui ont donné un bain et l'ont fait manger. Ensuite, elle a beaucoup parlé. Elle a l'air d'aller, mais elle dort très peu et n'a pas beaucoup d'appétit. Elle est trop inquiète pour cela.

Nina hocha la tête, la gorge nouée.

— Nous ne pouvons pas rester au ranch.

— Si. Il le faut.

— Cody…

— Nina, tu es venue chez nous pour une raison : tu savais que nous allions tout faire pour vous protéger, Brianna et toi. Et j'ai bien conscience que si les Fils des Badlands s'en prennent à toi, c'est à cause de moi. Tu dois rester au ranch pour le moment.

— Tu penses toujours que tu es invincible, lâcha-t-elle malgré elle.

Elle regretta l'amertume de sa voix.

Il lui lança un regard énigmatique avant de reporter son attention sur la route.

— Personne n'est invincible. Mais certaines personnes feront tout pour résoudre les problèmes. Tout.

# 4

Jusque-là, Nina avait réussi à garder son sang-froid. Pour Brianna. Pour elle-même… Elle ne pouvait pas se permettre de perdre la face devant Cody.

Mais lorsqu'il s'arrêta devant le ranch de grandma Pauline et qu'elle vit Duke Knight qui les attendait, elle ne put contenir ses émotions.

Duke était la seule figure paternelle qu'elle ait jamais connue, et ce ne fut qu'à cet instant qu'elle comprit à quel point elle aurait eu besoin d'avoir quelqu'un sur qui se reposer. Quelqu'un qui l'aime envers et contre tout. Une présence solide, rassurante… constante.

Brianna était toujours endormie, alors Nina laissa couler ses larmes en se précipitant vers lui. Il vint à sa rencontre et la prit dans ses bras. Elle ne prêta pas attention à la douleur que cette étreinte réveilla en elle, emplissant ses poumons de cette odeur familière de cuir et de grand air.

Lorsqu'il se pencha en arrière, elle vit qu'il avait les yeux pleins de larmes.

— Heureusement que tu es en convalescence, ma petite, car tu aurais droit à quelques leçons, sinon !

Sa voix était un peu plus grave, et ses tempes plus grises qu'auparavant. Pour elle, c'était le meilleur homme de la terre. Il l'avait recueillie lorsqu'elle n'était qu'une adolescente écorchée vive, il l'avait soutenue, comme toutes ses autres filles – qu'elles soient biologiques ou adoptées – lorsque Liza était partie et que sa femme bien-aimée était morte peu après.

Rompre avec Cody avait été difficile pour elle, et laisser derrière elle sa famille avait été un sacrifice qu'elle n'aurait pas pu supporter si elle n'avait pas été enceinte. Mais pour Brianna, elle était capable de tout.

— Il a fallu que nous nous y mettions à trois pour l'empêcher de se précipiter à l'hôpital !

Nina se retourna et vit Dev. Il avait beaucoup changé en sept ans… Il semblait plus maigre, plus nerveux. Dix ans plus tôt, il avait frôlé la mort, et elle avait été témoin de sa lente convalescence. Mais ce traumatisme semblait avoir laissé des traces…

— Bonjour, Dev.

— Allons à l'intérieur, déclara Cody. Nous ne prendrons jamais assez de précautions.

Nina réussit à le regarder. Brianna était blottie contre lui, et semblait légère comme une plume dans ses bras, alors qu'elle-même avait de plus en plus de mal à la porter.

Nina doutait qu'ils soient plus en sécurité dans la maison qu'à l'extérieur. Si, ainsi qu'elle le pensait, c'étaient les Fils des Badlands qui la poursuivaient, le ranch de grandma Pauline était probablement le premier endroit où ils viendraient la chercher.

Elle laissa Cody les guider à l'intérieur alors que Brianna se réveillait et bâillait. La fillette était pâle, mais sa sieste dans la voiture semblait lui avoir fait du bien.

— Viens, mon bébé, dit Nina en lui tendant les bras.

Cody secoua la tête.

— Tu ne dois rien porter pour le moment.

Elle ouvrit la bouche pour protester, mais se ravisa : tous autour d'elle la regardaient comme si elle allait se briser.

Grandma Pauline entra dans la cuisine.

— Et maintenant, tu vas t'asseoir et manger, annonça-t-elle en guise de salut, tout en se dirigeant droit vers ses fourneaux.

Elle lui fit une petite tape sur l'épaule en passant : les démonstrations d'affection n'étaient pas son genre.

Lentement, Nina s'assit sur une chaise devant la table de la cuisine, et étendit la paume de ses mains sur le bois griffé. Cette table était comme une seconde maison pour elle : assise à cette place, elle s'était toujours sentie entourée d'affection. Elle avait parfaitement conscience de la chance qui était la sienne : elle avait deux endroits où elle pouvait se réfugier si elle avait peur, si elle se sentait seule ou malheureuse.

Mais elle avait dû quitter tout cela… Elle y avait été obligée parce qu'elle était tombée amoureuse. Et même après avoir dû passer sept longues années loin d'ici, elle n'arrivait pas à penser que cela avait été une erreur, ni qu'elle était tombée amoureuse de la mauvaise personne. À l'époque, Cody était le seul à vraiment la comprendre. Et il lui avait donné Brianna.

Cette petite fille qu'il était en train de poser doucement par terre, comme si être père était tout naturel pour lui.

Brianna traversa la pièce et vint s'asseoir sur ses genoux. Nina la serra dans ses bras, essayant de ne pas montrer que le poids de sa fille contre son ventre lui faisait mal.

— Tu as rencontré Duke ? demanda Nina à Brianna d'une voix étranglée.

Ce disant, elle se tourna vers son père adoptif, qui s'était assis à côté d'elle.

Duke hocha lentement la tête, et Brianna remua sur ses genoux, la faisant cette fois grimacer de douleur.

— Grand-père Duke m'a offert un cadeau, lança-t-elle

d'une voix joyeuse tout en mordant dans un cookie que grandma Pauline avait réussi à lui donner en douce.

— Grand-père…, répéta Nina, touchée aux larmes.

Duke était le grand-père de sa fille… À cette pensée, elle sentit la morsure du regret.

La douleur d'avoir dû quitter sa famille sept ans plus tôt la rongeait, mais elle devait se rappeler pourquoi elle avait pris cette décision : pour sauver Cody… Pour sauver Brianna. Elle ne pouvait pas se laisser dévorer par le regret : elle devait se concentrer sur le présent.

S'enfuir de l'hôpital était un début mais, si les Fils des Badlands voulaient sa mort – que ce soit parce qu'ils avaient enfin retrouvé sa trace ou pour une autre raison –, ils n'allaient pas en rester là.

À moins qu'ils ne pensent qu'elle était morte dans l'incendie qu'elle avait allumé…

Mais elle ne voulait pas parler de tout cela devant Brianna, même si, depuis son plus jeune âge, la petite fille savait que des hommes méchants cherchaient à s'en prendre à sa maman.

En entendant le bruit de pas légers, Nina se retourna et vit une fillette entrer dans la cuisine, un large sourire aux lèvres.

Une jeune femme brune la suivait.

— Mon Dieu ! souffla Nina.

Cody lui avait appris le retour de Liza, mais Nina ne savait comment gérer toutes les émotions qui l'assaillaient.

Brianna glissa à terre et courut vers la petite fille qui se tenait près de Liza. Elles se serrèrent dans les bras comme si elles étaient les meilleures amies du monde, et Nina ne put que regarder Liza fixement. Elles avaient passé peu de temps sous le même toit, dans la même famille, mais cela n'avait pas d'importance : toutes deux avaient tant manqué d'amour dans leur enfance qu'elles en connaissaient toute la valeur.

Nina se leva lentement. Elle avait l'impression d'être dans un rêve.

— Tu n'as pas très bonne mine, déclara Liza d'une voix rauque.

Tout comme avec Duke plus tôt, Nina n'essaya pas de contenir son émotion. Elle prit Liza dans ses bras, la serrant aussi fort que possible. Elle s'autorisa enfin à se laisser aller à la douceur d'avoir une famille, de pouvoir compter sur d'autres que soi.

Liza la serra doucement, certainement de peur de lui faire mal. Elle était plus âgée, et Nina avait toujours eu l'impression qu'elle possédait toute la sagesse du monde.

Liza s'éclaircit la gorge et s'écarta.

— Je vais surveiller les filles. Vous pouvez tenir votre conseil de guerre. Ensuite, nous pourrons parler toutes les deux.

Nina considéra Duke, Dev, Cody et grandma Pauline assis autour de la table. Liza avait raison : l'ambiance était bien celle d'un conseil de guerre. Elle poussa un soupir tremblant.

Pendant sept ans, elle avait fui. Elle savait que revenir chez les Wyatt ne pouvait signifier qu'une chose : maintenant, il allait falloir se battre.

Cody avait remarqué combien Nina avait été bouleversée en retrouvant Duke puis Liza.

Mais son visage n'avait trahi aucune émotion lorsqu'elle l'avait revu dans cette chambre d'hôpital. Lui, à qui elle avait caché l'existence de leur fille pendant si longtemps…

Cela lui faisait mal. Il avait le sentiment que Nina l'avait trahi.

À moins qu'elle n'ait agi ainsi pour sauver leur fille…

Alors, non : pour le moment, il n'allait pas nourrir son ressentiment. Il fallait d'abord les protéger. Pour lui, les priorités étaient claires.

Nina retourna s'asseoir à table, et fit la grimace en s'installant sur sa chaise pendant que Liza sortait de la pièce avec les deux fillettes, en leur proposant de jouer à la dînette.

Nina poussa un long soupir. Cody savait que c'était à lui de parler maintenant, d'exposer les faits, mais il se sentait incapable de détacher le regard de son visage. Elle n'avait pas changé : elle avait les mêmes taches de rousseur, les mêmes yeux bleu foncé…

Mais la femme qu'il avait connue ne lui aurait jamais caché qu'elle était enceinte de lui.

À moins qu'elle n'ait enfin compris ce que cela signifiait d'être un Wyatt, et qu'elle veuille faire échapper leur fille à cette malédiction.

Il fallait qu'il se ressaisisse : quelle que soit sa situation personnelle, il y avait des vies en jeu.

— Nous ne pouvons pas rester ici, déclara finalement Nina. Les Fils des Badlands sont sûrement déjà sur mes traces. Gage se trouvait dans ma chambre d'hôpital : pour eux, cela ne sera pas une coïncidence.

Cody baissa les yeux sur ses poings serrés. Lentement, il décrispa ses mains et les posa sur la table.

— C'est vrai, répondit-il d'un ton égal. Mais c'est dans l'hypothèse où les Fils t'auraient suivie jusqu'à l'hôpital. Et je ne suis pas certain que ce soit le cas.

— D'accord. Mais ils viendront vérifier ici. Tu le sais bien.

Elle avait raison, mais il avait pris ses précautions… Et bien avant qu'il sache qu'il avait une fille.

*Tu as une fille. Tu as une fille…*

L'un après l'autre, il pressa les doigts sur la table, attentif à la sensation du bois sous sa peau, à l'odeur du chili de grandma Pauline qui mijotait sur le feu.

— Pourquoi ne commencerais-tu pas par le début ? déclara Duke avec douceur, tout en lui lançant un regard d'avertissement.

Cody pouvait soutenir le regard de n'importe qui, même de sa grand-mère, mais il fut incapable d'endurer le reproche qu'il lut dans les yeux sombres de Duke.

— De quel début parles-tu ? répliqua Nina.

Elle parlait d'un ton vif, avec un air de défi, et Cody sut sans même la regarder qu'elle s'adressait à lui.

— Quelqu'un t'a attaquée. Tu peux commencer là, répondit Cody, tâchant de la regarder d'un air impassible.

*Tu as une fille. Tu as une fille…*

— J'habitais à Dyner.

Il y eut des exclamations presque douloureuses autour de la table. Duke et grandma étaient horrifiés que Nina ait vécu si près d'eux et qu'ils n'en aient rien su.

— Nous étions là depuis environ six mois, poursuivit Nina. Brianna devait entrer à l'école primaire, et je ne savais pas où aller pour qu'elle puisse le faire en sécurité. Je me suis dit que le mieux était de ne pas être loin de vous. Les Fils ne penseraient jamais que j'étais revenue dans la région.

C'était certes un pari, mais un pari sensé… Même s'il fallait surtout beaucoup de chance pour pouvoir échapper aux Fils des Badlands.

— Deux ans plus tôt, j'avais déjà eu… appelons ça un avertissement. Je vivais dans l'Oklahoma à l'époque. Quelqu'un avait pénétré dans mon appartement alors que nous étions absentes. Heureusement, j'avais…

Elle laissa sa phrase en suspens et porta sa main à sa poitrine.

Grandma se leva d'un bond, et s'affaira à servir le chili. Pour elle, réconforter quelqu'un commençait toujours par le nourrir... Ensuite seulement, on pouvait discuter.

— Si j'ai fui il y a sept ans, reprit Nina, c'est parce que je savais qu'il fallait que je garde l'existence de Brianna secrète. Les Fils ne devaient pas savoir que j'avais un enfant. Alors, j'ai été très prudente. Jamais je n'ai laissé traîner les affaires de Brianna. Puis, quand elle a grandi, Brianna a appris à ranger ses jouets dans des cachettes... Il faut dire qu'elle n'en avait pas beaucoup... Mais j'avais la certitude qu'il fallait que j'agisse ainsi.

Cody avait du mal à rester assis. Il aurait voulu se lever, marcher, bouger pour laisser s'exprimer toute la violence qu'il sentait en lui.

Au lieu de cela, il se laissa aller contre le dossier de sa chaise, affectant la nonchalance.

— Tu es en train de me dire que personne ne connaissait l'existence de Brianna... ? que je n'étais pas le seul... ?

Il n'aurait pas dû terminer sa phrase ainsi. Pas en ce moment.

— Oui, c'est bien ça, répliqua-t-elle sèchement. Nous vivions sous un nom d'emprunt. Je travaillais dans une station-service pendant que Brianna était à l'école. C'était une petite entreprise familiale. Les patrons me payaient au noir. Ils étaient très gentils avec moi. Ils avaient même proposé de me louer une petite maison qu'ils possédaient pour un loyer modique...

Nina sembla un instant se perdre dans ses souvenirs, et Cody dut refréner son impatience.

— Je suis heureux de savoir qu'il y a gens bienveillants qui ont pris soin de toi, déclara Duke en tendant le bras pour tapoter la main de Nina – tout en lançant un regard accusateur en sa direction à lui.

Elle sourit.

— Nous avons eu de la chance. Vraiment. Jusqu'à ce que…

Elle poussa un soupir et baissa les yeux sur l'assiette de chili que grandma venait de poser devant elle.

— Jusqu'à ce fameux soir… Enfin, c'était un matin, mais il faisait encore nuit. J'ai entendu un bruit. J'ai pensé que c'était Brianna. Il lui arrive de faire des crises de somnambulisme.

Sa fille faisait des crises de somnambulisme, se répéta Cody. *Sa fille.*

— Mais ce n'était pas Brianna. Je me suis retrouvée nez à nez avec un homme armé, raconta Nina en frissonnant. J'ai attrapé la première chose qui m'est tombée sous la main – mon téléphone – et je l'ai lancé sur lui. Cela a dû le surprendre, car il a raté son tir et a touché une lampe. Elle s'est brisée en mille morceaux. J'ai attrapé un éclat de verre, et je me suis cachée derrière le canapé.

Cody se leva d'un bond, sa chaise raclant bruyamment le plancher. Il ne pouvait plus supporter d'écouter Nina sans rien faire.

— Assieds-toi et mange, mon garçon, lui ordonna grandma d'une voix sèche.

— Je ne peux pas.

Il se dirigea vers la porte. Il fallait qu'il aille prendre l'air un instant, qu'il fasse quelque chose pour extérioriser sa colère. Ensuite seulement il pourrait réfléchir et agir.

— … et c'est à ce moment-là qu'il a tiré sur moi, entendit-il encore. Mais je lui ai enfoncé dans le cou le morceau de verre que j'avais à la main. Je suis presque certaine qu'il est mort, ajouta-t-elle précipitamment comme si elle voulait terminer son récit avant qu'il sorte de la pièce. Puis j'ai attrapé Brianna, j'ai mis le feu à la maison et…

— Tu as mis le feu à la maison ? répéta Dev d'un air incrédule.

— Il fallait que je détruise tout ce qui aurait pu révéler l'existence de Brianna, répliqua Nina. Nous avons été prudentes, mais cela ne suffisait pas. Si les Fils des Badlands étaient à l'origine de cette attaque et s'ils découvraient qu'un enfant vivait avec moi… je devais agir rapidement. Alors, j'ai mis le feu à la maison.

Lorsque Cody se retourna pour la regarder, sa colère momentanément étouffée par le choc et l'horreur. Nina le fixait avec des yeux inquiets.

Mais elle ne le suppliait pas. Elle se contentait de raconter ce qu'elle avait dû accomplir pour protéger leur fille, et faire en sorte que le gang dirigé par son père ignore son existence.

— Alors, ils ne savent pas que tu as une fille…

— Je ne le pense pas. J'espère de tout mon cœur que non !

Elle ne le quittait pas des yeux.

— C'est pour cela que nous ne pouvons pas rester ici, dit-elle. Ils vont me chercher, et ils vont la trouver.

# 5

Contrairement à ce que Nina pensait, Cody ne sortit pas de la pièce. Sa colère avait dû se calmer un peu lorsqu'elle leur avait raconté jusqu'où elle avait dû aller pour garder secrète l'existence de leur fille.

Mais elle n'était pas certaine que ce soit préférable. Elle ne parvenait pas à déterminer la nature des émotions qui obscurcissaient son regard. Elle y lisait de la colère, du reproche, mais surtout une douleur incommensurable, et elle ne savait comment l'aider.

— Il faut que je parle à Nina seul à seul, déclara-t-il soudain d'une voix qui résonna étrangement dans le silence.

— Certainement pas ! s'exclama Duke.

Nina lui prit la main et la serra.

— Cody a raison. Il y a des choses dont nous avons besoin de parler en privé.

— Pas maintenant ! s'écria Duke en retirant sa main et en se levant.

Il pointa le doigt en direction de Cody, et ce fut à cet instant seulement que Nina comprit combien son père adoptif devait lutter pour ne pas laisser éclater sa colère.

— Tout est ta faute !

Nina tenta de protester, mais personne ne l'écoutait – Duke et Cody encore moins que les autres.

— Tu dois d'abord réparer le mal que tu as fait à ma

fille ! Alors seulement tu pourras avoir des exigences ! Tu as entendu tout ce qu'elle a dû endurer pendant sept ans à cause de toi !

— Duke…

Duke se tourna brusquement vers elle. Il tremblait de colère.

— Non, Nina ! Je me suis retenu jusqu'à présent, mais j'ai appris de mes erreurs, et aujourd'hui je sais au moins une chose : je ne laisserai plus jamais un des fils Wyatt s'approcher de mes filles !

— Duke, attends ! s'exclama grandma Pauline en se levant.

— J'ai réussi à me taire jusque-là, Pauline, mais Cody va trop loin !

— Nina a été blessée, répliqua grandma Pauline. Au prix d'efforts surhumains, elle a réussi à emmener son enfant jusqu'ici pour la mettre à l'abri. Ce n'est vraiment pas le moment de chercher qui a tort ou raison !

— Tu n'as pas à me dire ce que j'ai à faire, Pauline !

Nina sembla être la seule à remarquer que Cody s'était éclipsé.

Elle avait l'impression d'être ramenée des années en arrière, lorsque Cody et elle étaient au lycée. À l'époque, Jamison, l'aîné des Wyatt, tentait de tenir le rôle de père et de garder ses frères indisciplinés dans le droit chemin, et les disputes étaient fréquentes. Grandma Pauline devait souvent intervenir pour mettre tout le monde d'accord.

Cody n'avait jamais aimé s'imposer en criant. Nina avait toujours pensé qu'il était introverti. Il préférait régler les problèmes par lui-même, sans bruit.

C'était sans doute un des aspects de sa personnalité qui l'avait le plus attirée. Les souvenirs qu'elle avait de ses parents biologiques étaient toujours accompagnés de cris, de querelles et de reproches.

La maison des Knight était bruyante elle aussi, mais Nina avait appris à s'en accommoder car les différends se terminaient toujours par d'affectueuses réconciliations. Quant à celle des Wyatt, si elle était emplie d'énergie et de chaos, on sentait que le même amour y régnait.

Même lorsqu'ils étaient adolescents, Cody se tenait sur la réserve la plupart du temps. Elle savait qu'il était particulièrement sensible, mais qu'il exerçait un contrôle très sévère sur ses émotions.

Son cœur se serra lorsqu'elle vit que le ton montait entre Duke et grandma Pauline. Elle lança un regard suppliant à Dev.

Dev désigna la porte d'un coup de menton, lui indiquant qu'elle pouvait sortir : il allait rester et tenter d'apaiser les protagonistes.

Ce n'était pas la première fois que Duke et grandma Pauline se querellaient. Nina avait été le témoin d'altercations plus violentes encore, mais l'idée qu'elle soit à l'origine de cette dispute la mettait très mal à l'aise.

Elle se leva et sortit discrètement, comme Cody avant elle. Maintenant, ils allaient enfin pouvoir parler en tête à tête pendant que Duke et grandma Pauline continueraient à discuter pour déterminer s'ils devaient le faire ou non.

Cody se trouvait près de l'écurie, appuyé contre une clôture. Il ne portait pas son chapeau, et la brise légère soulevait ses cheveux bruns.

Même s'il ne broncha pas, Nina était certaine qu'il aurait pu dire exactement où elle se trouvait. Elle le connaissait assez pour savoir ce que cachait cette apparente décontraction.

Une attention pleine et entière sur ce qui l'entourait.

Alors, elle décida de parler la première, bien que ne

sachant pas trop comment aborder le sujet qu'ils avaient besoin d'évoquer.

— Je suppose que, pour eux, nous serons toujours des adolescents.

Il ne répondit pas. S'ils avaient vraiment été des adolescents, elle aurait tendu la main vers lui, et aurait eu des mots tendres pour le réconforter.

Mais ce temps-là était révolu, et c'était par sa faute que Cody était malheureux. Elle savait qu'elle ne pourrait jamais lui donner une explication satisfaisante.

— Je n'ai pas eu le choix, fit-elle.

Il lui lança un regard si cinglant qu'elle en eut le souffle coupé. Puis elle tenta de se ressaisir : jamais elle ne parviendrait à lui faire voir les choses comme elle. Aussi devait-elle être aussi honnête que possible, et le laisser libre de réagir comme il l'entendait.

— Je sais que tu ne voudras jamais me croire. Tu vas penser que tu aurais pu faire quelque chose, mais c'est faux ! C'était beaucoup mieux pour toi – pour tous les gens que j'aime – que je ne dise rien.

— C'est ma fille !

— Et elle te connaît. Elle connaissait tout le monde… d'une certaine manière…

— Mais moi, je ne la connaissais pas.

Il se tourna vers elle. Tout dans son attitude semblait délibéré et sous contrôle… à l'exception de son regard, où brillait une lueur de fureur.

— Je n'aurais jamais laissé Ace te faire du mal !

— Je ne pouvais pas courir le risque qu'il apprenne l'existence de Brianna, répliqua-t-elle.

Il avait certes le droit d'être en colère, mais c'était le besoin désespéré de protéger son enfant qui l'avait poussée à agir ainsi. *Leur* enfant.

— Je sais que je t'ai fait du mal. Je suis désolée d'avoir été obligée d'agir ainsi, mais je devais mettre Brianna à l'abri.

Elle aurait pu lui parler des menaces qu'elle avait reçues, mais cela n'aurait rien changé en cet instant. Elle ne lui en voulait pas. Comment l'aurait-elle pu ?

Elle lui avait caché l'existence de Brianna pendant près de sept ans… Pendant sept ans elle l'avait privé de cette joie immense…

— Elle a le même épi que toi, remarqua-t-elle malgré elle en désignant ses cheveux. C'est plus ennuyeux pour une fille.

— Et c'est censé m'aider, de savoir ça ? demanda-t-il d'une voix emplie d'une telle douleur qu'elle en fut saisie.

Elle aurait voulu tendre la main vers lui, la poser sur son épaule, mais elle ne s'en sentait plus le droit.

— Ça te blesse que je dise cela ? demanda-t-elle avec douceur.

Il se détourna.

— Tout me blesse.

— Je suis désolée. Je ne voulais pas venir ici.

Il se tourna brusquement vers elle.

— Et tu crois que je suis heureux d'entendre cela ? Que tu ne voulais pas de notre aide ? Tu te vidais de ton sang, et notre fille aurait pu être…

— Il ne lui est rien arrivé, l'interrompit Nina avant qu'il puisse terminer sa phrase et exprimer les pensées horribles qui lui étaient également venues à l'esprit alors qu'elle était à l'hôpital. Parce que, pendant sept ans, je n'ai pensé qu'à la protéger, et que je suis allée jusqu'à prendre une balle dans le ventre pour elle ! s'exclama-t-elle en montrant sa blessure. Et j'irai encore plus loin s'il le faut.

Un éclair de colère traversa les yeux de Cody. Il leva le menton et la regarda avec un mépris qui la fit frissonner.

— Il faut que tu comprennes ce que cela signifie, reprit-elle comme il demeurait silencieux. Il faut que tu comprennes que Brianna et moi ne pouvons pas rester ici.

— Pour le moment, tu ne peux rien faire d'autre.

Et il s'éloigna.

Nina le regarda partir avec une douleur qui était au moins aussi intense que celle causée par sa blessure par balle.

Cody n'avait pas de plan d'action précis pour l'instant, mais il avait des choses à faire… dans un endroit où personne ne pourrait l'entendre.

Il entra dans l'écurie, en ressortit par une autre porte et poursuivit son chemin. Il se dirigea vers la clôture qui délimitait le nord du ranch. C'était une belle journée de printemps, mais il le remarqua à peine. Il pensait bien se connaître, mais il se sentait perdu aujourd'hui, comme submergé par ses émotions… Il avait l'impression que, malgré tous ses efforts, il ne parvenait pas à se ressaisir.

« Tu vas penser que tu aurais pu faire quelque chose, mais c'est faux. »

Il était certain qu'elle se trompait. Le fait que Nina ne le croie pas… après tout, cela n'aurait pas dû le toucher. Ils s'étaient séparés il y avait bien longtemps.

Mais il se retrouva soudain à se demander dans quelle mesure Nina avait pris la décision de rompre librement.

Visiblement, dès qu'elle avait découvert qu'elle était enceinte, sa première préoccupation avait été de s'assurer qu'Ace Wyatt ne s'approcherait jamais de son enfant. Elle y était parvenue pendant plusieurs années jusqu'à ce que son père trouve un moyen de…

Non, cela n'avait aucun sens. Pourquoi les Fils s'en seraient-ils pris à Nina s'ils ignoraient l'existence de Brianna ?

Cody ne comprenait pas.

Lorsqu'il se fut assez éloigné de la maison et des dépendances pour être certain que personne ne l'entendrait, il sortit son téléphone de sa poche et composa un numéro.

— Encore toi ! déclara une voix de femme en guise d'accueil.

— Je voulais seulement savoir s'il y avait du nouveau.

Shay éclata de rire, et soudain Cody eut un pincement au cœur. Ce n'était pas seulement son rire qui lui manquait, mais tout ce qui allait avec : le travail d'équipe, les collègues… Au cours des dernières années, il ne s'était vu que comme un membre du groupe North Star, pas comme le plus jeune des frères Wyatt.

Et pendant toutes ces années, Nina avait fui avec *leur fille.*

— Cody, si tu me demandes des nouvelles toutes les cinq minutes, je ne vais pas arriver à travailler !

— Alors, il n'y a rien de nouveau ?

Shay poussa un soupir.

— Ace n'a eu aucune visite en prison. Et apparemment, il n'a été en contact avec personne, à part ses avocats. Nous les surveillons eux aussi mais, pour le moment, nous n'avons rien remarqué d'anormal. Nous avons fait des recherches sur l'attaque dont Nina Oaks a été victime, mais l'incendie a effacé toutes les traces.

— Vous avez des pistes ?

— Non. Et rien n'indique que ce soit l'œuvre des Fils des Badlands ou d'Ace…

— Je suis sûr que c'est lui.

Cody avait la certitude que son père était derrière tout cela. C'était la seule possibilité. Mais sans preuves…

— C'est peut-être vrai, Cody, mais nous devons nous appuyer sur des faits, tu le sais bien.

— Vous allez continuer à chercher ?

Il y eut une pause à l'autre bout de la ligne, et c'était ce qu'il craignait : maintenant qu'Ace était en prison, North Star avait d'autres priorités.

Pourtant, Cody avait une certitude : si quelqu'un – qui que ce soit – cherchait à s'en prendre à Nina, Ace était impliqué.

— Je peux te tenir au courant, Cody, mais rien de plus.

Il aurait voulu insister, mais c'était inutile. Il ne connaissait que trop bien les rouages de North Star. Mais les choses auraient été sacrément plus faciles s'il avait eu leur aide !

— Merci, Shay.

— Au revoir, Cody.

Il raccrocha et poussa un soupir. Il comprenait la réticence de Nina à rester ici, mais jusqu'à ce qu'il sache exactement d'où venait la menace – et jusqu'à ce que Nina soit rétablie ⊠, c'était la meilleure solution.

D'ailleurs, l'endroit était protégé. Personne ne le savait, sinon sa grand-mère en aurait fait une attaque et ses frères auraient voulu qu'il leur donne des détails qu'il n'était pas autorisé à partager. Mais, au cours de ces années au sein de North Star, il n'avait pas seulement eu la satisfaction de jouer un rôle actif dans l'arrestation d'Ace, il avait aussi beaucoup appris.

Cody se retourna en entendant le ronronnement d'un moteur. Une voiture de police s'arrêta sur le chemin. Son frère aîné en sortit, son chapeau baissé sur les yeux, et se dirigea vers lui.

— Jamison…

C'était étrange, songea-t-il. Il avait passé les quatre dernières années loin de sa famille, à être entièrement absorbé par sa mission au sein de North Star. Le mois dernier, lorsqu'il avait rencontré Jamison, il travaillait encore pour eux. Mais, à présent, il était rentré à la maison et avait repris son rôle de frère cadet. C'était difficile.

Pourtant, Cody ressentit soudain une sorte de soulagement l'envahir : il avait devant lui quelqu'un qui saurait l'aider – non pas pour résoudre cette affaire, mais pour contrôler ce sentiment horrible qui le rongeait.

Jamison le dévisagea, comme s'il pouvait tout comprendre d'un seul regard.

— Alors…

— J'ai une fille.

C'était une remarque parfaitement inutile, puisque son frère était déjà au courant, mais Cody n'avait jamais encore prononcé ces mots. Il avait fallu qu'il soit en face de Jamison pour pouvoir le faire.

— C'est ce que j'ai entendu dire. C'est une grande nouvelle.

— Oui…

— Liza m'a dit que Nina allait mieux.

Cody acquiesça.

— Écoute…

Jamison s'éclaircit la voix et ôta son chapeau.

— J'ai une petite idée de ce que tu dois ressentir en ce moment.

— Tu n'as pas vu Liza débarquer chez toi avec ton enfant derrière elle !

— Non, admit Jamison. Mais nous avions beaucoup de choses à régler. Alors je me suis dit : occupons-nous d'abord de la protéger, nous verrons le reste ensuite. Mais je reconnais qu'avec un enfant la situation est plus compliquée.

— Elle m'appelle papa.

Jamison fit la grimace, comme s'il comprenait. Cody se sentit soudain traversé par une multitude d'émotions contradictoires. Parviendrait-il à mettre ses sentiments de côté jusqu'à ce que sa fille soit à l'abri du danger ?

— Je pense que tu devrais aller voir Ace, déclara Jamison.

Cody regarda son frère, bouche bée. Des rides s'étaient creusées sur son visage, mais il n'avait pas changé : son expression était seulement un peu plus dure, un peu plus déterminée, comme s'il portait le poids de beaucoup trop de responsabilités pour un seul homme. Mais Jamison avait toujours réussi à faire face.

— Je ne pense pas que ça soit une bonne idée, que je me retrouve de nouveau face à lui, répliqua Cody.

— Je le sais… Mais tu t'es maîtrisé ce jour-là. Tu aurais pu le tuer, et tu as choisi de ne pas le faire.

*Il aurait dû le faire…*

— Si tu vas le voir, si tu vas lui parler, nous pourrions peut-être comprendre ce qu'il sait réellement de ce qui est arrivé à Nina, expliqua Jamison de sa voix posée et raisonnable de policier.

— Je n'en suis pas capable pour le moment, Jamison. Je…

Il avait du mal à admettre sa faiblesse.

— Je ne suis pas sûr d'arriver à me contrôler.

— D'accord. Dans ce cas, pourquoi Nina n'irait-elle pas elle-même ?

# 6

Nina était assise dans le salon des Wyatt en compagnie de Liza. Toutes deux surveillaient Brianna et Gigi qui jouaient avec des figurines en plastique sur le tapis. Grandma Pauline et Dev s'étaient remis au travail, et Duke était retourné chez lui.

Auparavant, Duke avait eu une discussion très animée avec grandma Pauline pour savoir si Brianna devait rester au ranch des Wyatt. Mais grandma Pauline avait un argument imparable : ses six petits-fils avaient tous fait partie à un moment ou à un autre de la police ou d'une organisation similaire. De plus, Sarah et Rachel vivaient toujours sous le toit de Duke, et il fallait éviter de leur faire courir des risques.

Cela lui rappela soudain qu'à part Liza elle n'avait revu aucune de ses sœurs…

Elle n'aurait pas dû en être surprise, et elle n'avait pas le droit d'en être blessée, mais elle le fut malgré tout. La tristesse intensifiait la douleur lancinante de sa blessure. Elle savait qu'elle aurait pu prendre plus d'antalgiques, mais elle préférait l'éviter pour garder tous ses sens en alerte.

— Tu peux aller t'allonger si tu veux, lui proposa Liza avec douceur.

— Non. Ce qui me fatigue, c'est d'avoir dû mentir pendant des années… C'est de réfléchir…

Elle crispa sa main sur l'accoudoir du canapé.

— Et de ne pas avoir vu les autres filles.

Liza eut une petite grimace.

— Cecilia est au travail… Et Felicity aussi, bien sûr. Elles ne vivent plus au ranch.

— Mais Rachel et Sarah, si.

— Je suis sûre que Rachel va finir par venir, murmura Liza. À vrai dire, elle m'en veut encore un peu, et pourtant cela fait deux mois que je suis revenue. Nous avions peut-être de bonnes raisons de partir, Nina, mais…

— Je sais.

À part Rachel, qui était le seul enfant biologique de Duke et Eva, elles avaient toutes eu une enfance malheureuse avant d'être recueillies par les Knight, et en portaient encore les stigmates. Mais être abandonnée par les sœurs qu'elle avait appris à aimer serait pour elle un coup particulièrement difficile à encaisser, pensa Nina.

— Je ne pouvais pas faire autrement, Liza.

— Je le sais bien, répondit Liza en souriant avec tristesse. Le problème, c'est que les autres ne le comprennent pas toujours.

Liza baissa les yeux sur Gigi. Elle veillait sur elle comme s'il s'agissait de sa propre fille.

— C'est vraiment difficile à comprendre lorsque tu n'as pas la responsabilité d'un enfant. Alors, nos sœurs ont du mal à le faire. Mais je te crois, Nina. Vraiment.

Nina hocha la tête. Elle savait que Liza avait raison. Mais cela n'adoucissait pas pour autant l'amertume que lui causait l'attitude de ses sœurs. Peut-être devrait-elle suivre le conseil de Liza et aller s'allonger.

Mais elle entendit la porte claquer et des voix s'élever dans la cuisine. Quelques instants plus tard, Cody et Jamison entraient dans le salon.

Nina pensait que Cody aurait retrouvé un peu de calme. Mais il dégageait toujours la même énergie pleine de colère.

Nina sourit à Jamison. C'était étrange de revoir toutes les personnes qu'elle avait aimées et dont elle avait dû se séparer brutalement. Elle ne savait comment faire face à ses émotions.

Les années avaient laissé leur trace sur le visage de Jamison. Ou peut-être étaient-ce les responsabilités qui pesaient sur ses épaules qui lui donnaient cet air dur.

Mais tout son visage s'illumina lorsque Gigi se jeta dans ses bras avec des cris de joie. Il la souleva. Il était clair que Gigi l'adorait, et que c'était réciproque.

— Tu m'as manqué, petite, dit-il à voix basse alors que Gigi se blottissait contre lui.

Même lorsque Nina était désespérément amoureuse de Cody et certaine qu'ils passeraient ensemble le reste de leur vie, ils n'avaient jamais parlé d'enfants. Elle avait trouvé le bonheur chez Duke et Eva, mais elle était trop marquée par son passé pour vouloir fonder une famille.

Et maintenant elle était là, chez les Wyatt, avec sa fille qui jouait sur le tapis et Jamison qui tenait une petite fille dans ses bras ! Tout cela semblait irréel…

Pourtant, lorsque Jamison prit la parole, ce fut de cette voix calme et mesurée qu'elle lui connaissait.

— Bonjour, Nina ! Comment te sens-tu ?

— Ça va.

Elle était exténuée, il fallait faire face à tant de choses…

Jamison et Liza échangèrent un regard, et Liza se leva.

— Les filles, demanda-t-elle, que diriez-vous d'aller voir les chevaux ?

Brianna se leva d'un bond.

— Nous pourrons les nourrir ?

— Eh bien, nous demanderons à oncle Dev.

Comme Jamison tendait Gigi à Liza, ils se donnèrent un léger baiser. Malgré elle, Nina chercha Cody du regard. Il avait les yeux vissés sur le sol.

— Allez mettre vos chaussures ! ordonna Liza tout en poussant les fillettes vers la cuisine.

— Cody, tu es certain que Brianna est en sécurité au ranch ? Qu'elle peut sortir de la maison ? l'interpella Nina.

— Oui, répliqua Cody d'une voix tranchante.

Cela la tranquillisa quelque peu : Cody ne répondrait pas ainsi s'il n'en était pas certain.

— Que se passe-t-il ? demanda Liza à Jamison.

— Nous devons parler à Nina.

— De quoi ? répliqua immédiatement Liza.

Nina sourit en reconnaissant les accents protecteurs dans la voix de sa sœur. Sarah avait peut-être du mal à vaincre son ressentiment à son égard – et ses autres sœurs aussi peut-être –, mais Liza, elle, la comprenait. Elle était à ses côtés.

— Nina, te sens-tu capable d'aller rendre visite à Ace en prison ? reprit Jamison en se tournant vers elle.

Nina chercha instantanément le regard de Cody. Elle remarqua la colère de ses yeux et sa mâchoire serrée, mais elle ne parvint pas à déterminer ce qu'il en pensait.

Après tout, cela n'avait pas d'importance.

— Pourquoi ?

— Pour voir s'il a une réaction… S'il laisse échapper quelque chose malgré lui.

— Ace n'est pas stupide ! lâcha Liza d'un air désabusé.

— Non, mais son arrogance peut le pousser à en dire plus qu'il ne le souhaite. C'est ce qui s'est passé lorsqu'il vous retenait, Gigi et toi.

— Quoi ? s'exclama Nina en se tournant brusquement vers sa sœur.

Liza haussa les épaules.

— J'ai dû soustraire Gigi à l'emprise des Fils, et Jamison m'a aidée. Puis Cody nous a fait sortir du gang.

— Ce n'était pas moi, répliqua Cody d'un ton bourru.

Liza leva les yeux au ciel.

— Bon, j'éloigne les filles, mais n'accepte rien à contre-cœur, Nina. Ne les laisse pas te forcer à faire quelque chose que tu ne sens pas.

Elle déposa un baiser sur la joue de Jamison.

— Et toi, ne sois pas trop directif.

Liza partie du salon, Nina remarqua que Jamison et Cody attendirent tous deux que la porte soit refermée et que les voix des fillettes s'évanouissent pour parler.

— Tu es entièrement libre de ton choix, Nina, déclara Jamison. La question que nous nous posons est de savoir pourquoi les Fils s'en sont pris à toi aussi violemment au bout de plusieurs années.

— Il est possible qu'ils aient mis tout ce temps à me retrouver.

— À Dyner ? demanda Jamison d'un air dubitatif.

— Oui.

— D'accord, c'est possible, finit-il par admettre. Mais cet homme t'a tiré une balle dans le ventre. Peut-être qu'il a agi ainsi parce qu'il a été pris au dépourvu, même si j'en doute. Il y a une autre raison.

— Brianna ? demanda-t-elle, sentant son ventre se serrer.

Jamison secoua la tête.

— Rien n'indique que les Fils ou Ace connaissent son existence.

Cody n'avait toujours pas parlé, et cela la contrariait.

— Et toi, tu n'as rien à dire ? lui demanda-t-elle avec agacement.

Il croisa son regard, mais se contenta de secouer la tête.

Elle avait envie de le frapper.

— Non, lança-t-il d'une voix basse, métallique.

Nina se rendit compte qu'elle avait les poings serrés et que l'expression de son visage devait exactement refléter ses pensées. Elle leva le menton et décrispa lentement ses mains. Puis elle tourna le regard vers Jamison, et tenta d'afficher un air impassible.

— Alors, que voudrais-tu que je fasse ?

— Nous allons voir si tu peux rendre visite à Ace en prison. Je serai avec toi. Nous laisserons Ace mener la conversation, pour voir s'il te menace ou s'il nous donne des indications sur l'étendue de ce qu'il sait véritablement. Il va essayer de te faire peur, mais cela peut nous aider à comprendre ce qui se passe, ou à découvrir des pistes à explorer.

— Et dans ce cas ?

— Nous verrons si nous pouvons prouver qu'il est à l'origine de l'attaque que tu as subie, et nous l'ajouterons à la liste des forfaits pour lesquels il sera jugé… Et dans le meilleur des cas, nous pourrons également comprendre comment il arrive à diriger le gang depuis la prison.

— Et si les choses se passent moins bien, nous rentrerons sans en savoir plus, remarqua Nina.

— C'est possible. Liza a raison : Ace n'est pas stupide. Il a réussi à échapper à la justice pendant longtemps. Mais maintenant, grâce à Cody, il doit rendre des comptes.

— Je n'ai pas agi tout seul, corrigea Cody.

— Mais c'est toi seul qu'il rend responsable de son incarcération, répliqua Jamison.

Les deux frères échangèrent un regard que Nina ne put déchiffrer, ce qui l'agaça. Mais le fait que Cody demeure en retrait alors que Jamison menait la conversation l'irritait plus encore.

— Alors, c'est une sorte de test ? s'enquit-elle.

— Oui, un test où le risque est minime, répliqua Jamison. Je suis presque certain qu'Ace est au courant de l'existence de Brianna, mais ni toi ni moi n'allons l'évoquer. Nous allons nous contenter de voir s'il laisse échapper quelque chose…

Nina hocha la tête. Elle ne voulait pas revoir Ace : leur dernière entrevue avait été trop menaçante. Et visiblement, Cody et Jamison ignoraient que c'était à cause de lui qu'elle avait rompu avec Cody et s'était enfuie.

Elle aurait probablement dû le leur dire, mais elle n'arrivait pas à trouver les mots.

— C'est d'accord, déclara-t-elle en levant le menton et en tentant de faire taire l'angoisse qui montait déjà en elle à l'idée de cette entrevue. Mais à une condition.

Elle tourna le regard vers Cody.

— Je veux que ce soit toi qui m'accompagnes. Pas Jamison.

Cody avait passé beaucoup de temps à apprendre à contrôler ses réactions. Sans cela, il lui aurait été impossible de travailler pour North Star. Et avant d'être embauché par l'organisation et d'entreprendre la mission qui avait abouti à l'arrestation d'Ace, il avait dû leur prouver que le fait qu'il soit personnellement impliqué n'aurait aucune incidence sur son comportement.

Il ne comprenait pas pourquoi devant Nina toutes les défenses qu'il avait patiemment construites tombaient une à une. Il essayait de se convaincre que c'était uniquement parce qu'il venait tout juste d'apprendre qu'il avait une fille de six ans, mais, au fond de lui-même, il savait qu'il y avait une autre raison qui le dérangeait profondément.

C'était elle. Nina.

Leur relation n'avait pas été un simple béguin d'adolescents, il en était sûr, et ses sentiments pour elle ne s'étaient jamais éteints.

Elle l'avait marqué… à jamais.

Cody savait que Jamison attendait sa réponse. Il était certain que, quoi qu'il dise, son frère le soutiendrait, mais cela ne faisait que rendre sa décision plus difficile. Il ne devait pas agir selon son inclination, mais déterminer en toute conscience ce qui était préférable.

— C'est d'accord, finit-il par dire quand bien même il aurait voulu refuser.

Mais cette entrevue était nécessaire. Elles ne pouvaient pas passer leur vie à se cacher. Brianna avait besoin d'une vie normale, de pouvoir aller à l'école. Il fallait trouver une solution, et il ne faisait aucun doute pour Cody qu'Ace était derrière tout cela.

— Bon. Je vais arranger cette visite, déclara Jamison en hochant la tête.

Puis, leur jetant un coup d'œil à tous deux :

— Je vais voir ce que font les filles.

Ce n'était qu'une excuse pour les laisser discuter seul à seul, comprit Cody. Ils n'avaient rien à se dire, hélas. Tout ce qu'ils avaient à faire, c'était agir… Mais il était inutile d'expliquer cela à Jamison.

— Il est venu exprès pour me proposer cette visite ? demanda Nina lorsque Jamison fut parti.

Elle avait l'air épuisée, et il se retint de lui dire d'aller se reposer.

— Je pense qu'il est venu de Bonesteel parce que Liza et Gigi sont ici et qu'elles lui manquaient.

Elle sourit.

— C'est si beau de les voir tous les trois ensemble !

Cody se contenta de répondre par un grognement. Voir

son frère et Liza goûter ce bonheur domestique lui semblait étrange… Ils avaient l'air heureux, pourtant !

Il se força à regarder Nina et à se concentrer sur ce qu'ils avaient à faire. Mais la seule chose à laquelle il parvenait à penser, c'était qu'il avait fait un enfant avec cette femme.

Il ne l'aurait jamais admis, mais Nina était la seule qui ait vraiment compté.

Lorsqu'ils avaient rompu, il était en train de suivre une formation dispensée par la CIA dans l'objectif d'intégrer North Star. La vie qu'il menait alors n'était pas compatible avec une relation stable. Certes, il avait un peu flirté avec Shay, mais aucun d'eux n'était prêt à compromettre son travail en allant plus loin.

Nina, qui était assise dans le fauteuil de grandma Pauline, croisa les mains sur ses genoux. Elle était livide, et avait manifestement besoin de dormir.

— Il y a une chose que je dois te dire avant qu'on voie Ace, dit-elle soudain.

— Plus tard. Tu dois te reposer maintenant. Je ne t'ai pas aidée à sortir de l'hôpital pour que tu t'épuises et que tu sois obligée d'y retourner !

Elle le regarda, les sourcils froncés.

— Tu as changé, déclara-t-elle comme si elle était surprise.

— C'est certain.

— Tout d'abord, j'ai pensé que c'était seulement à cause de Brianna mais, finalement, je crois que non.

Le simple fait de connaître l'existence de Brianna avait remué quelque chose de profond en lui… mais il ne savait pas encore quoi.

Si seulement il pouvait mettre de l'ordre dans ses émotions !

— Tu n'as jamais été quelqu'un de doux, Cody, mais tu ne t'es jamais laissé guider par la colère.

Il tenta de rester impassible, mais son ton fut plus mordant qu'il ne l'aurait voulu :

— Ah bon ?

— Enfin, parfois peut-être, répondit-elle après réflexion. Mais jamais *seulement* par la colère.

Et que s'était-il passé ? Nina avait rompu avec lui. Elle était la seule lumière de sa vie, quand par ailleurs ses frères et lui luttaient sans relâche pour échapper à l'emprise de leur père.

Lorsqu'elle était partie, Cody avait tout perdu. Le seul but qu'il avait alors pu trouver à sa vie avait été de mettre un terme aux crimes d'Ace. Il ne lui était plus resté que le travail, et l'envie féroce de faire tomber ce père qui détruisait tout autour d'eux. D'où sa colère…

Mais apparemment, Nina ne voulait pas lui laisser le temps de retrouver un peu de sérénité, car elle lâcha soudain une autre bombe.

— Il est venu me parler. Ace. Il y a sept ans.

# 7

Nina savait qu'elle aurait dû poursuivre, donner des explications à Cody, mais sa gorge était trop nouée pour cela. Elle eut un instant de frayeur lorsqu'elle vit la lueur de colère qui brillait dans ses yeux s'intensifier dangereusement.

— Pardon ? demanda-t-il d'une voix tranchante.

— Lorsque tu étais en stage à la CIA, réussit-elle à prononcer. C'était l'époque où je commençais mes études supérieures et où je vivais à Sioux Falls. Je travaillais dans un salon de thé et…

Elle eut un étourdissement, et se dit qu'elle aurait dû suivre son conseil et celui de Liza : aller s'allonger. Elle avait mal partout et se sentait nauséeuse, mais elle ne pouvait s'arrêter là.

— Un jour, Ace est entré dans le salon de thé… Comme s'il était un client ordinaire. Je l'ai reconnu parce que tu m'avais montré des photos de lui.

Avant ce jour-là, elle avait toujours pensé que Cody exagérait le danger quand il lui disait et répétait qu'il fallait qu'elle soit capable de reconnaître Ace, et de se cacher si jamais elle le voyait.

Dès son apparition dans ce salon de thé, elle avait compris que Cody avait raison Elle s'était immobilisée, mais n'avait pas pu s'enfuir. Le regard d'Ace s'était posé sur elle, et elle avait senti monter en elle une terreur qui lui avait rappelé celle qu'elle ressentait lorsque, enfant, elle ne parvenait pas à sortir ses parents de l'inconscience dans laquelle la drogue les avait plongés.

Et soudain, cette émotion endormie resurgissait.

— J'étais la seule employée derrière le comptoir, donc je ne pouvais pas suivre tes recommandations et partir. Il a commandé un café et un scone.

Elle revoyait la scène avec précision, comme un film.

Ace lui avait souri, et s'était comporté comme un client quelconque. Mais elle savait qui il était. Et plus il agissait de façon innocente – payant la note, s'asseyant à une table et faisant semblant de savourer le scone et ce moment de calme –, plus la terreur avait grandi en elle.

— Il n'a absolument rien fait. Il s'est contenté de commander, de consommer, et de partir. Mais lorsque je suis sortie du salon de thé à la fin de ma journée de travail, il était là.

Nina passa sous silence le fait qu'il avait un couteau à la main. Son attitude n'était pas exactement menaçante : il se contentait de jouer avec. Mais Nina savait pertinemment que c'était une menace voilée, au vu et au su de tous.

— Il faisait encore jour, mais le soir tombait. Les gens passaient à côté de nous. Personne n'a rien remarqué. Je pense que j'aurais pu m'enfuir ou me mettre à crier. Mais il n'a rien fait d'agressif. Il a seulement parlé.

« J'ai l'impression que mon fils cadet a un faible pour toi, Nina Oaks… Pour toi, et pour la loi… Et je n'ai pas l'intention de l'encourager. »

— Et qu'a-t-il dit ? demanda Cody.

Même sept ans plus tard, Nina le connaissait assez pour savoir qu'il luttait pour paraître dur et inflexible, alors qu'il n'était rien de cela.

Elle marqua un temps d'arrêt. Cette conversation s'était déroulée si longtemps auparavant qu'il n'avait pas besoin d'en connaître tous les détails.

— Pas grand-chose. Il a fait semblant d'être un père inquiet pour son fils. Je savais que ce n'était pas le cas, et que son seul but était de m'éloigner de toi.

— Et c'est pour cela que tu as rompu, conclut-il en haussant les épaules.

— Non, ce n'est pas la raison pour laquelle j'ai rompu, Cody.

Malgré elle, elle avait mal qu'il puisse penser qu'une simple menace ait pu la pousser à cela.

Il la regarda d'un air sceptique, ce qui ne l'étonna guère.

— De retour chez moi, j'ai fait mes bagages. Je me suis dit que je pouvais retourner chez moi ou à Bonesteel... Que si j'allais voir tes frères, ils m'aideraient... Et que si je te racontais ce qui venait d'arriver, tu viendrais.

— C'est ce que j'aurais fait, oui.

Nina hocha la tête.

— Je le sais. J'étais en train de mettre mes affaires de toilette dans un sac quand je me suis rendu compte que cela faisait un certain temps que je n'avais pas... Enfin, que j'étais peut-être enceinte.

— Et pourquoi cela a-t-il changé quelque chose ?

Cela avait *tout* changé.

— Il fallait que j'arrête de penser à moi et à ce que je voulais, pour me concentrer sur mon enfant et sur ce dont il aurait besoin.

— Et *tu* as décidé que *mon* enfant n'avait pas besoin de moi, répliqua-t-il sèchement. *Tu* as décidé que tu le protégerais seule, dit-il en pointant le doigt sur elle. Et que veux-tu que je dise maintenant ? Que penses-tu que je ressente ?

Elle secoua la tête alors que ses yeux s'emplissaient de larmes.

— Je ne sais pas… J'aimerais seulement que tu comprennes que je ne voulais pas agir ainsi. Je t'aimais plus que tout. Mais je ne voyais pas comment notre enfant pouvait être en sécurité si un Wyatt apprenait son existence.

— Je l'aurais protégé. Comme tu l'as fait. Pourquoi n'as-tu pas pensé que j'allais moi aussi tout faire pour mettre mon enfant à l'abri ?

— Réfléchis un peu, Cody : Ace avait pris la peine de venir me menacer alors que je n'étais rien pour lui… seulement parce que tu m'aimais. Qu'aurait-il fait s'il avait su que tu avais un enfant ? Qu'il avait un petit-enfant ?

— Brianna n'a rien à voir avec lui ! répliqua-t-il d'un ton si véhément qu'elle en cligna des yeux.

— C'est ce que tu penses, Cody. Mais Ace, lui, aurait considéré qu'il avait des droits sur elle.

— Si j'avais su tout cela, je l'aurais tué quand j'en ai eu l'occasion !

Nina sentit son cœur se serrer. Elle savait que Cody se trompait : jamais il n'aurait pu tuer quelqu'un de sang-froid.

Une larme roula sur sa joue, mais il fallait qu'elle parle. Sans cela, elle ne pensait pas qu'il arriverait un jour à comprendre.

— Si tu avais été au courant, Cody, tu aurais été tué avant même que Brianna voie le jour.

Elle n'avait pas l'intention de lui révéler qu'elle l'aimait toujours. C'était lâche de sa part, songeait-elle, mais elle ne supporterait pas qu'il doute de ses sentiments pour lui.

— Ce que tu n'arrives pas à comprendre, c'est que j'essayais de te protéger tout autant que notre enfant.

Il eut un instant l'air confondu, puis sembla se ressaisir, comme s'il mettait un couvercle sur toutes ses émotions… Comme s'il les enfermait et les cachait loin d'elle.

— Va te reposer, Nina. Je te préviendrai quand j'en saurai plus sur cette visite.

Puis il s'éloigna. Une fois encore.

Et elle était trop fatiguée pour courir après lui.

Cody s'abîma dans le travail physique le reste de la journée. Il téléphona à Shay pour savoir s'il y avait du nouveau, mais tomba sur sa boîte vocale. Il revérifia tous les dispositifs de sécurité qu'il avait mis en place et dont nul autre que lui ne connaissait l'existence.

Grandma pensait qu'Ace ne remettrait pas les pieds au ranch, mais Cody était loin d'en être convaincu. Alors, au fil des ans, à l'occasion de ses visites, il avait commencé à installer tout un réseau d'appareils de surveillance sur la propriété.

Il n'en avait jamais parlé à Jamison, mais il se dit que le moment était venu de le faire.

Il n'avait pas mis sa grand-mère au courant non plus. Elle l'aurait étripé vivant. Autrefois, grandma Pauline leur semblait à tous invincible. Mais, aujourd'hui, il ne comprenait que trop bien qu'elle était également une cible pour Ace.

Car Ace Wyatt était déterminé à faire payer cher aux membres de sa famille leur refus de rester dans le gang… Déterminé à se venger de ses fils qui, tous, lui avaient fait l'insulte suprême de choisir des métiers visant à faire respecter la loi.

On ne s'opposait pas à Ace sans en subir les conséquences… Et ce vieux fou pouvait attendre des années, voire des décennies, avant de décider que le temps de la vengeance était venu.

Cody repensa au jour où il avait réussi à faire échapper Jamison et Liza du gang. Il avait tenu son arme contre la tempe d'Ace. Il aurait pu appuyer sur la détente. Il aurait pu mettre un terme à tout cela.

Mais Jamison l'avait convaincu qu'en agissant ainsi il n'aurait pas été meilleur que leur père.

Alors, il avait laissé la vie sauve à Ace… Mais il craignait parfois que cette dureté et cette cruauté ne soient dans ses gènes. C'est pourquoi, jour après jour, il avait choisi de ne pas céder aux instincts qui auraient pu le faire ressembler à son père.

Il était dehors, le regard perdu dans le ciel étoilé. La fraîcheur de la nuit commençait à se faire désagréablement sentir, mais il ne parvenait pas à se décider à retourner dans la maison… Parce que, s'il voulait vraiment se ranger du côté du bien, il allait devoir trouver un moyen de communiquer avec Nina… D'être bienveillant avec elle… D'avoir des relations pacifiées.

Il ne cessait de repenser à la conversation qu'ils venaient d'avoir. À ses larmes. À tout ce qu'elle avait tu jusque-là pour ne pas le blesser.

Il se demanda soudain si elle n'avait pas raison : s'il avait appris que Nina était enceinte et qu'Ace l'avait menacée, ne se serait-il pas précipité tête baissée dans une confrontation qui se serait mal terminée pour lui ?

Nina avait-elle vraiment fait le bon choix ? Ils ne le sauraient jamais. Maintenant, il fallait accepter la situation telle qu'elle était.

Il poussa un soupir et entra dans la maison. Entendant grandma et Dev parler dans la cuisine, il préféra passer discrètement et se diriger droit vers le premier étage. La porte de la chambre de Nina était fermée, et aucune lumière ne filtrait en dessous.

Il avança doucement dans le couloir et entendit des bruits de voix. Lorsqu'il arriva devant la porte ouverte de la chambre que partageaient Brianna et Gigi, il trouva Liza assise sur un lit, entre les deux petites filles. Elle leur lisait une histoire en y mettant le ton, et les fillettes semblaient boire ses paroles.

Lorsqu'elle eut terminé l'histoire, elle leva la tête et le vit. Elle lui sourit.

— Il est tard, les puces. Viens, Gigi, il faut que tu ailles te brosser les dents.

Gigi grommela, mais elle sortit du lit et suivit Liza dans le couloir. Cody sourit à Brianna. Elle semblait si petite dans son pyjama rose !

— Tu veux que je te lise une autre histoire ?

Brianna lui tendit le livre avec un visage radieux.

— Tu vas faire les voix ?

— Euh… oui, bien sûr. Je vais essayer, mais je ne promets pas de le faire aussi bien que Liza !

— Même maman n'y arrive pas, chuchota-t-elle avec un air de conspirateur.

Cody ne put s'empêcher de sourire. Avec précaution, il s'installa sur le lit à côté d'elle, prit le livre qu'elle lui tendait et commença à lire. Il se sentait stupide, mais il essaya d'imiter des voix de dragons et de princesse. Et plus Brianna riait, plus cela lui était facile.

Lorsqu'il eut terminé l'histoire, Brianna était blottie contre lui.

— Je suis contente d'être ici, déclara-t-elle.

Cody lui pressa doucement l'épaule.

— Moi aussi, je suis content que tu sois là.

— Tu sais que, quand Liza et Jamison seront mariés, Gigi sera ma tante ? dit-elle en riant.

Puis elle leva les yeux vers lui, l'air soudain soucieuse.

— Nous pourrons vivre ensemble ? Pour toujours ? Oncle Dev va m'apprendre à monter à cheval.

Cody ne sut que répondre.

— Moi aussi, je peux t'apprendre à monter à cheval.

— Ah bon ? Oncle Dev dit que tu ne sais pas bien le faire.

— Oncle Dev est un enf…

« Oncle Dev. » Sa famille, le ranch… C'était sa vie maintenant. Et étrangement, cette vie qu'il n'avait jamais pensé avoir était exactement celle qu'il avait envie d'offrir à Brianna.

— Je ne sais pas encore ce qui va se passer, Brianna. Je sais seulement que je vais vous protéger, ta maman et toi. Que je sois avec vous ou non, je veux que tu saches que je ferai toujours tout pour que vous soyez en sécurité. Je te le promets. Et je tiens toujours mes promesses.

— Les méchants hommes reviendront, déclara Brianna, la tête baissée sur le livre.

Cody remarqua que ce n'était pas une question. Elle parlait d'un ton triste et résigné qui n'était pas du tout celui d'une petite fille de six ans.

Il ne put le supporter.

— Que t'a dit ta maman à propos des frères Wyatt ?

Brianna leva le visage vers lui, et ébaucha un sourire qui manqua de lui couper le souffle tant il ressemblait à celui de Nina. Il avait aimé Nina plus profondément qu'il ne l'aurait cru possible et, même si les années avaient passé, il savait que ça n'avait pas été un simple béguin d'adolescent.

— Elle m'a raconté des histoires où vous étiez tous des chevaliers très courageux.

Cody hocha la tête.

— Et les chevaliers courageux gagnent toujours, Brianna. À la fin, ce sont toujours les gentils qui gagnent.

Il ne l'avait pas toujours cru, mais, maintenant qu'il avait une fille, il le fallait. Pour elle.

# 8

Tout allait trop vite. Nina avait espéré qu'elle aurait une dizaine de jours pour se préparer à rencontrer Ace. Mais Cody était venu lui annoncer sans plus de commentaires que la visite était prévue pour le lendemain.

Depuis, elle se sentait angoissée et nerveuse, d'autant plus qu'elle était inoccupée : personne ne la laissait faire quoi que ce soit. À chaque fois qu'elle entrait dans la cuisine, grandma Pauline insistait pour qu'elle s'asseye. Liza avait refusé qu'elle l'aide à plier le linge, et même Brianna n'avait pas voulu jouer avec elle, lui recommandant de faire la sieste pendant qu'elle irait nourrir les poules avec Gigi et grandma Pauline après le déjeuner.

Elle errait de pièce en pièce, ne sachant que faire ni comment calmer son angoisse, quand soudain elle entendit des voix masculines provenant de la cuisine.

Les frères Wyatt étaient assis autour de la table. C'était un spectacle impressionnant : ils étaient tous grands, les épaules larges. Gage portait son uniforme, Tucker avait un étui de revolver attaché sur sa poitrine, Dev était en vêtements de travail, et Brady et Jamison en civil, tout comme Cody. Ils avaient tous le visage sombre.

— Il faudrait rédiger un texte, disait Tucker en étendant les mains sur la table. Nous devons être méticuleux et prudents.

Gage secoua la tête.

— Si elle le récite, elle n'aura pas l'air naturel, et Ace se doutera de quelque chose.

— Il est complètement aveuglé par son ego, marmonna Dev avec irritation.

Nina était restée sur le pas de la porte. Ils parlaient de l'entrevue qu'elle allait avoir avec Ace. *Sans elle.*

— Que se passe-t-il ? demanda-t-elle avec insistance en s'avançant dans la pièce.

Personne ne lui répondit. Cody eut un geste vague de la main.

Elle sentit son sang ne faire qu'un tour.

— Si nous n'écrivons pas de texte, alors il faut l'entraîner, reprit Tucker, regardant chacun de ses frères successivement.

Tous, sauf elle.

— L'entraîner ? Comme pour un jeu de rôle ? répliqua Gage d'un air peu convaincu.

— C'est un outil efficace, répliqua Cody. Cela peut donner confiance en soi. On peut anticiper les différents tours que peut prendre la conversation…

— Personne ne peut se préparer à parler à Ace, répliqua Dev d'un ton bourru.

— J'ai déjà fait face à Ace, remarqua Nina.

— Il ne va en faire qu'une bouchée et la recracher sans que nous soyons plus avancés pour autant, poursuivit Dev avec amertume, sans même la regarder.

— Je suis là, s'écria-t-elle.

Gage lui sourit.

— Bien sûr que tu es là, ma belle.

Il ne sembla pas noter le regard assassin qu'elle lui lança. Alors, elle fit la première chose qui lui vint à l'esprit.

Se dirigeant vers la cloche dont grandma Pauline se servait autrefois pour appeler tout le monde à table, elle attrapa le petit marteau en bois suspendu au mur et en frappa le métal aussi fort qu'elle le put.

La cloche émit un tintement sonore qui résonna dans la pièce. Alors, les six hommes se turent et regardèrent dans sa direction.

— C'était le seul moyen d'obtenir votre attention, commenta-t-elle d'un ton aigre-doux.

— Nous n'avons pas beaucoup de temps pour préparer l'entrevue, répliqua Cody.

— Non, *nous* n'avons pas beaucoup de temps. Et comme je suis la première concernée par cette visite, puis-je m'asseoir à votre table ? Ou suis-je encore trop faible pour pouvoir déterminer avec vous ce que *je* devrais dire ?

Les six hommes eurent l'air gênés. Ils se tournèrent vers Jamison comme pour lui signifier que c'était à lui de parler. Elle le regarda droit dans les yeux, le forçant à baisser le regard alors qu'elle tapotait la paume de sa main avec le marteau, comme le faisait grandma Pauline lorsqu'elle attendait des explications.

— C'est notre père, répondit Jamison avec calme. Nous le connaissons bien. C'est pour cela que c'est à nous d'élaborer ce plan, Nina.

— Mais c'est moi qui vais devoir lui parler, et j'ai le droit de participer à cette discussion.

Jamison et Cody se rembrunirent, mais Tucker se leva.

— Elle a raison.

Il lui sourit et lui fit signe de prendre sa chaise.

Elle était encore irritée et ne lui sourit pas en retour, mais s'installa à la table. Il était normal qu'elle soit présente.

Ils la regardèrent tous, attendant qu'elle prenne la parole, et elle se rendit alors compte qu'elle n'avait rien à dire.

— Alors ? demanda Cody d'une voix qui ne cachait pas son agacement.

Elle lui fit un sourire sarcastique, cherchant vainement une réplique bien sentie.

— Eh bien, comme je n'ai pas entendu ce que vous avez manigancé sans moi, vous pourriez d'abord m'expliquer où vous en êtes, non ?

— Nulle part, répondit Gage.

Il souriait à Cody comme si l'irritation manifeste de son frère l'amusait.

— Nous nous sommes querellés, ajouta-t-il.

— Cela vous ressemble bien, répliqua Nina.

Ce qui lui valut un petit rire de Gage. Les autres demeurèrent de marbre.

— Il faut que nous déterminions un plan d'action, reprit Cody d'un ton acerbe. Nous sommes en train d'essayer de nous mettre d'accord.

— La première chose à faire est de définir le but de cette visite, remarqua Nina.

— C'est de faire parler Ace sans qu'il se rende compte qu'il nous fait des révélations utiles, expliqua Jamison.

Nina hocha la tête.

— Nous voulons savoir ce qu'il sait. Donc, il faut commencer par lui donner une bonne raison pour que je vienne le voir, dit-elle. Il ne doit pas se douter que nous essayons d'en savoir plus. Au contraire, il faut lui faire croire que nous essayons de lui prouver quelque chose. Si c'est *moi* qui viens lui rendre visite, alors que je ne suis rien pour lui, il faut une très bonne raison, martela-t-elle.

— Il t'a tiré dessus. Ça ne suffit pas ? repartit Dev.

Nina secoua la tête et remarqua que Cody faisait de même. Bon, au moins, il leur arrivait parfois d'être d'accord.

— Ce n'est pas lui qui m'a blessée. En fait, j'ai tué l'homme qui l'a fait, n'est-ce pas ?

Elle regarda Tucker pour en obtenir confirmation : c'était lui qui avait été chargé d'enquêter sur cette affaire.

— Il y avait un cadavre dans les décombres, oui.

Nina hocha la tête, et s'efforça de soutenir le regard de tous les hommes assis autour de cette table. Au cours de ces sept années, elle avait appris quelque chose : ne jamais montrer sa peur. Si vous le faisiez, les gens s'en servaient contre vous. Les frères Wyatt pensaient peut-être qu'ils ne réagiraient pas ainsi, mais ils étaient tous déterminés à faire tomber leur père. Elle n'était qu'un pion dans cette histoire.

Elle n'allait pas se laisser faire.

— Nous avons besoin de plus que cette attaque, reprit-elle. Nous avons besoin qu'Ace pense que nous voulons nous venger.

— Eh bien, nous avons ce qu'il nous faut, intervint Brady, prenant enfin la parole.

Cody fronça les sourcils.

— Que veux-tu dire ?

— Il y a sept ans, Ace t'a menacée, c'est bien ça ? déclara Brady à Nina. Il ne voulait plus que tu voies Cody... Puis, sept ans plus tard, Ace, ou un autre membre du gang, te prend pour cible, et tu reviens vers Cody.

Gage hocha la tête, même si Nina ne comprenait pas où Brady voulait en venir. Elle regarda Cody, dont le visage s'était assombri.

— J'ai loupé quelque chose ? demanda-t-elle.

Gage et Brady fixèrent Cody du regard. Il poussa un soupir et déclara :

— Nous allons voir Ace pour lui prouver quelque chose...

Il demeura complètement immobile, mais l'atmosphère changea soudain comme il ajoutait :

— ... lui prouver qu'il n'a pas réussi à nous séparer.

Pendant quelques secondes, Nina resta sans voix. Puis

elle éclata de rire, même si cela lui provoqua une vive douleur à l'estomac.

— Tu es…

Elle était prise d'un fou rire et ne pouvait s'arrêter. C'était d'autant plus drôle que les frères Wyatt se regardaient tous avec un air perplexe.

Il lui fallut de longues secondes avant de retrouver son calme.

— Tu penses vraiment que Cody peut réussir à faire croire à Ace que nous nous sommes retrouvés ? dit-elle à Brady en secouant la tête. Il faudrait qu'il soit un acteur exceptionnel pour y parvenir !

— Tu serais surprise de voir ce que je suis capable de faire quand la vie de ma fille est en jeu.

— Sauf que la froideur et l'animosité avec lesquelles tu prononces ces paroles prouvent le contraire, Cody.

— Nous ferions mieux de vous laisser seuls tous les deux et…

— Restez ! ordonna Nina. Nous allons terminer cette discussion avant que Brianna revienne. Elle comprend beaucoup plus de choses que je ne le voudrais… Cody, si tu penses que nous sommes capables de faire semblant de nous être réconciliés, ton idée est bonne, oui.

Elle se tut quelques instants et reprit d'un ton ferme :

— Nous allons montrer à Ace à quel point nous sommes amoureux… Et peut-être même le remercier de nous avoir réunis en orchestrant cette attaque. Plus nous semblerons amoureux, plus il va vouloir nous faire du mal. C'est le meilleur moyen que nous ayons de lui faire perdre un peu de sa maîtrise de lui-même, et d'apprendre ce que nous voulons savoir.

Pendant quelques secondes, personne ne parla ni ne réagit. Puis elle regarda Jamison. Il était leur chef, ils s'en remettaient toujours à lui pour la décision finale parce que, autrefois, il s'était sacrifié pour les faire tous sortir de l'enfer.

Finalement, il hocha la tête.

— C'est un bon plan.

— Il faudra vous entraîner, remarqua Gage.

Il essayait de retenir un sourire, mais Nina vit bien qu'il trouvait l'idée amusante.

Elle lui jeta un regard courroucé.

— Vous devrez avoir une idée de ce que vous allez lui dire, déclara Tucker avec un peu plus de tact que son frère. Si vous vous entraînez, vous aurez l'air plus naturels.

Cody fit un sourire qui ne la trompa pas un seul instant.

— Pas de problème, dit-il.

Ses frères repartirent ensuite chacun de leur côté, les laissant Nina et lui seuls dans la cuisine. C'était bien le dernier endroit où Cody aurait voulu être en ce moment.

— Tu devrais aller t'allonger, fit-il.

Elle n'était plus aussi pâle qu'hier, mais elle semblait encore très fatiguée.

— Plus tard. Nous devrions nous…

Elle s'interrompit et fit la grimace avant de poursuivre :

— Je n'emploierai pas le mot « entraîner ». Nous devrions prévoir.

— Brianna et Gigi vont revenir d'un instant à l'autre. Cela ne sert à rien de le faire maintenant si tu dois te trouver mal parce que tu ne prends pas assez soin de toi !

Elle poussa un soupir.

— Crois-moi, Cody, s'il y a bien une chose que je sais faire, c'est prendre soin de moi ! Je n'avais personne d'autre pour le faire à ma place.

— C'était ton choix.

— Oui, c'était mon choix. Ton père n'y était pour rien ! répliqua-t-elle d'un ton sarcastique.

— Hum…

Il ne trouvait aucune repartie cinglante à cela. C'était la vérité. Il pouvait être en colère, regretter d'avoir perdu sept ans, mais il ne pouvait pas contester le fait que Nina avait eu d'excellentes raisons d'agir ainsi.

— Cody…

Sa voix était si douce, si implorante ! Lorsqu'elle posa la main sur la sienne, ce fut comme si les années disparaissaient.

— Je ne te blâme pas… Pas pour Ace. Comment le pourrais-je ?

Comment ne le pourrait-elle pas ?

La porte de la cuisine s'ouvrit et Brianna entra en parlant d'une voix joyeuse. Elle vint se placer entre les chaises où ils étaient assis.

— Grand-père Duke a dit que je pourrai aller sur son ranch pour voir ses chevaux ! Et il a trois chiens et deux chats et…

— Non.

Cody sut qu'il avait parlé trop sèchement lorsqu'il vit le visage de Brianna se décomposer, mais il n'avait pas supporté de la voir se réjouir d'une visite qui était absolument inenvisageable en ce moment.

Il regarda sa grand-mère et Liza, qui se tenaient dans l'embrasure de la porte. Elles avaient toutes deux les bras croisés sur la poitrine, dans la même attitude pleine de réprobation. Puis il rencontra le regard plein de confusion et de tristesse de Nina.

— Nous devons rester ici, expliqua Cody.

— Et pourquoi donc ? répliqua sèchement grandma.

Il aurait volontiers menti si Brianna n'avait pas été là,

à le regarder avec ses grands yeux bleus, comme si les paroles qu'il allait prononcer étaient décisives.

— J'ai des dispositifs de sécurité ici. Si quelqu'un vient, je le saurai. Je ne pense pas que Duke ait installé des équipements similaires sur son ranch.

Il prit Brianna sur ses genoux pour pouvoir la regarder dans les yeux.

— Je suis vraiment désolé, ma chérie, mais tu dois rester ici pour le moment.

— J'aime bien être ici. J'adore ça ! C'est l'endroit que je préfère au monde !

Elle noua les bras autour de son cou et le serra.

— Je n'ai pas besoin d'aller ailleurs !

Cody jeta un coup d'œil à Nina. Le sang semblait s'être retiré de son visage.

Il passa la main sur le dos de Brianna et tenta de trouver des paroles réconfortantes.

— Ne t'inquiète pas. Tout va bien, murmura-t-il.

Elle renifla sur son épaule.

Il n'osait pas tourner le regard vers Nina ou sa grand-mère. Il était certain que cela lui ferait perdre le peu de contrôle qu'il avait encore sur lui.

— Je peux aller regarder la télévision ? reprit Brianna.

— Oui ! J'aimerais voir un dessin animé ! s'exclama Gigi avec enthousiasme.

Brianna se glissa à terre et prit Gigi par la main. Elles s'en allèrent vers le salon, et Cody resta là, à regarder fixement ses genoux.

— Nous devons aller les surveiller, déclara Liza en lançant un regard soutenu à grandma.

— Hum…, marmonna grandma avant de suivre Liza.

Cody se tourna alors vers Nina.

— Écoute, je suis désolé. J'aurais dû le lui dire autrement. Je n'ai pas encore…

*Bon sang !*

— Je lui ai parlé sèchement et je n'aurais pas dû, insista-t-il.

Lorsqu'il leva les yeux sur Nina, il vit qu'elle avait du mal à retenir ses larmes, mais elle secouait la tête.

— Ce n'est pas ça, répondit-elle d'une voix tremblante. Je… je ne m'étais pas rendu compte qu'elle était si malheureuse.

— Elle n'était pas…

— Tu l'as entendue : elle t'a dit que c'était l'endroit qu'elle préférait au monde…

— Nina…

Il ne savait pas quoi lui dire. Il n'aurait pas dû ressentir ce besoin de la réconforter : elle lui avait caché qu'il avait un enfant. Si Brianna était malheureuse, c'était *sa* faute.

Mais il répondit néanmoins :

— Tu ne dois pas te sentir coupable.

— Lorsque tu vis au jour le jour dans la peur, tu ne vois rien d'autre. Je me faisais du souci pour sa sécurité. Je me faisais du souci pour tout, mais je ne me suis pas assez demandé si je lui offrais une enfance.

— Crois-moi, Nina : tu as veillé à l'essentiel. Elle sait que tu l'aimes. Si elle en doutait, elle ne nous ferait pas confiance… Et tu vois bien comment elle se comporte avec nous ! Il est certain que ces années lui laisseront quelques cicatrices, mais qui n'en a pas ? Toi et moi, nous savons malheureusement qu'elles peuvent être bien pires !

— Tu n'as pas à me réconforter, dit-elle en secouant la tête et en se levant. Je sais que je t'ai fait beaucoup de mal. Je sais…

— Tu ne sais pas tout ! répliqua-t-il, agacé qu'elle

lui jette sa propre colère au visage. Si ma mère avait fait la moitié de ce que tu as accompli pour notre fille, mon enfance aurait été bien différente… Surtout quand j'avais l'âge de Brianna.

Des souvenirs douloureux et pénibles resurgirent en lui, mais il les repoussa.

— C'était différent, répliqua Nina.

— Pourquoi ?

— Parce que Ace était ton père.

— Ace *est* mon père.

— Mais tu n'es pas comme lui. Je ne voulais pas éloigner Brianna de toi : je voulais seulement que vous soyez tous les deux en sécurité… Et je savais que tu ne pourrais jamais comprendre ma décision.

— Je n'ai pas envie de la comprendre.

— Ce n'est pas vraiment la même chose…

— Je n'arrive pas à oublier tout ce que j'ai perdu, Nina. Mais je ne te blâme pas… Je ne pense même pas que tu aies eu tort : j'aurais certainement perdu la vie dans ce combat…

Elle resta sans voix, et le regarda comme s'il avait perdu l'esprit.

C'était certainement le cas ! songea-t-il.

— J'arrive à reconnaître que d'autres peuvent avoir raison.

Elle sourit.

— Eh bien, c'est nouveau.

Il en rit presque… *Presque*. Cela lui aurait fait du bien. Mais la situation ne s'y prêtait guère : demain, ils allaient rendre visite à Ace… et Nina était en danger.

— Jamison était bien plus jeune que moi maintenant lorsqu'il a réussi à me faire sortir des Fils des Badlands. Il avait beaucoup moins de soutien que moi. Sept ans plus tôt, j'aurais certainement pensé que je pouvais faire la même chose, mais je n'aurais pas pris le temps de réfléchir autant que lui. Lorsque j'y repense, je me rends compte de la difficulté de ce qu'il a réussi à accomplir. Je suis le seul qu'il a réussi à mettre à l'abri avant…

Et voilà que les souvenirs revenaient à l'assaut.

— Avant quoi ?

— Ace considérait que sept ans était l'âge d'une première épreuve initiatique… Et quand mes frères ont eu sept ans, il les a laissés dans la nature sans provisions, sans rien. À partir de cet âge, à chaque anniversaire, il fallait passer seul autant de jours que nous avions d'années dans ces conditions… pour prouver que nous étions dignes d'être des Wyatt.

— C'est horrible ! Comment peut-on attendre d'un enfant de sept ans qu'il survive ainsi ? demanda Nina en s'entourant la poitrine de ses bras.

— Pour les Fils, c'était normal. Mais Jamison a réussi à me faire sortir avant…

Cody sentit son ventre se serrer. Une idée terrible lui traversait l'esprit. Il la repoussa de toutes ses forces. Il devait se tromper…

— Quand est l'anniversaire de Brianna ?

— Quoi ?

Il saisit les mains de Nina alors qu'il sentait la panique et l'horreur l'envahir.

— Quand aura-t-elle sept ans ?

— Dans trois semaines. Je…

Il lui lâcha les mains tandis qu'un sentiment de terreur s'emparait de lui.

— Ace est au courant.

# 9

Nina chancela lorsque Cody lui lâcha les mains. Elle ne parvenait pas à assimiler ce qu'il avait dit, mais la panique qu'elle lisait sur son visage et entendait dans sa voix lui fit battre le cœur à tout rompre.

— Il faut que je demande à mes frères de revenir... Que nous repensions notre plan d'action...

Il se dirigea vers la porte mais s'immobilisa, comme s'il avait du mal à agir.

— Comment Ace aurait-il pu savoir que Brianna va bientôt avoir sept ans, Cody ?

Il devait se tromper. Tout portait à croire qu'Ace ignorait totalement l'existence de leur enfant.

— Je ne sais pas... Bon sang, je ne sais pas !

Le fait de le voir si troublé la pétrifia.

— Mais cela ne peut pas être une coïncidence ! reprit Cody. Jamison m'a fait sortir du gang la veille de mes sept ans. Maintenant, je comprends pourquoi Ace s'en prend à toi après toutes ces années !

— Mais il ne savait pas que j'avais un enfant ! L'homme qui m'a attaquée semblait ignorer que Brianna vivait sous le même toit que moi. Pendant toutes ces années, j'ai...

— Tu ne peux pas en être certaine, Nina.

Cody se passa la main sur le visage.

— Je pense que cet homme n'était pas venu pour enlever Brianna, dit-il. Il voulait seulement te faire peur.

— Et pourquoi Ace aurait-il commandité cette attaque ?

— Je ne comprends pas tous les motifs d'Ace mais, avec lui, la raison ultime est toujours de faire du mal. Point. Il faut que j'en parle à Jamison avant qu'il reparte. Et à Tucker. Il faut qu'ils reviennent et que nous…

— Non. Cela fait trop de voix, trop d'opinions différentes. Il s'agit de Brianna, Cody. Nous seuls devons décider de ce que nous allons faire.

— Je ne veux pas laisser mes frères en dehors de tout cela. Si nous sommes encore vivants aujourd'hui, c'est parce que…

— C'est parce que Jamison s'est sacrifié pour vous tous, oui, je sais.

Cody ouvrit la bouche, mais il n'y avait rien à ajouter. Elle connaissait l'histoire : Jamison avait patiemment, méthodiquement, fait sortir ses frères du gang un à un pour les confier à grandma Pauline, avant de réussir lui-même à échapper à l'emprise des Fils des Badlands lorsqu'il avait presque dix-huit ans. Il avait alors libéré Liza, qui en avait seize.

Nina savait également que Cody entretenait un sentiment de culpabilité : étant celui des Wyatt qui avait été soustrait le plus tôt à l'influence du gang, il n'avait pas eu à endurer les mêmes atrocités que ses frères… Comme ce rite initiatique des sept ans.

Elle s'assit à nouveau sur sa chaise. Et si Ace était finalement au courant de l'existence de Brianna… ?

— D'accord, souffla-t-elle. Mais, si ton père sait pour Brianna, pourquoi a-t-il attendu si longtemps avant d'agir ?

— Ace a toujours fait preuve de beaucoup de patience, Nina… Et il a coutume de faire des projets à long terme. Je pense qu'au fond de nous nous pensions tous qu'il n'allait pas en rester là.

Elle ne savait pas comment réagir à ce qu'il venait de dire… Comment accepter qu'elle se soit peut-être trompée sur tout ?

— Tu es en train de me dire que ces sept dernières années ont été un gâchis… ? Que tout ce que j'ai fait n'a servi à rien, et que nous aurions pu vivre ensemble ?

Il se retourna vers elle, l'air véritablement stupéfait.

— Parce que c'est ce que tu aurais voulu ?

— Bien sûr que c'est ce que j'aurais voulu ! J'étais si heureuse lorsque j'ai vu que le test de grossesse était positif !

Elle s'en souvenait encore. Elle avait déjà chargé toutes ses affaires dans sa voiture, pour rentrer chez elle, pour retrouver les Knight et les Wyatt…

— Pendant quelques secondes, j'ai pensé… Je n'avais jamais envisagé d'avoir des enfants, mais j'étais si heureuse ! Et puis, j'ai dû faire face à la réalité.

Et il le fallait maintenant encore. Elle n'avait pas le temps de ménager les sentiments de Cody : ils devaient protéger leur enfant.

— Qu'allons-nous dire à Ace ? lui demanda-t-elle. Et d'ailleurs, quel est son motif pour agir ainsi ?

— La vengeance. Ace est malade. Il considérait que mes frères et moi étions sa propriété, qu'il pouvait faire de nous ce qu'il voulait. Et nous l'avons trahi, Nina… C'est à cause de moi qu'il est maintenant en prison. Alors, je sais très bien ce qu'il veut : me faire du mal. Et il va se servir de mon enfant pour cela.

Nina refusait de céder à la panique, même si elle sentait son cœur battre de plus en plus fort et sa gorge se serrer.

— Nous devons être certains que Brianna est en sécurité avec nous, déclara-t-elle.

— Nina…

Il prononça son nom d'un air si douloureux qu'elle faillit perdre le contrôle d'elle-même.

— Je sais ce dont Ace est capable, Cody ! Crois-moi, je le sais, reprit-elle.

Mais ces années de douleur lui avaient appris à aller de l'avant. Elle savait que, lorsque la panique s'emparait d'elle, elle devait se ressaisir et agir.

Elle s'approcha de Cody et lui prit une main entre les siennes. Ce sentiment de terreur pour son enfant devait être entièrement nouveau pour lui… Elle devait lui apprendre que c'était le lot de tous les parents, et qu'il fallait le surmonter.

Lorsqu'il rencontra son regard, elle ne comprit que trop bien ce qu'il ressentait.

— Peut-être qu'Ace a toujours été au courant… et peut-être que c'est la seule raison pour laquelle Brianna et moi avons survécu. Mais cela ne signifie pas que je n'aurais pas su la protéger, murmura-t-elle. Cela veut seulement dire qu'Ace m'a laissée m'entraîner pendant six ans.

Elle lui serra la main.

— Et cette fois-ci, je ne serai pas seule. Il faut que nous travaillions ensemble.

« Je ne serai pas seule. »

Il fut étonné de sentir à quel point ces mots résonnaient en lui.

Mais lui aussi avait connu la solitude depuis que Nina s'était enfuie. Il avait terminé ses études, était entré chez North Star, et avait consacré toutes les années suivantes à faire tomber les Fils des Badlands et son père. Et pendant ce temps, il n'avait eu que des contacts lointains avec ses frères. Les gens qu'il avait rencontrés à North Star étaient presque devenus des amis, mais ils n'étaient pas ses frères… ils n'étaient pas sa famille.

Et maintenant, cette femme lui tenait la main, et lui disait que travailler ensemble était la clé du succès… et elle avait raison. Il le savait, car c'était ainsi que ses frères et lui avaient réussi à échapper aux Fils des Badlands.

Il regarda Nina avec un sentiment de reconnaissance : jamais il n'aurait véritablement compris cela si elle n'avait pas tendu la main vers lui et prononcé ces mots.

— Nina…

Sa voix trahissait son émotion, mais il se força à poursuivre sans chercher à la cacher.

— Tu as dit que tu n'étais plus seule dans ce combat. C'est vrai, et cette fois nous pouvons gagner. Tu veux que nous travaillions ensemble ? C'est d'accord. Je ne fais pas uniquement allusion à mes frères, je pense à nous tous : tous les Wyatt, tous les Knight. Nous n'allons pas seulement tout faire pour mettre Brianna momentanément à l'abri. Nous allons faire en sorte qu'à l'avenir elle puisse vivre normalement, en sécurité… comme nous tous.

— Mais comment allons-nous faire ? Comment ?

Elle secoua la tête.

— Plus il y aura de personnes impliquées dans cette lutte, plus nous serons nombreux à souffrir, poursuivit-elle.

— Écoute, Nina : si Ace est en prison maintenant, c'est parce que Jamison, Liza et moi avons travaillé ensemble. Alors imagine ce que cela pourrait donner si nous sommes quatorze à le faire !

— Seize, corrigea Nina. Gigi et Brianna ont aussi leur rôle à jouer.

— C'est vrai. Seize.

Nina hocha la tête. Sa peur, ses appréhensions se reflétaient sur son visage mais elle acquiesça. Elle était d'accord.

Il ne restait plus qu'à se mettre au travail.

— Avant toute chose, il faut rassembler tout le monde ici.

— Les filles…

Nina laissa sa phrase en suspens, alors qu'une nouvelle ombre passait sur son visage. Elle reprit :

— Sarah et Rachel, surtout… elles ne veulent pas me voir.

— Nina, lorsque tu étais à l'hôpital, que Brianna était prostrée dans un coin et ne voulait laisser personne l'approcher, sais-tu qui est venu aider ? Toutes tes sœurs. Brianna les a reconnues grâce aux histoires que tu lui racontais. Elles ne veulent peut-être pas te voir, Nina, mais elles ont toutes répondu à l'appel pour aider notre fille. Et elles vont continuer à le faire. Parce que vous faites partie de la même famille.

— Mais moi, je les ai abandonnées ! répliqua-t-elle alors que ses yeux se remplissaient de larmes.

— Tu pensais que tu n'avais pas d'autre solution.

Elle poussa un soupir amer.

— Fais attention, Cody : on dirait que tu commences à me pardonner !

Il entendit un éclat de rire à l'étage. C'était Brianna. Nina l'avait privé de cela pendant six ans mais, à cet instant précis, il ne ressentait pas de colère.

— Bon, pour le moment, il faut que nous réunissions tout le monde.

Il demanda à Nina de tout expliquer à Liza, afin qu'elle aille chez Duke prévenir les Knight. Lui-même rappela ses frères qui avaient quitté le ranch pour leur dire de faire demi-tour. Puis il alla trouver grandma et Dev dans l'écurie, et les mit au courant de la situation.

Il leur fallut quelques heures pour organiser la réunion, mais ils parvinrent à se retrouver tous peu après l'heure du coucher de Brianna et Gigi. Cody avait installé une caméra et un micro dans la chambre des fillettes pour pouvoir les surveiller, et Liza s'était gentiment moquée de lui en lui faisant remarquer que c'était seulement un babyphone un peu plus sophistiqué que d'ordinaire.

Grandma avait préparé des sandwichs, des assiettes de crudités et de fruits, et des cookies étaient en train de dorer dans le four. Il avait fallu vingt-huit ans à Cody pour comprendre que nourrir son monde était le moyen que grandma avait trouvé pour lutter contre le stress et l'inquiétude. C'était très clair en ce moment où toutes les personnes qu'il considérait comme faisant partie de la famille se pressaient autour de la table de la cuisine.

— Nina et moi, nous allons rendre visite à Ace en prison, annonça Cody avant d'en expliquer les raisons. Nous devrons faire comme si nous ne soupçonnons pas qu'il est au courant de l'existence de Brianna.

— Il est hors de question que Nina aille parler à ce cinglé ! intervint Duke.

— Nina va décider elle-même ce qu'elle doit faire, répliqua Nina.

Cody avait insisté pour qu'elle aille s'allonger un moment mais, à en juger par les cernes qu'elle avait sous les yeux, elle n'avait pas beaucoup dormi.

— Vous n'arriverez pas à lui faire dire quoi que ce soit, répliqua Duke avec conviction. Cette visite ne servira à rien.

— Je n'en suis pas certain, répliqua Jamison un peu plus diplomatiquement que ne l'aurait fait Cody. La plus grosse faille d'Ace, c'est son ego. Il se croit nettement supérieur à nous tous.

— Pendant des années, cet homme vous a laissés tranquilles, reprit Duke.

Il regarda Jamison, puis Liza.

— Si vous deux n'étiez pas allés le provoquer…

— Et alors nous aurions laissé Gigi là-bas ? répliqua Liza vivement. Je ne peux pas te laisser dire ça, Duke.

Duke pinça les lèvres, et se croisa les bras sur la poitrine.

— Personnellement, je pense que si Cody et Nina vont le voir, s'ils font semblant d'être heureux et lui disent qu'il a échoué à les séparer, il ne résistera pas à la tentation de leur faire du mal, et de leur apprendre qu'ils ont perdu sept ans de vie commune, déclara Tucker d'un ton neutre.

— Et en se vantant de nous avoir volé tout ce temps, il va peut-être également nous révéler malgré lui quelles sont ses intentions, poursuivit Cody. Et si ce n'est pas le cas, eh bien, tant pis, nous en serons toujours au même point.

— J'aimerais bien en être certain, marmonna Duke sombrement.

— Le risque zéro n'existe pas, répliqua Cody en soutenant le regard rageur de Duke. Mais nous ne pouvons pas rester assis à ne rien faire, en espérant qu'il va laisser Brianna tranquille.

— Vous pourriez très bien aller vivre tous les trois loin d'ici, au Canada par exemple. Nina et Brianna y seraient en sécurité… Au lieu de cela, vous préférez vous jeter tête baissée dans la gueule du loup.

— Brianna a le droit d'avoir une famille, répliqua Nina calmement.

— Ce n'est pas ce que tu as pensé il y a sept ans, remarqua Duke.

Cody ouvrit la bouche pour répondre à Duke, mais Nina secoua la tête et leva la main pour l'en empêcher. Elle se tourna vers son père et le regarda dans les yeux.

— J'avais à peine vingt et un ans, et j'avais été menacée par un homme notoirement dangereux. J'ai voulu protéger tous ceux que j'aimais. J'ai peut-être pris une mauvaise décision, mais c'était la seule qui me semblait envisageable à l'époque.

Elle poussa un soupir et poursuivit :

— Mais j'aurais rêvé d'offrir une famille à Brianna plus tôt ! S'il s'avère qu'Ace savait depuis le début que j'attendais un enfant de Cody, je veux lui faire payer toutes ces années que nous n'avons pas passées ensemble... Pour ma fille, pour Cody, et pour moi.

Ses paroles résonnèrent dans le silence, et c'était un fait remarquable si l'on songeait qu'il y avait quatorze Wyatt et Knight dans la même pièce. On entendit soudain des pas à l'étage : c'était le dispositif qu'il avait installé qui transmettait le bruit de mouvements.

— J'y vais, murmura Cody alors que Liza et Nina s'étaient levées toutes les deux. Tu réussiras mieux à convaincre Duke si je m'absente pendant quelques minutes, murmura-t-il à l'adresse de Nina avant de quitter la pièce.

Au premier étage, il trouva Brianna dans le couloir.

— Pourquoi t'es-tu levée, Brianna ?

Elle le regarda.

— J'avais soif.

Mais il lut des questions dans son regard... et de la peur. Il s'accroupit pour être à sa hauteur.

— Tu as entendu des choses dont tu voudrais me parler ?

Elle secoua la tête mais, lorsqu'elle se rapprocha de lui et lui entoura le cou de ses petits bras, il sut qu'il ne se trompait pas. Elle avait dû surprendre des bribes de conversation qui l'avaient inquiétée...

Sans parler du fait qu'au cours des derniers jours elle avait vu sa mère blessée et que sa vie avait été bouleversée. Elle avait toutes les raisons d'avoir peur, même si elle aimait vivre au ranch.

Il la prit dans ses bras et la souleva.

— Viens, j'ai quelque chose pour toi.

— Un cadeau ?

— C'est un peu ça…

Il entra dans sa chambre, savourant la sensation de tenir Brianna dans ses bras. Il avait une fille, et elle l'aimait, cela ne faisait aucun doute.

Il installa Brianna sur son lit et se dirigea vers sa commode, où il gardait ce qu'il lui destinait depuis qu'il avait appris son existence. L'objet n'était pas magnifique, mais il pouvait parfaitement remplir son office.

— C'est un collier très spécial, lui dit-il en le lui montrant.

Le bijou n'était pas très élégant, même s'il avait essayé de faire en sorte qu'il puisse plaire à une petite fille de sept ans, pour qu'elle ait envie de le porter.

— Il est magique ?

Il voulait être honnête avec elle et n'avait pas envie de lui répondre que oui. Mais il souhaitait également qu'elle croie que ce bijou pourrait l'aider.

— En quelque sorte… Regarde, si tu l'ouvres…

Il joignit le geste à la parole, et lui montra le petit dispositif qu'il avait fixé à l'intérieur du médaillon.

— Tu vois ce bouton ?

Elle hocha la tête.

— Si tu as vraiment très peur, tu peux pousser ce bouton, et je viendrai immédiatement.

Elle se mordit la lèvre inférieure, et passa le doigt sur le médaillon maintenant refermé.

— Qui est Ace ? demanda-t-elle en continuant à fixer le bijou du regard.

Cody ferma les yeux. Cette question, à laquelle il ne s'attendait pas, lui fit mal. Il était facile d'évoquer des hommes méchants sans plus de précisions. Il était un peu plus difficile d'ajouter qu'il s'agissait de votre propre père.

— Ace est un homme très méchant, Brianna. Il veut nous faire du mal. Je sais que cela fait peur de l'entendre, et je n'aime pas te faire peur, ma chérie. Mais il faut que tu saches qu'il est très méchant.

Elle finit par lever les yeux vers lui.

— Mais je ne le connais même pas ! Pourquoi il veut me faire du mal ?

La question était pire encore. Mais elle la lui avait posée, et il devait trouver une réponse.

— Certaines personnes savent seulement être méchantes. C'est pour cela que mes frères et moi, nous avons tous souhaité les combattre.

Elle lui fit un petit sourire. Il n'avait pas voulu lui mentir et prétendre que tout allait bien : elle aurait senti qu'il ne disait pas la vérité.

Il fallait qu'il se réconforte en songeant que sa fille l'aimait et lui faisait confiance.

Ce qui signifiait que, pour la première fois, il allait devoir faire attention à *lui* dans ce combat avec Ace… car il ne voulait pas priver Brianna d'un père.

— Je sais que nous ne nous connaissons pas depuis longtemps, mais je veux que tu saches que je t'aime très fort, Brianna. Plus que tout au monde.

Elle descendit du lit et vint lui enlacer le cou, se blottissant contre lui alors qu'il la prenait dans ses bras et se relevait.

— Je t'aime aussi, papa.

Elle posa la tête sur son épaule, et il sentit tout son petit corps se détendre.

— Je sais que tu vas nous protéger, maman et moi.

# 10

Nina se regarda dans le miroir. Elle avait beau se maquiller, elle ne parvenait pas à cacher les marques d'épuisement sur son visage. Elle était pâle, et semblait très faible.

Cela pourrait-il jouer en leur faveur ? s'interrogea-t-elle. Ace, s'il la voyait affaiblie, baisserait-il sa garde ? serait-il alors plus enclin à leur fournir des éléments susceptibles de les aider ?

Nina ferma les yeux et agrippa le lavabo. Elle ne voulait pas prendre des médicaments trop puissants car ils lui brouillaient l'esprit, mais les antalgiques classiques ne calmaient pas sa douleur, elle ne lui laissait pas de répit.

Elle prit une inspiration lente pour tenter de trouver un peu de sérénité. Elle n'y parvint pas… De toute façon, elle n'avait plus le temps, il fallait qu'elle y aille.

Elle ne serait pas seule cependant. Elle avait à peine dormi cette nuit alors qu'elle tournait et retournait cette idée dans sa tête. Elle ne serait plus cette jeune fille apeurée qu'Ace avait menacée sur un parking. Cette fois, Cody serait à ses côtés, et tous les Wyatt et les Knight derrière elle.

Elle était plus mûre, plus expérimentée, et avait le soutien de leurs deux familles.

Hélas, elle avait tellement plus à perdre…

Ce qui n'était pas une pensée particulièrement réconfortante ! C'est pourquoi elle préféra se jeter dans l'action, et descendit au rez-de-chaussée. Jamison et Cody se trouvaient dans la cuisine, en compagnie de grandma Pauline et de Duke, qui avait l'air furieux.

Aucune de ses sœurs n'était présente. Elles avaient toutes répondu à l'appel hier soir, mais aucune ne lui avait vraiment adressé la parole. Nina avait remarqué que les relations semblaient également tendues entre elles et Liza.

Elles avaient du mal à leur pardonner d'avoir ainsi coupé les ponts… Mais cela ne signifiait pas pour autant qu'elles n'allaient pas les aider, si ?

— Tu es prête ? demanda Cody en se levant.

*Prête ? Pas vraiment…*

— Oui.

Il avait été décidé que les frères n'arriveraient pas ensemble à la prison. Cody et Nina seraient dans une même voiture, donnant à tous ceux qui les verraient l'image d'un couple amoureux. Jamison conduirait le van des Knight. Gage viendrait dans sa voiture de police, et Tucker s'était arrangé pour placer un autre rendez-vous à la prison juste avant le leur, afin d'être déjà sur place pour des raisons professionnelles. Quant à Brady et Dev, ils resteraient au ranch pour s'assurer que tout allait bien pendant que Liza et grandma surveilleraient les deux fillettes.

Duke la prit par les épaules.

— Souviens-toi : tu as réussi à faire face à ce monstre toute seule il y a sept ans. Nous sommes tous avec toi cette fois. Ensemble, nous allons le détruire.

C'était exactement le contraire de ce qu'il avait dit la veille, mais c'était la raison pour laquelle Duke était un excellent père : il exprimait son opinion – avec force parfois – mais, même s'il n'approuvait pas la décision finale, il vous soutenait.

Elle sourit et hocha la tête. Il lui serra l'épaule puis la lâcha, et elle suivit Jamison et Cody jusqu'à leurs véhicules.

Si le trajet lui sembla interminable, ce fut certainement dû à son angoisse et à la douleur qu'elle ressentait au ventre… Et peut-être aussi à cause du silence de Cody, et de l'expression fermée de son visage.

Même lorsqu'ils arrivèrent à la prison, Cody demeura silencieux. Il se contenta de hocher la tête en direction de Jamison sur le parking, puis de Gage dans le hall.

Lorsqu'il parla enfin, ce fut à la femme assise à l'accueil. Ils remplirent les formulaires nécessaires, et furent guidés de place en place. Puis, soudain, Cody lui prit la main et la serra fermement dans la sienne.

Elle regarda fixement leurs deux mains jointes, surprise par la chaleur de sa peau et le réconfort que lui procurait ce simple contact… Mais elle n'était pas certaine d'aimer le fait que ce bien-être soudain lui rappelle qu'elle était assez stupide pour être encore amoureuse de cet homme qui s'entêtait à ne pas lui pardonner.

Elle repensa malgré elle à la nuit dernière : Cody avait été bouleversé lorsqu'il avait réalisé qu'Ace savait probablement qu'ils avaient un enfant. Alors, il n'était pas vraiment lui-même lorsqu'il avait déclaré qu'il comprenait sa décision de s'être enfuie.

Elle aurait trop mal si elle commençait à croire qu'il pourrait un jour lui pardonner son silence, et qu'elle se mettait à espérer en vain. Alors, mieux valait se dire que c'était impossible.

On finit par les conduire le long d'un étroit couloir qui, contrairement au reste de la prison, lui rappela ce qu'elle avait vu dans les films. Puis ils arrivèrent dans une petite pièce séparée en deux par un mur de plexiglas, avec de chaque côté des petites cabines alignées.

On les mena vers une de ces alcôves et on leur demanda de s'asseoir. Ils attendirent quelques minutes avant qu'une porte s'ouvre de l'autre côté du mur transparent, et Ace apparut.

Nina frémit. Il était exactement comme dans son souvenir… Comme s'il n'avait pas vieilli… Comme si la prison n'avait eu aucun effet sur lui.

Il sourit en approchant. Nina serra la main de Cody. Ce contact ne lui semblait plus étrange : c'était comme une ligne de vie, un rappel qu'Ace ne pouvait rien contre elle en ce moment.

— Eh bien, fiston, c'est une bien belle réunion !

Son regard se posa sur elle.

— Cela fait longtemps, Nina ! Sept ans, n'est-ce pas ?

Ils avaient longuement réfléchi au message qu'ils désiraient faire passer à Ace : ils allaient faire semblant d'avoir renoué une relation et d'être tendrement amoureux, tout en passant sous silence l'existence de Brianna.

Jouer ainsi la comédie lui était difficile, pourtant Nina n'avait pas le choix. Mon Dieu, elle avait tellement envie de dormir ! Tellement envie d'être loin, très loin du regard noir d'Ace.

— Eh bien, si tu voulais me prouver que tu maîtrises encore la situation même lorsque tu es en prison, c'est loupé ! déclara Cody.

Il s'était exprimé avec aisance, même si cette entrée en matière avait été minutieusement élaborée la nuit dernière.

— De quoi veux-tu parler, Cody ? Tu t'imagines toujours que tu es au centre de mes préoccupations, déclara Ace en penchant la tête vers son plus jeune fils.

Cody répliqua avec un sourire froid :

— C'est moi qui t'ai envoyé ici. J'aurais pu te tuer.

— Mais tu ne l'as pas fait. Parce que ça n'est pas dans ta nature.

Il poussa un soupir affecté, comme pour dire : « Ah, ces jeunes, tous des mauviettes ! »

— Ce qui est bien dommage ! poursuivit-il. Celui d'entre vous qui serait capable de me tuer serait le seul digne de prendre la relève.

— Mais personne n'en a envie, Ace. Personne ne veut être un fou cruel et violent.

— Je n'ai tué personne, Cody. Et je ne vois pas ce qui pourrait te faire penser que j'ai encore du pouvoir du fond de ma prison.

Ace leva les mains en signe d'innocence.

*Quelle impudence !* songea Nina. Ils auraient presque pu le croire s'ils n'avaient pas su ce dont il était capable.

— Mais c'est beau de vous voir ensemble. Qu'est-ce qui vous a réunis ?

— Tu as essayé de la tuer. Je l'ai sauvée.

Nina était stupéfaite de constater combien Cody arrivait à sembler satisfait de lui, un peu trop assuré même, alors qu'elle savait qu'il n'en était rien.

Ace prit soudain un air soucieux.

— Fiston, tu sais très bien que je n'ai pas pu essayer de tuer Nina, puisque cela fait plusieurs semaines que je suis enfermé ici. Tu devrais aller te faire soigner, tu es vraiment obsédé… tout comme ton petit groupe. Comment s'appelle-t-il déjà ? North Pole ?

— Je ne vois absolument pas de quoi tu veux parler.

— Pour en revenir à Nina…

Ace se tourna vers elle et lui sourit. Nina se força à soutenir ce regard mauvais. Ace la terrorisait, mais elle devait lui faire face.

— Elle t'a parlé de ma petite visite de Sioux Falls ? demanda-t-il à Cody.

— Bien sûr, répliqua ce dernier.

Sans cesser de la fixer, Ace posa le menton dans la paume de ses mains. Nina sentit les siennes trembler, alors elle les cacha à sa vue.

— Et que t'a-t-elle dit, Cody ?

— Je lui ai raconté ce qui est arrivé, intervint-elle. Je lui ai dit que vous étiez venu me voir.

— Et lorsque je t'ai ordonné de partir, tu es partie, n'est-ce pas ? Tu vois, Cody, poursuivit Ace, Nina m'a obéi. C'est pourquoi, je l'apprécie autant. En fait, je suis très satisfait de vous voir ensemble aujourd'hui.

— Vous êtes satisfait de pouvoir contrôler les autres, Ace, répliqua Nina.

Elle tremblait encore et la peur lui tordait l'estomac, mais elle sentait la colère monter : cet homme lui avait volé tant de choses !

— Mais je ne suis plus une petite fille.

— Ah bon… D'ailleurs, à propos de petite fille…

Lorsqu'ils avaient élaboré leur plan, ils avaient décidé qu'il fallait qu'Ace pense que Cody ignorait l'existence de Brianna. Ainsi, il serait plus enclin à le lui apprendre pour lui faire du mal, et à leur révéler des éléments importants.

— À propos de petite fille, comment va Gigi ? reprit Ace avec un sourire. Quand je pense que Jamison s'est mis en quatre pour sauver une petite qui retournera vers les Fils des Badlands dès qu'elle sera en âge de comprendre et qu'elle aura le choix !

— Gigi ne fera jamais cela, répliqua Cody, veillant à parler avec émotion.

Son père verrait cela comme une faiblesse, comme le

moment de frapper, se dit Nina. Le sourire d'Ace la fit frissonner.

— Voyons, tu sais bien que tout le monde revient un jour à ses origines ! Tout le monde.

Il reporta son attention sur elle, et la regarda d'un air faussement songeur.

Cody aurait voulu s'interposer entre eux deux. Il regrettait que Nina soit venue. Mais elle était là, et ils devaient continuer à jouer leur rôle, quoi qu'il leur en coûte.

— Ma jolie, douce Nina… Quelles sont les nouvelles ?

— Rien de spécial, répliqua-t-elle d'une voix un peu tendue. Rien, à part que j'ai reçu une balle dans le ventre à cause de vous. D'ailleurs, j'ai tué votre homme de main. Il est mort.

Ace éclata de rire.

— Si je voyais ce dont tu veux parler – et bien entendu, ce n'est pas le cas – je te répondrais que je me soucie comme d'une guigne d'un larbin qui n'arrive pas à suivre correctement les ordres.

Cody regarda attentivement l'expression de son père. Bien entendu, Ace n'avait pas admis qu'il avait planifié cette attaque, mais il venait de leur apprendre que tuer Nina était bel et bien la mission qui avait été assignée à ce « larbin ».

Le plan de son père ⊠ nul doute que c'était lui qui en était à l'origine ⊠ avait donc échoué. Du fond de sa prison, il n'avait pas autant de pouvoir que ses fils lui en avaient attribué.

— Ça doit être difficile de trouver de l'aide lorsque votre second a été tué, fit-il remarquer.

Il ne voulait pas trop s'en réjouir car cela l'aurait trop fait ressembler à Ace, mais il ne ressentait pas le moindre remords à l'idée qu'il avait fait partie de l'équipe qui avait installé les explosifs responsables de la mort de Tony Dean et de quelques membres du commandement des Fils des Badlands.

— C'est plutôt amusant : tu as réussi à tuer plusieurs personnes avec tes explosifs, et pourtant, je suis toujours là devant toi !

— Oui, c'est tordant ! répliqua Cody avec un sourire. La différence, c'est que je peux reconnaître que j'ai fait cela, parce que la loi est de mon côté, Ace.

— La loi ! répéta Ace d'un air méprisant en bougeant sur sa chaise.

Visiblement, ses piques commençaient à l'irriter, se dit Cody, ravi.

— La loi est écrite par des imbéciles et appliquée par des avortons ! Mon plus grand regret est d'avoir élevé six dégénérés comme vous. Je suis né dans le dénuement et j'ai prospéré sur un territoire hostile où chacun adopte sa propre loi.

Cody s'appuya sur le dossier de sa chaise pendant qu'Ace déballait sa tirade, expliquant comment il avait réussi alors qu'il était parti de rien…

Ils avaient tous entendu cette litanie à de multiples reprises, et n'y prêtaient plus la moindre attention. Mais, dans le cas présent, Cody se félicita d'avoir réussi à faire perdre son sang-froid à Ace. Mais lorsqu'il regarda Nina, il lut l'horreur et la douleur sur son visage. Cela lui fit mal.

— Tu pourrais peut-être abréger. Nous avons des choses à faire.

Le regard d'Ace brillait d'une lueur de folie mais, quand il se posa sur lui, Cody y vit soudain cette froideur qui, lorsqu'il était enfant, précédait une raclée. Cette fois, cependant, il ne détourna pas les yeux.

— Et quand vais-je rencontrer ma petite-fille, Cody ?

— Jamais, lâcha-t-il.

Ace sourit, et Cody comprit alors que cette réplique lui avait coûté toutes les autres informations que son père aurait pu lui fournir... Car, maintenant, il ne pouvait plus feindre d'ignorer l'existence de Brianna, ni prétendre qu'il n'avait pas le moindre ressentiment envers Nina et qu'ils étaient amoureux comme au premier jour.

Cody se leva brusquement. Autant partir immédiatement. Autant laisser Ace penser qu'ils étaient faibles.

— Cette conversation est terminée, maugréa-t-il.

— Quand Nina a-t-elle fini par te le dire ? Après avoir été blessée ? Lorsqu'elle n'avait plus le choix ? C'est bien dommage...

Cody aida Nina à se lever et la guida vers la porte. Il ne voulait pas que son père lui empoisonne l'esprit.

— Je l'ai surveillée de près pendant toutes ces années, lança Ace. J'ai des photos de Brianna bébé, Cody. Et toi ?

Nina laissa échapper une exclamation de douleur, et Cody la poussa hors de la pièce, la suivant immédiatement. Elle s'affaissa contre le mur. Lui-même ne se sentait pas beaucoup mieux.

— Il a gagné, murmura-t-elle, visiblement prête à éclater en sanglots.

— À la fin, peut-être. Mais nous avons obtenu les informations que nous voulions.

Il fallait qu'il se répète cela, au lieu de penser à sa bêtise.

— Lesquelles ?

— Nous savons que l'homme qui t'a attaquée n'a pas mené sa mission à bien. Ace lui avait certainement ordonné de te tuer et d'enlever Brianna, mais il a échoué... Il a échoué, et Brianna et toi êtes venues au ranch, qui est dix fois plus sûr que tous les autres endroits où vous avez vécu.

Il lui prit les deux mains, et attendit qu'elle lève les yeux vers lui.

Ils étaient emplis de larmes, et il sentit son cœur se tordre. Lorsqu'il parla, ce fut d'une voix rauque :

— Tu as sauvé Brianna… et tu t'es sauvée toi-même. Cet homme n'essayait pas seulement de te faire peur.

Elle avala sa salive avec difficulté.

— Tu peux être fière de toi, Nina ! C'est grâce à toi que vous êtes toutes les deux en vie aujourd'hui.

Même s'il n'aurait pas dû, même si cela l'obligeait à faire tomber les défenses qu'il avait érigées pendant ces sept années, il la prit dans ses bras et la tint contre lui.

— Et maintenant, je vais vous protéger.

# 11

Les paroles de Cody résonnaient dans sa tête alors qu'ils remplissaient les diverses formalités pour sortir de la prison. Elle se sentait comme anesthésiée…

Ace avait eu des mots tellement durs que cela lui ôtait la satisfaction d'avoir obtenu quelques renseignements… Ou celle qu'elle aurait pu ressentir en entendant les compliments que Cody lui avait adressés pour avoir sauvé Brianna.

Ace avait des photos de sa fille. Il les avait surveillées pendant toutes ces années. Elle avait laissé derrière elle toutes les personnes qu'elle aimait… pour rien !

Elle boucla sa ceinture. Elle était comme insensible à tout ce qui l'entourait, et seule sa douleur au ventre avait quelque réalité pour elle. Elle n'osait pas regarder Cody : elle allait encore pleurer, et elle était fatiguée de pleurer. Fatiguée d'avoir mal, physiquement et émotionnellement.

— Je sais qu'il t'a profondément blessée, Nina, déclara Cody en mettant le contact. Mais c'était ce qu'il voulait. Et il sait très bien comment s'y prendre : il est expert en la matière !

Cody agrippa le volant, et elle vit à quel point il était lui-même tendu, malgré la douceur avec laquelle il lui parlait.

— Que se serait-il passé si je ne m'étais pas méfiée, si je n'avais pas jugé qu'il était vital de lui cacher l'existence de Brianna ? Où en serions-nous aujourd'hui ?

— Ça ne sert à rien de raisonner ainsi… ça ne s'est pas passé comme ça, c'est tout.

Nina regarda par la fenêtre, essayant désespérément de retenir ses larmes. Cody avait peut-être raison, mais elle ne pouvait s'empêcher d'avoir mal en songeant à tout ce qui aurait pu être différent.

La voix de Cody s'éleva soudain :

— Je n'aurais pas terminé ma formation… Je n'aurais pas travaillé à démanteler les Fils pendant les six dernières années, et Ace ne serait probablement pas en prison en ce moment. Gigi serait encore sous l'emprise du gang… Quant à Jamison et Liza, ils ne seraient certainement plus de ce monde !

— Tu n'en sais rien.

— Je ne peux pas être sûr du contraire non plus !

— Mes sœurs refusent de me parler.

— Elles sont toutes venues hier soir.

— Pour toi, Cody.

— Non : pour Brianna et toi. Ne te complais pas dans ton chagrin. Nous n'en avons pas le temps. Nous devons agir.

Elle le regarda avec irritation.

— Ah bon ! Je me complais dans mon chagrin ? Pendant six ans, Brianna et moi avons vécu dans la solitude et la peur ! Comment oses-tu me parler ainsi ?

— Tu vois : quand tu es en colère, tu n'es plus triste.

Il lui sourit, et elle crut un instant revoir le jeune homme qu'il avait été.

Bien que son amour pour Duke et ses sœurs ait été très fort, elle n'avait jamais eu l'impression qu'ils comprenaient à quel point elle avait souffert avant d'arriver chez eux. En y resongeant maintenant, elle se disait qu'elle s'était certainement trompée mais, à l'époque, les cicatrices étaient encore trop fraîches.

Pourtant elle avait toujours eu le sentiment que Cody la comprenait. Après tout, ce qu'ils avaient vécu enfants présentait beaucoup de similitudes : ils avaient tous les deux grandi sous la garde de parents négligents et dangereux, avec en permanence la peur au ventre.

— Je veux seulement rentrer à la maison, déclara-t-elle avec un soupir.

Elle ferma les yeux, essayant un instant d'oublier son angoisse.

— Tu veux dire, le ranch ?

Elle ne s'était pas rendu compte qu'elle pensait déjà au ranch des Wyatt comme à sa maison. Même si elle n'avait pas grandi là-bas, il faisait partie de son enfance. Elle aimait voir grandma Pauline préparer des cookies pour Brianna. Elle aimait que les frères Wyatt fassent partie de la vie de sa fille.

Mais cela n'était que temporaire, n'est-ce pas ?

— J'ai besoin d'antalgiques, d'une sieste, et de ma fille.

— Pas de problème.

— Et ensuite ? demanda-t-elle en sentant une nouvelle vague de découragement l'assaillir et les larmes lui monter aux yeux.

— Nous allons tous vous protéger, Brianna et toi, et essayer de découvrir comment Ace peut communiquer avec l'extérieur. Si nous parvenons à l'isoler, alors nous n'aurons plus rien à craindre.

Nina préféra ne pas répondre. Elle savait bien que tant qu'Ace serait en vie elle ne pourrait jamais se sentir en sécurité.

Elle resongea à ce qu'avait dit Cody : il avait eu l'occasion de tuer Ace et il ne l'avait pas saisie. Elle se demanda soudain ce qu'elle aurait fait à sa place : aurait-elle pu tuer quelqu'un sans être en état de légitime défense ?

Tuer pour protéger sa fille d'une vie entière passée dans la peur ? Oui, peut-être.

Et Cody aurait-il agi différemment au moment où il en avait eu l'occasion, s'il avait connu l'existence de Brianna ?

Elle repoussa ces pensées. Toutes ces réflexions étaient stériles : on ne pouvait pas changer le passé. On pouvait seulement essayer d'infléchir le futur.

Elle se laissa glisser dans la somnolence, mais un bruit provenant de la voiture la réveilla en sursaut. Elle regarda Cody : il avait le visage grave.

— Ne panique pas, lui dit-il d'une voix bien trop calme pour pouvoir lui procurer le moindre réconfort.

— Que se passe-t-il ?

— Quelqu'un a trafiqué la voiture, souffla-t-il entre les dents. Je voudrais que tu appelles Jamison.

— Cody, je…

Ses mains étaient serrées sur le volant, et elle se rendit soudain compte qu'il luttait pour garder le véhicule sur la route.

— Appelle-le. Maintenant. Donne-lui notre position exacte et dis-lui que quelqu'un nous suit.

Une foule de questions lui vinrent à l'esprit, mais ce n'était pas le moment de les poser. Elle chercha son téléphone dans son sac et le sortit. Elle avait le numéro de Jamison en mémoire, mais l'appel n'aboutit pas.

— Je n'ai pas de réseau ! Je vais continuer à essayer de le joindre.

— Envoie-lui un message : il finira par le recevoir. Dis-lui que notre véhicule a été saboté, et qu'une Ford F-150 blanche nous suit. Je n'arrive pas à voir le numéro de la plaque ni le visage du conducteur.

Il poussa un juron alors que la voiture faisait une embardée avec un grincement affreux.

Nina s'efforça de taper un message clair, mais la voiture tanguait maintenant et, malgré ses efforts, elle ne parvenait pas maîtriser le tremblement de ses doigts.

— Tant pis, appuie sur « envoi ».

Nina fit ce qu'il lui disait même si elle n'avait pas terminé la description de la voiture, puis elle agrippa l'accoudoir.

La voiture glissa hors de la chaussée, et Nina ne put que fermer les yeux et prier.

Cody sentit quelqu'un tirer sur son bras. Il entendit de loin une voix de femme…

*Nina.*

Il avait les yeux ouverts mais il ne voyait rien. Autour de lui, tout était comme plongé dans le brouillard. Il avait un mal de tête horrible, et il se rendit compte que tout un côté de son visage était humide… de sang… ? !

Tout d'abord, il fut incapable de bouger. Il ne comprenait ni où il était ni ce qui se passait. Il essaya de parler, de dire à Nina qu'il allait bien, même si c'était loin d'être vrai.

Ils avaient eu un accident. Ça, c'était sûr. Il lui semblait qu'il se trouvait encore dans la voiture… Il essaya de sentir son corps… Il avait mal, il n'avait pas l'impression d'être blessé… mais il ne voyait rien.

— Cody, Cody… Je t'en prie, parle-moi !

— Je ne vois rien…, finit-il par dire d'une voix rauque.

Parler lui faisait mal. Il essaya de relever la tête pour sortir le nez de l'airbag qui s'était déployé.

— Quoi ? souffla Nina.

Elle devait être tout près de lui, mais il ne la distinguait même pas. Si elle lui parlait, c'est qu'elle allait bien, non ?

— Tu es blessée ? demanda-t-il.

— Non.

Elle lui mentait. Il lui suffisait de l'entendre pour le savoir.

— Nina…

— Rien de sérieux, Cody. Mais, toi, tu es couvert de sang. Tu as besoin d'aide !

— Ça va.

— Cody, tu ne me regardes pas !

Inutile d'essayer de lui cacher quoi que ce soit.

— Dis-moi : j'ai les yeux ouverts ?

— Bien sûr qu'ils sont ouverts ! Cody, qu'est-ce qui ne va pas ?

Sa voix prenait des accents aigus, comme si elle commençait à paniquer.

— Nina, je vais bien. Écoute-moi…

— Tu as le visage couvert de sang… Et tu me demandes si tes yeux sont ouverts ! Il faut que j'appelle une ambulance.

— Non, ce n'est pas nécessaire. Je n'ai rien de cassé. C'est simplement que je… j'ai perdu la vue.

— Cody, mon Dieu ! Tu ne vois rien ? rien du tout ?

Il entendait qu'elle tentait de se maîtriser, de ne pas céder à l'affolement.

Il essaya de bouger la tête, et ressentit une vive douleur.

— Tout est gris… Je distingue quelques ombres, mais… c'est tout.

— Tu ne vas pas pouvoir sortir de ton côté : ta portière est bloquée par un arbre.

— Nous étions suivis par une Ford. Elle est toujours là ?

Il entendit Nina bouger, mais il ne parvenait pas à discerner ce qu'elle faisait.

— Je ne vois pas grand-chose à part des airbags et du verre brisé. Mieux vaut ne pas sortir : tu as été blessé à la tête, et peut-être ailleurs également. Tu ne dois pas bouger !

— Si j'ai à choisir entre être tué par les sbires de mon père ou bouger malgré une blessure à la tête, je choisis la seconde option.

Elle poussa un cri horrifié, mais il n'avait pas le temps de la ménager : des hommes étaient à leurs trousses.

— D'accord, d'accord, répondit-elle. Tu peux dégrafer ta ceinture ?

Malgré la douleur, malgré son étourdissement, il y parvint.

— Prends le pistolet qui est dans la boîte à gants, reprit-il.

Il l'entendit suivre ses instructions.

*Comment vas—tu pouvoir la protéger si tu as perdu la vue ?* songea-t-il, accablé. Pour le moment, il ne devait pas y penser : la priorité était de survivre.

— Tu sais t'en servir ?

— Je vais y arriver. Où est la sécurité ?

Il tendit la main et elle y plaça délicatement l'arme. Il passa les doigts dessus, et lui montra ce qu'elle cherchait.

— Cela fait des années que je ne me suis pas servie d'une arme… Et même après les leçons de grandma Pauline et de Duke, je n'ai jamais été très douée.

— Eh bien, à moins que je ne retrouve subitement la vue, toi seule peux nous tirer de là.

Il lui redonna le pistolet.

— Et maintenant, je voudrais que tu ailles à l'arrière de la voiture. Je vais sortir après toi et je…

— Tu ne peux pas sortir, Cody. Tu ne vois rien !

Il ouvrit la bouche pour la contredire. Mais il savait qu'il ne faisait que retarder l'inévitable : il n'avait aucun moyen de l'aider.

— Je pense que s'ils voulaient nous faire du mal, ils n'auraient pas attendu, reprit Nina. Je vais sortir tout doucement et regarder s'ils sont là. Reste à l'abri.

« Reste à l'abri » ? Jamais, de sa vie, il n'était resté à l'abri ! Il était toujours le premier à aller de l'avant lorsqu'il y avait un risque, le premier à se dévouer pour protéger les autres. Il avait été formé ainsi, et s'était promis de toujours agir de la sorte. Mais il n'avait pas le choix puisque, en tendant la main pour la retenir, il se contentait de battre l'air. Il l'entendait bouger, mais ne discernait aucun de ses mouvements.

S'il pensait à cela, il allait paniquer. Alors, il poussa un profond soupir. Une chose à la fois… Il fallait toujours faire une chose à la fois.

La première était de sortir de la voiture.

— Il n'y a personne, déclara Nina. Nous sommes dans une sorte de ravin. Ils savent que la voiture a dévalé la pente. Mais s'ils nous regardent du bord de la route, la voiture est placée de telle manière qu'ils ne peuvent pas nous voir sortir. Il va falloir que tu viennes du côté du passager. Peux-tu…

— Dis-moi seulement si je vais dans la mauvaise direction, l'interrompit-il.

À tâtons, il repéra le siège du passager et se hissa dessus. Il avait mal partout, mais c'était la douleur qu'il avait à la tête qui surpassait de loin toutes les autres.

Lorsqu'il sentit le bord du siège, il passa précautionneusement une jambe dehors, cherchant le sol du pied. Puis il réussit à s'extraire de la voiture, et se mit debout.

Un étourdissement manqua de le faire tomber, mais il sentit les bras de Nina qui le retenaient.

— Je ne peux pas appeler les secours : mon téléphone s'est cassé dans l'accident. Et je ne crois pas… je ne crois pas que mon message à Jamison soit parti, dit-elle d'une voix qui se brisa.

— Le mien est dans la poche arrière de mon pantalon.

— Attends : je vais le prendre ! s'écria-t-elle comme il tendait la main pour l'attraper. Je vais appeler une ambulance. Tu as besoin d'être soigné.

— Non. Appelle Jamison.

— Mais tu n'arrives pas à voir !

Il fallait vraiment qu'elle cesse de répéter cela !

— Nous ne pouvons pas appeler d'ambulance, mais je connais quelqu'un qui peut nous aider. Va dans mes contacts.

Il chancela. Jamais il ne s'était senti aussi faible. Mais il réussit à lui faire trouver les numéros cachés dans son répertoire, et lui demanda d'appeler Shay. Elle déposa le téléphone dans sa main, et il le porta à l'oreille.

— Tu dois vraiment arrêter de…, commença Shay.

— J'ai un gros problème, Shay. J'ai besoin d'aide.

— Je ne peux pas t'aider, Cody. J'ai fait tout ce que je pouvais et…

— J'ai eu un accident. Je suis certain que les hommes d'Ace sont après nous. Nous devons être exfiltrés.

— Exfiltrés ? Nous ?

Il l'entendit marmonner quelque chose avec irritation.

— Coordonnées ?

— Attends.

Il se tourna vers Nina. Elle le soutenait toujours pour l'aider à rester debout.

— Où sommes-nous ?

— Je… je ne sais pas.

— Tu vas bien ? demanda Shay d'une voix pressante.

— Je suis un peu blessé.

— Un peu comment ?

Cody marqua un temps d'arrêt.

— C'est si mauvais que ça ?

Il ne répondit pas à sa question, mais lui expliqua où il pensait qu'ils se trouvaient juste avant l'accident.

— Attends, dit Shay.

Il entendit le cliquetis de son clavier d'ordinateur.

— Je vais voir ce que je peux faire. Nous avons une base pas trop loin d'ici. Je vais t'envoyer une carte.

— Je… je n'y vois rien.
— Pardon ?
— Je suis sûr que c'est temporaire. Mais en ce moment, je n'y vois rien. Rien du tout.
— Je sais lire une carte, marmonna Nina.
— Qui est-ce ? demanda Shay d'un ton sec.
— Nina.
Shay poussa un juron.
— Je vais t'envoyer une carte avec l'itinéraire. Dis-lui de le suivre. Et je vais voir si je peux trouver quelqu'un pour vous aider.
— Un médecin ne serait pas mal venu.
— Et pourquoi tu ne demandes pas la lune aussi ?
— Nous allons nous débrouiller. Envoie-nous un itinéraire, un peu d'aide, et nous allons nous débrouiller.
— Active la localisation du téléphone.
— Oui, madame.
— Si tu m'appelles madame, c'est que ça va mal. Prends soin de toi, Cody.
Elle raccrocha et Cody rendit le téléphone à Nina. Il lui indiqua comment activer la localisation. Il aurait dû supprimer le dispositif que North Star avait installé sur son téléphone lorsqu'il avait quitté l'organisation, mais ne l'avait pas fait.
Dieu merci !
— Cody…
— Si tu me répètes que j'ai besoin d'une ambulance…
— Quelqu'un vient vers nous, murmura Nina. Et il est armé.

# 12

L'homme qui progressait vers le fond du ravin prenait son temps, mais Nina était paralysée par la peur.

Cody avait perdu la vue, il avait le visage couvert de sang et semblait si faible qu'elle eut la tentation de renoncer à lutter.

Mais, comme la nuit où un homme avait fait intrusion dans sa maison, elle décida qu'elle ne pouvait pas laisser la peur avoir raison d'elle. Il fallait qu'elle protège ceux qu'elle aimait. Elle avait tué pour sauver Brianna, et elle était capable de le faire pour Cody.

— Ils sont combien ? demanda Cody d'un ton pressant.

— Je n'en vois qu'un. Combien y avait-il d'hommes dans le véhicule qui nous suivait ?

— Un seul, il me semble. Tu vas devoir l'abattre avant qu'il arrive sur nous.

Nina n'avait jamais été douée pour le tir, mais elle n'avait pas le choix.

— Utilise la voiture comme bouclier. Reste bien derrière, expliqua Cody. Tu as plusieurs balles, alors appuie sur la détente jusqu'à ce que tu finisses par l'atteindre.

— Et si je n'y arrive pas ?

— Alors, nous nous battrons.

Nina regarda Cody. C'était tout simplement impossible. Il fallait qu'elle arrête cet homme avant qu'il parvienne jusqu'à eux. Ce qui signifiait qu'elle devait cesser de trembler comme elle le faisait en ce moment.

— Explique-moi ce que je dois faire.

— Trouve un endroit d'où tu pourras le voir, mais où tu seras protégée par la voiture.

C'est ce qu'elle fit, mais il lui fallut ensuite quelques secondes pour qu'elle se rappelle que Cody ne pouvait pas savoir qu'elle était en position. Elle dut le lui signaler.

— Comment dois-je faire pour le viser ?

— Tu as deux petites pièces sur le haut du pistolet. Celle qui est vers toi est le cran de mire, celle qui est à l'extrémité du canon est le guidon. Tu dois faire en sorte que le carré du guidon se place au centre du cran de mire, au même niveau, et que ta cible soit dans le prolongement. Prends une inspiration, puis appuie sur la détente… et continue jusqu'à ce qu'il ne bouge plus.

Fort heureusement, le terrain était très accidenté, ce qui ralentissait la progression de l'homme. Il était tout de noir vêtu, et semblait beaucoup plus athlétique que celui qu'elle avait tué dans sa maison, à Dyner.

— Respire… Respire et compte. Fais tout ce que tu peux pour être le plus calme, le plus stable possible.

Cody lui parlait d'une voix tranquille, apaisante.

— Tu vas y arriver.

Elle prit plusieurs inspirations profondes. Elle tremblait toujours, mais elle pointa son arme sur l'homme qui se rapprochait de seconde en seconde, et se concentra sur ce que Cody lui disait.

Le premier coup la fit sursauter, et elle loupa sa cible. L'homme n'interrompit même pas sa progression alors qu'il levait son arme et la braquait vers la voiture. Elle poussa un juron.

— Essaie de bien aligner le cran de mire et le guidon, et essaie encore. Assure-toi que tu es à l'abri.

Elle jeta un coup d'œil à Cody.

— Baisse-toi un peu plus, lui ordonna-t-elle.

Elle savait que les hommes d'Ace n'hésiteraient pas à la tuer… et elle n'était pas certaine qu'ils laisseraient Cody en vie.

Brianna avait besoin de ses parents.

Une détonation précéda le claquement métallique d'une balle qui s'enfonçait dans la tôle de la voiture, et elle poussa un cri.

— Tu vas bien ? demanda Cody.

— Oui, oui, marmonna-t-elle tout en visant l'homme.

Elle pensa seulement qu'il fallait qu'elle se batte pour Brianna, et elle tira.

Cette fois, l'homme vacilla. Il ne tomba pas mais, à la façon dont il s'arrêta pour considérer sa jambe, elle sut qu'elle l'avait touché.

— Tu l'as eu ?

Nina hocha la tête, puis se souvint que Cody ne pouvait pas la voir.

— Il avance encore, mais il est blessé.

— Tire encore.

Elle lui obéit, concentrant toutes ses pensées sur Brianna, sur ce qu'elle devait faire pour leur fille. Cette fois, l'homme tomba à terre.

— Tu dois le tuer, Nina. Tu n'as pas le choix.

Elle hocha la tête et, bien que tout son corps soit à nouveau agité de tremblements, elle prit une longue inspiration. Elle respira lentement plusieurs fois jusqu'à ce qu'elle se sente un peu plus solide. Puis elle visa la tête de l'homme.

Il s'affaissa immédiatement. Nina faillit lâcher son arme tant elle tremblait.

— Mon Dieu ! Mon Dieu !

— Ne craque pas, Nina. Il faut que nous partions d'ici. Regarde mon téléphone.

Il lui expliqua où trouver la carte que leur avait envoyée la personne qu'il avait appelée, et, tout en luttant pour contrôler ses mouvements, elle réussit à faire ce qu'il lui disait.

— Je n'arrive pas à lire ça, marmonna-t-elle lorsqu'elle vit apparaître un réseau de lignes et de points clignotants.

— Appuie sur la flèche qui est dans le coin.

Elle suivit ses instructions, mais rien ne changea.

— Et maintenant ?

— Il faut avancer, dit-il. Le point rouge clignotant est notre destination.

— Et le reste ?

— Je t'expliquerai plus tard, lorsque nous serons à l'abri.

Il poussa un soupir plein de frustration et ajouta :

— Il va falloir que tu me guides.

Elle avait tué un autre homme, ils étaient perdus au milieu de nulle part, mais Brianna était en sécurité au ranch. Dieu merci ! Brianna était en sécurité…

— Un de tes frères ne peut-il pas venir nous chercher ?

— Envoie-leur un message. Brianna doit être leur priorité. Utilise le code pour écrire.

— Le code ?

— Nous ne pouvons pas être trop prudents. Jamison et Tucker ont peut-être été suivis eux aussi… Ça serait même assez probable. Envoie le message à Dev. Tape exactement ce que je vais te dire : 827.B#1-672.

— Et cela signifie… ? demanda Nina en suivant consciencieusement ses instructions.

— Dev saura. C'est ce qui compte. Et maintenant…

Il laissa sa phrase en suspens, fronçant les sourcils.

— Donne-moi la main, déclara Nina. Le sol est très inégal, et nous ne pourrons pas aller vite.

Elle lui prit la main, et tenta de ne pas se laisser gagner par la panique : Cody semblait si faible…

— Je vais devoir regarder la carte, alors fais attention chaque fois que tu poses un pied par terre. Je ne serai pas capable de te porter si tu te foules la cheville !

— Ça n'arrivera pas !

Nina considéra l'endroit où ils se trouvaient. Ce serait un miracle s'ils parvenaient à avancer sur quelques centaines de mètres, sans même parler de parcourir la distance qu'indiquait la carte… Un miracle si d'autres hommes armés ne surgissaient pas… Un miracle s'ils sortaient vivants de ces épreuves.

Mais elle allait tout faire pour ce miracle ait lieu.

Il leur fallut deux heures pour arriver à destination. Cody n'avait pas besoin de voir sa montre pour le savoir. Ils avançaient à une vitesse incroyablement lente, et les encouragements de Nina commençaient à manquer de conviction.

Mais elle continuait à le guider, et à pester contre la carte. Il tomba deux fois tant le terrain était accidenté. Lorsqu'il se releva, la seconde fois, il eut un étourdissement qui faillit le faire tomber à nouveau, mais Nina réussit à le retenir alors qu'il tentait de faire face à la douleur fulgurante qui le traversait tout entier.

— Je vois quelque chose devant nous ! s'exclama soudain Nina. Une maison en bois !

Elle avait la voix rauque. Elle était déshydratée, tout comme lui, songea Cody. Il avait conscience aussi d'avoir perdu beaucoup trop de sang, mais ils allaient enfin pouvoir se mettre à l'abri. La maison que voyait Nina était sans doute la base dont lui avait parlé Shay.

Nina s'arrêta immédiatement.

— Quelqu'un vient d'ouvrir la porte du chalet, murmura-t-elle.

— Décris-le.

— Hum… Taille moyenne. C'est une femme, je crois. Elle est blonde. Habillée tout en noir. Je n'ai pas l'impression qu'elle soit armée.

— C'est Shay.

— Qui ?

— La femme que j'ai appelée. Elle est là pour nous aider.

— Elle vient vers nous. Tu es sûr qu'elle ne nous veut aucun mal ?

Peu de temps après, il entendit la voix de Shay :

— Effectivement, tu ne plaisantais pas : tu as besoin d'aide.

Il se sentit presque défaillir lorsqu'elle saisit sa main libre : Nina et lui avaient réussi à s'en sortir. En vie.

Enfin, jusqu'à maintenant…

— Viens à l'intérieur, déclara Shay. Nous allons te soigner.

Elle parlait de sa voix habituelle, calme et assurée, et c'était un énorme soulagement.

— Nina a besoin d'être examinée elle aussi, réussit-il à articuler.

— Je vais bien, martela Nina alors qu'ils continuaient à avancer.

Mon Dieu, il avait tellement envie de s'allonger !

— Vous allez être examinés tous les deux, répliqua Shay. Jennings n'était pas d'accord pour que l'équipe médicale vienne avec moi, alors je me suis débrouillée autrement.

— Eh bien, dans quel état tu t'es mis ! s'exclama soudain une voix masculine.

— Brady ?

Cody faillit s'écrouler en entendant la voix de son frère, mais des bras forts le retinrent. Pas ceux de Nina ni de Shay, ceux de Brady.

— Brianna…

Brady interrompit Nina.

— À part vous deux, tout le monde est au ranch, en sécurité. Tucker et Jamison ont été suivis eux aussi, mais leur voiture n'a pas été sabotée. Ils ont réussi à semer leurs poursuivants et à rentrer sains et saufs. Tout le monde, y compris les Knight, va rester au ranch jusqu'à nouvel ordre, et Brianna est surveillée en permanence.

Tout en parlant, Brady l'aida à s'asseoir. Cody sentit qu'il lui palpait très délicatement le visage, et il tenta de ne pas trahir combien cela lui faisait mal.

— Je ne suis pas certain d'avoir les compétences nécessaires, murmura Brady tout bas.

Cody se dit qu'il ne voulait probablement pas que Nina l'entende. Savait-elle que Brady avait une formation de secouriste ?

— Nous allons nettoyer la blessure, déclara Shay. Ensuite, nous allons faire une visioconférence avec Betty, et voir si elle peut nous aider à te soigner.

Quelqu'un lui prit la main, et il sentit immédiatement que c'était Nina. Elle lui murmura des paroles d'encouragement alors que Brady et Shay échangeaient à voix basse. La douleur qu'il ressentit lorsqu'ils nettoyèrent ses plaies au visage fut presque insoutenable, alors il se concentra sur la main de Nina qu'il tenait dans la sienne, et sur le fait que Brianna était sous la protection de toutes les personnes qu'il aimait.

— Je peux suturer les plaies, dit enfin Brady, mais le véritable souci, c'est que tu as perdu la vue. Cela peut être causé par un saignement au niveau du cerveau…

Il entendit Nina retenir sa respiration à côté de lui, et il lui serra la main.

— Il pourrait y avoir une lésion transitoire ou permanente de la partie du cerveau qui contrôle la vue, poursuivit Brady.

— Ce qui signifie que la vue pourrait revenir si cette lésion guérissait ?

— Elle *pourrait* revenir, Cody. Je ne dis pas qu'elle *va* revenir. C'est peut-être sérieux.

— Tu as dit « peut-être ».

Brady marmonna un juron.

— Je vais appeler Betty, intervint Shay.

Elle ajouta à l'attention de Nina :

— C'est le médecin de l'organisation. Elle va aider Brady à établir un diagnostic plus précis. Ensuite, nous déciderons quelles interventions Cody doit subir.

— Je n'ai besoin d'aucune…

— Tais-toi, Cody, l'interrompit Shay.

Il lui obéit, non sans manifester sa désapprobation par un grognement.

Soudain, une voix lointaine s'éleva. Probablement celle de Betty.

— Eh bien, celui qui t'a fait ça ne t'a pas loupé ! Tu espérais peut-être un peu plus de calme après ta mission pour North Star !

— Eh ! Je suis le fils d'Ace Wyatt. Je n'ai jamais connu le calme.

Betty eut un petit rire. Tous les membres de North Star avaient l'habitude de le taquiner à propos de son père, et Cody s'était pris au jeu. Il n'était pas responsable des actes d'Ace.

Shay et Brady s'affairaient autour de lui pendant que Betty leur posait des questions.

— Cody, tu ne vois vraiment rien ? lui demanda-t-elle.

— Je distingue quelques ombres… c'est tout.

Betty fit un petit bruit, comme pour dire qu'elle comprenait. Elle avait soigné Jamison après leur dernière confrontation avec Ace, et Brady était un secouriste expérimenté. Il n'y avait aucune raison de croire qu'ils ne pourraient pas le remettre sur pied.

Il fallait qu'il se rétablisse. Il n'aurait pas tenu autant à sa vie, à sa santé, quelques semaines plus tôt, mais maintenant il avait une fille.

— Dans une autre situation, je t'aurais déjà envoyé à l'hôpital. Mais nous connaissons tous Ace et, apparemment, la prison ne lui a rien ôté de son pouvoir de nuisance… Cela dit, nous avions tous conscience qu'il resterait dangereux.

Oui, Cody le savait bien. Mais il s'était pris à espérer…

— Brady, quels médicaments as-tu sous la main ? reprit Betty.

Brady et Betty continuèrent à parler des soins à lui prodiguer, puis mirent fin à leur conversation. Même si Cody ne voyait rien, il sentait maintenant tous les regards peser sur lui.

Il n'aimait pas cette sensation. Et si cela ne suffisait pas à le rendre nerveux, il entendit une porte s'ouvrir puis se fermer… des bruits de pas… des conversations à voix basse. Et il ne savait absolument pas ce qui se passait autour de lui.

— Respire, murmura Nina, et ce fut à cet instant seulement qu'il se rendit compte que la panique était en train de le gagner.

Il ne pouvait pas laisser cela arriver.

La porte s'ouvrit et se ferma à nouveau, puis il entendit des cliquetis puis des bruits sourds.

— Bon, commençons par un sédatif, déclara Brady.

— Non.

— Il va falloir que je te fasse des points de suture au visage. Tu vas prendre ce sédatif, il n'y a pas de discussion possible. Maintenant, Shay et Nina, aidez-moi à l'allonger sur un lit. Je vais avoir besoin de votre aide pendant que je refermerai les plaies.

On le guida vers un lit. Brady donna quelques instructions, et lui administra le sédatif. Cody n'avait pas envie de sombrer dans l'inconscience, mais il se laissa aller lorsque Nina lui toucha doucement le front et lui recommanda de lâcher prise.

Lorsqu'il se réveilla, il ressentait une douleur intense, et il avait la bouche très sèche. Il bougea un peu, et pendant une seconde, il crut être dans une pièce très sombre avant de se souvenir : il avait perdu la vue.

Il était sur un lit, et quelqu'un était allongé auprès de lui.

— J'espère vraiment que c'est Nina et pas mon frère, dit-il en grimaçant.

Il avait mal à la gorge, et se sentait dans un état pitoyable. Nina se blottit un peu plus contre lui.

— Comment te sens-tu ?

— Plutôt bien.

En entendant son rire étouffé, il se sentit immédiatement mieux.

— Je suis resté inconscient combien de temps ?

— Quelques heures. Il est près de minuit. Tu devrais essayer de dormir un peu.

— Ils t'ont examinée ?

— Oui. Brady a refait mon pansement à l'abdomen, et a nettoyé quelques petites coupures dues à l'accident… Mais il a dit que j'allais bien.

— Tu ne mens pas à un homme aveugle, j'espère ?

— Non… En tout cas, pas en ce moment !

Il se détendit un peu. Elle allait bien, et c'était ce qui comptait.

— Dors, souffla-t-elle.

— Et toi, tu as dormi ?

Nina poussa un soupir.

— J'essaie…

— Tu es inquiète.

Il entendait sa fatigue et son angoisse dans sa voix. Elle essayait de se contrôler parce qu'il était blessé. Mais quel que soit son état, qu'il soit aveugle ou non, il ferait tout ce qui était en son pouvoir pour empêcher Nina de souffrir.

— Tu penses qu'elle a peur ? demanda Nina après un très long silence.

Elle n'eut pas besoin de prononcer le nom de Brianna pour qu'il sache de qui elle parlait.

— À part nous, tout le monde est autour d'elle, fit-il. Je suis certain qu'elle se fait du souci pour toi, mais qu'elle va bien. C'est ce qui compte en ce moment.

Il préférait s'en persuader, au lieu de songer que tant qu'Ace serait vivant elle serait toujours en danger.

— Elle t'aime, Cody.

Ils étaient dans le noir – c'est du moins ce qui lui semblait – et Nina était blottie contre lui comme si ces sept années de séparation n'avaient pas existé…

— Si elle m'aime, c'est seulement grâce à toi.

— J'aurais aimé qu'elle ait son père, sa famille à ses côtés, mais ce n'était pas possible. Alors, j'ai fait de mon mieux : je vous ai fait vivre dans des histoires…

Nina parlait d'une voix ferme, même s'il percevait la peur derrière les mots.

— Cody, que se serait-il passé si…

— Pas de « si ». Contentons-nous du présent. Nous allons nous en sortir. Ça sera difficile, nous allons peut-être y laisser quelques plumes, mais nous allons nous en sortir.

Elle resta silencieuse pendant un moment, mais il sentit qu'elle lui prenait la main.

— Ensemble, murmura-t-elle.

— Oui.

« Ensemble. » Comme une famille ? Il ne savait pas trop quoi en penser pour le moment, alors il préféra se laisser glisser dans le sommeil.

# 13

Lorsque Nina se réveilla, non seulement sa blessure au ventre lui faisait mal, mais son corps tout entier était endolori. Le sang battait à ses oreilles et, lorsqu'elle se glissa hors du lit, elle faillit tomber tant elle se sentait faible.

Elle parvint à se stabiliser et regarda Cody. On était le matin, mais mieux valait le laisser dormir. Du sang avait traversé les bandages, et il était livide.

Brady lui avait affirmé qu'il s'en sortirait, mais il lui était difficile d'en être certaine lorsqu'elle le voyait dans cet état.

Elle se glissa hors de la pièce et se rendit dans la cuisine. Elle espérait y trouver du café, et voulait prendre un moment pour se remémorer tout ce qu'elle avait réussi à accomplir jusque-là. Ainsi, lorsqu'elle reviendrait auprès de Cody, elle serait plus à même de le soutenir.

Nina s'arrêta brusquement en voyant Shay dans la cuisine. Les relations que Cody et elle entretenaient n'étaient toujours pas claires pour elle, et cela la mettait mal à l'aise.

À moins que ce ne soit le fait que Shay lui ressemblait physiquement qui la troublait… Elles avaient toutes deux les cheveux blonds, les yeux bleus. Shay était plus grande, mais elles avaient la même silhouette longiligne.

— Bonjour ! lança cette dernière. Il y a du café. Vous pouvez vous servir.

— Merci.

— Et de l'ibuprofène, ajouta Shay avec un sourire, tout en poussant une boîte de comprimés vers la cafetière.

— Merveilleux !

Nina fit un effort sur elle-même et s'avança dans la pièce. Shay glissa quelque chose dans un grand sac en toile, et passa la lanière sur son épaule.

— Vous partez ? demanda Nina surprise, et peut-être un peu inquiète du départ de cette femme qui semblait si puissante.

— Je dois rentrer. North Star contrôle ma vie, et ils n'ont pas vraiment apprécié cette escapade. Je vais devoir me faire pardonner !

— Mais vous nous avez aidés ! Vous nous avez sauvés !

Shay eut un sourire ironique.

— Mais cela ne faisait pas partie de la mission qui m'a été confiée.

— Alors, pourquoi êtes-vous intervenue ?

Shay haussa les épaules.

— Cody est un bon garçon.

Cette réponse équivoque la mit aussitôt mal à l'aise, mais elle n'avait pas le droit de ressentir cela. Elle tenta de ne pas y prêter attention.

— Écoutez, je vais jouer franc-jeu, reprit Shay comme si elle avait lu dans ses pensées. Je suppose que Cody n'a pas beaucoup parlé de North Star, mais rien ne s'est passé entre nous.

— Oh… D'accord… Je ne…

Cela ne la regardait pas. Cody et elle étaient séparés. Il n'avait aucun compte à lui rendre pour les sept années pendant lesquelles elle s'était cachée. Elle n'aurait pas dû être jalouse, et encore moins être soulagée d'entendre cela.

Même si elle était embarrassée que Shay l'ait devinée si facilement, elle ne put se retenir de lui demander :

— Et pourquoi ?

— Nous aurions été renvoyés de l'organisation.

Shay haussa les épaules, comme si tout était dit.

— Aucun de nous deux ne pouvait se le permettre.

— Alors, vous n'étiez pas très amoureux.

Nina se sentit rougir sous le regard de Shay.

— Pardon, je me mêle de ce qui ne me regarde pas, s'empressa-t-elle d'ajouter. Je suis désolée.

— Non, vous avez raison : je suppose que nous n'étions pas très amoureux. Je n'avais jamais pensé à cela en ces termes. Bon, je dois y aller, sinon je vais vraiment avoir des problèmes.

— Merci beaucoup pour tout ce que vous avez fait pour nous.

Shay hocha la tête.

— Ace est un homme dangereux. Ne le sous-estimez pas.

— Je ne l'ai jamais sous-estimé.

Shay partit, et Nina resta seule dans la cuisine. Elle prit un cachet d'antalgique et but un café, tout en tendant l'oreille pour savoir si Cody se réveillait. Et pendant ce temps, les pensées tourbillonnaient dans sa tête…

— Comment va notre malade ?

Elle leva les yeux vers Brady et tenta de sourire.

— Il dort encore.

Elle but une gorgée de café.

— Peux-tu être honnête avec moi et me dire exactement où il en est ?

Il pinça les lèvres mais soutint son regard.

— Je ne connais pas exactement le degré de gravité de ses blessures. J'aimerais pouvoir l'emmener à l'hôpital, mais nous devons d'abord nous assurer qu'Ace n'en saura rien.

C'était ce qu'elle s'était répété pendant sept ans, tout ça

pour découvrir que cela n'avait servi à rien… Ace *savait* que Cody avait une fille.

Et comme à chaque fois qu'elle songeait qu'elle avait fait tous ces efforts en vain, elle eut mal.

— Tant qu'Ace sera en vie, Brianna ne sera pas en sécurité. Aucun de nous ne sera en sécurité ! déclara-t-elle en considérant son café.

— Vous pourriez suivre le conseil de Duke : aller vivre loin d'ici… disparaître… Ace a du pouvoir, mais tout de même !

— Il trouverait le moyen de nous atteindre. Cela lui prendrait peut-être des années, mais il y parviendrait. Tout cela ne se terminera qu'avec la mort d'Ace.

— Il est protégé tant qu'il est en prison.

— À moins qu'il ne soit condamné à mort…

Nina leva les yeux vers Brady, alors qu'un espoir insensé se levait en elle.

— C'est possible, non ?

— Les charges qui pèsent sur lui pour le moment sont trop légères : il est simplement inculpé pour trafic de drogue. Ce n'est pas passible de la peine de mort.

— Mais il a tué plusieurs personnes, nous le savons !

— Nous le savons, mais Ace est prudent, et il délègue le sale boulot. Il nous faudrait des preuves… Mais c'est presque impossible

— À moins qu'un de ses hommes de main ne soit arrêté…

— Et ensuite ? Nous n'allons pas le torturer !

Nina haussa les épaules.

— Vous ne pouvez pas savoir jusqu'où j'irais pour sauver ma fille. J'ai dû tuer deux hommes, Brady. C'était de la légitime défense, mais j'en tuerais dix de plus pour la sauver !

Elle vit qu'elle l'avait surpris, mais la maternité l'avait

changée. Ace l'avait changée. Elle ferait tout ce qui était en son pouvoir pour protéger Brianna.

— Dix ! Je pense que ça ne sera pas nécessaire.

En entendant la voix de Cody, Brady et elle se levèrent immédiatement et vinrent à sa rencontre, même s'il avait réussi à trouver seul son chemin jusqu'à la cuisine.

— Tu as retrouvé la vue ? demanda Nina, son cœur se gonflant d'espoir.

— Non. Mais je suis capable de toucher les murs pour me guider, et de me diriger vers des voix, répliqua Cody. Même si mon mal de tête n'a pas eu la bonne idée de se calmer… Hum, je sens l'odeur du café.

— Je vais t'en servir une tasse, proposa Brady.

Nina aida Cody à s'asseoir, et Brady déposa un mug devant lui. Nina lui plaça doucement la main sur l'anse.

— Je n'ai pas l'habitude qu'on s'occupe de moi ainsi !

— Une chose est sûre, riposta Brady, ça ne va pas durer !

Nina regarda Brady en fronçant les sourcils, mais il se contenta de hausser les épaules et Cody sourit. Elle songea que la façon un peu rude qu'ils avaient de se parler était certainement un réconfort pour Cody en ce moment.

— Shay est partie ?

Nina haussa les épaules, puis se souvint que Cody ne pouvait pas la voir.

— Oui. Il n'y a pas longtemps.

— C'est bien.

— Ah bon ? demanda Brady.

— Pour elle. Pour North Star. Je ne peux pas me reposer sur eux, expliqua Cody.

— Je ne vois pas pourquoi, répliqua Brady.

— Parce que maintenant qu'Ace est derrière les barreaux, North Star estime qu'il n'est plus un problème. Ace n'est plus que le combat des frères Wyatt. Il est *notre* combat.

Nina voyait bien que Brady n'était pas d'accord, mais il se contenta de pincer les lèvres et de prendre un air fermé.

— En vous écoutant, déclara soudain Cody, je viens de me rendre compte d'une chose : à force de nous concentrer sur Ace, nous en oublions une pièce essentielle du puzzle.

Il leva sa tasse précautionneusement et but une gorgée de café pendant que Nina et Brady se penchaient vers lui et attendaient qu'il leur expose son idée.

— Tu veux dire : nous en oublions les hommes qui font le sale boulot à sa place ? proposa Brady d'une voix impatiente.

Cody reposa lentement sa tasse et secoua la tête.

— Non. Je ne parle pas de ses hommes de main : ils n'ont pas accès à lui. Je pensais plutôt à celui qui l'aide à communiquer avec l'extérieur.

— Ça pourrait être un gardien ? suggéra Brady.

— Ou l'un de ses avocats.

— Ils n'ont pas été commis d'office ?

— L'un d'eux, oui, et North Star pense qu'il ne présente aucun problème, mais Jamison était en train d'enquêter sur l'autre lorsque nous avons été accaparés par l'organisation de cette visite en prison.

— D'accord. Mais maintenant, qu'allons-nous faire ?

Cody leva à nouveau sa tasse.

— Nous allons leur offrir l'occasion qu'ils attendent… L'occasion de nous faire du mal.

— C'est ta blessure à la tête qui te fait divaguer ? demanda Nina d'une voix qui se perdait dans les aigus. Tu n'as pas voulu dire ça !

Cody trouvait étrange de vivre constamment dans cette grisaille, de ne dépendre que de l'ouïe et du toucher pour comprendre ce qui se passait autour de lui… Mais d'une certaine manière, cela l'aidait à rester calme, concentré… Pas sur sa peur, mais sur la réalité de la situation. Comme il ne voyait pas la douleur dans les yeux bleus de Nina, il respirait mieux, il pouvait réfléchir.

— Nina, écoute-moi !

— Comment peux-tu être aussi calme ? s'exclama-t-elle. Tu es blessé, et tu as perdu la vue ! J'ai moi aussi été blessée. Et notre fille est…

— En sécurité, l'interrompirent Cody et Brady en même temps.

— Comment puis-je en être sûre ?

La voix de Nina se brisa. Il ne pouvait pas poser la main sur elle pour la réconforter : il n'aurait fait que battre l'air. Même s'il savait qu'elle était assise à sa droite, il ne la voyait pas.

— Il n'y a aucun endroit où Brianna pourrait être plus en sécurité qu'au ranch, sous la surveillance de nos deux familles. Tu le sais, non ? Où que nous la cachions, Ace la retrouvera. Alors, nous pouvons seulement la protéger. Et nous allons tout faire pour la garder saine et sauve.

— Cela ne suffit pas, murmura Nina.

— Nous sommes tous encore en vie. Nous avons tous des cicatrices, que ce soit Jamison, Dev, toi ou moi, mais nous avons survécu… Parce que nous n'avons pas perdu espoir, et que nous nous sommes battus. Alors il nous faut continuer à lutter.

— En leur donnant ce qu'ils veulent ?

— Ace cherche à nous blesser, à nous amoindrir, à nous terroriser. Il veut que nous ayons peur et que nous fassions des erreurs, ça fait partie de son plan pour se venger.

— Alors, tu voudrais qu'il croie que vous êtes blessés, amoindris et terrorisés ? répliqua Brady. Ça me peine de le faire remarquer, mais…

— Je sais : nous sommes tout cela. Et en temps ordinaire, nous aurions tout fait pour le cacher. Mais, cette fois-ci, pourquoi ne le montrerions-nous pas ? Pourquoi, au lieu de vouloir sauver la face, ne le laisserions-nous pas penser qu'il a obtenu ce qu'il voulait ?

— C'est en effet le cas, répliqua Nina, mais sa voix ne faiblit pas.

Elle semblait plus songeuse qu'en colère ou terrifiée.

— Nous devons amener Ace à penser qu'il est temps de frapper, reprit Cody. Nous devons également déterminer comment il communique avec l'extérieur.

— Le second avocat.

— Exactement. Je veux que Jamison, Dev et Gage restent sur le ranch avec Brianna et les filles. Plus il y aura de monde là-bas, mieux ça sera. Mais pendant ce temps, il faudrait que Tucker fasse des recherches sur cet avocat. L'idée est de trouver ensuite un moyen de l'inciter à communiquer une fausse information aux membres des Fils, pour les pousser à agir et les prendre en flagrant délit.

Cody aurait aimé voir le visage de son frère. Même si Brady savait rester impassible, il aurait pu deviner ce qu'il pensait de son plan.

— Ça ne marchera pas.

C'était la voix de Nina

Cody fronça les sourcils en se tournant dans sa direction.

— Ça pourrait.

— Pas si tes trois frères restent sur le ranch. Ace ne va pas frapper s'il sait que Brianna est bien protégée. Il va attendre…

— Elle a raison, intervint Brady.

— D'accord. Mais s'il pense que nous sommes en état d'infériorité, il va commettre une erreur, repartit Cody.

Il en était intimement convaincu. Mais combien de jours,

de semaines, d'années allaient s'écouler avant qu'Ace ne se décide à frapper ? Il pouvait attendre. Cody, non. Parce qu'il avait une petite fille qui méritait une vraie vie.

Il entendit Nina soupirer, et eut presque l'impression qu'elle voulait exprimer son désaccord.

Mais lorsqu'elle prit la parole, ce fut pour déclarer :

— Si nous voulons pousser Ace à nous frapper pour qu'il commette une erreur, il faut lui donner une bonne raison de le faire… Alors, voilà : ne devrions-nous pas lui faire croire que Brianna est ici, avec nous deux, et que nous nous cachons pour lui échapper… avant de tenter de partir loin d'ici avec elle ?

# 14

Alors qu'elle exposait son plan, Nina sentait son ventre se nouer. Pourtant, depuis hier, elle avait une conviction profonde : il fallait que tout cela s'arrête.

Définitivement.

— Si Ace pense que vous voulez fuir loin d'ici, il va envoyer quelqu'un pour frapper avant, déclara Brady. Mais il va falloir être très malins pour réussir à lui faire croire que Brianna est ici avec vous… Je ne suis pas certain que cela soit possible.

— Nous devons tout de même essayer, répliqua Cody.

— Je voudrais seulement vous faire remarquer que vous êtes tous les deux blessés. Gravement. Vous avez beaucoup à perdre…

— Du moment que Brianna est à l'abri, tout va bien, répondit Nina, soulagée que Cody approuve son plan.

— Mais *elle* aussi a beaucoup à perdre, souligna Brady.

Nina ne voulait pas y penser. Si elle commençait à réagir ainsi, elle serait incapable d'agir.

— Elle ne perdra rien, intervint Cody.

Il avait les yeux fixés dans le vide, mais sa voix était implacable.

— Je ne laisserai pas cela arriver.

La violence de son ton ne la surprit pas. Elle commençait à comprendre que, même s'il venait tout juste d'apprendre qu'il avait une fille, il l'aimait de tout son cœur, inconditionnellement, et qu'il ne reculerait devant rien pour elle.

Si elle se laissait aller à admirer cet amour, cela l'amènerait à penser à ses propres parents, et à avoir mal. C'est pourquoi elle préféra s'absorber dans l'observation de son visage.

Le bandage avait besoin d'être changé. Il aurait fallu qu'il voie un médecin, et qu'on lui fasse un scanner pour en savoir plus sur la cause de sa cécité. Pour lui, il fallait que cette histoire se termine au plus vite.

Pour eux tous.

— Bon… Comment pouvons-nous faire pour qu'Ace pense que Brianna est avec nous et que nous cherchons à nous enfuir loin d'ici ? demanda Nina en se tournant vers Brady.

Ils passèrent l'heure suivante à échafauder des plans et à en rejeter la plupart pendant que Brady changeait les pansements de Cody et examinait ses yeux.

Mais ils en revenaient toujours au même problème.

— Comment Ace va-t-il être mis au courant de notre faux projet de fuite ? Nous tenons pour acquis qu'il observe le moindre de nos mouvements. Mais est-ce vraiment le cas ? Clairement, il y a des limites à sa puissance, déclara Brady.

— Nous devons essayer d'en savoir plus sur cet avocat, répliqua Cody. Il faut envisager ce plan sous tous ses aspects, et partir de là également.

Nina les regarda. Les deux hommes dégageaient une énergie presque palpable. En temps normal, elle était sûre que Cody serait allé et venu dans la pièce. Brady, lui, restait assis, que ce soit par délicatesse envers Cody, ou parce que c'était sa manière d'être.

— Oui, il faut tout d'abord déterminer comment cet

avocat fait passer les informations, reprit Nina en levant un doigt. Jamison est le plus à même de s'en occuper.

— Ensuite, poursuivit Brady en levant deux doigts, il faut faire croire aux Fils que Brianna a été amenée ici en douce – ou que vous êtes allés la chercher. Pour cela, il faut plus d'une personne. Je pense à Gage et moi.

— Tucker pourrait également essayer d'en savoir plus sur les hommes qui nous ont suivis lorsque nous sommes tous repartis de la prison, déclara Cody. Peut-être pourra-t-il amener quelqu'un à parler… Il y a de plus en plus de victimes, et les membres du gang doivent commencer à se poser des questions.

Nina leva un troisième doigt pour Brady, puisque Cody ne savait pas qu'ils énuméraient silencieusement les différents axes à suivre.

— Donc, il n'y aura que Dev au ranch pour protéger Brianna, conclut Brady en secouant la tête. Nous ne pouvons pas nous permettre de faire tout cela à la fois, elle sera trop exposée.

— C'est insultant, intervint Nina.

Brady la regarda avec surprise.

— Pourquoi ?

— C'est comme si toutes les femmes du ranch ne comptaient pour rien. Grandma Pauline sait certainement se servir d'une arme aussi bien que chacun d'entre vous, les hommes, sinon mieux. Liza a tenu tête aux Fils pendant des années. Cecilia est dans la police… Vous passez complètement sous silence le fait que ma fille est entourée de femmes très capables, prêtes à tout pour la protéger.

— Notre fille, intervint Cody d'une voix si froide qu'elle en frissonna presque. Et pardonne-moi si je fais surtout confiance à mes frères.

Même si elle savait qu'elle avait eu tort de dire *ma* fille au lieu de *notre* fille, elle répliqua :

— Et pardonne-moi si je fais tout autant confiance à mes sœurs.

— Elle a raison, déclara Brady d'une voix calme. Avec Liza, Cecilia, Dev, grandma et Duke, Brianna ne craint rien.

Cody ne répondit pas, et Nina ne put deviner ce qu'il en pensait. Elle laissa le silence s'installer.

— Tu vas devoir partir ? demanda-t-il finalement à Brady.

— Il est hors de question que je vous laisse sans protection.

— Gage ne peut pas agir seul. Il a besoin d'aide, répliqua Cody.

— Il peut compter aussi sur Felicity, Rachel et Sarah, dit Nina.

Brady répliqua d'un air sombre :

— Une femme qui est la douceur incarnée, une autre qui a de gros problèmes de vision, et une dernière qui n'est pas fiable ?

Cody sourit.

— Tu oserais leur dire ça en face ?

— Bien sûr que non ! marmonna Brady en se levant.

Il était manifestement très contrarié, et Nina dut se retenir pour ne pas lui répondre vertement que Felicity, Rachel et Sarah étaient tout à fait capables de tenir tête à quiconque. Ce n'était pas le moment.

— Mettons-nous à la place d'Ace un instant, déclara-t-elle. Nous savons qu'il a peu d'estime pour les femmes. Il redoute peut-être grandma Pauline, mais il n'a pas la moindre considération pour les autres. Il va concentrer toute son attention sur vous, les hommes. C'est vous qu'il va surveiller, car il s'attend à ce que vous seuls agissiez.

Brady poussa un soupir.

— Il faut donc faire ce qu'il attend de nous, sans qu'il s'aperçoive que nous nous jouons de lui.

— Exactement, répliqua Nina. Donc, Brady, tu vas aller au ranch. Tu vas exposer notre plan d'action aux autres. Dès que Jamison en saura un peu plus sur cet avocat et aura la certitude que c'est lui qui permet à Ace de communiquer avec l'extérieur, Gage et toi allez faire en sorte qu'il croie que vous avez amené Brianna ici.

— Et si les hommes d'Ace viennent s'en prendre à vous avant ? répliqua Brady.

— Blessés ou non, nous arriverons à nous protéger, repartit Cody. D'ailleurs, nous nous trouvons sur une des propriétés de North Star. Il y a du matériel de surveillance et des armes ici.

Nina fronça les sourcils.

— Shay m'a dit que l'organisation n'avait pas du tout apprécié qu'elle vienne à notre aide. Tu penses vraiment qu'ils vont nous laisser rester ici ?

Cody haussa négligemment les épaules.

— Ce n'est pas une réponse, Cody Wyatt.

Brady sourit.

— Je croirais entendre grandma !

Nina lui jeta un regard courroucé et leva les mains en signe de contrition.

— Oui, répondit Cody, je pense que nous pouvons rester ici quelques jours, et utiliser leur matériel.

— Vous allez devoir donner l'impression que vous êtes prêts à partir, leur fit remarquer Brady. Il vous faut un véhicule.

— Vous pourrez nous en procurer un lorsque vous ferez semblant de nous amener Brianna : venez avec deux voitures, et laissez-en une.

Brady hocha la tête.

— Et comment allons-nous communiquer entre nous ?

— Nous devons être prudents, répondit Cody. Pas de SMS. Des appels téléphoniques à la rigueur s'ils sont passés à partir d'endroits sûrs. Je ne pense pas qu'Ace ait accès à du matériel sophistiqué en ce moment, mais il faut faire attention.

— D'accord. Au travail ! conclut Brady.

Cody hocha la tête.

— Et merci d'être venu me soigner.

Brady fronça les sourcils en étudiant le visage de Cody.

— Tu as besoin d'un vrai médecin.

— Ça va aller.

Brady secoua la tête d'un air peu convaincu.

— Il faut que nous en finissions vite avec tout ça, et que tu ailles montrer cette blessure à la tête.

— Dès que Brianna sera en sécurité, ça sera la première chose que je ferai.

Brady émit un grognement et conclut :

— Bon, je vais rassembler mes affaires et partir.

Et il sortit de la cuisine.

Nina regarda Cody. Son visage n'avait plus cette expression déterminée et guerrière… comme s'il songeait qu'une fois Brady parti elle serait son seul soutien, et que ce n'était pas une idée rassurante.

Mais elle le protégerait avec une détermination égale à celle dont elle avait fait preuve pour défendre Brianna.

Elle se sentit soudain emplie d'amour pour lui. Pendant ces sept années, elle avait refusé d'écouter ses sentiments, mais elle était toujours la jeune fille qui avait aimé cet homme.

Elle ouvrit la bouche pour lui dire qu'elle allait le protéger, mais elle préféra se taire. Cela ne lui apporterait aucun réconfort. Elle ne savait comment l'aider, aussi fit-elle la seule chose qui lui vint à l'esprit : elle se leva et se pencha vers son visage. Elle avait seulement l'intention de déposer un baiser sur sa joue. Mais il leva la tête en l'entendant bouger. Elle aurait pu stopper son mouvement…

Mais elle ne le voulait pas.

Alors, ce fut sur ses lèvres qu'elle déposa son baiser.

Cody eut l'impression que son cœur s'arrêtait. Il songea qu'il aurait pu faire face à la situation s'il avait pu voir mais, maintenant qu'il était dans le brouillard, toutes ses sensations étaient comme décuplées, et c'était très, très dangereux.

Alors, il resta immobile. Si forte que soit la tentation de tendre les bras vers elle, c'était impossible : il ne savait pas où elle se trouvait.

Lorsqu'ils échafaudaient ensemble un plan d'action et qu'il réfléchissait, sa cécité ne provoquait pas en lui un sentiment de panique. Mais là, alors qu'il était submergé par la puissance d'une sensation dont il avait rêvé pendant sept ans – même s'il avait essayé de se convaincre du contraire –, le fait d'être aveugle le terrifiait.

Il entendit ce qui était probablement les pas de son frère par-dessus les battements de son cœur.

Nina ne bougea pas, et Cody put seulement se demander quelle était l'expression de son visage. Il ignorait si elle était assise ou debout… Il savait seulement qu'elle était assez proche de lui pour qu'il puisse la toucher.

— Une dernière fois, j'insiste sur le fait que personne ne va être d'accord avec ce plan, entendit-il dire à Brady. Je pourrai m'estimer heureux si on me laisse l'expliquer avant que je sois noyé sous les protestations !

— Alors, sache te montrer convaincant.

Cody réussit à sourire.

— Prends soin de toi ! lança-t-il en direction de la voix de Brady.

— Et laisse Nina prendre soin de toi, repartit Brady.

Cody ne répondit rien. Il demeura silencieux jusqu'à ce qu'il entende une porte s'ouvrir puis se refermer.

Nina soupira comme si elle voulait faire baisser la tension.

Ils étaient seuls. Et elle l'avait embrassé.

Et Brady lui avait dit : « Laisse Nina prendre soin de toi. »

Cela lui faisait mal. Non qu'il n'ait pas confiance en elle : ne lui avait-elle pas prouvé qu'elle avait mis Brianna à l'abri d'Ace pendant toutes ces années, et avait réussi à faire échouer son enlèvement alors qu'elle était blessée ? C'était un exploit en soi.

Mais il aurait voulu être celui qui protégeait, celui qui sauvait. Il n'avait pas pu le faire sept ans auparavant. Au contraire, en disparaissant et lui cachant l'existence de leur fille, c'était Nina qui l'avait sauvé à l'époque.

Et lui, qu'avait-il fait pour elle, à part la mettre dans cette situation ? Elle était loin de sa fille… blessée… en compagnie d'un homme qui ne pouvait pas vraiment la défendre.

Le glissement d'une chaise que l'on tirait sur le parquet brisa le silence. Nina se leva.

— Je ne comprends pas cette organisation, North Star ! déclara-t-elle d'une voix agitée. Comment peuvent-ils menacer Shay de la renvoyer parce qu'elle est venue à ton secours ? Et comment se fait-il qu'ils ne t'aident pas, alors qu'ils veulent mettre Ace hors d'état de nuire ?

— Je n'ai pas le droit de te donner des explications : North Star est une organisation qui aime le secret. Tout ce que je peux te dire, c'est qu'ils ne veulent pas mettre Ace hors d'état de nuire, répondit Cody avec calme.

C'était facile de sembler imperturbable lorsque l'on se

contentait d'exposer des faits. Et de ne pas songer qu'un baiser si doux, si léger lui avait donné l'impression qu'il était resté endormi pendant ces sept années qu'il pensait avoir consacrées à la tâche la plus importante de sa vie.

— Je pensais que tu avais dit…

— Ils veulent la dissolution des Fils des Badlands, expliqua Cody comme il l'avait fait à chacun de ses frères au cours des deux derniers mois. Leur mission consiste à mettre un terme aux activités du gang. Alors, oui, faire tomber Ace en fait partie. Mais maintenant qu'il est en prison, ils concentrent tous leurs efforts sur les Fils… Pas sur Ace lui-même, ni sur ses enfants. Les vengeances personnelles ne les concernent pas.

— Les vengeances personnelles… Alors pour toi, c'est cela ?

— Oui. Pour Ace, s'en prendre à nous *est* une vengeance personnelle. North Star s'intéresse aux Fils, à leurs trafics d'armes, de drogue ou autre. Pas à Ace lui-même. Et c'est parce que je me suis détourné de ma mission pour aider Jamison et Liza que North Star a mis fin à mon contrat.

— Ils s'attendaient à ce que tu tournes le dos à ton frère ? demanda Nina d'un air incrédule.

— Non. Mais maintenant, je suis trop personnellement impliqué, et je ne leur suis plus d'aucune utilité pour les objectifs qu'ils cherchent à atteindre. Je serais un danger pour l'organisation, et pour tous mes coéquipiers.

— Ce n'est pas juste ! répliqua Nina.

La conviction avec laquelle elle prononça ces mots lui fit du bien.

— Pour eux si, répliqua-t-il avec plus de douceur qu'il ne l'aurait voulu.

Il entendit un bruit – peut-être qu'elle se laissait retomber sur la chaise, puis une exclamation.

— Je déteste quand tu es aussi détaché et raisonnable ! marmonna-t-elle. Je n'ai jamais réussi à être comme ça.

— Parce que ton but était différent. Tu ne cherchais pas à mettre quelqu'un hors d'état de nuire : tu voulais mettre notre fille à l'abri.

— Elle *est* à l'abri, répliqua Nina calmement, mais sa voix tremblait, comme si elle prononçait ces mots pour se rassurer… ou pour qu'on la rassure.

Ce fut la raison pour laquelle il tendit la main vers elle, en espérant qu'elle la prendrait.

Il sentit les doigts de Nina se poser sur sa paume, et il les enveloppa.

— Elle est en sécurité. Nos familles vont prendre soin d'elle.

Il aurait tant aimé pouvoir la voir… Déterminer si ce geste la réconfortait. Était-elle aussi pâle et avait-elle l'air aussi fatiguée que lorsqu'elle s'était enfuie de l'hôpital ? Elle semblait avoir été moins blessée que lui dans l'accident… Mais avait-elle réussi à se reposer la nuit dernière ?

Il ouvrit la bouche pour lui conseiller d'aller se reposer, mais elle parla avant lui.

— Comment se fait-il que rien ne se soit jamais passé entre Shay et toi ?

Il sursauta, mal à l'aise. C'était une question inutile, et qui avait une réponse facile. Pourtant, il fut saisi en entendant Nina la poser si abruptement.

Les doigts de Nina se resserrèrent, comme si elle craignait qu'il s'en aille.

S'il avait pu voir, c'est ce qu'il aurait fait. Mais il fut obligé de rester assis ici.

— Cela aurait pu nous coûter notre emploi.

— C'est ce qu'elle m'a dit… C'est elle qui a abordé le sujet… Le fait que vous n'ayez jamais… Enfin, tu comprends.

Cody ne sut que dire.

— Je n'y crois pas, déclara-t-elle avec netteté.

— Pardon ?

— Enfin, de sa part, c'est peut-être vrai. Mais s'il y a réellement eu une attirance entre vous – une attirance assez forte pour que Shay la mentionne et que tu aies l'air embarrassé lorsque j'aborde le sujet –, je pense que ce n'était pas la crainte de perdre votre emploi qui vous a retenus.

— North Star n'était pas qu'un emploi… Du moins, pas pour moi.

C'était vrai. Elle le savait. Mais il n'avait pas répondu à sa question.

Elle resta silencieuse pendant si longtemps qu'il pensa pouvoir retirer sa main et s'échapper. Mais il se trompait.

— Je te connais, Cody. Je connais le garçon que tu étais à l'époque où je me suis enfuie, et ça ne colle pas. Je voudrais la véritable raison.

— Pourquoi ? Quelle importance cela a-t-il ?

Il tenta de calmer son irritation, mais cette conversation, ajoutée à la douleur qu'il ressentait dans tout son corps et au fait qu'il ne pouvait rien faire d'autre que rester assis à attendre, rendait la situation difficile à supporter.

— Les relations que j'ai eues ou non avec Shay n'ont rien à voir avec ce qui nous occupe en ce moment !

— Ce qui nous occupe en ce moment, c'est de réussir à convaincre ton père que Brianna est avec nous, répondit Nina. Mais, pour l'heure, nous ne pouvons rien faire d'autre qu'attendre !

— Alors, que veux-tu ? Que nous évoquions toutes les personnes que nous avons rencontrées au cours des sept dernières années ?

— Non, répliqua-t-elle d'un ton si calme qu'il sentit ses

dents se serrer. Je te pose une question précise à propos d'une femme précise.

— Et que veux-tu que je dise ? répliqua Cody.

Il était fatigué, il avait mal, et l'insistance de Nina le poussait à bout.

— Qu'elle te ressemblait ? reprit-il. Que parfois, lorsque je la regardais, j'avais l'impression de te revoir ? Que je n'ai jamais su si l'attirance que je ressentais était pour elle, ou pour toi ? C'est cela que tu veux entendre ?

Elle demeura silencieuse. Il n'entendait même pas sa respiration.

— Je voudrais seulement la vérité, répondit-elle calmement.

Mais il sentait la douleur dans chacun de ses mots.

— Eh bien, la vérité, c'est que je n'ai jamais cessé de penser à toi. Tu es la seule femme que j'aie jamais aimée.

# 15

Chacune des paroles de Cody la frappa avec une telle intensité qu'elle fut soudain incapable de respirer. Pendant un long moment, elle demeura pétrifiée alors qu'elle tentait de comprendre ce qu'il venait de lui avouer. Puis son corps tout entier fut pris de tremblements qu'elle parvenait à peine à maîtriser.

Elle ignorait pourquoi elle avait soudainement eu besoin d'éclaircir ce qui avait existé entre Cody et Shay. Shay lui avait affirmé que rien ne s'était passé… que si attirance il y avait eu, elle n'était que superficielle. Alors, pourquoi Nina n'avait-elle pu s'empêcher de questionner Cody ?

Tout cela n'avait pas d'importance.

Bon, d'accord, elle *voulait* se convaincre que cela n'avait pas d'importance. Et il était vrai que Nina ne se préoccupait nullement de ce que Shay avait pu ressentir ou penser. Seuls les sentiments de Cody l'intéressaient. Était-il encore amoureux d'elle ? Était-ce ce qui l'avait retenu de commencer une histoire avec Shay ?

Elle aurait aimé que ce soit le cas, mais elle savait que cela était impossible. Alors, elle avait voulu l'entendre de sa bouche, pour se débarrasser de cet espoir trompeur.

Elle pensait qu'il aurait des paroles vaguement réconfortantes, mais elle ne s'était pas attendue à sa colère.

Et encore moins à cet aveu…

Il avait parlé au présent, comme si c'était toujours vrai. Ses mots résonnaient sans fin dans son esprit, alors qu'un espoir insensé se levait en elle.

Elle ne devait pas y céder…

N'avait-elle pas toujours trop attendu de la vie ?

« Tu es la seule femme que j'aie jamais aimée. »

— Je ne sais même pas si tu es toujours dans la pièce, Nina.

— Je suis là, réussit-elle à répondre d'une voix étranglée. J'essaie de…

Le souffle lui manqua soudain, trahissant toutes les émotions qui s'affrontaient en elle.

— Je ne sais pas…

— Tu ne sais pas, répéta-t-il calmement.

— Non ! Non… Je… Cody…

Elle se passa la main dans les cheveux pour essayer de se ressaisir, de ne pas se laisser emporter par le tourbillon de ses pensées. Elle pouvait laisser couler ses larmes si elle le voulait : il ne les verrait pas. Elle pouvait aussi sortir de cette pièce, et faire comme s'ils n'avaient jamais eu cette conversation. Elle avait le pouvoir de choisir…

Mais n'avait-elle pas perdu sept ans ? Alors, pourquoi n'utiliserait-elle pas ce pouvoir pour essayer de remédier à cela ?

— Tu me dis que, malgré notre rupture, même si je t'ai quitté si brusquement…

Sa voix se brisa. Même après toutes ces années, ce souvenir lui tordait encore le cœur.

— … même si je t'ai menti comme je l'ai fait, je suis toujours la seule que tu aies aimée ?

— Beaucoup de choses ont changé, mais pas ce que je ressens pour toi.

— Je n'ai jamais cessé…, murmura Nina avec peine.

Les mots avaient du mal à sortir. Les larmes lui brûlaient les yeux, et sa gorge était sèche.

— Cessé quoi ? marmonna-t-il, visiblement irrité par cette conversation, et par le fait qu'il ne pouvait s'y soustraire.

Il n'était pas en mesure de se lever et de partir… Pas dans ce lieu inconnu, alors qu'il avait perdu la vue. Ce qui signifiait qu'elle avait tout le loisir de lui dire ce qu'elle voulait, après ces sept années passées à ne pouvoir communiquer avec lui.

— Je n'ai jamais cessé de t'aimer.

Cette fois, ce fut lui qui demeura silencieux, même si elle attendait désespérément qu'il dise quelque chose… n'importe quoi. Mais son regard continuait à se perdre dans le vide, et l'expression de son visage demeurait impassible.

Il n'y avait que le silence… Un silence oppressant dans cette maison qu'ils ne connaissaient pas. Lorsqu'elle y songeait, tout lui paraissait irréel : le fait d'être assise à côté de lui, ici, et d'avoir cette conversation… Alors que pendant ce temps, Brianna se trouvait au ranch en compagnie de grandma Pauline, de Duke, de Liza, de toutes ses sœurs et des frères Wyatt.

Combien de temps faudrait-il avant qu'ils soient à la maison, en sécurité ?

*À la maison…* Où était-ce ?

Elle n'était pas sûre de le savoir un jour. La maison n'était certainement pas le mobil-home où elle avait grandi. Ce n'était pas non plus le ranch des Knight, si heureuse qu'elle y ait été : elle avait toujours eu trop peur que son séjour y soit provisoire pour penser que c'était son foyer. Trop peur aussi de croire à un futur, là, avec Cody. Elle avait vécu au jour le jour, sachant trop bien que tout était précaire, que tout pouvait brusquement s'arrêter.

Oui, qui savait de quoi demain serait fait ? Peut-être était-il temps d'oublier la prudence.

— Il n'y a eu personne d'autre. Il n'y a eu… rien d'autre. Ma vie s'est arrêtée lorsque je t'ai quitté. Une nouvelle vie a commencé avec Brianna… Un nouvel amour… Mais lorsque votre existence change aussi brutalement, ne tourne plus qu'autour d'une seule préoccupation : protéger son enfant, c'est comme… Je ne sais plus ce que je raconte… je ne sais même plus ce que je voulais te dire. Il n'y a jamais eu que toi.

Elle se pencha en avant, et lui caressa lentement les mains, puis les bras.

— Et cela n'a pas changé. C'est comme ça.

— Tu m'aimes encore ?

Il semblait véritablement stupéfait, comme au-delà de l'incrédulité.

— Nous étions… jeunes, marmonna-t-il.

— Et insouciants. Oui, si insouciants ! Mais je ne crois pas que le fait d'être jeune soit déterminant. Je ressentais ce que je ressentais… je ne savais pas à quel point c'était précieux, ni combien cela pouvait être difficile. Je ne savais même pas combien *la vie* pouvait être difficile à l'époque, et pourtant je n'avais pas eu une enfance heureuse ! Je ne pense pas que l'âge change quoi que ce soit à l'amour. Cody…, murmura-t-elle comme il se penchait vers elle.

Elle posa la main sur sa joue et étudia son visage. Il était contusionné, égratigné, et couvert de bandages.

Oui, elle l'avait toujours aimé – et nul doute qu'elle l'aimerait toujours.

Il secoua la tête, mais elle ne retira pas sa main.

— Peut-être que tu ne connais pas l'homme que je suis devenu, déclara-t-il d'une voix rauque. Ce que j'ai fait avec North Star…

— Cody, j'ai tué deux hommes pour sauver ma vie. Je les ai tués ! Je n'aurais jamais pensé faire cela.

Elle posa son autre main sur lui, lui encadrant le visage, et le força à se tourner dans sa direction. Elle savait qu'il ne pouvait pas la voir, mais peut-être pourrait-il mieux sentir ce qu'elle voulait lui dire.

— Cody, toi et moi, nous sommes des survivants. Dès notre enfance, nous avons dû apprendre à nous battre et à faire face. Alors, non, ces sept années ne t'ont pas changé. Et aussi longtemps qu'Ace pourra nous atteindre, nous ne pourrons pas nous permettre de changer : nous devrons rester des survivants !

— J'aurais dû le tuer !

Il prononça ces mots avec une telle violence qu'elle ressentit de la compassion pour lui… sans toutefois pouvoir partager son avis.

— Peut-être que *le tuer* t'aurait changé, Cody. Et quelle que soit la raison pour laquelle tu ne l'as pas fait, tu n'as rien à te reprocher.

— Pourtant, je le regrette.

Comme elle voyait sa détresse, elle déposa un baiser léger sur ses lèvres.

— Pas moi…, murmura-t-elle tout contre lui.

Cody ne savait pas ce qu'ils faisaient – ou plutôt, ce que Nina faisait. Pourquoi poursuivre cette conversation qui ne servait en rien à mettre leur fille à l'abri… alors que c'était son unique souhait ?

*Menteur !*

Lorsqu'elle lui avait dit qu'ils étaient tous deux des survivants, il avait senti ses paroles résonner en lui.

Non, ils n'avaient pas changé. Et il sentait comme une évidence cet amour fort et sincère entre eux.

Ils feraient n'importe quoi pour survivre, pour protéger leur enfant.

Feraient-ils tout pour s'aimer ?

Peut-être pouvait-il mettre ses émotions sur le compte de la cécité, mais la bouche de Nina était douce et tendre, et parvenait à vaincre ses résistances, si fort qu'il essaie de se protéger. Pendant sept ans, depuis qu'elle avait rompu avec lui, plus rien n'avait été doux et tendre. Il avait tenté de se persuader que cela ne lui manquait pas…

Mais la sensation d'être enlacé, touché avec délicatesse, fit tomber toutes ses défenses. Il ne voulait plus penser qu'à Nina… Pas se complaire dans la culpabilité de ne pas avoir fait ce qu'il aurait dû faire pour la protéger : tuer Ace, le jour où il en avait eu l'occasion.

Il recula son visage.

— Nina, que fais-tu ?

Il se retrouva à essayer de scruter son visage, toujours un peu étonné de ne voir que ce brouillard gris qui ne voulait pas se dissiper.

Elle avait toujours son visage entre ses mains, et il sentait que du bout des doigts, elle suivait les contours de sa mâchoire et la courbe de ses lèvres.

— Je ne sais pas vraiment… Je fais ce que me dictent mes sentiments, je suppose. Nous avons perdu… sept ans. Mais ce moment, lui, n'est pas perdu.

Elle l'embrassa à nouveau, et il s'avéra que l'embrasser en retour était une des rares choses qu'il pouvait faire sans difficulté, même en ayant perdu la vue. Ce fut pour lui un réconfort… Tout comme la sentir près de lui.

Et non, elle n'avait pas changé. Ses lèvres et sa bouche avaient toujours le même goût. Leur douceur était un souvenir qui n'avait jamais cessé de le hanter.

Pourquoi ne pas accepter ce baiser qu'elle lui donnait si volontiers ?

Ils pouvaient s'offrir ce réconfort l'un à l'autre… alléger l'angoisse de cette attente.

— Fais-moi l'amour, Cody, murmura-t-elle contre sa bouche.

Il sentait la pulsation du désir dans tout son corps, et même s'il n'aurait jamais voulu l'avouer, il avait désespérément envie de se sentir aimé par elle. Mais il ne s'en sentait pas le droit.

— Je… Je ne vois rien.

En riant, elle le força à se mettre debout.

— La dernière fois, il ne m'a pas semblé que cela empêchait quoi que ce soit !

Il se leva et se laissa guider. Son pas était un peu chancelant, et pas uniquement à cause de sa cécité : même si Nina prétendait ne pas avoir changé, elle n'était plus tout à fait la même. Maintenant, elle savait ce qu'elle voulait, et n'hésitait plus à se battre pour l'obtenir.

Peut-être était-elle nerveuse, mais il ne lui semblait pas qu'elle soit hésitante ni gênée. Elle l'emmenait quelque part, et il l'aurait suivie jusqu'au bout du monde.

— J'ai toujours eu envie de donner le tempo, d'être celle qui te faisait l'amour, dit-elle en appuyant doucement sur ses épaules pour le faire s'asseoir sur ce qui s'avéra être un lit.

Il se pencha en arrière, curieux de voir jusqu'où elle voulait aller.

— Alors, pourquoi tu ne l'as pas fait ? Je n'aurais rien eu contre cette idée !

Elle rit encore, et cela l'aida à relâcher un peu la tension qu'il sentait en lui. Elle avait toujours eu le don de le réconforter, sans même essayer de le faire. Elle parvenait toujours à le convaincre que, quelque part, il y avait le bien, la lumière, l'espoir…

C'était vrai avant. Ça l'était encore aujourd'hui.

— Je ne savais pas comment faire à l'époque. Je ne pourrai jamais prétendre que je ne regrette pas ces sept années… Mais elles m'ont donné quelque chose que je n'avais pas, et que je n'aurais probablement jamais trouvé.

— De quoi veux-tu parler ?

Elle se mit à califourchon sur lui, et il sentit son corps contre lui.

— Du courage, de la force.

— Tu as toujours été courageuse, répliqua-t-il en posant les mains sur ses hanches. Tu as toujours été forte. Tu le cachais seulement.

Elle s'immobilisa, mais pas lui. Il laissait ses mains vagabonder sur son corps, se demandant s'ils avaient déjà pris leur temps comme maintenant. Ils étaient adolescents, toujours pressés d'en arriver à ce moment magique…

Pour une fois dans sa vie, il voulait seulement vivre dans l'instant, et le savourer.

Il revint à ses hanches, en veillant à ne pas appuyer sur le bandage qu'il sentait sous son chemisier.

— Nous sommes bien amochés tous les deux !

Il sentit ses doigts souligner les contours du bandage sur son visage.

— Ne l'avons-nous pas toujours été ? murmura-t-elle avant de l'embrasser, comme si elle pouvait ainsi conjurer toutes leurs souffrances.

Elle se mit à se mouvoir langoureusement contre lui.

— Je t'aime, murmura-t-elle.

Il savait qu'il ne méritait pas ce qui arrivait, mais il avait le même amour en lui, et ils avaient perdu tant de temps…

— Moi aussi, je t'aime.

# 16

Nina se réveilla avec la sensation d'avoir bien dormi. Le lit était chaud, et – mis à part la douleur lancinante au ventre qui était devenue habituelle – elle se sentait étonnamment en forme.

S'il faisait beau, Brianna et elle pourraient…

La réalité la rattrapa soudain, et elle se souvint qu'elle se trouvait loin de Brianna, dans une maison qui lui était étrangère… et qu'elle était nue.

Tout comme l'homme à côté d'elle.

Elle évita de bouger à cause de sa blessure, mais elle tourna la tête pour regarder Cody.

Il était toujours profondément endormi, son bras musclé allongé sur l'oreiller, et elle considéra le tatouage qui l'ornait. Ce tatouage, il lui en avait toujours parlé : il s'agissait d'un P et d'un R entrelacés, et ce sigle avait été la marque du ranch et de la famille Reaves jusqu'à ce que la mère de Cody abandonne la tradition.

Nina avait toujours aimé cette histoire : grandma Pauline avait défié toutes les conventions sociales en insistant pour garder son nom de jeune fille, et en refusant de prétendre que son mari dirigeait le ranch alors que c'était à elle qu'il appartenait. Nina avait toujours été fascinée par cette histoire. Elle aurait aimé rencontrer cet homme, le mari de Pauline, qui avait accepté cela par amour.

Ils avaient appelé leur fille unique Patricia Reaves-Henderson. Cette dernière avait brisé le cœur de grandma Pauline en rejetant le patronyme de Reaves – préférant garder uniquement celui de Henderson – puis en refusant de le transmettre à ses enfants.

Elle lui avait surtout brisé le cœur en épousant un fou.

Nina soupira. Il y avait tant d'histoires malheureuses dans le monde, et elle-même vivait des moments difficiles. Mais lorsque Cody était auprès d'elle, elle retrouvait l'espoir. La vie était dure, mais elle valait la peine d'être vécue.

La pièce était plongée dans la pénombre et Nina se rendit compte qu'ils avaient passé la majeure partie de la journée à dormir.

La sonnerie d'un téléphone rompit le silence, la faisant sursauter et déclenchant un réflexe chez Cody, qui tendit le bras. Mais sa main se referma sur le vide.

Nina sentit son cœur se serrer en se penchant au-dessus de lui pour attraper le téléphone posé sur la table de nuit. Elle le lui plaça dans la main, non sans avoir auparavant décroché.

— Bonjour, marmonna Cody d'une voix que le sommeil avait rendue rauque.

Puis il resta silencieux pour écouter son interlocuteur. Le volume était trop bas pour que Nina puisse surprendre le moindre mot.

L'expression du visage de Cody demeura neutre. Nina aurait voulu le caresser, ôter cette tension que l'on sentait en lui, mais elle avait trop peur qu'il soit en train d'apprendre de mauvaises nouvelles.

— D'accord. À demain, conclut-il sans qu'elle puisse déterminer si ce qu'il avait entendu était positif ou non.

Il lui tendit le téléphone et elle raccrocha pour lui avant de le reposer sur la table de nuit.

Il poussa un soupir.

— Ils ont été bien occupés.

Il tourna le visage vers elle. Puis il fronça les sourcils, comme s'il venait soudain de penser à quelque chose…

— Tu arrives à voir ? demanda-t-elle.

Il cligna plusieurs fois des paupières puis secoua la tête, anéantissant son espoir soudain.

— Non. Mais… c'est différent. Plus lumineux peut-être.

— C'est mieux ?

— Je n'en sais rien.

*Pourvu que si !* se dit-elle.

— Qui était au téléphone ?

— Brady. Apparemment, Tucker est constamment suivi, c'est donc lui qui va faire semblant de nous amener Brianna.

— Alors, il court le risque d'être attaqué… Surtout si les Fils croient que Brianna est avec lui.

— Ils y ont pensé. Ils ont pensé à tout.

Cela ne semblait pas le réjouir. Au contraire.

Nina lui caressa le bras.

— Tu te sens… inutile ?

Il haussa les épaules d'un air indifférent, mais elle sentait son irritation.

— Je *suis* inutile. Nous sommes là à attendre. Ils agissent. Tout est dit.

Il se leva et tenta de se guider en tâtonnant autour de lui.

— Laisse-moi t'aider.

— Je n'ai pas besoin qu'on m'aide constamment, répliqua-t-il.

Il pouvait certes arriver à se déplacer, mais il avait oublié quelque chose.

— Tu vas te promener tout nu dans la maison ?

Son visage s'assombrit encore, mais il ne dit rien.

— Je ne m'en plaindrais pas ! poursuivit-elle.

Cela le fit *presque* sourire.

— Je vais nous préparer un petit dé… Enfin, plutôt un dîner ! Je ne sais pas comment appeler ce repas. Un en-cas post-sexe ?

— Arrête d'essayer de me faire rire, marmonna Cody.

Elle enfila ses vêtements, puis elle alla auprès de lui et lui prit la main.

— Pourquoi ? Tu en as bien besoin !

Elle ramassa ses habits épars et l'aida à les mettre.

— Tu as souvent ri pendant ces dernières années ? répliqua-t-il.

— J'ai essayé. Pour Brianna. Nous savons tous les deux que la vie peut être très difficile. Nous l'avons su dès notre enfance, non ? Alors, oui, j'ai dû trouver des occasions de rire.

Elle posa les mains sur ses épaules et lui effleura la bouche de ses lèvres.

— Et je vais faire la même chose pour toi.

Il lui prit les coudes sans trop avoir à tâtonner pour les trouver, et dirigea son regard vers elle. Peut-être que la vue lui revenait progressivement… Que tout se terminerait bien… Qu'un jour, avec Brianna, ils formeraient une famille délivrée de la menace des Fils…

C'était bien trop attendre de la vie, mais elle sentit son cœur se gonfler d'espoir à cette idée.

— Viens. Nous allons manger quelque chose, dit-elle d'une voix tendue par toutes les émotions qui s'affrontaient en elle.

Il garda les yeux fixés sur son visage et ne la lâcha pas. Elle sentait son cœur battre de plus en plus fort. À quoi pensait-il ?

Il ouvrit la bouche comme pour dire quelque chose.

quelque chose de sérieux et d'important, et elle retint son souffle…

Ce qui lui permit de percevoir un bruit étouffé provenant de l'extérieur du chalet. Cody fronça les sourcils, inclinant la tête dans sa direction.

Avant même que Nina puisse lui demander s'il avait entendu la même chose qu'elle, le téléphone de Cody bipa.

— Tu peux me donner mon portable, Nina ? demanda-t-il d'un air si grave qu'elle s'exécuta immédiatement.

— Je vois un message vide.

Il lui donna des instructions pour qu'elle ouvre une application à laquelle elle ne comprit rien mais, lorsqu'il lui eut expliqué comment faire, quatre carrés apparurent sur l'écran. Visiblement, il s'agissait d'enregistrements de caméras de surveillance.

— Alors, que vois-tu ? demanda Cody d'une voix pressante.

Nina secoua la tête, essayant de déchiffrer ce qui s'affichait sur l'écran. Les vidéos étaient en noir et blanc, et elle distinguait des arbres sur l'une d'entre elles. Elle ne se souvenait pas qu'il y en avait autant autour du chalet. Peut-être y avait-il un bosquet derrière ? Mais mieux valait qu'elle ne se fie pas à ses souvenirs car, lorsqu'ils étaient arrivés en vue de la maison hier, sa seule préoccupation avait été de trouver de l'aide pour Cody le plus rapidement possible.

— Je ne comprends pas ce que je vois, finit-elle par déclarer.

Elle sentait que Cody s'impatientait.

— Il y a quatre carrés, reprit-elle. Sur l'un d'eux, je distingue des arbres. Les autres sont juste gris.

— Gris… Ça me rappelle quelque chose, marmonna Cody. Regarde l'écran.

— Je vois…

Elle laissa sa phrase en suspens alors qu'une ombre apparaissait sur l'écran.

— Alors ?

— Quelque chose est en train de bouger, mais c'est à la limite du champ de la caméra, et je ne peux pas voir ce que c'est. Où se trouvent ces caméras ?

— Tu as quatre quadrants. Le A montre l'espace situé devant la façade de ce chalet, le B le côté gauche, le C le côté droit, et le D l'arrière. Où as-tu vu l'ombre ?

— Sur le D.

— C'est donc à l'arrière. L'ombre était dans quelle zone plus précisément ?

— Je… je n'y comprends rien.

— Plutôt vers l'est ou vers l'ouest, Nina ?

— Je n'en sais rien !

— Donne-moi ta main, ordonna-t-il.

Son ton péremptoire lui donnait envie de refuser, mais il y avait une ombre, un bruit, et sa peur grandissait de seconde en seconde.

Elle glissa sa main dans la sienne. Il l'attira vers lui et, à tâtons, chercha son autre bras. Puis il la prit par les épaules, et appuya son front contre le sien.

— Je suis agacé parce que je n'y vois rien. Ce n'est pas contre toi, d'accord ?

Elle hocha la tête en silence.

— Décris-moi seulement tout ce que tu vois, et si je te parle un peu vivement, tu pourras me le reprocher plus tard si ça te fait du bien.

— C'est une plaisanterie ?

— Je ne veux pas être désagréable, mais j'enrage tellement de ne rien voir. Je sais que la situation est déjà assez difficile comme ça, alors j'essaie de me contrôler mais…

— Je ne t'en veux pas ! Je sais bien que tu fais tout ce que tu peux pour que Brianna et moi échappions à Ace ! répliqua-t-elle.

— Nous parlerons de lui plus tard… Pour le moment, décris-moi ce qu'il y a sur l'écran.

Nina tenta d'expliquer à Cody ce qu'elle voyait pendant qu'il refrénait son impatience.

Il avait l'impression que le brouillard qui l'environnait devenait plus lumineux et qu'il commençait à distinguer de vagues ombres, mais il ne voulait surtout pas commencer à espérer que cela puisse être le signe d'une amélioration de son état.

Et ce n'était pas le moment d'en parler à Nina.

— Tu penses qu'il y a quelqu'un dehors ?

Cody réfléchit un instant.

— Peut-être. Il y a des angles morts dans le dispositif. Si on les connaît, on peut s'approcher sans être vu.

Mais les hommes envoyés par son père n'avaient pas été si habiles jusque-là…

Les Fils étaient une machine bien huilée, mais Ace avait perdu son second ainsi que d'autres collaborateurs parmi les plus aguerris.

Qui donc s'était engouffré dans la brèche, et avait pris le pouvoir ? Se pouvait-il qu'Ace ait perdu de son influence ?

Ses frères et lui avaient été tellement obnubilés par leur père qu'ils n'avaient pas imaginé une seule seconde qu'Ace pouvait avoir perdu l'adhésion de son gang. Maintenant qu'il était en prison, peut-être peinait-il à rassembler ses troupes et à trouver des hommes compétents.

Mais, pour le moment, il valait mieux se concentrer sur la situation présente et sur la menace qui rôdait à l'extérieur du chalet.

— Que devons-nous faire ? s'exclama Nina. Je vais appeler Jamison !

— Nous n'appellerons personne.

— Cody, c'est un travail d'équipe. Il faut que nous travaillions ensemble. Pour Brianna.

Il avait fait partie d'une équipe pendant des années, mais ce n'était pas ce qu'elle voulait dire. En réalité, Nina parlait de *famille*.

Cela ne faisait que deux mois qu'il s'était rapproché de ses frères et sa grand-mère. Ses visites avaient été très rares, car il était convaincu qu'il devait garder le secret sur son travail avec North Star. Mais s'il voulait être honnête avec lui-même, ce n'était qu'un prétexte.

Il n'avait plus voulu dépendre de quiconque… être le plus jeune des frères Wyatt. Il souhaitait accomplir quelque chose par lui-même, s'affirmer…

Mais, maintenant qu'il avait une fille, il devait ravaler sa fierté.

— D'accord. J'ai toujours l'intention de régler cette intrusion avec toi, mais nous allons avertir Jamison que nous avons un visiteur.

— Ou *des* visiteurs, lui fit remarquer Nina.

— C'est vrai. J'appelle Jamison. Pendant ce temps, je voudrais que tu ailles chercher les armes.

Il expliqua à Nina où se trouvait le réduit où elles étaient enfermées pendant qu'elle cherchait le nom de Jamison sur son téléphone et lançait l'appel avant de le lui donner. Puis elle sortit de la pièce, et il attendit que son frère décroche.

— Cody.

— Jamison, je pense que nous avons un visiteur.

Il n'ajouta pas qu'ils n'étaient pas certains que ce visiteur soit seul, et poursuivit :

— Je ne pense pas que nous ayons besoin d'aide, mais je voulais seulement te mettre au courant.

— Peut-être que vous n'avez pas besoin d'aide, mais peut-être que si ! répliqua Jamison.

— Nous ne pouvons pas nous permettre de modifier nos plans. Nous risquerions de les compromettre.

— Je sais très bien ce que nous pouvons faire ou ne pas faire !

— Non, tu ne le sais pas. C'est de mon enfant qu'il s'agit. De mon enfant et de ma…

Cody ne savait pas par quel mot désigner Nina, aussi laissa-t-il sa phrase en suspens.

— C'est moi qui décide, conclut-il.

— Tu as perdu la vue ! s'exclama son frère.

— Tout le monde ne cesse de me le rappeler comme si je n'avais pas parfaitement conscience de ce que je suis en mesure de faire ou non. J'ai toujours un cerveau !

— Oui. Un cerveau particulièrement têtu.

— Je suis un Wyatt, Jamison, je n'y peux rien ! J'ai l'intention de capturer cet intrus et de le faire parler.

— Mais comment penses-tu pouvoir…

— Tu as remarqué combien les hommes d'Ace sont négligents en ce moment ? Ils commettent erreur sur erreur. Tu as réfléchi à ce que cela implique ?

Il y eut un silence à l'autre bout de la ligne, et Cody reprit :

— Nous n'avons pas le temps de réfléchir à cela pour le moment, mais je pense qu'Ace n'a pas tout le pouvoir que nous lui attribuons.

— Cody…

— Je te rappellerai dans une demi-heure environ. Si je ne le fais pas, alors tu pourras envoyer quelqu'un.

— Cody, c'est…

— C'est peut-être un piège… Ou pire, une diversion. Je

le sais. Laisse-moi le temps de m'en occuper. Laisse-*nous* le temps de *nous* en occuper.

— Vingt minutes. Tu me rappelles dans vingt minutes, déclara Jamison d'une voix ferme.

Clairement, il n'approuvait pas sa décision, songea Cody, mais il la respectait, parce qu'il lui faisait confiance.

— D'accord. Vingt minutes. Brianna est près de toi ?

— Attends…

Il ne s'écoula que quelques secondes avant qu'une petite voix s'élève :

— Papa ?

Il fut stupéfié par l'élan d'amour qui lui gonfla le cœur. Il ne connaissait sa fille que depuis quelques jours, et pourtant sa voix lui donnait de la force, de la stabilité.

— Bonjour, Brianna. Tout va bien sur le ranch ?

— Oui. Maman me manque.

— Ça ne m'étonne pas ! Attends, je vais te la passer, d'accord ?

Il entendait Nina approcher.

— Tu portes le collier que je t'ai donné ? demanda-t-il à voix basse.

— Oui. Gigi en veut un, elle aussi. Tu pourras lui en faire un ?

— Bien sûr ! Dès que je reviendrai. Tiens, je te passe maman.

Il tendit le téléphone dans la direction où il pensait que Nina se trouvait.

Leurs doigts se frôlèrent lorsqu'elle le saisit.

— Brianna…

Il y eut une pause, le bruit d'un sanglot ravalé.

— Oui, tu me manques aussi, mon bébé. Je vais revenir très vite, d'accord ? Oui. Je t'aime, mon bébé. Je t'aime.

Il y eut une autre pause, puis un au revoir.

— Viens…

Il avait à peine prononcé ce mot que Nina était déjà dans ses bras. Il la serra contre lui, et elle l'enlaça avec la même force. Elle ne faisait pas de bruit, mais il savait qu'elle pleurait.

— C'est parce qu'elle me manque… J'arrive à me contrôler la plupart du temps, mais quand j'entends sa voix…

— Je sais. Je sais.

Il s'écarta un peu, essayant de plisser les paupières pour distinguer son visage, mais il ne percevait que des ombres.

— Alors, il faut que nous fassions en sorte d'être tous les trois ensemble le plus vite possible.

# 17

Nina décrivit à Cody les armes qu'elle avait trouvées dans le réduit, et il sembla comprendre ce qu'elle lui disait. Puis elle étudia les images des caméras de sécurité pendant un moment. Elle n'y distingua plus rien d'inquiétant.

Ce calme après une menace qui ne s'était pas matérialisée était presque pire… d'autant plus que la voix de Brianna ne cessait de résonner dans son esprit après cet appel téléphonique bien trop bref. Elle aurait aimé être au ranch, allongée sur le canapé avec Brianna, en train de lui lire un livre ou de regarder un de ces programmes pour enfants que la fillette aimait tant… Elle *voulait* sa fille.

Et, si elle était honnête avec elle-même, elle voulait aussi savoir si ce qui s'était passé avec Cody était réel… ou si ce n'était qu'une éphémère résurgence du passé provoquée par cette affreuse situation.

Elle savait qu'elle l'aimait encore. Elle n'avait pas le moindre doute sur ses sentiments. Mais c'était là le problème : si elle ne doutait pas d'elle-même, était-il honnête de douter de lui ?

— C'était peut-être une mission de reconnaissance, déclara Cody dans le silence oppressant.

Cela faisait maintenant des heures que plus rien n'était apparu sur l'écran.

— Et cela voudrait dire quoi ?

— Qu'ils essayaient seulement de repérer les lieux et de déterminer ce dont ils auraient besoin pour lancer une attaque plus tard.

C'était une éventualité effrayante. Cody savait visiblement de quoi il parlait, mais rester ici à attendre patiemment pendant que les hommes d'Ace mettaient leur plan au point lui tordait le ventre.

— Le problème, poursuivit Cody en baissant les yeux vers ses mains croisées sur la table, c'est que je ne suis pas certain de leurs intentions. Les hommes qui nous poursuivent ne font pas dans la dentelle : j'ai l'impression qu'ils veulent nous atteindre à tout prix, et qu'ils ne se soucient guère que nous soyons morts ou vivants.

— Effectivement, je suis certaine qu'ils s'en moquent !

— Je ne reconnais pas les méthodes d'Ace. Je sais qu'il veut me garder en vie pour avoir le plaisir de me faire souffrir. Il a peut-être pour projet de te tuer, mais de la manière qui me fera le plus de mal possible.

— C'est réjouissant de savoir que je ne suis qu'un pion dans le jeu d'un psychopathe !

Une sonnerie leur indiqua que les vingt minutes s'étaient écoulées, et elle envoya un message à Jamison, pour lui dire que tout allait bien. C'était maintenant devenu une routine : remettre le minuteur en marche, texter « OK » à Jamison, puis attendre à nouveau.

— Je sais que c'est difficile, déclara Cody. Il faut savoir résister mentalement, être plus fort que l'angoisse.

— Eh bien, je n'y arrive pas !

— Mais si.

Il tendit la main vers elle et elle la saisit. Il lui serra doucement les doigts.

— Je sais très bien que tu es très forte… Bien plus qu'on ne te l'a jamais dit !

Elle sentit les larmes monter. Pour la première fois, quelqu'un reconnaissait son courage, croyait en elle. Mais ce n'était pas le moment de pleurer. Il fallait seulement se sortir de cette situation cauchemardesque.

— Nous allons encore devoir attendre longtemps ?

— Je ne pense pas. D'ailleurs, il est possible que l'homme que nous avons aperçu soit déjà parti… À moins qu'il ne soit dehors à attendre… Ou occupé à nous tendre un piège…

Soudain, Nina songea que si Cody n'avait pas voulu faire intervenir ses frères, c'était parce qu'il craignait cela.

Alors, il attendait… Mais quoi ?

Elle l'observa. Il regardait droit devant lui, dans le vide. Ses doigts entrecroisés étaient serrés avec tant de force que ses articulations étaient blanches. Visiblement, il lui en coûtait d'être ainsi assis à ne rien faire.

— Que ferais-tu si tu y voyais ? lui demanda-t-elle.

Il secoua la tête.

— Aucune importance.

Si, cela avait de l'importance. Il se refrénait parce qu'il qu'il ne pensait pas qu'elle soit en mesure d'accomplir ce qu'il aurait pu faire en temps normal.

— Dis-le-moi.

— J'ai été entraîné à mettre des hommes déterminés et armés hors d'état de nuire, Nina. J'ai l'habitude de ce genre de situations.

— Oui. Mais pendant que tu étais formé à cela, j'ai dû faire face à la réalité du terrain, pour notre fille. Alors, je répète ma question : que ferais-tu si tu y voyais ?

Il serra la mâchoire.

— Je ne veux pas que tu prennes de risques, murmura-t-il enfin avec difficulté.

Elle fut touchée par cette déclaration, mais trop de choses étaient en jeu pour qu'elle s'attarde sur ce sentiment.

— Nous *devons* prendre des risques. Sinon, nous en resterons toujours au même point : attendre en nous demandant ce qui va nous tomber dessus. Si tu ne me dis pas ce que tu aurais fait, je vais décider moi-même, et agir.

Il se leva brusquement, puis parut se souvenir qu'il ne pouvait aller nulle part sans risquer de tomber. Il serra les poings, mais il semblait calme.

— Si je n'avais pas perdu la vue, je me glisserais à l'extérieur le plus silencieusement possible, j'essaierais de déterminer où cet homme se cache, et de le surprendre. Si j'avais à me battre, je le ferais, mais mon but serait de le menacer d'une arme et de le mettre hors d'état de nuire. Puis je l'emmènerais ici pour l'interroger.

Nina réfléchit à cela. Elle n'était pas habile avec une arme alors que l'homme au-dehors était probablement plus entraîné. Ce qui n'aurait pas posé de problèmes à Cody était plus difficile pour elle.

De ce fait, c'était peut-être une erreur de penser qu'elle pouvait agir comme lui. Elle devait utiliser ses propres méthodes. Après tout, elle avait réussi à sauver Brianna lorsque Ace avait envoyé un homme pour les tuer.

Donc, que ferait-elle si elle était ici avec Brianna ?

— Si nous ne pouvons pas nous battre, nous pouvons peut-être nous enfuir…

— Je suis aveugle. Ce n'est pas possible.

— Bien sûr que si !

— Bon, d'accord. Et ensuite ?

Elle avait de l'aide, cette fois : même s'il avait perdu la vue, elle avait Cody, elle avait tous les frères Wyatt, ses sœurs, Duke, grandma Pauline… Ils étaient tous derrière elle aujourd'hui.

— Nous allons nous enfuir. Et ensuite, c'est nous qui allons leur tendre un piège.

Nina lui exposa son plan. Il n'avait rien à voir avec le sien, qui était d'attendre la nuit et de provoquer une explosion pour forcer l'homme à sortir de sa cachette et le neutraliser.

— C'est un meilleur plan, argua Nina lorsqu'elle l'eut présenté.

— Pourquoi meilleur ?

— Nous serons quatre contre un, au lieu de deux contre un.

— Tu tiens pour acquis qu'il n'y a qu'un seul homme dehors, Nina. C'est dangereux.

— Tout ce que nous faisons n'est basé que sur des suppositions, Cody ! répliqua-t-elle avec irritation. Et ton plan part également de l'idée qu'il n'y a qu'un seul homme dehors !

— Pas nécessairement.

Même s'il ne pouvait pas la voir lever les yeux au ciel, il aurait juré que c'était ce qu'elle faisait en cet instant.

— Oublie que tu voudrais agir seul et avoir la maîtrise de l'opération, et réfléchis à mon plan. Examine-le sous tous les angles et, si tu n'es pas d'accord, propose quelque chose de mieux.

Il aurait presque pu sourire en l'entendant parler avec tant de détermination. Mais elle l'avait mis au pied du mur, et le fait qu'elle comprenne aussi bien pourquoi il répugnait à adopter son plan le dérangeait.

En réalité, attendre était dangereux. Cela laissait à ceux qui les surveillaient trop de temps pour mettre au point leur tactique.

— Nous ne pouvons pas aller en direction du ranch, reprit-il au bout d'un moment. Cela mettrait tout le monde en danger… et Brianna en particulier.

— North Star a un autre endroit comme celui-ci ?

— Je ne peux pas leur demander cela.

Il aurait certainement pu convaincre Shay de les aider à nouveau, mais elle risquait de perdre son poste et, cela, il ne le voulait pas.

— Montre-moi la carte que nous avons utilisée pour venir ici, demanda-t-elle soudain.

Il lui tendit son téléphone et lui expliqua comment la retrouver. Les symboles n'étaient pas ceux utilisés habituellement, et la description faite par Nina manquait de clarté et de précision.

— Nous devons être tout près du parc national des Badlands, déclara-t-il après réflexion, en espérant qu'il avait bien compris ce que Nina avait tenté de lui expliquer. Felicity connaît cet endroit mieux que personne.

— Je ne veux pas la mêler à tout cela.

— Elle l'est déjà, Nina.

— Non, elle ne l'est pas. La seule fois où j'ai vu Felicity depuis mon retour, c'était pendant notre conseil de famille… et elle ne m'a pas adressé la parole.

— Cela ne veut pas dire qu'Ace ne va pas s'en prendre également à elle. Duke et toutes tes sœurs sont menacés.

Pour une fois, il fut heureux de ne pas voir : il n'imaginait que trop bien l'expression horrifiée du visage de Nina. Elle n'avait jamais véritablement compris ce à quoi elle s'exposait en tombant amoureuse de lui.

Elle resta silencieuse un long moment. Puis sa voix s'éleva :

— Alors, qu'allons-nous faire ? Fuir en direction des Badlands ?

— C'est à peu près ça. Nous allons demander à Felicity de nous indiquer un point de rencontre, un endroit où elle pourrait envoyer quelqu'un pour nous aider, ou bien venir elle-même sans trop attirer l'attention. Même si les Fils surveillent Duke et tes sœurs, ils en auront vite assez de parcourir les Badlands pour suivre Felicity si elle leur donne l'impression qu'elle fait seulement son travail de garde du parc. De tous, c'est elle qui pourra le mieux nous secourir sans être soupçonnée.

— Appelle-la. Si c'est moi qui le fais, elle ne voudra pas me parler.

— Tu sous-estimes ce que Felicity ferait pour t'aider, Nina. Même si ton silence pendant sept ans l'a blessée, elle te soutiendra. Rappelle-toi : tout le monde est venu pour prendre soin de Brianna.

Il l'entendit pousser un soupir.

— Je pense tout de même qu'il serait préférable que ce soit toi qui l'appelles. Tu comprends mieux la carte que moi. Je… je vais préparer un sac avec quelques affaires.

— Mieux vaut attendre la nuit pour partir. Mais, d'accord, je vais appeler Felicity et, pendant ce temps, tu peux commencer à rassembler les armes et quelques provisions… Sachant que c'est toi qui vas devoir les porter tout en étudiant la carte pour nous guider. C'est comme si tu devais t'occuper d'un enfant !

— J'ai l'habitude. Fais seulement en sorte que je n'aie pas à te porter !

Elle tentait de rire, de se persuader que la situation était sous contrôle, et il songea soudain qu'elle avait toujours été seule pour faire face au danger et protéger leur fille.

Il fut soudain rempli d'admiration pour Nina, et l'anxiété qu'il ressentait en pensant à la responsabilité qui allait peser sur elle s'atténua… Parce qu'elle avait réussi à mettre Brianna à l'abri pendant des années.

Et lui, qu'avait-il fait, à part échouer dans sa tentative de neutraliser la menace que représentait Ace ?

Quand aurait-il l'occasion de remédier à la situation,

d'égaler tout ce que Nina avait réussi à faire pour protéger leur fille ? Pour le moment, hélas, il devait s'en remettre entièrement à Nina.

— Tu peux composer le numéro de Felicity pour moi ? dit-il en tendant le téléphone dans la direction où il pensait qu'elle se trouvait.

Elle ne saisit pas immédiatement le portable, mais il eut l'impression – à en juger par ce qu'il entendait et par les ombres qui devenaient de plus en plus nettes – qu'elle s'approchait de lui.

Elle déposa un baiser léger et doux mais ferme sur ses lèvres.

— Cody, lorsque tout cela sera terminé…

Il ne savait pas où elle voulait en venir, et il sentit l'appréhension monter en lui : elle allait lui dire de ne pas se faire d'idées… Que c'était l'angoisse dans laquelle ils vivaient en ce moment qui les avait poussés à faire l'amour.

— Chaque chose en son temps, l'interrompit-il.

— Lorsque tout cela sera terminé, répéta-t-elle avec force, j'ai besoin de savoir que Brianna et moi aurons une place dans ta vie. Je sais que ça sera le cas pour Brianna. Mais j'ai besoin de savoir si j'en aurai une, moi aussi.

En temps normal, il se serait demandé s'ils n'avaient pas changé tous les deux… S'il pouvait lui pardonner de lui avoir caché qu'il était père… S'il pouvait espérer être heureux un jour alors que le sang d'Ace Wyatt coulait dans ses veines… Mais, là, alors qu'il était privé de la vue et que la vie de sa fille et de la seule femme qu'il ait jamais aimée était menacée, il ne réfléchit pas davantage et répondit :

— Il n'y a pas de *place* pour vous dans ma vie, Nina. Vous *êtes* ma vie. Toutes les deux.

Il sentit qu'elle lui prenait le téléphone, puis le replaçait dans sa main.

— Tiens, dit-elle d'une voix étonnamment calme. Je vais préparer un sac.

# 18

Ainsi que Cody l'avait suggéré, ils attendirent que la nuit soit tombée. Il s'était chargé du sac le plus lourd mais, puisqu'elle était la seule à voir, il fallait que ce soit elle qui porte les armes pour pouvoir s'en servir rapidement si c'était nécessaire. Elle s'était également équipée d'une lampe frontale.

Cody lui avait longuement expliqué le maniement du fusil, mais elle n'avait pas pu s'entraîner, et priait le ciel de ne pas avoir à l'utiliser. Elle avait peut-être réussi à atteindre l'homme qui les poursuivait la veille, mais c'était en plein jour.

Ils avaient prévu de sortir par une fenêtre située sur un côté de la maison, pariant sur le fait que, même s'il y avait plus d'un homme en embuscade, seules les portes étaient surveillées.

Ils s'étaient disputés pour savoir qui sortirait le premier. Cody semblait ne pas vouloir comprendre que, puisqu'il n'y voyait plus, il ne pouvait pas être le premier à affronter le danger.

Mais ce qui l'impressionna, lorsqu'elle eut réussi à contenir son irritation, fut l'humilité avec laquelle il finit par accepter de la laisser diriger les opérations.

Pour un homme comme Cody, ce devait être particulièrement difficile, surtout après l'entraînement qu'il avait reçu. Il savait ce qu'il devait faire dans cette situation… mais il *ne pouvait pas* le faire.

Quant à elle, elle n'avait que son courage. Elle avait beau se répéter qu'elle avait réussi à protéger sa fille toute seule pendant des années et que tout se passerait sans problème, sa première tentative pour se glisser hors de la maison le plus discrètement possible ne fut pas une réussite : elle se cogna le genou en enjambant la fenêtre, et son sac à dos frotta contre l'encadrement. Elle s'immobilisa, à califourchon sur le rebord, et retint son souffle en écoutant si quelqu'un approchait.

Elle entendit le ronronnement d'un moteur, et peut-être de la musique dans le lointain. Elle se tourna vers Cody.

— Ils écoutent la radio ? murmura-t-elle.

— Ils essaient probablement de rester éveillés. Ce qui me fait penser qu'il n'y a qu'un seul homme, et qu'il surveille la porte. Vas-y !

Nina sauta à terre. À sa suite, Cody se faufila à l'extérieur avec une agilité qui l'impressionna.

Ils se dirigèrent immédiatement vers l'arrière de la maison, comme ils l'avaient prévu. Nina suivit scrupuleusement le plan qu'ils avaient élaboré et garda la lampe frontale éteinte. Ils avançaient l'un derrière l'autre, et elle attendait que Cody, qui prétendait savoir d'instinct la distance exacte qu'ils avaient parcourue, lui dise qu'ils étaient assez éloignés du chalet pour qu'elle puisse l'allumer.

Soudain, le silence se fit, et elle s'immobilisa.

— Il a coupé le moteur. Continue à avancer, murmura Cody. Pas de lumière pour le moment !

Elle lui obéit, tourna la tête en direction de la maison et s'arrêta net.

— Quelqu'un a allumé la lumière dans le chalet ! murmura-t-elle.

Elle vit une autre fenêtre s'éclairer, puis celle par laquelle ils s'étaient enfuis.

— C'est bon. Continue à marcher. Nous avons de l'avance.

*Pas assez*, songea Nina. Mais elle tenta de maîtriser la panique qui montait en elle et se remit en route. Il lui fallut quelque temps pour que ses yeux s'habituent à nouveau à l'obscurité.

Ils avancèrent, pas après pas. Malgré elle, elle jetait régulièrement des coups d'œil derrière elle. Les lumières du chalet étaient presque toutes éteintes maintenant, mais une autre s'était allumée : un faisceau de phares qui pointait exactement dans la direction où ils étaient partis.

— Continue à avancer, lui dit Cody d'un ton pressant. Continue !

Puis elle distingua une autre lueur : celle d'une lampe torche.

— Il nous suit !

— Ne t'occupe pas de lui.

— Nous pourrions faire demi-tour… le laisser se perdre.

— S'il est à nos trousses, il ne va pas se perdre. Il va faire demi-tour lui aussi, et nous serons de retour à la case départ. Nous devons continuer à suivre le plan.

— Il pourrait…

— Suis le plan, Nina. Notre plan. Tu te souviens ? Pense à ce que tu ferais si tu étais seule avec Brianna.

Elle continuerait à avancer. Elle n'aurait pas le choix.

Alors, c'est ce qu'elle fit.

Il y avait un autre danger qu'elle connaissait bien pour avoir passé plusieurs années dans un ranch du Dakota du Sud : elle savait quelles bêtes sauvages rôdaient ici la nuit. La nature pouvait prendre son tribut simplement parce que vous aviez pris le mauvais tournant ou rencontré un animal dangereux.

*Une chose à la fois…*

Elle réussit à mettre un peu de distance entre eux et le faisceau de la lampe torche, ce qui lui donna l'espoir que l'homme ne savait pas exactement où les chercher.

— N'allume pas la lumière, mais regarde la carte, suggéra Cody.

Elle allait devoir cacher l'éclat de l'écran, mais ce n'était pas un problème. Elle s'arrêta pour prendre le téléphone et ouvrit l'application dont Cody lui avait appris à se servir.

Il la suivait en tenant son manteau pour qu'elle puisse avoir les mains libres. Il avait du mal à éviter les difficultés du terrain et trébuchait parfois, mais ils progressaient assez rapidement.

Heureusement, car ils avaient un long chemin à parcourir.

Nina se concentrait sur son objectif, comme elle l'aurait fait si elle avait été avec Brianna. Son unique souci pour le moment était d'atteindre le point de rendez-vous que Felicity avait indiqué à Cody. Il fallait qu'ils se rendent là-bas et qu'ils attendent que sa sœur les y rejoigne avant que leur poursuivant les rattrape.

Elle poussa un soupir, mais continua à avancer, se forçant à ne pas trop regarder en arrière. À chaque fois qu'elle le faisait, elle avait la satisfaction de constater qu'ils mettaient un peu plus d'espace entre eux et le faisceau de la lampe torche.

Ils avaient initialement prévu de s'arrêter toutes les heures pour se ravitailler ou se reposer, mais ce n'était pas possible. Ils devaient avancer.

Cody tomba une fois et faillit l'entraîner dans sa chute, mais il lâcha son manteau à temps. Elle leva la tête pour voir où la lueur se trouvait. Elle arrivait à peine à la distinguer maintenant mais la lueur restait immobile, et elle comprit que l'homme s'était arrêté lui aussi.

Elle aida Cody à se relever sans quitter le faisceau lumineux des yeux.

— Nous devrions peut-être…

— Suis la carte, l'interrompit Cody en se redressant. Suis la carte, guide-nous jusqu'au point de rencontre. Si Felicity n'y est pas encore, nous pourrons nous cacher jusqu'à ce qu'elle arrive. Pour le moment, nous ne pouvons compter que sur nous.

Il avait raison bien entendu, ce qui était agaçant. Mais Nina n'allait pas se laisser gagner par l'irritation alors que leur survie était en jeu.

Lorsqu'ils atteignirent le point de rendez-vous, l'horizon commençait à s'éclairer. Le jour se lèverait bientôt. Nina ne pensait pas qu'ils aient définitivement semé leur poursuivant : elle ne voyait plus le faisceau de sa lampe torche, mais c'était peut-être tout simplement parce qu'il y voyait assez pour avancer.

Ils passèrent devant des panneaux indiquant qu'ils pénétraient dans le parc national des Badlands. Le terrain était nu et dégagé, et ils étaient très exposés.

— Et maintenant ? demanda Nina.

Elle était fatiguée, affamée, et avait mal dans tout le corps.

— Felicity m'a dit que nous devrions trouver des excavations par ici.

— Des excavations ? répéta Nina avec un frisson. Merveilleux !

— Nous serons à l'abri des regards. Nous pourrons nous asseoir, manger, et nous reposer.

Nina poussa un soupir. Elle regarda Cody qui restait debout, immobile. Il serait tellement plus facile de partir seule à la recherche de ces grottes sans avoir à le traîner à sa suite sur ce terrain rocailleux !

— Laisse-moi ici, l'entendit-elle alors déclarer.

Elle fut surprise qu'il ait pu ainsi deviner ses pensées.

— Je ne laisserais jamais Brianna ici. Je pensais que nous étions ens…

— Laisse-moi ici, Nina. Trouve un abri. Je t'appellerai si j'ai un problème.

Elle sourit intérieurement : elle savait très bien que jamais il ne le ferait.

— Vas-y, Nina. Je suis peut-être aveugle, mais je ne suis pas un enfant. Fais-moi un peu confiance.

Il ne s'agissait pas de confiance, mais elle n'avait pas le temps de discuter avec lui. Elle allait consacrer dix minutes maximum à la recherche d'un abri et, si elle n'avait rien trouvé, elle reviendrait le chercher. Mais elle se garda bien de le lui dire.

— D'accord. Reste ici. Et appelle-moi si tu as besoin de moi, Cody. Promets-le-moi.

— C'est d'accord.

Elle savait qu'il n'en ferait rien.

— Je reviens vite, dit-elle en priant pour que les choses soient aussi simples que cela.

Cody entendit un bruit de pas, et sut immédiatement que ce n'étaient pas ceux de Nina. Il se raidit et se tint prêt, tout en tendant l'oreille. C'était la démarche de quelqu'un qui était prudent mais assuré…

Il continua à écouter attentivement, se penchant en direction de ce bruit, et espérant de tout son cœur que Nina faisait très attention.

Même s'il se doutait qu'il faisait encore nuit, il sentait que sa vision s'était à nouveau détériorée. Le brouillard gris qui l'entourait constamment était plus épais et ne lui permettait plus de distinguer des ombres ou des éclats de lumière. À cela s'ajoutait un mal de tête qui ne le laissait pas en paix. Mais il avait de l'espoir : lorsqu'il avait pu prendre du repos, il avait constaté une légère amélioration de son état. Maintenant, après cette marche dans des conditions difficiles et stressantes, ces progrès s'estompaient mais, au moins, il savait qu'il pouvait guérir.

Il *allait* guérir.

Les pas d'une autre personne retentirent derrière lui. C'étaient ceux de Nina.

— Je pense que j'ai trouvé…

Nina s'interrompit net, et il l'entendit retenir son souffle.

— Vous avez une de ces têtes !

C'était la voix de Felicity, et Cody ressentit un tel soulagement qu'il en trébucha presque.

— Tu es en avance, réussit-il à articuler.

Il lui avait recommandé d'attendre, de respecter ses horaires habituels et de faire comme si elle commençait sa journée de travail par une visite de ce coin reculé du parc national.

Il voulait éviter qu'elle ne soit suivie, et ne devienne une des cibles d'Ace. Mais, alors qu'ils étaient poursuivis et que sa vue s'était à nouveau détériorée, il ne pouvait qu'être reconnaissant à Felicity de lui avoir désobéi.

Maintenant, ils étaient trois contre un.

— J'ai une réunion à 9 heures, répliqua-t-elle d'un ton étonnamment détaché et ferme, alors qu'elle était ordinairement douce et réservée. Je ne pouvais pas l'annuler, et je me suis dit qu'il me faudrait du temps pour venir ici.

Il y eut une longue pause.

— Et c'était vrai ! ajouta-t-elle. Nous avons encore une longue marche devant nous avant de parvenir à l'endroit où j'ai garé ma voiture.

— Quelqu'un nous suivait, répondit Nina d'une voix hésitante, et je ne suis pas certaine que nous l'ayons semé.

Cody avait presque oublié que Nina, lorsqu'elle était adolescente, était timide et peu sûre d'elle. Avec lui, elle avait toujours été énergique et déterminée… ou triste, ce qui était pire. Mais en présence d'une de ses sœurs, elle demeurait toujours sur la réserve.

Felicity ne répondit pas immédiatement, et il se demanda si finalement Nina n'avait pas raison en ce qui concernait ses sentiments à son égard. Mais Felicity était venue pour les aider, c'était la seule chose qui comptait en ce moment… Ils s'occuperaient plus tard de panser les blessures du passé.

— Bon, allons-y, finit par déclarer Felicity.

— Tu as mis d'autres personnes au courant ? demanda Cody alors que Nina le prenait par le bras pour l'aider à avancer.

Une fois encore, le silence de Felicity fut éloquent.

— Je t'avais demandé de ne pas le faire ! protesta-t-il.

— C'est vrai. Mais j'ai pensé qu'il était préférable que quelqu'un d'autre soit au courant. Pas uniquement pour vous, mais pour moi aussi.

— Mais il faut qu'ils protègent Brianna ! s'écria-t-il en même temps que Nina.

— Je suis certaine que cela ne va pas les en empêcher, répliqua Felicity avec douceur.

Cody poussa un soupir de mécontentement alors que Nina l'invitait à avancer.

— Nous ne pouvons pas aller directement vers ta voiture, déclara-t-il. Un homme est à nos trousses, et il va peut-être nous voir monter dedans.

— Mais puisque a priori lui-même n'a pas de voiture, quel est le problème ?

— Je ne veux pas te mettre en danger, Felicity. Il faut que tu restes en dehors de cette histoire.

— Aucun de nous ne peut être en dehors de cette histoire, Cody ! Nous sommes une famille. Nous prenons soin les uns des autres.

Il y avait dans sa voix une intensité à laquelle il ne s'attendait pas, mais qui lui fit chaud au cœur.

— Felicity, je sais que nous sommes une famille. Mais il n'est pas nécessaire pour autant de te désigner comme cible.

— En ce moment, la cible, c'est vous deux.

— Et notre fille…

— Et votre fille. Tu n'as pas confiance en ta famille pour la protéger, Cody ?

Il demeura silencieux, car il n'y avait pas de bonne réponse à cela. Certes, il leur faisait confiance. Mais pour autant, il était terrifié à l'idée de mettre la vie de sa fille entre les mains d'un autre que lui… surtout lorsqu'ils se battaient contre Ace.

Nina s'arrêta brusquement de marcher, et Felicity et elle demeurèrent silencieuses.

— Qu'y a-t-il ?

— Des serpents à sonnette. Nous allons devoir faire demi-tour et prendre l'autre chemin.

Cody ne pouvait pas voir à quel autre chemin Felicity faisait allusion, mais Nina le fit pivoter sur ses talons et avancer à nouveau.

Faire demi-tour n'était pas une bonne chose, qu'il y ait des serpents ou non.

— Regarde autour de toi, Nina, recommanda-t-il à voix basse, espérant que Felicity était assez loin devant eux pour ne pas les entendre. Reste aux aguets, et dis-moi si tu vois l'homme qui nous suit.

— Mission impossible ! répliqua Nina. Le soleil se lève.

Il n'a plus besoin de sa lampe torche, mais les arbres et les rochers sont toujours plongés dans l'ombre. Il n'aurait aucune difficulté à se cacher là.

— J'ai des jumelles, intervint Felicity. Dès que nous serons à couvert, tu pourras fouiller les environs.

Cody était quelqu'un de rationnel mais, sans qu'il puisse s'expliquer pourquoi, il avait l'intime conviction que quelque chose se préparait.

— Donne une arme à Felicity, Nina, déclara-t-il en tâchant d'imaginer d'où la menace pourrait venir.

— Non, Cody. Je suis garde forestier. Je n'ai pas le droit de porter d'…

— Prends cette arme, Felicity. Tu vas en avoir besoin.

# 19

— Prenons un instant pour faire le point, déclara Nina en désignant une arête rocheuse derrière laquelle ils pouvaient se cacher.

Felicity se glissa derrière la première et, sans rien dire, Nina aida Cody à s'installer. Là, ils étaient à l'abri de leur poursuivant.

Ouvrant son sac, Nina tendit à sa sœur une des armes qui s'y trouvaient, ainsi qu'un chargeur.

— C'est illégal, marmonna Felicity.

Mais elle se saisit tout de même de l'arme, et enclencha le chargeur avec une certaine dextérité.

— Tu te mettras une amende plus tard, répliqua Cody. Tu vois quelque chose ?

Felicity prit ses jumelles et se mit à scruter les environs en silence. Nina ferma les yeux afin de se concentrer sur sa respiration pour tenter de calmer les battements de son cœur.

— Il se dirige vers nous. Il est encore loin, mais il se rapproche.

— Nous devons partir ! s'exclama Nina.

Les mots étaient sortis malgré elle. Comment pouvaient-ils rester ici à attendre qu'une menace se matérialise, alors qu'ils auraient pu être en train de fuir ?

— Il n'a pas de véhicule…, ajouta-t-elle. Et comment

pourrait-il savoir que nous sommes aidés par un des gardes du parc ?

— Et comment Ace a-t-il su où te trouver ? répliqua Cody.

Elle ne sut que répondre.

— Que devons-nous faire, Cody ? demanda Felicity.

Elle n'était plus la jeune fille effacée dont Nina se souvenait. Autrefois, Felicity était timide au point d'aller se cacher dans sa chambre lorsque les frères Wyatt venaient chez les Knight. Pendant longtemps, elle avait même bégayé. Nina avait toujours pensé que Felicity garderait ce caractère angoissé et timoré. Or la Felicity qu'elle avait devant elle était sereine, presque majestueuse. Cette aura ne devait rien à son uniforme, mais à sa maîtrise d'elle-même et à son assurance.

— Nina, tu te rappelles ce que je voulais faire lorsque nous étions dans le chalet ? demanda Cody.

Elle savait pertinemment que ce n'était pas une question, et qu'il allait exposer son plan comme si c'était la solution qui s'imposait à eux.

— Non, répliqua-t-elle sèchement.

Elle s'en souvenait parfaitement, mais il était hors de question qu'ils se mettent tous les trois en danger en essayant de capturer leur poursuivant.

— Plus nous en saurons sur les raisons de cette filature, plus il nous sera facile d'échapper à Ace.

— C'est dangereux.

— Pas tant que ça.

Elle détestait l'entendre répondre avec autant d'assurance et de conviction… Surtout lorsqu'elle se sentait si fatiguée et inquiète.

— Pendant que nous perdons du temps à parler, il se

rapproche, les informa Felicity, qui continuait à observer l'homme avec ses jumelles.

— Bien. C'est ce que nous voulons.

— C'est ce que *tu* veux, répliqua Nina. Tu n'es même pas certain qu'il ait le moindre lien avec Ace.

— Je suis sûre que je peux l'atteindre, déclara Felicity, qui continuait à l'observer. À l'épaule… ou au mollet par exemple, pour le ralentir.

Nina regarda Felicity, stupéfaite.

— Vraiment ?

Felicity se retourna et lui sourit d'un air d'excuse.

— Il s'est passé beaucoup de choses en sept ans, Nina, répondit-elle en se remettant à observer l'homme. Tu vas le découvrir petit à petit.

— Je ne veux pas que tu tires sur lui, intervint Cody. C'est trop risqué.

— Je me débrouille très bien ! Tu peux demander à Brady.

— Certaines choses ne changent jamais, murmura Nina, qui avait perçu dans la voix de sa sœur l'admiration inconditionnelle qu'elle avait toujours eue pour le frère de Cody.

Felicity lui lança un regard courroucé, et Nina revécut tellement leur enfance qu'elle en eut les larmes aux yeux.

Mais ce n'était vraiment pas le moment de se laisser aller à l'émotion.

Ils poussèrent un cri à l'unisson lorsqu'une détonation résonna et qu'une balle atteignit l'autre côté du rocher derrière lequel ils s'étaient abrités.

Le visage de Cody se ferma instantanément.

— C'est bon, Felicity. Tire sur lui. Essaie d'atteindre la jambe. Nous le voulons en vie, et en état de parler. Mais fais en sorte de l'immobiliser.

Felicity se saisit de l'arme que Nina lui avait confiée un peu plus tôt. Nina regarda, fascinée, sa jeune sœur timide et nerveuse caler avec calme l'arme sur le haut du rocher. Elle resta un instant cachée derrière, puis se redressa avec précaution, s'assurant que leur poursuivant n'était pas sur le point de tirer.

— Doucement, murmura Cody. Attire son attention ailleurs, Nina. Par exemple, lève le sac à dos pour le faire dépasser du rocher.

Nina se mit en position pour faire ce que Cody lui avait demandé, et il poursuivit :

— Dès qu'il aura tiré, tu tireras à ton tour, Felicity. D'accord ?

— Oui.

Ils étaient si calmes ! se dit Nina en essayant de les imiter. Cody lui avait donné une mission. Elle ôta de son dos le plus léger des deux sacs et, les mains tremblantes, le souleva très lentement pour le faire dépasser du rocher. La détonation fut presque instantanée.

— C'est bon, déclara nettement Cody. Tire.

Bien qu'il s'y soit préparé, le bruit de la détonation le fit sursauter.

Felicity poussa un petit cri de triomphe.

— Tu l'as touché où ? s'écria Cody.

— À la cuisse. Il est tombé à terre, mais il essaie de se relever.

— Bravo ! Allons le chercher.

— Allons le chercher ? répéta Nina. Mais tu as perdu la vue !

— J'aime t'entendre me le rappeler constamment, Nina.

Il se redressa de toute sa hauteur, puis se baissa soudain lorsqu'un autre coup de fusil résonna.

— Il a toujours son arme à la main, Cody, déclara sèchement Felicity.

— Effectivement…

— Tu devrais rester là, intervint Nina. Même si ça t'agace que je te le rappelle, tu n'es pas en capacité de faire quoi que ce soit.

En cet instant, il aurait vendu son âme pour y voir, pour pouvoir *faire* quelque chose.

— Je peux essayer de le surprendre par-derrière, proposa Felicity.

— Non ! s'exclamèrent Nina et Cody d'une même voix.

Felicity poussa un soupir.

— Je connais le terrain mieux que quiconque.

— Non, c'est à moi de le faire, intervint Nina

Même si cela allait à l'encontre de tout ce qu'il voulait, Cody savait qu'il n'y avait qu'une seule solution.

— Vous allez y aller toutes les deux.

Il s'était attendu à des protestations, mais seul le silence fit écho à ses paroles.

— Cody, tu as perdu la vue, commença Nina d'une voix douce, comment pouvons-nous te laisser seul ici alors que tu n'y vois rien ?

— Je vais faire diversion, répliqua Cody. Du moment que je remplis mon rôle, le fait que j'y voie ou non importe peu.

— Bien sûr que si ! Imagine que l'homme réussisse à venir jusqu'à toi, lui fit remarquer Felicity.

— Pas si vous êtes juste derrière lui. Écoutez, je ne pense pas qu'il essaiera de me tuer. Cela n'entre pas dans les projets d'Ace.

— Mais cela ne veut pas dire qu'il ne le fera pas.

— Nous n'avons pas le choix. Alors, allez vous positionner derrière lui.

Même s'il ne les voyait pas, il était certain que Nina et Felicity étaient en train d'échanger un regard.

Puis Felicity prit la parole :

— Il s'est relevé, mais il avance lentement. Si nous nous dépêchons, je pense que nous pouvons le contourner avant qu'il arrive ici.

— Ne faites pas de bruit : il ne faut surtout pas qu'il vous entende !

— Et qu'allons-nous faire lorsque nous serons derrière lui, demanda Nina. Le tacler ?

— Et pourquoi pas ? répliqua Felicity. Il ne serait pas le premier homme que j'aurais fait tomber à terre dans ce parc !

— Vraiment ? demanda Nina d'une voix pleine d'admiration.

Ce qui ne manqua pas d'étonner Cody : elle-même avait fait tellement plus !

— Utilisez la méthode qui vous plaira, puis prenez-lui son fusil… et toutes les autres armes qu'il pourrait avoir. Lorsque vous l'aurez immobilisé, l'une de vous deux viendra me chercher pour me conduire vers lui, et nous l'interrogerons. Il faut savoir qui l'a envoyé, et comment il reçoit ses ordres d'Ace.

Il y eut un autre instant de silence. Sans doute les deux sœurs se regardaient-elles pour savoir ce que l'une et l'autre pensaient de son plan, songea Cody. Il n'était pas entièrement convaincu qu'elles allaient le suivre, mais il ne voyait pas quoi proposer d'autre.

— D'accord, finit par dire Felicity. Nina, suis-moi.

Cody pencha la tête en direction de leurs voix, et se rendit compte qu'il distinguait à nouveau des ombres très vagues. Il y avait même de légères traces de couleur lorsqu'il tenait sa tête de cette manière.

Il sentit les lèvres de Nina effleurer les siennes.

— Sois prudent, murmura-t-elle.

Il hocha la tête. Tout redevint alors gris autour de lui,

puis soudain si lumineux qu'il eut un mouvement de recul. Il tenta de cacher sa réaction.

— Toi aussi.

Elle resta un instant immobile, mais ne dit rien. Puis il les entendit partir. Le terrain était pierreux et elles faisaient du bruit. L'homme, puisqu'il était blessé, en ferait certainement beaucoup plus en s'approchant.

C'était du moins ce qu'il espérait.

Il tâtonna autour de lui pour trouver son sac à dos. Il cligna des paupières plusieurs fois en réalisant qu'il distinguait sa forme. Il expira lentement, essayant de calmer son excitation. Puis il glissa la main à l'intérieur du sac pour y chercher son couteau.

Lorsqu'il l'eut trouvé, il s'en saisit et le brandit. Puis il tendit la main, rencontra la paroi devant lui, et leva le bras très lentement jusqu'à ce qu'il sente le haut du rocher.

Il pointa le couteau en l'air, essayant de respirer calmement pour que les battements de son cœur ne deviennent pas assourdissants.

Lorsque son bras fut entièrement tendu, il agita le couteau, espérant que la lame allait réfléchir la lumière.

Parce qu'il faisait jour. Il *voyait* que le soleil s'était levé.

Il songea un instant à frapper le rocher, mais il aurait été trop évident qu'il cherchait à attirer l'attention. Il fallait trouver un stratagème plus subtil.

Il entendit alors le bruit reconnaissable de cailloux qui crissaient sous des pas. Comme si quelqu'un gravissait la pente de l'autre côté de l'arête… Un grognement manifestement poussé par un homme acheva de le persuader que c'était leur poursuivant qui s'approchait.

Cody se mit en position, espérant qu'il était tourné dans la bonne direction. Il tenait le couteau sur le côté. S'il avait été un peu plus sûr de ses perceptions visuelles, il aurait tenté de mettre l'homme à terre, mais c'était trop risqué.

D'ailleurs, Nina et Felicity devaient se trouver juste derrière lui. Tout allait bien se passer.

Cody entendit un petit rire, et se tint immobile. Il ne distinguait pas vraiment la silhouette de l'homme, mais il devinait sa position, et commençait à faire la différence entre l'ombre et la lumière. Il avait seulement besoin de l'entendre faire un peu plus de bruit pour être sûr de frapper dans la bonne direction.

Du moins, il l'espérait.

# 20

Nina et Felicity marchaient en silence. Felicity progressait à grandes enjambées sur le terrain accidenté, ne s'arrêtant que lorsqu'elles devaient traverser des étendues où elles seraient exposées. Elle prenait alors un instant pour observer les alentours, et courait vers le prochain abri.

Nina ne se plaignait pas, même si elle était à bout de souffle et sentait sa blessure la faire souffrir. Plus vite elle reviendrait auprès de Cody, mieux ce serait.

Tout à l'heure, elle avait eu l'impression fugitive qu'il avait distingué quelque chose, mais il n'avait rien dit. Elle non plus…

— Zut ! marmonna Felicity en s'arrêtant soudain.

Elle désigna une crête du doigt. Nina était tout essoufflée après la course en zigzag dans laquelle Felicity l'avait entraînée. Devant elles s'élevait une formation rocheuse qu'un homme était en train d'escalader. L'arme qu'il tenait dans sa main réfléchit les rayons du soleil, lançant un éclat de lumière.

— Courons ! cria Nina à sa sœur, comme elle réalisait que c'était de l'autre côté de cette arête que Cody était seul, sans défense.

Juste au moment où elles arrivaient près de la butte rocheuse que gravissait l'homme, il tomba à la renverse en poussant un cri.

Nina le regarda dévaler la pente.

— Attention ! Il a encore son fusil à la main ! l'avertit Felicity, qui avait déjà bondi en avant.

Nina l'imita tandis que l'homme, en contrebas, essayait de braquer son arme sur elles.

Elles se jetèrent sur lui au même instant et, sous leur poids, il lâcha son fusil qui glissa sur le sol. Nina craignit un instant de perdre connaissance sous l'effet de la douleur, mais elle réussit à se remettre debout aussi rapidement – mais un peu moins lestement – que Felicity.

Le fusil était plus près d'elle, aussi se dépêcha-t-elle d'aller le ramasser. Puis elle leva la tête vers le sommet de la formation rocheuse.

Sans mot dire, elle tendit l'arme à Felicity. Elle allait lui laisser le soin de tenir en joue l'homme qui criait et gémissait pendant qu'elle irait voir comment allait Cody.

L'ascension fut difficile, et elle se demanda comment leur poursuivant avait pu la faire avec une balle dans la jambe. Mais, même si elle glissa et trébucha plus d'une fois, elle réussit à parvenir au sommet.

Cody était en train de mettre un des deux sacs sur son dos. Il se retourna lentement, et cligna des paupières.

— Où est Felicity ? demanda-t-il.

— Tu vois clair ?

— Non, pas vraiment… Parfois je distingue des ombres, puis plus rien. Où est-elle ? J'imagine que l'homme est toujours en vie d'après tout le bruit que j'entends.

— Oui. Il a dévalé la pente. Felicity le tient en joue. Comment…

— Je l'ai frappé. Je n'avais pas l'intention de le faire tomber, mais tant pis. Amène-moi vers lui.

Elle prit Cody par la main et considéra la pente abrupte avec circonspection.

— Nous pouvons descendre par l'autre côté…

— Allons au plus vite, Nina, assena Cody. Il faut en finir.

Elle en avait trop envie elle-même pour enfreindre son ordre. Peut-être commençait-il à retrouver la vue, car la descente se passa sans encombre, et il ne trébucha pas.

Ils arrivèrent auprès de Felicity, qui menaçait toujours l'homme de son arme. Il était allongé à terre, immobile, et seul son torse se soulevait et s'abaissait à un rythme saccadé.

Cody resta un instant silencieux avant de prendre la parole. Son regard n'était pas fixé sur l'homme lui-même, mais légèrement à droite… Manifestement, il avait encore du mal à distinguer les formes.

— Qui t'a engagé ? demanda Cody.

Pour toute réponse, l'homme poussa un juron.

Le coup de pied que Cody lui enfonça dans les côtes vint par surprise… et fut étonnamment bien placé étant donné ses problèmes de vision.

— On peut le laisser ici, observa Felicity d'un air détaché. Les serpents à sonnette, les lynx et les coyotes vont s'en occuper.

Cody eut un soupir.

— Nous allons d'abord le ligoter pour être certains qu'il ne va pas s'enfuir.

— Ou lui tirer une balle dans l'autre jambe, proposa Nina.

Cette fois, Cody eut un sourire froid comme l'acier.

— Pourquoi pas ? L'idée me plaît.

L'homme les regardait tout à tour.

— Vous allez me laisser la vie sauve si je parle ? demanda-t-il.

— Oui.

Il souffla avec mépris.

— De toute façon, dans ma position, je ne peux pas m'en sortir. Tuez-moi.

Cody tendit la main pour qu'on lui donne une arme, et Nina et Felicity le regardèrent, éberluées.

— Tu ne peux pas…

Il lui lança un regard si inflexible que Nina ne termina pas sa phrase. Felicity tendit son arme à Cody. Il la pointa sur le crâne de l'homme, et Nina retint son souffle, se préparant sans vraiment y croire à la détonation qui allait venir.

L'homme tenta de se dégager, les yeux exorbités et la sueur perlant sur son front.

— D'accord, d'accord. Attendez. Attendez…

— Qui t'a engagé ?

Il considéra le paysage autour de lui, comme s'il évaluait ses chances de survie, et se passa la langue sur les lèvres.

— Et comment allez-vous me protéger ? Qu'allez-vous faire pour cela ?

— Si tu me donnes les informations que je veux, tu n'existeras plus sous cette identité. Je n'ai pas besoin de te tuer : ce n'est pas *toi* qui m'intéresses. C'est ce que tu peux me dire.

L'homme indiqua sa jambe, d'où le sang s'écoulait abondamment.

— Tu vas être soigné et recevoir une nouvelle identité… Ou tu vas mourir. À toi de choisir.

— Je ne sais rien. Je reçois seulement des ordres, et j'obéis.

— Tu reçois tes ordres de qui ?

L'homme regarda à nouveau autour de lui.

— Je ne connais pas son nom.

Cody se rapprocha de lui, s'accroupit, et plaça l'arme juste devant son visage.

— Je n'ai plus beaucoup de patience. Tu vas me donner son nom. Maintenant. Ou…

— D'accord. Andy. Andy Jay.

Nina vit Cody se redresser immédiatement, tout en continuant à pointer son arme sur l'homme. Son visage exprimait une colère froide.

— Ne mens pas. Andy Jay est mort.

Cody ne baissa pas son arme et la détermination qu'elle lut sur son visage la fit frissonner. C'est à cet instant qu'une sonnerie s'éleva du haut de l'arête rocheuse. Elle pensa qu'il s'agissait du téléphone de Cody qui avait dû tomber de sa poche, même s'il était étrange qu'il ne soit pas sur silencieux. Il lui suffit de regarder Cody pour savoir que quelque chose de très grave venait de se produire.

— Que se passe-t-il ? fit-elle.

— Nous devons partir, répondit-il. Immédiatement.

Il ne pouvait y avoir qu'une seule raison pour laquelle son téléphone émettait ce signal alors qu'il était en vibreur : Brianna avait appuyé sur le bouton de son collier.

Il lança le fusil dans les mains de Felicity.

— Appelle… Appelle un de mes frères, lui dit-il.

Si quelque chose se passait au ranch, il fallait qu'ils s'y rendent immédiatement.

— Et si tu n'arrives pas à les joindre, préviens le shérif, poursuivit-il.

— Hé ! Vous avez dit que vous alliez me fournir une nouvelle identité et que…

Cody lança un regard meurtrier à l'homme… Enfin à ce qu'il distinguait de son corps allongé. Il était presque certain que Brianna était en danger, alors le sort de ce type qui les aurait allègrement tués tous les trois s'il l'avait pu lui importait peu.

— Ne faites jamais confiance à un Wyatt, se contenta-t-il de répondre.

Il se tourna vers l'ombre qui, il le savait, était Felicity.

Il réfléchissait à ce qu'ils devaient faire. Il ne pouvait pas la laisser seule avec ce type…

Quoique… Jusque-là, elle avait fait preuve du plus grand calme. Peut-être qu'elle était capable de se débrouiller seule… Il le fallait. Brianna avait besoin d'aide, et cela était plus important que tout. Il se tourna vers l'ombre de Nina. La vue lui revenait-elle peu à peu ? Il lui sembla qu'il pouvait maintenant distinguer la lumière de ses cheveux blonds dans le soleil.

Il aurait préféré qu'elle reste ici avec Felicity, mais il n'était pas en mesure de conduire… et il savait qu'elle ne voudrait pas rester en arrière sans une excellente raison.

— Que se passe-t-il ? demanda-t-elle encore.

— Il y a des problèmes au ranch. Nous devons…

— Tiens, l'interrompit Felicity.

Il entendit un cliquetis, et eut l'impression qu'elle avait lancé un trousseau de clés que Nina avait attrapé.

— Prenez mon 4x4. Je vais m'occuper de ce type. Allez-y. Lorsque vous serez de l'autre côté de cette butte, vous verrez un chemin. Il suffit de le suivre sur la droite, et vous arriverez au point de départ du sentier. Mon 4x4 est sur le parking. J'imagine que ça sera le seul. J'ai mon téléphone et ma radio, et je vais demander à un autre garde de me rejoindre pour me prêter main forte. Allez-y.

Cody hocha la tête. Ils n'avaient pas le temps d'élaborer un meilleur plan. Ils devaient aller retrouver Brianna.

Il sentit la main de Nina se refermer sur son bras, et elle commença à le faire avancer dans la direction indiquée par Felicity. Il ne distinguait toujours pas grand-chose : seulement la lumière du soleil et l'ombre des affleurements rocheux qui faisaient la renommée des Badlands.

Il aurait voulu marcher plus vite, mais il serait certainement tombé et aurait entraîné Nina dans sa chute.

Il n'avait pas non plus le temps de retourner chercher son téléphone, il pouvait juste espérer que Brianna avait appuyé sur le bouton par erreur ou que, s'il y avait un problème, ses frères l'avaient réglé.

Le trajet jusqu'au 4x4 lui sembla interminable… d'autant plus qu'il savait que le ranch était ensuite à trois quarts d'heure de route.

Sans doute Nina devait-elle se dire aussi que le temps pressait car, une fois qu'ils furent en voiture, Cody se rendit compte qu'elle ne respectait pas les limitations de vitesse.

— Qui est Andy Jay ? demanda-t-elle.

Cody secoua la tête.

— Il est mort.

— D'accord. Alors, qui était-il ?

— Je ne sais pas exactement. C'était un membre des Fils… un des lieutenants de mon père. Je ne me souviens pas particulièrement de lui, mais j'en ai souvent entendu parler. Lorsque Brady et Gage se sont échappés du gang et se sont réfugiés chez grandma, il les a retrouvés, mais les y a laissés au lieu de les ramener chez Ace. Il a été retrouvé mort quelques jours plus tard. Les jumeaux se sont toujours sentis coupables de son assassinat. Cet homme ment lorsqu'il prétend que c'est Andy Jay qui l'a contacté.

Nina était silencieuse, mais il entendait et sentait qu'elle était relativement calme… Certainement parce qu'il n'avait pas précisé que l'alerte venait de Brianna.

— Que ferons-nous lorsque nous arriverons là-bas ?

Il poussa un soupir.

— Il faudra être prudents.

— Que voulait dire ce signal ? Il venait du ranch ?

Cody hésita. Il ne voulait pas lui mentir : elle le lui reprocherait… Ce qui ne manquerait pas d'ironie, si l'on pensait qu'elle lui avait caché l'existence de Brianna.

Mais un secret était différent d'un mensonge… Surtout lorsque la vie de leur fille était en jeu.

— Je ne sais pas exactement ce qui se passe. Cette sonnerie était seulement le signal qu'il y a une urgence.

— Que quelqu'un a besoin d'aide, tu veux dire… Quelqu'un qui se trouve au ranch… Ils sont en danger ? s'inquiéta-t-elle. Si tes frères savaient où nous nous trouvions et ce que nous étions en train de faire et qu'ils ont tout de même jugé utile de nous appeler, c'est que ça doit être grave, non ?

— Je pense que oui.

Elle ne répondit rien, mais il sentit qu'elle accélérait encore. Le fait qu'il ne voie pas ajoutait au stress de la situation.

— Tu ne peux pas entrer sur le ranch à toute allure, dit-il. Il faut d'abord évaluer la situation.

— Notre fille est dans la maison. Je me moque d'évaluer la situation.

Puisque cela avait été sa première impulsion, il n'essaya pas de discuter. Mais ils devaient tout de même être prudents. Il fallait qu'ils comprennent ce qui se passait avant de faire irruption dans la maison en brandissant leurs armes… Surtout si Brianna était en danger et que le moindre faux pas pouvait lui coûter la vie.

Cody n'avait aucun téléphone sur lui pour avertir Brady et Gage… Aucun moyen de savoir ce qui se passait vraiment sur le ranch. Il voulait croire que Brianna avait déclenché le signal par curiosité ou par inadvertance… Mais elle avait grandi en étant trop consciente du danger pour être négligente.

Enfin, il sentit que Nina ralentissait. Il ne distinguait toujours que des formes vagues, si vagues qu'il devait plisser les paupières la plupart du temps pour ne pas être pris de vertiges.

— Ne te dirige pas vers l'entrée principale. Tu te souviens de la porte qui est sur le côté ? Nous allons entrer dans la maison par là.

— C'est trop tard, déclara Nina d'une voix sombre.

— Qu'y a-t-il ?

— Baisse-toi ! dit-elle en lui appuyant sur la tête.

# 21

Le coup de feu fit exploser le pare-brise, et Nina poussa un cri qui s'étrangla dans sa gorge.

Elle aurait dû ralentir plus tôt mais, ne pensant qu'à retrouver Brianna, elle n'avait pas vraiment prêté attention au véhicule stationné ni aux deux hommes qui semblaient s'intéresser de près à la clôture du ranch.

Le temps qu'elle réalise que ces hommes pouvaient être dangereux, elle les avait vus pointer une arme dans leur direction. Ces types étaient-il là pour empêcher quiconque de pénétrer dans le ranch ?

— Il y a un endroit où je peux enfoncer la clôture avec la voiture ? demanda-t-elle à Cody, paniquée.

— Non. Il va falloir passer à pied.

— Pardon ?

— Arrête-toi.

— Nous ne pouvons pas…

— Arrête-toi, insista Cody.

Elle lui faisait confiance, alors elle lui obéit.

— Tu as encore une arme ? demanda-t-il.

Elle hocha la tête, tout en vérifiant que l'étui qu'elle avait fixé avant de quitter le chalet – il y avait une éternité de cela – était toujours contre elle.

— Oui.

— Tu vas courir vers la maison. Je me charge d'eux.

— Tu es aveugle !

— J'y vois assez pour le faire. Vas-y !

Il commença à la pousser, et elle n'eut pas le temps de réfléchir. Brianna était dans la maison. Elle ne pensait qu'à cela.

Elle sortit du 4x4 et se mit à courir. À chaque pas, elle se répétait que Cody était en mesure de se débrouiller seul. Qu'il allait réussir.

Pour le moment, seule Brianna comptait.

Elle courut aussi vite qu'elle le put, sans prêter la moindre attention à la douleur de sa blessure, ni à la brûlure de l'air dans sa poitrine.

*Brianna. Brianna. Va rejoindre Brianna.*

Elle fut surprise que personne ne se lance à sa poursuite. Lorsqu'elle arriva à proximité des bâtiments, rien ne lui sembla anormal. Il n'y avait aucun véhicule étranger au ranch. Les pick-up de Jamison et de Gage étaient garés près de la maison, et celui de Tucker près de l'écurie.

Peut-être que c'était la présence de ces deux hommes qui avait déclenché le signal. Peut-être que quelqu'un les avait vus et que…

*Continue à courir. Continue à respirer.*

Elle traversa la cour, s'attendant à tout instant à entendre une détonation ou à voir surgir quelqu'un… mais rien de tout cela n'arriva.

Quand elle atteignit enfin la porte de la maison, elle fut choquée de la trouver ouverte. Et encore plus choquée de voir quatre frères Wyatt, Duke et grandma tranquillement assis autour de la table de la cuisine.

— Où est Brianna ?

— Elle est dans l'écurie avec Gigi et Dev, répliqua grandma Pauline en se levant. Que se passe…

— Cody est dehors ! Quelqu'un a tiré un coup de feu.

Il y a un gros véhicule noir et deux hommes à quelques mètres avant l'entrée du ranch !

Elle se précipitait déjà vers l'écurie. Il fallait qu'elle s'assure que sa fille allait bien. Les frères de Cody allaient venir en aide à celui-ci, elle en était certaine. De toute façon, elle irait leur prêter main forte dès que Brianna serait en sécurité dans la maison.

Elle s'arrêta devant l'écurie lorsqu'elle entendit des voix s'élever à l'intérieur. Elle ne reconnaissait que celle de Dev.

Le cœur battant, elle s'approcha doucement, essayant de voir ce qui se passait, et de déterminer où Brianna se trouvait.

La porte était ouverte, mais elle ne voyait que Dev. Il parlait à quelqu'un qui était hors de son champ de vision, et semblait calme. Mais lorsqu'elle s'avança, elle sentit de la colère contenue dans sa voix. Jamais il ne se serait adressé ainsi à Brianna et à Gigi. Jamais.

Elle essaya de reprendre sa respiration et changea de position pour voir l'interlocuteur de Dev. Elle découvrit alors un homme à la stature imposante, qui pointait sur le frère de Cody une arme de gros calibre.

Où était Brianna ? Et Gigi ?

Elle prit une inspiration profonde. Bon… Avec les deux hommes dehors et celui-ci, cela faisait trois assaillants. Ils étaient inférieurs en nombre aux habitants du ranch, sans compter Duke, Liza et elle. Même si ces trois intrus étaient lourdement armés, ils n'auraient pas le dessus, se persuada-t-elle.

Mieux valait donc se concentrer sur les fillettes. Où étaient Brianna et Gigi ? Elle était sûre que Dev allait faire tout ce qui était en son pouvoir pour les protéger.

Soudain, elle entendit des pas feutrés derrière elle. La main sur la crosse de son pistolet, elle pivota brusquement.

Elle fronça les sourcils en voyant Tucker qui avait levé les mains en l'air et affichait une expression ironique.

Comme si c'était le moment de plaisanter !

Il ne dit rien et se contenta de pointer le doigt vers le haut. Elle se retourna vers l'écurie mais ne vit rien. Elle comprit alors qu'il voulait simplement lui rappeler qu'il y avait un fenil. Les filles devaient s'y être cachées.

Elle sentit le soulagement l'envahir, même si sa peur ne disparut pas pour autant. Cet homme armé devait ignorer où se trouvaient les deux fillettes.

*Dieu merci !*

Elle regarda Tucker d'un air interrogateur. À eux deux, ils pouvaient certainement venir à bout de l'homme qui menaçait Dev. Elle ne voyait pas d'arme sur Tucker, mais cela ne signifiait pas qu'il n'en avait pas.

Il lui fit un signe de la main puis, pointant le doigt vers le sol, décrivit un arc de cercle. Nina comprit au bout d'un instant ce qu'il cherchait à lui expliquer : il allait contourner l'écurie et il lui demandait de rester ici.

Elle hocha la tête, et Tucker commença à se diriger vers l'arrière du bâtiment. Il y avait une autre porte de l'autre côté – plus proche de l'échelle qui menait au fenil – mais, de ce qu'en voyait Nina, elle n'était pas ouverte.

Comment Tucker savait-il que les fillettes se trouvaient là-haut ? Et si ce n'était qu'une supposition de sa part ? Elles pouvaient être parties. Elles pouvaient s'être perdues dans les prairies et…

*Une chose à la fois.*

Elle garda le regard fixé sur l'homme qui s'adressait à Dev. Dev, lui, s'était tu. La porte de l'autre côté de l'écurie ne bougea pas. Que faisait donc Tucker ?

Finalement, Dev prit la parole, faisant un geste en direction de la maison… C'est-à-dire en direction de la porte ouverte… et d'elle-même.

Elle s'immobilisa.

Elle croisa le regard de Dev, et bien qu'il ait caché sa surprise en la voyant là, l'homme qui le tenait en joue commença à se retourner.

Nina ne réfléchit pas. Elle appuya sur la détente.

Cody était furieux d'avoir présumé de ses forces. Il était sorti du 4x4 et s'était mis à courir, mais cela avait altéré sa vision à tel point qu'il se demandait même s'il allait dans la bonne direction.

Il évoluait à nouveau dans ce brouillard gris, même s'il pouvait parfois faire la différence entre l'ombre et la lumière… Il jura intérieurement.

Il ne savait absolument pas où il se trouvait.

Soudain, il entendit des voix et s'immobilisa. Deux hommes parlaient comme si de rien n'était.

— Il a toujours fallu qu'il fasse le malin, déclara l'un d'eux, d'un air vaguement amusé. J'espère qu'ils vont lui donner du fil à retordre pour que nous devions intervenir et le sauver.

— Et tant pis si nous ne le sauvons pas ! repartit l'autre.

Celui-ci semblait agacé et de mauvaise humeur.

Devait-il continuer à se diriger à leurs voix ? s'interrogea Cody. S'ils sortaient une arme ou se précipitaient sur lui, il se jetterait dans la gueule du loup.

En réfléchissant à la situation, il se dit que puisque ces hommes restaient ici à discuter, ils ne devaient pas savoir que Nina était arrivée au ranch. Ils devaient penser qu'ils avaient réussi à effrayer et à maintenir à distance les occupants du véhicule sur lequel ils avaient tiré.

— Ace ne peut plus continuer à diriger le gang depuis sa prison. Il va falloir qu'il nomme un successeur.

— Peut-être… Mais que se passera-t-il si Ace désigne cet incapable qui nous dirige en ce moment ?

— Un leader incapable, c'est mieux que pas de leader du tout. Il nous donne peut-être des ordres ridicules mais, au moins, il n'y a pas de lutte interne pour le pouvoir.

— Il y a *toujours* des luttes internes ! Il y en avait même avant qu'Ace soit sous les verrous !

— Tu as entendu ? demanda soudain un des deux hommes.

Cody avait entendu quelque chose lui aussi. Le ronronnement d'un moteur ?

— Nous ferions mieux d'y aller.

Une détonation retentit. Comme Cody ne s'y attendait pas, il fit un bond.

— Tiens, tiens ! Nous avons de la compagnie, déclara aussitôt un des deux hommes.

Cody sut alors qu'il était perdu. Il n'avait plus qu'à espérer qu'ils ne lui tireraient pas dessus ou que, s'ils le faisaient, il s'en sortirait.

— C'est un des fils d'Ace, non ? entendit-il l'un des types déclarer. Tu es un Wyatt, n'est-ce pas ?

Cody espérait de tout cœur qu'il tournait la tête dans la bonne direction. Il tenta de prendre une expression ironique.

— Ça dépend.

Il savait que les deux lascars s'approchaient de lui, mais il misa sur le fait qu'ils ne tireraient pas. Peut-être aurait-il une chance d'avoir le dessus sur eux…

Cela allait être beaucoup plus difficile que tout à l'heure, mais il pouvait y arriver. Il *fallait* qu'il y arrive.

— D'où sort-il ? demanda l'un des deux hommes à voix basse.

— Tu as perdu ta langue ? demanda l'autre.

Celui qui venait de parler avait-il pointé une arme sur lui ? s'inquiétait Cody. Il avait prononcé ces mots d'un ton menaçant.

À tout hasard, il leva les mains en l'air.

— Je ne vous veux aucun mal, déclara-t-il.

L'un des types poussa un soupir méprisant.

— Vaut mieux pas s'attaquer à un Wyatt tant que nous ne savons pas…

— La ferme ! l'interrompit l'autre.

— Mais pourquoi s'attaquer à un seul Wyatt quand vous pouvez en avoir quatre ? demanda une voix derrière eux.

Cody poussa un soupir de soulagement. C'était celle de Gage.

À en juger par ce qu'il entendit, les deux hommes n'opposèrent pas une résistance très forte et, bientôt, Jamison leur fit la lecture de leurs droits.

— Vous n'avez pas le droit de nous arrêter ! protesta un des types qui se débattait manifestement. Nous n'avons rien fait de mal !

— Je suis certain que nous trouverons quelque chose, répliqua Brady d'une voix aimable.

— L'un d'eux a tiré sur le véhicule de Felicity, intervint Cody.

Il ne sut pas lequel de ses frères le prit par le bras, mais cela n'avait pas d'importance.

— Brianna ? Nina ?

— Tout allait bien lorsque nous sommes partis de la maison. Tucker est avec Nina et Liza. Je suis sûr qu'il n'y a aucun problème.

— Pas moi, répliqua Cody. Conduis-moi à la maison.

— Tu ne vois toujours pas ?

— Ça dépend des moments. Conduis-moi à la maison.

Une sonnerie de téléphone s'éleva.

— C'est Liza, annonça Jamison d'un ton sec. Nous devons rentrer immédiatement.

# 22

L'homme se tordait sur le sol tout en poussant des jurons et en insultant Nina, qui gardait son pistolet pointé sur lui. Tucker s'était glissé dans l'écurie par la porte arrière et avait ramassé l'arme que l'homme avait laissée tomber à terre.

— Ton nom ? demanda Dev.

L'autre se contenta de serrer les dents tout en se tenant la jambe.

Nina se dirigea d'un pas mal assuré vers l'échelle qui menait au fenil. Elle entendait indistinctement Tucker et Dev parler, mais ne prêtait pas attention à ce qu'ils disaient. Il fallait qu'elle aille retrouver sa fille.

Elle monta l'échelle, arriva sur le plancher du fenil, et regarda autour d'elle, le cœur battant. Où étaient Brianna et Gigi ?

C'est alors qu'elle perçut un très léger bruit, comme un froissement, un murmure… Elle se dirigea dans cette direction, et vit une bâche recouvrant du foin s'agiter, puis deux petites têtes en surgir.

Malgré ses jambes vacillantes, Nina courut vers les fillettes et les prit dans ses bras.

— Vous allez bien ? Bravo ! Vous vous étiez très bien cachées. Je suis fière de vous !

Elle les serrait toutes les deux, leur embrassait les cheveux, et ne put s'empêcher de verser quelques larmes.

— J'ai dit à Gigi que nous devions rester cachées, expliqua Brianna d'un air solennel.

— Il ne fallait pas que le méchant nous voie ! ajouta Gigi avec excitation.

Les deux petites filles avaient un large sourire, et Nina ressentit un grand apaisement à les voir ainsi. Brianna et Gigi avaient réussi à se protéger toutes seules. Oui, elles pouvaient être fières d'elles.

— Oncle Dev a vu le méchant arriver et il nous a dit de nous cacher. Je savais où il fallait aller, dit Brianna en se blottissant dans ses bras. Où est papa ? J'ai poussé le bouton comme il me l'a dit.

Nina ferma les yeux. Ainsi, Cody savait depuis le début que c'était Brianna qui avait donné l'alerte. Elle ne réussit pas à ressentir de la colère : Brianna, Gigi et elle allaient bien, alors que lui était dehors…

— Justement, nous allons aller le retrouver.

Elle se leva, prit les deux fillettes par la main, et les aida à s'extraire de leur cachette.

— Venez maintenant. Je vais vous aider à descendre.

— Mais où est papa ? insista Brianna.

— Nous allons le retrouver. Jamison et tous les garçons sont avec lui.

*Mon Dieu, faites que ce soit vrai !*

Nina aida les fillettes à descendre du fenil. En arrivant en bas, elle découvrit que Brady et Liza avaient rejoint Tucker et Dev. Ils étaient rassemblés autour de l'homme dont la blessure continuait à saigner, et qui semblait de plus en plus faible.

— Venez les filles ! s'écria Liza en se plaçant de manière à cacher l'homme à leur vue. Il y a des cookies qui vous attendent dans la cuisine. Vous vous êtes tellement bien cachées que vous méritez une récompense !

Nina se tourna vers Tucker, Dev et Brady.

— Où…

— J'ai appelé une ambulance pour qu'ils viennent le chercher, déclara Brady en désignant l'homme d'un coup de menton. Je vais l'accompagner à l'hôpital. Jamison a arrêté les deux types qui ont tiré sur votre voiture, et il les emmène en prison… Et Gage est en train de raccompagner Cody à la maison.

— Et Felicity ? Nous l'avons laissée…

— Elle a appelé. Tout va bien de son côté. Va rejoindre Brianna. La situation est sous contrôle.

*Mon Dieu, faites que tout soit terminé !*

Maintenant que l'excitation de l'action était retombée, Nina prenait conscience de sa douleur et de sa fatigue, et chaque pas pour rattraper Brianna lui coûtait.

Cody était avec Gage. Il allait bien. Tous les hommes qui essayaient de s'en prendre à eux étaient maintenant hors d'état de nuire. Elle regarda sa fille qui gambadait avec Gigi, comme si rien ne s'était passé. Pour le moment, tout allait bien. Mieux que bien.

Cody trouva le trajet jusqu'à la maison étonnamment long. Il était irrité de ne pas pouvoir marcher sans qu'on le guide, et ressentit une vive douleur lorsque deux paires de bras l'enlacèrent.

Il réprima un grognement.

— Voilà mes amours !

Tant pis s'il avait mal, c'était si bon de les tenir toutes les deux dans ses bras, ici, chez grandma Pauline !

Tout irait bien maintenant. Il le sentait.

— Alors, que s'est-il passé ? entendit-il Liza demander avec insistance.

Ils s'assirent tous autour de la table de la cuisine, et

quelqu'un le guida vers une chaise. Brianna grimpa sur ses genoux. Il ne la voyait pas, mais il pouvait la tenir, sentir le parfum de ses cheveux… Elle était en vie. Elle allait bien.

Même s'il ne devait jamais retrouver la vue, il était heureux.

— D'après ce que nous ont dit les hommes que Jamison a arrêtés, le type…

Cody s'interrompit juste avant de dire « que Nina a blessé ». Brianna et Gigi n'avaient pas besoin d'entendre tous les détails. Il reprit :

— L'homme dans l'écurie était Andy Jay. Junior.

Gage poussa un juron.

— Visiblement, il rend les Wyatt responsables de la mort de son père. Nous ne savons pas encore exactement si Ace a réussi à le convaincre de s'en prendre à nous, ou s'il utilisait Ace pour se venger de nous. Mais quoi qu'il en soit, l'avocat d'Ace faisait passer des messages à Andy, qui avait pris la direction d'une partie du gang en l'absence d'Ace.

— Alors, Nina a tiré sur le nouveau chef des Fils ? s'enquit Liza.

— Pas exactement.

— Maman ? Tu as tiré sur quelqu'un ?

Il entendit Nina bredouiller une réponse inintelligible : manifestement, elle ne savait pas quoi répondre.

— Brianna, tu peux laisser les grands parler un instant ensemble ? demanda Cody. Tu peux aller jouer avec Gigi ?

— Je m'occupe d'elles, déclara Liza. Jamison me racontera tout plus tard.

Brianna glissa à terre et Cody sut qu'il devrait prendre le temps de répondre à sa question. Mais tout d'abord, il fallait qu'il explique à ses frères et à Nina ce qu'il venait d'apprendre.

Lorsqu'il fut sûr que les fillettes étaient sorties, Cody poursuivit :

— Andy Jay n'est pas le nouveau leader. Il n'y en a pas. En fait, le gang est complètement désorganisé. J'ai entendu les deux types en parler avant qu'ils s'aperçoivent de ma présence. Les Fils attendent qu'Ace nomme son successeur, et pour le moment il ne l'a pas fait. Il y a des luttes internes, une vacance du pouvoir. Ils sont en train de s'autodétruire.

— Donc, c'est plutôt une bonne chose si Andy Junior et ses sbires se retrouvent derrière les barreaux ! remarqua Dev d'un air sombre.

— Puisque ces trois hommes sont pris en charge et que Liza garde Brianna, je vais amener Cody à l'hôpital, annonça Nina.

— Je n'ai pas…

— Tu as besoin de voir un médecin, intervint grandma Pauline. Laisse ta femme t'amener à l'hôpital.

« Ta femme. » Il sourit dans ce qu'il espérait être la direction de Nina.

— Tu vois une objection à ce qu'on t'appelle ainsi ? dit-il.

— Pas la moindre ! répondit Nina.

Il sentit sa main se glisser autour de son bras, et elle l'aida à se mettre debout.

— Allons-y.

Il grogna, mais se laissa conduire au-dehors.

— Je sais que j'ai besoin de voir un médecin, mais un de mes frères peut…

— Je vais t'emmener à l'hôpital. Parce que je t'aime.

Elle s'arrêta, et déposa un baiser sur ses lèvres.

— Nous sommes en sécurité, Cody. Et ensemble.

— Et nous allons rester ensemble.

Il allait tout faire pour cela.

# Épilogue

Cody fut obligé de prendre du repos – ce qui lui fut presque insupportable –, mais lorsqu'il se réveilla quelques jours plus tard, sa vue était revenue. Les médecins ne s'étaient pas trompés.

Ce n'était plus l'amélioration temporaire qu'il avait pu parfois observer : il y voyait vraiment.

Dieu merci ! Il lui avait été très difficile de dépendre constamment des autres, même s'il les aimait.

Il s'assit dans son lit et regarda autour de lui. Nina était blottie contre lui. Il la voyait clairement sous l'édredon bleu. Elle avait l'air de dormir profondément.

Qu'elle était belle !

Comme à son habitude, Brianna fit irruption dans la pièce. Elle bondit sur le lit et lui sourit.

— Tu me vois ?

— Oui, Brianna.

Elle poussa un cri de triomphe, puis se jeta sur lui.

Nina se retourna en bâillant.

— Attention, tous les deux ! Vous devez être prudents. Il faut du temps pour guérir.

Tant de temps qu'il en était fatigué !

— Tu sais, Jamison et moi avons eu une longue conversation hier soir.

— Vous avez parlé des méchants ? demanda Brianna en se redressant.

— Non.

Il prit Brianna sur ses genoux, puis glissa le bras autour de Nina et l'attira à lui.

— Tu vois, Brianna, Jamison, Liza et Gigi vivent dans une ville qui s'appelle Bonesteel. Elle n'est pas très loin d'ici. Liza va faire l'école à Gigi, et elle a pensé que ta maman pourrait l'aider. Alors, Gigi et toi pourriez être à l'école ensemble et vos maîtresses seraient tante Liza et maman.

Brianna écarquilla les yeux.

— Je pourrai aller à l'école avec Gigi ?

— Et toi, que vas-tu faire ? demanda Nina qui le regardait en fronçant les sourcils.

— Jamison m'a dit qu'il y avait une petite entreprise de dépannage informatique à vendre. Le propriétaire cède le bâtiment et tout le stock. Je m'y connais dans ce domaine.

— Tu vas ouvrir une entreprise de dépannage informatique ? demanda Nina d'un air sceptique ? À Bonesteel ?

— Et pourquoi pas ? Ce ne serait que l'activité la plus visible.

Elle éclata de rire, et il eut l'impression qu'en cet instant tout son monde se mettait en place. Nina et Brianna étaient avec lui, et il avait un plan pour mettre définitivement fin à l'activité des Fils sans être impliqué dans North Star – même s'il prévoyait de leur proposer ses services dans les domaines où ils en auraient besoin.

Et il allait protéger sa famille… Parce que, maintenant, ils étaient une famille.

— Nous pourrions acheter une petite maison… et avoir enfin une vie normale. Stable. Ensemble.

Nina leva les yeux vers lui, l'air pensif, alors il donna à

Brianna le signal sur lequel ils s'étaient accordés : il tapota le bout de son nez à trois reprises.

La fillette bondit à terre avec un petit cri de joie, et sortit de la chambre en courant.

— Que mijotes-tu ? demanda Nina d'un air toujours sceptique.

Cody déposa une bise sur le bout de son nez. Il aimait la prudence de Nina, l'excitation de Brianna, et même s'il n'avait pas l'intention d'avoir une activité aussi tranquille que la direction d'une entreprise de dépannage informatique, il aimait l'idée de la stabilité.

L'idée de la famille.

Brianna revint en courant.

— C'est bon, Brianna ?

Elle hocha la tête avec excitation, et sauta sur le lit à nouveau.

— C'est pour toi, maman ! s'écria-t-elle en déposant un petit écrin dans la main de Nina.

Nina le regarda fixement, les yeux écarquillés, un peu comme Brianna tout à l'heure lorsqu'il avait évoqué l'idée de l'école avec Gigi.

— Eh bien, ouvre-le !

Elle leva le couvercle, et elle était là… la bague qu'il avait achetée sept ans plus tôt. Car Nina avait raison : ils avaient déjà perdu assez de temps.

— Je vous aime toutes les deux. De tout mon cœur. Nous avons perdu sept ans. Je ne veux plus perdre une seule seconde !

Nina leva les yeux vers lui. Ils étaient pleins de larmes.

— Moi non plus.

— Alors, marions-nous. Nous allons nous installer à Bonesteel, trouver une petite maison, et veiller les uns sur les autres.

— Et nous rendre heureux les uns les autres, murmura Nina alors qu'une larme roulait sur sa joue.

— Je serai avec mon papa et ma maman ! s'exclama Brianna avec exubérance, en les prenant tous les deux dans ses bras.

Parce qu'ils étaient enfin, et pour toujours, une famille.

MARIE FERRARELLA

# Sous le signe de la peur

*Traduction française de*

B. DUFY

BLACK ROSE

HARLEQUIN

*Titre original :*
CAVANAUGH'S MISSING PERSON

# Prologue

Elle connaissait cet endroit comme sa poche. C'était là qu'elle les emmenait tous quand ils étaient encore vivants, certaine qu'ils y verraient un vrai nid d'amour.

Elle en appréciait autant qu'eux le calme et l'intimité, mais pour des raisons différentes : son isolement la mettait à l'abri d'une interruption ou d'un sauvetage de dernière minute.

Aussi loin de tout, en effet, c'était impossible. Elle le savait parce que personne, autrefois, n'avait entendu ses appels au secours.

C'était là que les sacrifices devaient avoir lieu pour produire pleinement leur effet cathartique.

Malgré ce choix réfléchi et toutes les précautions qu'elle prenait, elle n'oubliait jamais de rester vigilante. La moindre étourderie pouvait, à terme, lui être fatale, et elle avait déployé trop d'efforts pour risquer de tout perdre à cause d'une faute d'inattention.

Des planches conçues pour ressembler à de simples volets obstruaient les fenêtres de ce petit « nid d'amour », et la porte était fermée, mais le vent qui soufflait aujourd'hui passait dessous et faisait bouger les grandes feuilles de plastique accrochées un peu partout.

Elle alla se pencher sur l'homme allongé sur la table. Il était enveloppé des épaules jusqu'aux chevilles dans du film plastique qui lui aurait interdit tout mouvement s'il n'avait déjà reçu une dose d'anesthésiant assez forte pour endormir un buffle. Elle n'en fixa pas moins pendant un moment la poitrine de son soupirant pour guetter une éventuelle accélération de sa respiration, signe d'un réveil prochain.

Mais, non, l'injection de kétamine se révélait efficace.

— On peut maintenant passer aux choses sérieuses, murmura-t-elle avec un petit sourire de satisfaction.

D'un geste aussi sûr et précis que celui d'un chirurgien – c'était cet idiot de Joel qui le lui avait montré –, elle enfonça la fine lame de son couteau à désosser dans le cœur de la plus récente de ses proies.

Elle avait persuadé la veille ce vieil imbécile de lui donner tout son argent. Comme les autres, il s'était laissé manipuler, si bien qu'elle disposait maintenant d'une petite fortune, mais ce n'était pas cela qui l'intéressait le plus.

Sa motivation première, c'était la vengeance.

Quand elle retira la lame, du sang se répandit sous le film plastique qui recouvrait l'homme. Une fois sûre qu'il était mort, elle se pencha vers le sac à dos qui contenait ses autres outils…

Le moment était venu d'amputer John Kurtz de ce qui pouvait permettre son identification.

Elle avait toujours aimé les outils. Ils la fascinaient. Les gens les utilisaient généralement pour construire ou réparer…

Elle préférait détruire et jeter.

La scie sans fil qu'elle sortit du sac émit, une fois en marche, un bourdonnement régulier garant de sa fiabilité.

Contrairement à tant de choses et de personnes qui l'avaient déçue, cet outil ne la trahirait pas. Elle en sentait les vibrations remonter le long de ses bras, et la denture de sa lame brillante lui fit penser à celle d'un tigre.

Comme grisée, elle fredonna une chanson apprise dans son enfance, avant que sa vie bascule dans l'horreur. Une chanson qui l'obsédait.

Puis elle abaissa la lame de la scie et se mit au travail.

Un de plus.

La recherche d'une nouvelle victime commencerait dès le lendemain. Car le sentiment de satisfaction que l'accomplissement de ce sacrifice lui procurait ne tarderait pas à disparaître.

Comme son innocence.

Mais dans l'immédiat, elle savourait ce moment, parce qu'il scellait sa victoire.

Et c'était tout ce qui comptait.

# 1

— Hé ! Cavanaugh ! cria une voix grave. Il y a là quelqu'un qui te demande !

Le lieutenant MacKenzie Cavanaugh, affectée depuis dix-huit mois au service des personnes disparues du commissariat d'Aurora, leva les yeux de l'écran de son ordinateur et vit son collègue Kyle Choi la montrer du doigt à une femme d'un certain âge.

Il fallut presque une minute à Kenzie pour se rendre compte de son erreur : cette femme était jeune, en réalité. Mais ses traits tirés, ses yeux cernés et sa bouche pincée la vieillissaient.

Et quand elle se dirigea vers elle, Kenzie la reconnut. C'était difficile à croire, mais la femme brune qui s'approchait de son bureau était Connie Kurtz, l'une de ses anciennes camarades d'université.

Kenzie se souvenait d'elle comme d'une étudiante pleine de vie et d'entrain, dont la silhouette pulpeuse faisait se retourner les hommes dans la rue… Elle avait aujourd'hui les joues creuses et flottait dans des vêtements dont l'achat devait dater d'une époque antérieure à un amaigrissement spectaculaire.

Que lui était-il arrivé, pour qu'elle change d'apparence de façon aussi marquée ?

— Connie ? déclara Kenzie afin de s'assurer qu'il s'agissait bien d'elle.

Un hochement de tête le lui confirma, accompagné d'un pâle sourire – qui disparut à peine esquissé.

— Quand j'ai expliqué au policier de l'accueil que je voulais parler au lieutenant Cavanaugh, dit Connie, il m'a demandé : « Lequel ? » Combien de membres de ta famille travaillent ici ?

— Beaucoup, se contenta de répondre Kenzie en l'invitant de la main à s'asseoir dans le siège placé de l'autre côté de son bureau.

Connie se laissa tomber dedans comme si ses jambes, brusquement, ne la portaient plus. Pour briser la glace, Kenzie commença par observer :

— Ça fait au moins dix ans qu'on ne s'était pas vues !

— Dix ans exactement, précisa Connie.

Puis elle passa la langue sur ses lèvres sèches comme si elles étaient collées l'une à l'autre et risquaient sinon de l'empêcher d'ajouter quelque chose.

Mais elle resta malgré tout silencieuse, et Kenzie finit par lui demander :

— Je peux faire quelque chose pour toi ?

Cette visite devait être en rapport avec son métier, car Connie et elle se connaissaient seulement pour avoir eu trois cours de licence en commun, autrefois.

— J'espère…, murmura Connie.

Depuis sa mutation dans ce service, Kenzie avait eu l'occasion de parler à de nombreuses personnes rendues folles d'angoisse par la disparition d'un proche. Il fallait parfois déployer des trésors de patience pour obtenir d'elles des informations utiles, parfois poser des questions simples et directes. Connie appartenait visiblement à la catégorie des gens à traiter avec ménagement.

— Je t'écoute, dit Kenzie.

— Je suis peut-être juste parano…

Il était évident que Connie tentait de s'en persuader : aucune personne saine d'esprit ne se tordait les mains comme elle le faisait sans avoir une raison sérieuse de s'inquiéter.

— De quoi as-tu peur ? demanda Kenzie.

Au lieu de répondre, Connie murmura :

— Il est sans doute parti en vacances à la mer ou à la montagne, comme je le lui avais conseillé.

Ses yeux se remplirent de larmes, qui glissèrent ensuite sur ses joues. Kenzie sortit quelques mouchoirs en papier de la boîte posée sur son bureau et les tendit à Connie, qui s'essuya le visage avec avant de les froisser et de refermer la main dessus, comme si le fait de les tenir pouvait lui donner de la force.

— De qui parles-tu ? déclara Kenzie.

Elle pensait que ce « il » était un petit ami dont Connie n'avait plus de nouvelles.

À l'époque de l'université, Connie sortait beaucoup. Elle était très sociable et changeait souvent de petit ami, tout en privilégiant dans ce domaine une catégorie particulière, celle des mauvais garçons.

Elle avait plus d'une fois proposé à Kenzie de la « caser », mais leurs goûts en la matière différaient. Et même dans le cas contraire, Kenzie n'aurait pu ramener chez elle un de ces « spécimens » sans qu'il en soit immédiatement chassé : les hommes de sa famille – un père, quatre frères et une ribambelle de cousins – étaient tous plus protecteurs à son égard les uns que les autres.

Cela ne l'avait pas empêchée de faire de mauvais choix dans sa vie amoureuse…, pensa-t-elle, désabusée.

Kenzie se força ensuite à concentrer son attention sur Connie, qui s'était remise à pleurer.

— Mon… père…, bredouilla-t-elle entre deux sanglots.

— C'est pour ton père que tu t'inquiètes ? lui demanda Kenzie, surprise.

Connie essuya ses larmes, se moucha, inspira plusieurs fois profondément… La réponse à sa question ne venant pas, Kenzie finit par suggérer :

— Si tu me racontais toute l'histoire depuis le début ?

Il fallut encore deux bonnes minutes à Connie pour se ressaisir.

— Tout a commencé à la mort de ma mère, déclara-t-elle d'une voix encore un peu tremblante.

Kenzie se rappelait avoir vu Mme Kurtz, une femme rousse vive et souriante, à la cérémonie de remise des diplômes de l'université.

— Je ne savais pas que tu avais perdu ta mère, indiqua-t-elle. Je te présente mes condoléances… Quand est-ce arrivé ?

— Il y a un peu plus de trois ans. Mon père a vécu en ermite, ensuite… C'était compréhensible, au début : ils s'étaient connus au lycée, mariés dès la fin de leurs études secondaires… Ils s'adoraient.

Les yeux de Connie se remplirent de nouveau de larmes, et elle s'interrompit.

— Prends ton temps, lui dit Kenzie en poussant vers elle la boîte de mouchoirs en papier.

La patience n'était pas son fort. Elle était même du genre à lire la fin d'un roman avant la première page tant elle avait hâte de savoir comment l'histoire se terminait.

Mais, là, elle contint son envie de presser Connie de questions. Ce serait contre-productif. Mieux valait la laisser dérouler son récit à son rythme.

— Bref, enchaîna Connie, après la mort de ma mère, mon père s'est replié sur lui-même. Je pensais qu'il finirait par reprendre le dessus, mais ça n'a pas été le cas. Quand je lui ai conseillé de sortir, de voir des gens, il a cru que je le poussais à se trouver une nouvelle femme. C'est un peu ce que j'avais en tête, mais je lui ai dit que je voulais juste qu'il se remette à vivre normalement.

Connie marqua une pause et secoua la tête comme pour chasser un souvenir douloureux avant de poursuivre :

— Une violente dispute a éclaté, au cours de laquelle nous avons tous les deux prononcé des paroles que nous avons regrettées – moi, du moins, j'ai regretté celles qui m'avaient échappé… Mon père a ensuite rompu toutes relations avec moi et, comme j'étais en colère, je n'ai rien fait pour arranger les choses.

Un sourire triste apparut sur les lèvres de Connie. Elle soupira et reprit :

— Mais c'est mon père, et j'ai finalement décidé d'essayer de me réconcilier avec lui. Je l'ai appelé, des dizaines de fois, sans arriver à le joindre, et au bout de deux jours j'ai commencé à m'inquiéter. Je suis allée chez lui, et il n'y était pas…

La voix de Connie se brisa, et Kenzie observa :

— Il est peut-être parti en vacances, comme tu le supposais tout à l'heure.

— Non, j'ai dit ça pour tenter de me rassurer, mais je sais que c'est faux. Mon père est quelqu'un de très organisé. S'il avait résolu de partir en vacances, il aurait demandé à la poste de ne pas distribuer son courrier, ou à son voisin de le lui garder. Sa boîte aux lettres est énorme – il achetait autrefois beaucoup de choses par correspondance – mais, là, elle était pleine à ras bord. Il y avait même des prospectus sur la pelouse ! J'ai tout rentré dans la maison et, le lendemain, un de ses voisins, M. Moore, m'a appelée sur mon portable pour savoir si c'était moi qui avais ramassé le courrier.

— Il a ton numéro ?

— Oui, je le lui ai donné après la mort de ma mère pour qu'il puisse me prévenir si jamais mon père tombait malade ou lui semblait suicidaire. Il était alors tellement désespéré que je ne pouvais pas m'empêcher de le redouter, et maintenant…

Connie ne termina pas sa phrase. Elle poussa un nouveau soupir, puis se redressa dans son siège et déclara en la regardant droit dans les yeux :

— Il lui est arrivé quelque chose, j'en suis sûre.

— Il y a pourtant d'autres explications possibles ! Quoi que tu en penses, il est peut-être en ce moment allongé sur une plage…

— Ou dans une ruelle sombre. Mort.

— Tu n'as aucune raison d'envisager le pire, dit Kenzie.

Ses efforts pour rassurer Connie échouèrent : son amie enfouit son visage dans ses mains et se remit à pleurer.

— Je n'aurais… pas dû me fâcher… contre lui, balbutia-t-elle. Pas… lui reprocher de se comporter… comme un vieillard alors qu'il a… encore de nombreuses années à vivre.

— Il est parfois nécessaire de se fâcher contre son père.

— Ça t'est… déjà arrivé ?

— Un nombre incalculable de fois.

C'était faux, mais nécessaire pour déculpabiliser Connie et lui remettre les idées en place.

Et cette tactique-là fonctionna. Elle s'arrêta de pleurer et demanda d'une voix pleine d'espoir :

— Tu accepterais de rechercher mon père ?

— Bien sûr ! Je vais te donner un formulaire à remplir, et je me mettrai ensuite au travail.

Kenzie ouvrit un tiroir et en sortit un dossier rempli

d'imprimés vierges. Le dossier du dessous en contenait d'autres – remplis, ceux-là. Ils concernaient des affaires dont certaines avaient été résolues, et d'autres pas, au grand désespoir de Kenzie : elle ne pouvait s'empêcher de penser aux familles qui ne savaient toujours pas ce que leur proche disparu était devenu.

La seule idée de se retrouver dans cette situation lui était insupportable, et c'était pour cela, lui avait dit son oncle Brian au moment de la changer de service, qu'elle ferait de l'excellent travail dans celui-ci.

Le formulaire n'était pas encore rempli que Connie avait eu deux nouvelles crises de larmes.

— Tu veux sortir prendre l'air ? lui demanda Kenzie d'une voix douce. Ça te détendrait.

— Non, je veux finir ça, et participer ensuite à la recherche de mon père.

Bien qu'elle comprenne ce souhait, Kenzie ne pouvait pas le satisfaire.

— Désolée, dit-elle, mais ce n'est pas comme ça que ça marche.

— Ah bon ? Je connais pourtant mon père mieux que personne !

— Sans doute, mais ce genre d'enquête doit être mené par des professionnels – mon coéquipier ici présent et moi, en l'occurrence.

— Comment allez-vous procéder ?

— On va aller interroger les collègues et les voisins de ton père, essayer de savoir si, parmi les clubs auxquels il appartient, il y en a un qu'il fréquente plus souvent que les autres…

— Il n'est membre d'aucun club.

— S'il a un restaurant favori, alors.

— Il n'aime pas la cuisine sophistiquée et considère que

payer quelqu'un pour lui préparer des plats qu'il peut faire lui-même revient à jeter l'argent par les fenêtres.

— D'accord… Il a beaucoup d'amis ?

Commençant déjà à se représenter le père de Connie comme un homme solitaire, Kenzie ne fut pas surprise de voir cette dernière secouer la tête avant de répondre :

— Il s'est coupé de tous ses amis après la mort de ma mère et, au bout d'un moment, ils se sont lassés d'essayer de le faire sortir de sa coquille. Ils l'ont abandonné. Comme moi.

— Ce n'est pas vrai, puisque tu t'inquiètes pour lui au point de venir signaler sa disparition ! Tu me donneras tout de même le nom de ses anciens amis. Il y en a peut-être un ou deux qui ne se sont pas découragés.

— Contrairement à moi…, observa Connie, de nouveau les larmes aux yeux.

Kenzie estimait que réconforter les proches d'une personne disparue faisait partie de son travail.

— Arrête de te culpabiliser ! déclara-t-elle. Tu avais ta vie, et la mort de ta mère t'avait profondément affectée, toi aussi. Tu n'as pas « abandonné » ton père : tu as respecté sa décision de gérer seul son veuvage pendant un certain temps au moins.

— Je ne serais donc pas une fille indigne ? observa Connie d'un air reconnaissant.

— Non. On ne peut pas forcer un cheval à boire : il faut le mettre sur le chemin de la rivière et le laisser ensuite s'en approcher à son rythme.

— Je n'avais jamais pensé à comparer mon père à un cheval !

— À une mule, plutôt ?

— Oui, il est têtu : quand il a une idée en tête, difficile de l'en faire changer !

— Je sais ce que c'est : il y a des gens comme ça, dans ma famille.

Voyant Connie sourire et ses joues reprendre des couleurs, Kenzie lui demanda :

— Tu te sens mieux ?

— Oui, un peu, mais je ne me sentirai vraiment bien qu'une fois mon père retrouvé.

— Je comprends... Maintenant, finis de remplir ce formulaire et, si tu pouvais ensuite me donner le nom et les coordonnées des anciens amis de ton père, ça nous ferait gagner beaucoup de temps.

— J'ai gardé le carnet d'adresses de ma mère... Tu veux que je te l'apporte ?

— Oui, il nous sera très utile.

— Mais vous allez retrouver mon père, tu me le promets ?

— On fera tout pour.

Kenzie préférait ne pas prendre un engagement qu'elle n'était pas certaine de pouvoir tenir. Connie n'eut heureusement pas l'air de lui en vouloir de la prudence de sa réponse, et quand, cinq minutes plus tard, elle se leva pour partir, Kenzie lui trouva les traits plus détendus qu'à son arrivée.

Restait à espérer que la recherche de son père connaîtrait une heureuse issue.

# 2

— Tiens ! Tu as l'air d'en avoir besoin !

Le lieutenant Jason Valdez posa un gobelet de café légèrement déformé sur le bureau de son collègue, le lieutenant Hunter Brannigan.

— Ça vient du distributeur automatique ? marmonna ce dernier en levant les yeux vers son coéquipier du service des affaires non résolues.

— Non, je l'ai commandé à une entreprise dont les livreurs se déplacent dans des carrosses tirés par quatre licornes… Bien sûr que ça vient du distributeur automatique ! Je n'allais tout de même pas courir l'acheter dans un de ces cafés prétentieux où les boissons les plus simples coûtent un prix exorbitant !

Hunter souleva le couvercle, huma le contenu du gobelet et fit la grimace.

— C'est du jus de chaussette ! déclara-t-il.

Jason ne se vexa pas. Tout le monde savait que le café des distributeurs du commissariat réussissait l'exploit d'être à la fois fade et amer.

— Ça devrait quand même t'aider à garder les yeux ouverts, observa-t-il en s'installant au bureau placé contre celui de Hunter. Après la nuit que tu as passée, tu risques sinon de t'endormir sur le clavier de ton ordinateur !

— Comment peux-tu savoir quel genre de nuit j'ai passé ?

— Je le sais parce que je suis policier et que tu reviens toujours travailler après un week-end – et parfois même en semaine – avec la tête de quelqu'un qui n'a pas beaucoup dormi. Pour une raison qui m'échappe, les femmes te trouvent irrésistible.

Hunter souleva le gobelet et le posa plus loin avant de riposter en riant :

— Tu es jaloux parce que tu es marié, et que Melinda t'écorcherait vif si elle te voyait ne serait-ce que regarder une autre femme !

— C'est vrai, la grossesse l'a rendue extrêmement possessive et méfiante. Elle me fait peur, par moments.

— Ne lui donne aucune raison de te soupçonner de la tromper, alors !

— La tromper ? répéta Jason. Même si je le voulais – ce qui n'est pas le cas –, je ne le pourrais pas : le temps libre que j'avais avant est entièrement pris par les préparatifs de la naissance !

— Quand le bébé sera là, tu seras encore plus occupé.

— Merci de me le rappeler !

— Mais Melinda sera redevenue la gentille petite femme que tu as épousée.

— Tu crois ?

— Je n'en sais rien, dit Hunter avec un sourire goguenard, mais c'est possible, et il est bon d'avoir un espoir auquel se raccrocher.

— Comme les pauvres gens qui prient pour que nous arrivions à résoudre une vieille affaire… Ce n'est malheureusement pas souvent le cas !

Jason, qui s'attendait à une remarque désinvolte, eut la surprise d'entendre son collègue déclarer gravement :

— Non, mais les quelques fois où nous permettons aux

proches d'une victime d'obtenir justice suffisent à prouver l'utilité de notre travail.

D'un geste machinal, Hunter prit le gobelet de café et en but une gorgée. Il faillit la recracher et s'écria :

— On dirait de l'eau de vaisselle !

— Comment sais-tu quel goût ça a ? Tu en as déjà bu ?

— Non, mais j'ai beaucoup d'imagination.

James Wilson, policier corpulent à la calvitie précoce, entra alors dans la pièce. Il se dirigea vers le bureau de Hunter et, le temps de l'atteindre, il ahanait.

— Tu devrais consulter un médecin, lui dit Hunter.

Chaque fois qu'il le voyait, Wilson lui semblait avoir pris du poids.

— J'ai l'impression d'entendre ma femme ! observa-t-il. Maintenant, vous voulez connaître, Valdez et toi, le motif de ma présence ?

— Oui, répondit Jason. Qu'est-ce qui t'amène ?

— La pluie.

— Tu es un peu en retard, Wilson ! Il a plu hier, alors que ce n'est pas la saison, mais on s'en est aperçus. Ça faisait si longtemps que ça n'était pas arrivé en Californie que les automobilistes avaient l'air de ne plus savoir conduire sur chaussée mouillée ! Ils roulaient au pas, avec pour conséquence des bouchons encore pires qu'avant !

— Ne fais pas attention à lui, Wilson : il est originaire du Nouveau-Mexique ! intervint Hunter. Et je suis sûr que tu n'es pas venu nous voir pour parler des caprices de la météo !

— Hé si !

Hunter avait beau affirmer que le manque de sommeil n'avait pas d'effet sur lui, la nuit précédente avait été particulièrement courte : il n'avait pas dormi plus de trois heures, et une migraine commençait à lui vriller les tempes.

Il ouvrit le tiroir du haut de son bureau, qui contenait d'habitude un tube d'aspirine… Sa réserve était épuisée, et il avait oublié de la renouveler.

— J'ai trop mal à la tête pour avoir envie de jouer aux devinettes, Wilson ! déclara-t-il en refermant le tiroir. Pourquoi la pluie d'hier est-elle censée nous intéresser ?

— Je peux m'asseoir ?

— Je t'en prie !

Hunter était intrigué : Wilson appartenait à un service dont les bureaux se trouvaient plusieurs étages plus haut. Ce trajet que tout homme, même peu sportif, effectuerait sans y penser, était pour lui une véritable expédition. Ce qu'il était venu dire devait donc être important.

— Je sais qu'il y a une affaire non résolue sur laquelle tu ne cesses de revenir, Brannigan, commença Wilson. La première que tu as eue à traiter…

— Celle de l'homme impossible à identifier parce que sa tête et ses mains avaient été tranchées ?

— Oui.

— Et alors ? Quel rapport avec la pluie d'hier ?

— Il n'a pas « juste » plu : il est tombé des cordes, et ça a provoqué des glissements de terrain. L'un d'eux a emporté toute l'épaisseur de terre qui recouvrait une tombe.

Que ce soit pour ménager ses effets ou parce qu'il avait besoin de reprendre son souffle, Wilson marqua une pause.

— Qu'y avait-il dans cette tombe ? s'exclamèrent Jason et Hunter à l'unisson.

— Une tête et des mains, répondit Wilson avec un sourire presque triomphant.

— Où sont-elles en ce moment ? demanda Hunter en sautant sur ses pieds.

— À la morgue, bien sûr !

Alors qu'il commençait à se diriger vers la porte à

grandes enjambées, Hunter s'arrêta net. Valdez et lui étant seuls aujourd'hui dans la salle, ils ne pouvaient pas la quitter tous les deux en même temps. Il se tourna vers son coéquipier et l'interrogea du regard.

— Vas-y, Brannigan ! lui dit Jason. Je sais que cette affaire de victime impossible à identifier te tient particulièrement à cœur. Moi, je l'ai prise en cours de route… Je peux assurer seul la permanence.

— Tu es sûr que ça ne t'ennuie pas ?

— Certain ! Disparais !

Wilson avait emboîté le pas à Hunter. Ce dernier se remit en marche, mais plus lentement, pour lui permettre de suivre, et il lui demanda pendant qu'ils traversaient la salle :

— Comment as-tu appris la découverte de cette tombe ?

— J'ai entendu deux collègues en parler dans la salle de pause, et j'ai tout de suite pensé que ça t'intéresserait.

Quand ils furent devant l'ascenseur, Wilson l'appela avant de reprendre :

— À ton avis, quelles sont les chances pour que cette tête et ces mains appartiennent à ton inconnu ?

— Compte tenu du caractère exceptionnel de cette affaire, je dirais qu'il y a plus d'une chance sur deux pour que ce soit le cas.

L'ascenseur arriva. Hunter y monta, retint la porte pour permettre à Wilson de le rejoindre, puis il appuya sur le bouton du sous-sol.

Pour des raisons pratiques, la morgue avait quelques mois plus tôt déménagé d'un bâtiment séparé à celui du commissariat. Elle se trouvait maintenant au même niveau que le laboratoire de la police scientifique et le service informatique.

Un instant plus tard, l'ascenseur s'arrêta, et la porte s'ouvrit. Hunter la franchit, mais Wilson, lui, ne bougea pas.

— Tu ne descends pas ? lui demanda Hunter.

— Non. Vas-y tout seul !

Le fait que son collègue l'ait accompagné jusque-là avait surpris Hunter, mais il en avait conclu que Wilson était poussé par la curiosité.

Pourquoi, sinon, serait-il monté dans l'ascenseur ? Il avait donc changé d'avis pendant le trajet et, en se retournant après avoir quitté la cabine, Hunter comprit pourquoi : Wilson était livide.

La perspective de poser les yeux sur une tête et des mains restées sous terre pendant des années devait lui donner mal au cœur.

L'intéressé le lui confirma en déclarant :

— Je suis dans la police depuis assez longtemps pour avoir vu des choses qui me donnent des cauchemars… Je n'ai pas besoin d'ajouter ça à la liste.

La porte de l'ascenseur se referma, et Hunter s'engagea dans le couloir qui menait à la morgue.

Le spectacle qui l'attendait n'aurait bien sûr rien d'agréable mais, si la mise au jour de cette tête et de ces mains lui permettait d'avancer dans la résolution d'une affaire sur laquelle il travaillait depuis plusieurs années, cela en vaudrait largement la peine !

Si les empreintes digitales de l'homme étaient encore exploitables et figuraient dans une base de données, il serait identifié. Sa famille, s'il en avait une, cesserait alors de se demander ce qu'il était devenu et pourrait lui donner une digne sépulture.

À peine avait-il franchi le seuil de la morgue que Hunter déchanta : les restes humains posés sur la table d'autopsie étaient beaucoup trop « frais » pour avoir été enterrés des années plus tôt.

Mais puisqu'il était là, se dit Hunter, pourquoi ne pas poser quelques questions ?

— J'espérais que cette macabre découverte serait liée à une de mes affaires non résolues, déclara-t-il au légiste, mais ce n'est visiblement pas le cas… Qu'est-ce qu'elle vous a appris ?

— Je n'ai pas encore eu le temps de procéder à des examens approfondis, répondit le Dr Alexander Rayburn. La Scientifique m'a apporté ce charmant colis il y a deux heures seulement.

La victime avait des cheveux gris et une peau très blanche. Il ne s'agissait manifestement pas d'une personne qui revenait de vacances au bord de la mer !

— La mort remonte à quand ? demanda Hunter.

— Environ une semaine. Je ne peux pas être plus précis pour l'instant. À en juger par son visage, cet homme approchait de la soixantaine. Et c'était un intellectuel.

— À quoi le voyez-vous ?

— À ses mains : elles ne sont ni calleuses ni rêches. Il ne s'en servait dans son métier que pour écrire ou taper sur le clavier d'un ordinateur.

— Vous feriez un excellent enquêteur ! s'écria Hunter, impressionné.

— Un légiste est un enquêteur, d'une certaine façon.

Hunter tourna lentement autour de la table d'autopsie pour pouvoir examiner sous tous les angles ces morceaux d'un homme dont l'existence avait connu la plus horrible des fins.

— Qui est capable de commettre un acte aussi barbare ? déclara-t-il.

— Un psychopathe qui possède un esprit méthodique

et une assez bonne connaissance de l'anatomie humaine, répondit le Dr Rayburn.

— Qu'est-ce qui vous fait dire ça ?

— Cette tête et ces mains ont été coupées de façon soigneuse et précise. Le tueur savait exactement où les trancher pour causer le minimum de dégâts et rencontrer le minimum de résistance osseuse… Je pense que la victime était alors anesthésiée ou, plus vraisemblablement, déjà morte.

Hunter s'interdit de visualiser la scène décrite par le légiste. C'était un mécanisme de défense qu'il utilisait depuis sa toute première enquête. Il aurait sinon passé la majeure partie de son temps dans les toilettes, à vomir son dernier repas.

— Autre chose ? demanda-t-il.

— Oui, répondit le médecin avec dans la voix une émotion inhabituelle. J'espère que la crapule qui a fait ça va être vite arrêtée et ira ensuite croupir en prison jusqu'à la fin de ses jours.

— On est deux à le souhaiter, docteur !

Bizarrement, Hunter n'arrivait pas à se décider à partir. Il continuait de regarder pensivement la table d'autopsie, et le légiste, qui avait commencé à prendre des notes, finit par lui déclarer :

— Si ce crime n'a pas de rapport avec une de vos affaires, pourquoi vous y intéressez-vous autant ?

— Je ne sais pas trop…, murmura Hunter.

Et puis la lumière se fit dans son esprit.

— Il se pourrait bien que la victime de mon affaire soit la première du psychopathe dont nous avons « l'œuvre » sous les yeux… C'est le même modus operandi, et il est plutôt insolite !

— Vous pensez à un tueur en série ?

— Oui.

— Mais il ne faut pas avoir trois meurtres présentant un nombre significatif de points communs pour parler de tueur en série ?

— Si, mais mon instinct me dit qu'une troisième victime reste à découvrir. Peut-être même une quatrième, une cinquième… Je vais me rendre avec un chien renifleur de cadavres à l'endroit où cette tête et ces mains ont été trouvées, et explorer les alentours.

— Je vous souhaiterais bien bonne chance, mais je ne sais pas ce que, dans ce cas précis, il faut considérer comme de la « chance ».

— Les techniciens de scène de crime vont ont indiqué où cette macabre découverte avait été faite ?

— Oui. C'est dans le rapport qu'ils m'ont remis. Vous en voulez une copie ?

— Volontiers, merci.

Alors que Hunter quittait la morgue avec ledit rapport, il faillit se heurter à MacKenzie Cavanaugh. Il s'écarta pour la laisser passer et lui sourit.

— Bonjour, Kenzie !

— 'jour…, grommela-t-elle.

— La température de la pièce vient de chuter de dix degrés ! observa le Dr Rayburn.

— Elle remontera dès que Brannigan sera parti, annonça Kenzie.

— Qu'est-ce qui vous amène, lieutenant Cavanaugh ? lui demanda le légiste.

Avant d'entamer ses recherches sur la disparition du père de Connie Kurtz, Kenzie voulait s'assurer qu'il n'était pas mort. Et, logiquement, c'était par la morgue que sa quête commençait.

— J'ai besoin de savoir s'il y a ici un corps susceptible de m'intéresser, expliqua-t-elle au médecin.

— Le mien ? dit Hunter depuis le seuil de la pièce.

Kenzie l'ignora. Brannigan avait beau être un ami proche de deux de ses frères, elle refusait d'encourager ce don Juan à lui parler si ce n'était pas absolument nécessaire.

— Qui cherchez-vous ? lui déclara le légiste.

Kenzie tourna le regard au même moment vers la table d'autopsie, et elle poussa un cri de stupeur.

— C'est cet homme que je cherche ! s'exclama-t-elle en sortant de sa poche la photo que Connie lui avait remise.

# 3

Le Dr Rayburn jeta un coup d'œil à la photo que Kenzie lui tendait.

— Pas de doute, c'est bien lui, indiqua-t-il.

Kenzie était atterrée. La vérité sur la disparition de John Kurtz se révélait bien plus terrible que ce à quoi elle s'attendait. Connie allait être effondrée.

— À quand remonte la mort ? déclara-t-elle.

— Vous êtes la deuxième personne en quelques minutes à me demander ça, et je vais vous répondre la même chose qu'au lieutenant Brannigan.

— Le lieutenant Brannigan ? répéta Kenzie, surprise.

— C'est moi ! dit l'intéressé.

Kenzie pivota sur ses talons et fusilla du regard un collègue qui avait déjà réussi à l'exaspérer un nombre incalculable de fois.

— Pourquoi es-tu venu poser des questions sur John Kurtz ? lui lança-t-elle.

— C'est sur l'homme dont la tête et les mains sont sur la table d'autopsie que j'ai posé des questions.

— Il s'appelle John Kurtz.

— Oui, j'avais compris, mais je l'ignorais au départ.

Brannigan s'amusait à l'embrouiller, comme d'habitude ! pensa Kenzie.

Elle lui tourna le dos et s'adressa au légiste :

— Vous alliez me dire à quand remonte la mort de John Kurtz…

— Comme je l'ai expliqué au lieutenant Brannigan, je n'ai pas encore eu le temps de procéder à des examens approfondis, mais, à première vue, la mort de votre M. Kurtz remonte à environ une semaine. Je ne peux pas être plus précis pour l'instant.

— Où ces… morceaux ont-ils été trouvés ?

L'intérêt de la jeune femme pour cette affaire intrigua Hunter. Il s'approcha d'elle et la contourna afin de pouvoir lui parler face à face.

— Tu connaissais le défunt ? lui demanda-t-il.

— Non, mais je connais sa fille, répondit Kenzie en évitant soigneusement de croiser le regard de Hunter. Elle est venue ce matin signaler sa disparition… Où a-t-il été découvert et par qui, docteur ?

— D'après ce que j'ai compris, il se trouvait sous une couche de terre que le déluge d'hier a emportée. Deux gamins qui jouaient dans la boue sont tombés dessus, et leur mère, épouvantée, a appelé la police.

— Où était-ce ?

— En bordure d'Aurora Park.

— Je vois…, dit Kenzie.

— Je vais me rendre sur place avec un chien renifleur de cadavres, indiqua Hunter. Tu veux m'accompagner ?

Et, là, Kenzie le regarda droit dans les yeux.

La première fois qu'elle avait entendu parler de Hunter Brannigan, c'était de la bouche de ses frères Murdoch et Finn : ils avaient dit que c'était un fêtard, qu'il sortait tous les soirs avec une femme différente et carburait à la liqueur de whisky Southern Comfort, mais que cela ne l'empêchait pas d'être un excellent policier. Il avait été affecté au service des affaires non résolues parce que, selon eux, si quelqu'un était capable d'élucider un crime resté impuni, c'était bien lui.

Peut-être, à un autre moment de sa vie, Kenzie aurait-elle pu se lier d'amitié avec lui. Mais la rupture de ses fiançailles, un an et demi plus tôt, l'avait profondément marquée. Billy Gibson, son fiancé, était un séducteur invétéré. Malgré ses grandes promesses de fidélité, il avait continué à courir le jupon et, à sa troisième incartade, Kenzie avait rompu avec lui. Elle n'avait donné à personne la raison de cette rupture, et surtout pas à ses frères car, s'ils avaient su que Billy l'avait trompée, ils l'auraient écorché vif.

Depuis, Kenzie se méfiait comme de la peste des hommes sexy et beaux parleurs – tout le portrait de Hunter Brannigan…

— Pourquoi tu t'intéresses à John Kurtz ? lui demanda-t-elle.

— Je ne m'intéresse pas à lui ! répondit-il, un éclair de malice passant dans ses yeux verts.

Cet homme avait le don de lui faire perdre patience plus vite encore que son ancien fiancé !

— Alors pourquoi veux-tu aller à l'endroit où sa tête et ses mains ont été trouvées ?

Sachant que cela agaçait la jeune femme, Hunter lui adressa son plus beau sourire : il adorait la taquiner.

— Ce n'est pas le père de ton amie qui m'intéresse, déclara-t-il, mais son meurtrier.

— Pourquoi ?

— Parce que la victime de l'une des affaires non résolues dont je m'occupe a peut-être été assassinée par la même personne.

— Qu'est-ce qui te fait penser ça ?

— La victime dont je te parle a eu elle aussi la tête et les mains coupées.

— C'était un homme ?

— Oui. Maintenant, tu peux soit m'accompagner, soit rester là, et je te dirai à mon retour ce que j'aurai découvert – si je m'en souviens.

Comme Hunter s'y attendait, les yeux bleus de Kenzie lancèrent des éclairs.

— C'est *mon* enquête ! s'écria-t-elle.

— Pas de mon point de vue.

— Arrêtez de vous disputer, tous les deux ! intervint le légiste. Vous allez étudier cette affaire sous des angles différents, mais aussi légitimes l'un que l'autre, alors coopérez !

Kenzie répugnait à l'admettre, mais le médecin avait raison. Elle n'avait pas pour autant envie de faire équipe avec Hunter.

— Je me charge d'emmener le chien renifleur à Aurora Park, lui dit-elle.

— Non ! Soit tu m'accompagnes, soit j'y vais seul !

Contrainte de capituler, Kenzie grommela :

— Bon, on y va ensemble, mais je dois d'abord prévenir mon coéquipier de mon absence.

— J'irai chercher un chien à la brigade cynophile pendant ce temps.

— Elle ne t'en confiera pas un comme ça… Un des dresseurs viendra forcément avec nous.

— Tant mieux ! s'exclama Hunter.

Car il aimait bien les chiens mais, faute d'en avoir jamais eu un, il n'aurait peut-être pas su s'en faire obéir.

— On se retrouve dans une demi-heure sur le parking du commissariat ? suggéra-t-il.

Une sonnette d'alarme retentit dans l'esprit de Kenzie. Elle soupçonnait Hunter d'avoir l'intention de partir sans l'attendre.

— J'ai une meilleure idée, déclara-t-elle. Monte avec

moi au service des personnes disparues et, quand j'aurai expliqué à Choi où je vais et pourquoi, on ira ensemble à la brigade cynophile.

— On n'est pas à la maternelle : on n'a pas besoin de se tenir la main pour se déplacer… Même si cette idée n'est pas pour me déplaire.

— Écoutez-la, Brannigan ! intervint de nouveau le légiste. C'est une Cavanaugh, et les membres de cette famille ne manquent ni de bon sens ni de compétence.

— Je ne manque moi-même ni de l'un ni de l'autre, répliqua Hunter, mais par esprit de conciliation, je me range à votre avis, docteur !

Après avoir photographié la tête et les mains de John Kurtz avec son portable, Kenzie quitta rapidement la morgue. Hunter la suivait de près, et ils arrivèrent ensemble devant l'ascenseur. Elle n'avait pas l'intention de lui adresser la parole mais, lorsqu'ils furent montés dans la cabine, le silence devint vite pesant. Elle regardait droit devant elle mais sentait les yeux de Hunter la fixer et quand, de façon quasi involontaire, elle tourna la tête vers lui, ce fut pour s'apercevoir qu'il souriait largement.

— Qu'est-ce qui t'amuse, Brannigan ? lui lança-t-elle.

— Rien de spécial. Je suis une heureuse nature.

— Arrête quand même de sourire, parce que je ne trouve pas, moi, la situation particulièrement réjouissante ! Je ne suis pas ravie de devoir informer quelqu'un que son père a été assassiné !

— Tu veux que je m'en charge ?

Si elle n'avait pas connu Hunter, Kenzie aurait pensé que son offre partait d'un bon sentiment. Mais elle le savait totalement dénué d'altruisme.

— La dernière chose dont Connie Kurtz a besoin en ce moment, lui déclara-t-elle, c'est de se faire draguer !

— Comment peux-tu me soupçonner d'une chose pareille ? Annoncer à quelqu'un l'assassinat d'un de ses proches n'est jamais facile, et comme tu connais la fille de la victime, je me suis dit que ce serait d'autant plus difficile pour toi… D'où ma proposition.

— Merci, mais je n'ai besoin de ton aide dans *aucun* domaine.

— C'est noté, Kenzie !

— Ne m'appelle pas comme ça !

— Comment veux-tu que je t'appelle, alors ? « Votre Majesté » est un peu cérémonieux mais, si telle est ta volonté, je la respecterai.

— Appelle-moi par mon nom de famille, comme tu le fais pour tes autres collègues.

— Sauf que tu es pour moi plus qu'une simple collègue !

Kenzie ouvrit la bouche pour lui demander ce qu'il entendait par là, mais il la devança :

— Tu es la sœur de Finn et de Murdoch, dont je suis l'ami.

Ce qui était un mystère pour elle. Comment ses frères, des garçons plutôt intelligents, pouvaient-ils trouver sympathique un play-boy comme Hunter Brannigan ?

— Appelle-moi quand même par mon nom de famille, dit-elle, et j'aimerais bien, maintenant, qu'on arrête de perdre notre temps avec ce genre de bêtise !

L'ascenseur s'arrêta alors, et la porte s'ouvrit. Hunter s'écarta pour laisser passer Kenzie et déclara avec un grand geste du bras :

— Après toi !

Il était sûr que cette manifestation de galanterie agacerait la jeune femme. Il le faisait exprès pour provoquer chez elle une réaction. Sans trop savoir pourquoi, il préférait lui inspirer de la colère que de l'indifférence.

— J'ai retrouvé notre disparu, annonça Kenzie à son coéquipier une fois de retour dans son service.

— Déjà ? s'écria Kyle Choi. Où était-il ? Il se cachait dans une cabane pour échapper à sa fille ?

— Non, pas vraiment. Il a été assassiné.

Le visage de Choi s'assombrit.

— Oh ! zut ! dit-il.

Puis il s'adressa à Hunter :

— Qu'est-ce que tu fais là ?

— C'est une longue histoire.

— Tu songes à changer d'affectation ?

— Non.

— Et si Brannigan voulait intégrer ce service, intervint Kenzie, c'est moi qui en changerais !

— À t'entendre, on pourrait croire que tu ne m'aimes pas, Kenzie…, observa Hunter sur un ton faussement plaintif.

— C'est bien le cas ! Et je t'ai demandé de ne pas m'appeler comme ça !

— C'est pourtant bien ton prénom ? nota Hunter d'un air innocent.

Kenzie décida de l'ignorer et se tourna vers son coéquipier.

— La tête et les mains de John Kurtz ont été découvertes en bordure d'Aurora Park, lui expliqua-t-elle. Je vais aller avec Brannigan là où elles étaient enterrées.

— Je connais des endroits plus romantiques pour conter fleurette à une femme, remarqua Hunter, mais on n'a pas toujours le choix !

Voyant Choi froncer les sourcils, Kenzie lui déclara :

— Ne fais pas attention à Brannigan, il dit n'importe quoi ! J'espère trouver là-bas le reste du corps de John Kurtz. Si je peux l'éviter, je ne veux pas annoncer à Connie que seules la tête et les mains de son père ont été découvertes.

— Je comprends, murmura Kyle. Même moi qui n'avais

aucun lien avec lui, je trouve cette idée difficilement supportable, alors sa fille…

Choi était en effet un peu pâle, constata Hunter.

— Je te rendrai ta coéquipière dès que je n'en aurai plus besoin, lui dit-il.

Kyle se garda bien de faire un commentaire. Cet homme irritait visiblement Kenzie… Mieux valait rester à l'écart de leur étrange relation. Il se borna donc à leur souhaiter bonne chance quand ils se dirigèrent vers la porte.

— J'espère que tu sais exactement où on va après, déclara Kenzie à Hunter sur le chemin de la brigade cynophile.

Cette remarque était destinée à le mettre en colère, il en avait la certitude, mais c'était un piège facile à éviter.

— Je fais toujours en sorte de savoir où je vais, Kenzie, répliqua-t-il.

— Ne m'appelle pas comme ça !

— Oui, pardon, Cavanaugh… Et en l'occurrence, le légiste m'a remis une copie du rapport de l'équipe de la Scientifique envoyée à l'endroit où la tête et les mains de John Kurtz ont été découvertes. Mais si tu préfères que je t'emmène boire un verre, dis-le ! Ce sera pour moi un tel bonheur que j'irai jusqu'à te l'offrir !

— Tu ne t'arrêtes donc jamais ?

— Non. Pourquoi ?

— Parce que certaines femmes apprécient peut-être ton baratin, mais ce n'est pas mon cas !

— Tu me brises le cœur, Cavanaugh !

— Pour que je te croie, il faudrait que tu en aies un, Brannigan !

Comme ils approchaient de leur destination, Kenzie

espérait que Hunter allait arrêter son badinage… Elle se trompait.

— J'ai un cœur ! protesta-t-il. Pose une main sur ma poitrine, et tu le sentiras battre !

— Non merci ! Tout ce que je te demande, c'est de te taire. Moins tu parleras, moins j'aurai envie de te tuer.

— Je parie que tu dis ça à tous les hommes ! s'écria Hunter en riant.

— Non, je ne l'avais encore dit à aucun.

— Tant mieux : j'aime être le premier dans tous les domaines.

Les installations de la brigade cynophile jouxtaient celles du service de contrôle des animaux. Quand ils longèrent l'enclos réservé à ce dernier, les cris les plus divers en jaillirent. Kenzie n'y prêta pas attention. Arrivée devant le chenil où étaient gardés les chiens de la brigade, elle chercha des yeux son cousin par alliance Brady, mais il n'était pas là.

L'agent Jake O'Reilly, l'un des membres les plus anciens de cette unité, vint à leur rencontre et leur demanda :

— Je peux faire quelque chose pour vous, lieutenants ?

— Oui, répondit Kenzie. On a besoin d'un chien renifleur de cadavres. La tête et les mains d'un homme ont été découvertes en bordure d'Aurora Park, et il est possible que le reste de son corps soit enterré dans les environs.

— Et peut-être même les restes d'autres victimes du même tueur, déclara Hunter.

— J'ai exactement ce qu'il vous faut, annonça O'Reilly en ouvrant la porte du chenil. Viens là, Jupiter !

Un gros berger allemand courut vers lui, s'arrêta à ses pieds et le fixa d'un air interrogateur.

— Ces deux gentils policiers ont besoin de ton aide, lui dit O'Reilly.

Le chien aboya comme s'il comprenait. Kenzie trouvait que le qualificatif de « gentil » s'appliquait très mal à Brannigan, mais elle se tut faute d'être sûre de le mériter elle-même.

# 4

Ce fut dans la voiture de Kenzie qu'ils se rendirent à Aurora Park. Hunter avait pris place sur le siège passager, et O'Reilly, à l'arrière, avec Jupiter.

Le berger allemand ne bougea pas pendant le trajet, mais juste avant qu'ils atteignent leur destination, il commença à s'agiter.

La nervosité qu'éprouvait déjà Kenzie monta alors de plusieurs crans. Car si des restes appartenant à d'autres victimes de l'assassin de John Kurtz étaient découverts, comme Hunter en avait émis l'hypothèse, ils avaient affaire à un tueur en série – le cauchemar de tout policier.

À l'exception, peut-être, de Hunter, songea Kenzie en se garant sur le parking. Cela constituerait en effet une avancée majeure dans l'enquête concernant au moins une de ses affaires non résolues.

Ce n'était pas si fréquent…

— On est à l'endroit où une tête et des mains ont été trouvées ? demanda O'Reilly.

— On en est tout près, répondit Hunter.

Le maître-chien ouvrit sa portière et mit pied à terre, imité par Hunter et Kenzie. Le berger allemand, sur la banquette arrière, s'agitait de plus en plus. O'Reilly contourna la voiture et ouvrit l'autre portière, mais il commença par ordonner à son chien :

— Pas bouger, Jupiter !

L'animal obéit, mais il brûlait visiblement de sortir. O'Reilly prit sa laisse et l'enroula autour de son bras.

— Joli ! s'écria Hunter. Il faudra que vous m'appreniez à faire ça !

— Pourquoi ? lui demanda Kenzie. Tu as du mal à empêcher tes petites amies de te fausser compagnie ?

— C'est un problème que je n'ai encore jamais rencontré, répliqua-t-il.

Kenzie retint la remarque acerbe qui lui était montée aux lèvres. C'était elle qui avait ouvert les hostilités, et si elle n'y mettait pas tout de suite fin, ils risquaient de perdre de vue le but de leur expédition. Elle ne pouvait pas se permettre de se chamailler avec Hunter – du moins pas avant de savoir ce que Jupiter allait trouver.

— Pouce ! dit-elle.

— D'accord, déclara Hunter.

Puis il se tourna vers O'Reilly.

— Si vous laissiez votre chien opérer ? Il a l'air très désireux de nous montrer ce qu'il sait faire !

Le berger allemand était maintenant descendu de la voiture, et il bouillait en effet d'impatience.

— Allons-y ! dit le maître-chien.

Il donna un peu de mou à la laisse, et Jupiter bondit aussitôt en avant, l'entraînant à sa suite.

Kenzie et Hunter suivirent le mouvement. La pluie de la veille avait rendu le sol très glissant, et Kenzie faillit tomber à plusieurs reprises. Elle se rattrapa à chaque fois au dernier moment – et eut la satisfaction de voir que Hunter avait lui aussi du mal à garder son équilibre.

Alors même qu'elle se moquait silencieusement de lui, cependant, son pied glissa dans la boue. Elle se sentit partir en arrière et se prépara à une chute aussi lourde que mortifiante sur le derrière...

À la dernière seconde, une main se referma sur son bras et la retint. Le cœur battant, elle regarda sur sa droite en priant pour que O'Reilly ait fait demi-tour et que ce soit lui son sauveur...

Mais c'était Brannigan.

— Merci, marmonna-t-elle.

— Je crois n'avoir encore jamais entendu de remerciement aussi peu chaleureux ! observa-t-il en riant.

— Tu peux lâcher mon bras, maintenant !

— Tu es sûre ? Parce que ça glisse encore beaucoup... Je ne voudrais pas que tu tombes...

Kenzie se dégagea sans douceur et se remit en marche. Elle avait une dette envers Hunter, parce qu'il aurait très bien pu la laisser choir. Elle ne comprenait d'ailleurs pas pourquoi il ne l'avait pas fait, car une chute sur le derrière n'aurait blessé que son amour-propre. La mauvaise opinion qu'elle avait de lui s'en trouvait quelque peu contredite, et cela l'agaçait.

— Regarde ! s'exclama-t-il soudain en pointant le doigt vers le berger allemand. Je crois que Jupiter a flairé quelque chose !

Le chien venait en effet de s'immobiliser, et il commençait à creuser avec une sorte de frénésie.

Hunter et Kenzie le rejoignirent, et O'Reilly déclara, l'air satisfait :

— On dirait que Jupiter a trouvé le reste du corps de votre victime, lieutenant Cavanaugh !

— Ce n'est pas encore sûr, indiqua Kenzie.

Elle s'agenouilla ensuite pour tenter de mieux voir ce que le berger allemand avait entrepris de déterrer, puis elle demanda à O'Reilly :

— Vous pouvez rappeler Jupiter ?

— Au pied, Jupiter ! ordonna le maître-chien.

Kenzie se rapprocha encore de la zone de fouille et, là, ses doutes se transformèrent en certitude. Elle se tourna vers Hunter… et faillit se cogner à lui : il s'était agenouillé à côté d'elle sans qu'elle s'en aperçoive, et leurs têtes étaient à quelques centimètres seulement l'une de l'autre.

— Arrête de me coller, Brannigan ! s'écria-t-elle.

— Pourquoi ? Cette découverte m'intéresse autant que toi… Je te signale cependant que ce tronc est sous terre depuis trop longtemps pour appartenir à John Kurtz.

— Je suis d'accord, admit Kenzie à regret.

— Et c'est une tête et des mains qui manquent à *ma* victime… On a donc trois personnes assassinées selon le même mode opératoire. Cette fois, c'est certain : on a affaire à un tueur en série.

À peine Hunter avait-il fini de parler que Kenzie sortait son portable de sa poche et activait un numéro.

— Qui appelles-tu ? lui demanda Hunter.

Elle leva la main pour lui imposer silence.

— Destiny ? dit-elle, reconnaissant la voix de la personne qui avait décroché. Le grand chef est dans les parages ? Je peux lui parler ?

— C'est la Scientifique que tu as au bout du fil ? murmura Hunter.

Kenzie fit oui de la tête. Le vent tourna juste à ce moment-là, et Jupiter bondit en avant. Il courait si vite que O'Reilly n'aurait peut-être pas réussi à suivre si le chien ne s'était soudain arrêté devant un petit monticule de terre. Il se remit alors à creuser fiévreusement, ce qui retint l'attention de Kenzie jusqu'à ce qu'une voix d'homme retentisse dans l'écouteur de son portable.

— Oncle Sean ? déclara-t-elle. Kenzie, à l'appareil. Je suis à l'endroit où une tête et des mains viennent d'être découvertes.

— Oui, je suis au courant.

— Le lieutenant Brannigan et moi y sommes allés avec un chien renifleur dans l'espoir de trouver le reste du corps, mais, pour l'instant, ce chien n'a encore déterré qu'un tronc enterré là depuis assez longtemps.

— Tu en es sûre ?

— Certaine, et j'ai l'impression qu'il y a d'autres morceaux de cadavre à découvrir… Tu peux nous envoyer une équipe de techniciens de scène de crime ?

— Bien sûr !

— Elle sera là dans combien de temps ?

— Environ une demi-heure. Et je l'accompagnerai.

Kenzie raccrocha, remit le portable dans sa poche et reporta son attention sur O'Reilly, qui semblait avoir du mal à contrôler Jupiter. Le berger allemand brûlait visiblement d'aller creuser plus loin.

— Une équipe de la Scientifique sera là dans une trentaine de minutes, annonça-t-elle aux deux hommes. Qu'est-ce que Jupiter a trouvé, cette fois ?

— Des ossements, répondit O'Reilly.

— Et il semble avoir flairé d'autres restes humains…

— Oui. Je l'empêche de continuer à chercher ?

— Non, laissez-le faire – en veillant évidemment à ce qu'il ne touche à rien.

— Ne vous inquiétez pas : il est bien dressé.

Pendant que O'Reilly et son chien s'éloignaient, Hunter et Kenzie allèrent se pencher sur le deuxième trou creusé par le berger allemand.

— On dirait que le déluge d'hier a mis au jour tout un cimetière ! observa Hunter.

— Oui, mais ça ne peut pas être l'œuvre d'une seule personne.

— Et pourquoi pas ? Gary Ridgway, surnommé « le tueur de Green River », a assassiné entre quarante-neuf et quatre-vingt-dix personnes avant d'être démasqué…

Kenzie frissonna. Elle avait lu des articles sur cette affaire, qui avait balayé les certitudes jusque-là bien ancrées sur ce qui caractérisait un tueur en série. Loin d'être un asocial, Gary Ridgway menait une existence apparemment normale : marié et père d'un fils, il s'occupait d'un groupe de jeunes et enseignait même parfois le catéchisme.

Si un homme comme lui, que tout le monde appréciait et respectait, était en fait un tel monstre, n'importe qui ou presque pouvait être un tueur en série.

— Ça signifie qu'on ne va pas se quitter tout de suite, observa Hunter.

Perdue dans ses pensées, Kenzie l'avait oublié. Elle sursauta et, vexée de ne pas avoir réussi à se contrôler, elle lui demanda sur un ton agressif :

— Qu'est-ce qui te fait dire ça ?

— Ton meurtrier et le mien sont de toute évidence une seule et même personne. Il est donc logique que nous le recherchions ensemble.

La logique n'était pas un facteur suffisant pour convaincre Kenzie de collaborer étroitement avec Hunter. Il ne prenait rien au sérieux, et elle n'avait aucune envie de l'entendre à longueur de journée lâcher des plaisanteries d'un goût douteux.

— Non, mieux vaut enquêter chacun de son côté, dit-elle donc. En tenant bien sûr l'autre au courant de ses découvertes.

— Ce serait une grosse perte de temps, ce qu'agir de façon conjointe permettrait d'éviter.

— C'est à un groupe de travail interservices que tu penses ?

— Oui.

Cette idée parut d'autant plus intéressante à Kenzie que ce genre de formation comptait rarement deux personnes seulement. Hunter et elle ne seraient donc pas constamment en tête à tête.

— Pourquoi pas ? déclara-t-elle. Mais il faut que je demande la permission.

— Tu es une Cavanaugh ! Tu as *vraiment* besoin d'une permission pour faire quelque chose ?

Kenzie soupira intérieurement. Hunter, comme tant d'autres policiers d'Aurora, pensait qu'elle jouissait de privilèges. C'était complètement faux !

— Le fait d'être une Cavanaugh ne me dispense d'aucune obligation ! dit-elle. Je dois au contraire respecter la chaîne hiérarchique mieux que n'importe qui, pour éviter d'être soupçonnée de bénéficier d'un traitement de faveur.

Un sourire narquois accueillit ses protestations.

— Tu ne me crois pas ? s'écria-t-elle.

— Non, mais peu importe… Va soumettre à ton supérieur l'idée d'un groupe de travail interservices ! Plus vite tu le feras, plus vite on s'organisera et on mettra ce malade hors d'état de nuire.

— Tu persistes donc à penser que nous avons affaire à un seul tueur ?

— Oui. Même si le mode opératoire n'était pas exactement le même, je ne pourrais pas croire à l'existence dans la région de *deux* personnes aussi monstrueuses.

Cette remarque surprit Kenzie. Brannigan pensait-il vraiment ce qu'il disait, ou bien essayait-il de se faire passer pour un grand sensible ?

Elle le considéra avec attention, mais son visage était impassible.

— Tu parles sérieusement ? lui demanda-t-elle.

Hunter hocha la tête. Et puisque Kenzie et lui allaient, selon toute vraisemblance, travailler ensemble, pourquoi ne pas lui donner une petite idée au moins de sa conception de l'existence ?

— Il faut considérer le genre humain avec optimisme, répondit-il, sinon on sombre dans le désespoir, et on ne fait plus rien.

Kenzie n'arrivait pas à le croire capable de nourrir une pensée aussi profonde. Il avait dû lire ça dans un magazine, ou l'entendre à la télévision.

— À ton tour ! déclara-t-il.

— À mon tour de quoi ?

— De m'exposer ta philosophie de l'existence.

Pendant qu'ils discutaient, le berger allemand avait commencé à creuser à un autre endroit, et Kenzie fixa les yeux sur lui de peur de se laisser captiver par la façon dont les rayons du soleil jouaient dans l'épaisse chevelure châtain clair de Hunter. Elle ne voulait retenir de cet homme que ses défauts.

— Ma philosophie de l'existence ? répéta-t-elle.

— Oui.

— Eh bien, elle se résume à bien faire mon travail, pour protéger les honnêtes gens, qui constituent l'immense majorité de l'humanité, des quelques méchants qui menacent leur tranquillité.

Kenzie s'attendait à une remarque ironique, mais Hunter la surprit de nouveau en disant gravement :

— On n'est donc pas si différents, tous les deux.

— Si, on l'est, Brannigan ! On n'a même absolument rien en commun !

— Si c'était le cas, on ne serait pas ici ensemble, Kenzie !

— Combien de fois devrai-je te dire de ne pas m'appeler par mon prénom ? C'est réservé à ma famille et à mes amis.

— Que dois-je faire pour entrer dans le club de tes amis ?

— C'est très simple : tu meurs, et tu te réincarnes en quelqu'un d'autre.

Au lieu de se fâcher, Hunter éclata de rire.

— Je vais voir ce que je peux faire ! En attendant, si on allait examiner les dernières trouvailles de Jupiter ?

# 5

Sean Cavanaugh, chef de la police scientifique d'Aurora, promenait son regard sur la vaste zone délimitée par un ruban jaune de scène de crime. Trois de ses hommes étaient en train de la passer au peigne fin.

— Les responsables du parc ne vont pas être ravis, observa-t-il.

Les vacances scolaires venaient de commencer, l'été amenait beaucoup de touristes dans la ville, et les habitants d'Aurora aimaient se promener dans ce parc. La décision avait été prise de le fermer en grande partie au public, pour ne pas risquer que quelqu'un piétine accidentellement un indice encore enfoui sous terre.

Hunter, dont c'était le premier contact professionnel avec le chef de la police scientifique, dit avec un soupir :

— La tournure des événements me chagrine moi aussi, mais pour des raisons différentes.

— Vraiment ? lui lança Kenzie. Je pensais que la découverte de tous ces corps te réjouirait !

— Pourquoi elle me réjouirait ? demanda Hunter en haussant les sourcils. Je n'ai aucune fascination morbide pour les cadavres !

Pour ne pas risquer une dispute avec Kenzie devant Sean Cavanaugh, il s'arrêta là et se tourna vers le Dr Rayburn. Le légiste était arrivé un peu après l'équipe de la Scientifique, et il considérait d'un air incrédule les restes humains qu'elle avait mis au jour – des troncs, des bras et des jambes, pour l'essentiel.

— Combien de personnes différentes Jupiter aura permis de découvrir aujourd'hui, à votre avis ? lui déclara Hunter.

— C'est difficile à dire avant que tous ces… morceaux aient été emportés à la morgue, où je pourrai tenter de savoir quels membres vont avec quel tronc… Jupiter ne serait pas tombé par hasard sur un cimetière dont l'existence aurait été oubliée ?

— Non, répondit Kenzie. J'ai demandé à Valri de consulter les archives de la ville concernant cet endroit, en remontant jusqu'au début du siècle dernier, et elle n'a trouvé trace d'aucun cimetière.

Valri était la cousine de Kenzie, et le membre le plus doué du service informatique du commissariat.

— J'aurais dû me douter que vous aviez déjà vérifié, dit le légiste. De mon côté, j'en saurai plus quand j'aurai examiné tous ces restes humains, mais une chose est sûre : cette affaire figurera dans les annales du crime !

— En tant qu'affaire résolue, espérons-le…, murmura Hunter.

— Est-ce du doute que je perçois dans ta voix, Brannigan ? déclara Kenzie.

— Il n'y a que les idiots qui ne doutent jamais, répliqua Hunter.

— Et tu n'en es pas un, bien sûr !

— Je ne te le fais pas dire.

Sean, qui s'était un peu éloigné pour parler à un de ses hommes, s'approcha de sa nièce et du lieutenant Brannigan.

— Il y a un problème ? s'enquit-il.

— Non, aucun ! répondit Hunter sur un ton enjoué.

L'enquête qui s'annonce me convient même particulièrement : j'adorais les puzzles quand j'étais petit.

— Bien… Vous devriez retourner au commissariat, Kenzie, O'Reilly et vous, fit le chef de la police scientifique. Je vous informerai de ce que nous avons trouvé quand les recherches seront terminées.

— Tu es sûr que je ne peux plus du tout me rendre utile ici ? questionna Kenzie.

— Certain. Le mieux, pour le lieutenant Brannigan et toi, c'est d'économiser vos forces. Vous en aurez bientôt besoin parce que, si je ne me trompe, vous allez devoir frapper à beaucoup de portes et poser beaucoup de questions.

— Bon, d'accord…, déclara Kenzie à regret.

Puis, ignorant ostensiblement Hunter, elle s'approcha du maître-chien et lui demanda :

— Je vous ramène ?

— Oui, répondit-il avec un grand sourire. Ma mère m'a appris qu'il fallait toujours repartir avec la demoiselle avec laquelle on était arrivé.

— Je crois que ça ne vaut que dans le cadre des bals de débutantes, observa Hunter derrière eux.

Kenzie se retourna et lui lança :

— Non, les bonnes manières sont de mise en toutes circonstances, mais c'est quelque chose qui t'est étranger, évidemment !

— Euh… Tout bien réfléchi, je vais peut-être plutôt rentrer au commissariat avec quelqu'un d'autre, annonça O'Reilly. Ce sera plus sûr !

Et il ne plaisantait qu'à moitié.

— Ne vous inquiétez pas ! lui dit Hunter. Kenzie a tous ses vaccins à jour. Vous ne risquez donc pas d'attraper la rage pendant le trajet du retour.

Les deux hommes devaient s'attendre à ce que Kenzie

explose, mais ce fut d'une voix froide qu'elle déclara à Hunter :

— Je ne sais vraiment pas pourquoi mes frères te trouvent amusant. Moi, je te trouve juste… lourd. Maintenant, je m'en vais, alors décidez-vous, tous les deux : soit vous partez avec moi, soit vous patientez jusqu'à ce que mon oncle ou un de ses hommes retourne au commissariat.

Sur ces mots, elle se mit en marche, et le berger allemand lui emboîta le pas.

— Jupiter a décidé pour moi ! remarqua O'Reilly avec un sourire.

Il rejoignit son chien, et Hunter suivit le mouvement.

— Je compte sur Jupiter pour me défendre si jamais notre charmante conductrice m'agresse, indiqua-t-il.

— Qui te dit qu'il se rangerait dans ton camp ? observa Kenzie.

— Elle a raison, Brannigan ! s'exclama O'Reilly en riant.

Hunter garda le silence jusqu'à ce qu'ils atteignent la voiture, et il demanda alors à Kenzie :

— Tu m'autorises à monter à l'avant ?

— Je pensais plutôt te mettre dans le coffre, répliqua-t-elle, mais je devrais pouvoir supporter ta présence à côté de moi pendant les quelques minutes du trajet.

— Je croyais que tes « quelques minutes » étaient une façon de parler, observa Hunter quand Kenzie se gara sur le parking du commissariat, mais je me trompais !

La jeune femme avait en effet roulé presque pied au plancher – et brûlé au passage deux feux orange.

— J'espérais que la peur te ferait taire, expliqua-t-elle, et j'avais raison.

Kenzie mit pied à terre et, quand O'Reilly fut descendu de la voiture avec Jupiter, elle le remercia chaleureusement.

— Par respect pour tous ces morts, remarqua-t-il, je ne dirai pas que c'était un plaisir, mais j'ai vécu là une expérience hors du commun. Vous me tiendrez informé des résultats de votre enquête ?

Ces derniers mots s'adressaient visiblement à Hunter autant qu'à Kenzie, mais elle répondit comme s'ils ne concernaient qu'elle :

— Je n'y manquerai pas.

Hunter attendit que le maître-chien se soit éloigné pour saisir Kenzie par le bras et l'empêcher ainsi de lui fausser compagnie.

— Qu'est-ce que tu as contre moi ? demanda-t-il.

Kenzie se dégagea vivement et faillit ensuite quitter le parking sans répondre. Elle savait cependant Hunter capable de lui poser de nouveau la question en public, aussi lui déclara-t-elle :

— Tu veux que je te donne mes griefs par ordre alphabétique, chronologique, ou en allant du moins grave au plus sérieux ?

— Dans l'ordre que tu préfères.

— Comme la liste est longue et que je n'ai pas de temps à perdre, je vais me contenter de te dire ceci : je ne connais que trop bien le type d'homme que tu es.

— À savoir ?

— Un vaniteux qui se croit irrésistible et, malgré son intelligence, ne comprend pas qu'une femme puisse lui tenir tête.

Kenzie s'attendait à une réplique cinglante. Au lieu de cela, Hunter sourit et observa :

— Tu me trouves donc intelligent ?

— C'est la seule chose que tu aies retenue de ce que je viens te dire ? s'écria-t-elle, exaspérée, en commençant à s'éloigner.

Mais Hunter ne considérait pas la conversation comme terminée. Et au lieu d'attraper la jeune femme par le bras pour l'arrêter, il alla cette fois se planter devant elle et lui barra le passage.

— Tu me juges sans vraiment me connaître, déclara-t-il, et je sais pourquoi : tu as rompu il y a environ dix-huit mois avec un homme qui ne te méritait pas. Depuis, tu te méfies de tous les hommes, et tu refuses de leur donner l'occasion de te prouver que tout, chez eux, n'est peut-être pas bon à jeter.

Brannigan serait-il au courant de l'histoire de sa relation avec Billy Gibson ? songea Kenzie. L'avait-il apprise par ses frères ? Mais non, ce n'était pas possible : elle n'avait parlé des infidélités de son fiancé à aucun membre de sa famille.

C'était un mystère qu'elle comptait bien élucider, mais pas maintenant !

— Écarte-toi ! ordonna-t-elle à Hunter. Tu n'as peut-être rien de mieux à faire que jacasser au soleil… Moi, si !

Puis elle le contourna et se dirigea à grands pas vers la porte arrière du commissariat. Elle devait se calmer, sinon elle risquait de laisser échapper quelque chose qui démontrerait la justesse de l'analyse de Brannigan.

Hunter jugea plus prudent de ne pas suivre Kenzie de trop près. Quand il entra dans le bâtiment, deux minutes après elle, il tomba sur l'un des frères aînés de la jeune femme, Murdoch Cavanaugh, qui l'arrêta et lui dit :

— Il paraît qu'il y a du nouveau dans une de tes affaires, et que tu vas travailler avec ma sœur ?

Murdoch appartenait à la brigade criminelle, et l'enquête sur les découvertes faites à Aurora Park avait débuté quelques heures plus tôt seulement, mais Hunter ne s'étonna pas de ce qu'il soit déjà au courant. Les nouvelles se propageaient vite, entre services – surtout celles qui concernaient un des membres de la famille Cavanaugh. C'était comme si certains d'entre eux, sinon tous, étaient doués de télépathie.

— Si c'était ta sœur qui décidait, nous ne ferions pas équipe ! déclara Hunter.

— La victime de ton affaire et celle de la sienne ont pourtant eu toutes les deux la tête et les mains tranchées, non ?

— Oui, mais Kenzie n'est pas partageuse.

— En effet, et c'est aussi une sacrée tête de mule ! Ne la laisse pas te mettre à l'écart !

— Je n'en ai pas l'intention.

Les deux hommes se dirigèrent vers l'ascenseur, et Hunter appuya sur le bouton d'appel avant de poursuivre :

— Là, on s'est un peu disputés, et je vais attendre qu'elle ait eu le temps de se calmer, mais il n'est pas question que je reste sur la touche ! Cette affaire d'homme sans mains ni tête est la première que j'ai étudiée… J'en ai résolu d'autres depuis, mais celle-ci me tient particulièrement à cœur, et j'ai enfin une piste…

L'ascenseur arriva, et Hunter entra dans la cabine.

— Bonne chance ! lui dit Murdoch.

— Tu ne montes pas ?

— Non, j'ai à faire au rez-de-chaussée.

La porte de l'ascenseur se referma, et Hunter pressa le bouton de son étage. Il voulait informer son coéquipier de la tournure qu'avaient prise les événements.

— Il y a du nouveau, Valdez ! annonça-t-il en franchissant le seuil de la salle qui abritait leur service.

— La tête et les mains découvertes ce matin appartiennent à l'homme dont on n'avait jusqu'ici que le reste du corps ?

— Non, mais son meurtrier et celui du propriétaire de cette tête et de ces mains, un certain John Kurtz, sont sans doute une seule et même personne. Je vais devoir travailler avec Kenzie Cavanaugh pendant quelque temps.

— Pourquoi ?

— Parce qu'elle a été chargée d'enquêter sur la disparition de ce John Kurtz. Nous recherchons donc le même criminel.

— Elle sait que vous allez collaborer ?

— Oui.

— Mais *vraiment* collaborer ? insista Jason.

Car il était de notoriété publique que Kenzie Cavanaugh n'aimait pas faire équipe avec un membre d'un autre service que le sien – sauf si c'était elle qui l'avait décidé, et là, ça ne semblait pas être le cas.

— Où veux-tu que j'envoie ta dépouille ? reprit Jason.

Hunter se trouva soudain dans l'étrange situation de devoir défendre une femme qui le détestait cordialement.

— Elle n'est pas si redoutable ! déclara-t-il d'une voix qui manquait cependant singulièrement de conviction.

— Tu es sûr ? Parce que moi, j'ai entendu dire que c'était une forte tête.

— Elle ne me fait pas peur.

— Tant pis pour toi, Brannigan, je t'aurai prévenu !

— Par chance, j'ai déjà rédigé mon testament, indiqua Hunter en franchissant le seuil de la salle dans l'autre sens.

# 6

Parce qu'il avait entendu parler de Kenzie par ses frères et d'autres membres de la famille Cavanaugh qui travaillaient au commissariat d'Aurora, Hunter savait qu'il avait besoin d'aide pour la convaincre de travailler avec lui.

Elle avait accepté un peu trop vite l'idée d'un groupe de travail interservices. Il la soupçonnait de vouloir en fait enquêter de son côté sur la mort de John Kurtz tant qu'aucun lien indiscutable n'aurait été établi entre cette affaire et celle sur laquelle il butait depuis des années.

Hunter pensait qu'aller plaider sa cause auprès de son supérieur direct ne servirait à rien : le capitaine Wade Kilpatrick était un homme froid qui avait pour seul souci de monter en grade. Même couronnée de succès, une collaboration avec un autre service ne lui vaudrait que la moitié des lauriers… Ce n'était sûrement pas suffisant pour le motiver.

Quant au chef du service des personnes disparues, il serait évidemment plus enclin à écouter Kenzie que lui. Et Hunter avait le sentiment qu'elle avait d'autant moins envie de voir leurs enquêtes fusionner que l'idée venait de lui.

Il fallait donc s'adresser à une tierce personne – la plus haut placée et la plus neutre possible.

Brian Cavanaugh, le chef des enquêteurs, avait la réputation d'être extrêmement juste et impartial. Alors, quand l'ascenseur s'arrêta à l'étage de Kenzie, Hunter, au lieu d'en descendre, appuya sur le bouton du deuxième étage, celui où se trouvait le bureau de Brian Cavanaugh.

Normalement, Hunter aurait dû appeler pour prendre rendez-vous, mais son instinct lui disait qu'il fallait se presser, que plus vite un groupe de travail interservices serait constitué, meilleures seraient leurs chances d'empêcher le tueur en série de commettre un nouveau crime.

Arrivé dans la pièce voisine du bureau de Brian Cavanaugh, Hunter demanda à la jolie policière qui remplissait les fonctions de secrétaire :

— Le chef est là ?

Le lieutenant Diane Bellamy leva les yeux de l'écran de son ordinateur.

— Oui, mais il…

— Je n'en ai que pour une minute, déclara Hunter.

*Ou deux…*

Il alla frapper à la porte de communication, tourna la poignée et entra dans la pièce sans attendre d'y être invité.

Brian Cavanaugh n'était pas seul.

Sa secrétaire rejoignit Hunter et s'écria :

— Je suis désolée, chef ! Il m'a prise de court !

— Ce n'est pas votre faute, lui dit Kenzie. Le lieutenant Brannigan ignore tout des bonnes manières.

Elle ne semblait pas surprise de le voir, constata Hunter – et elle le lui confirma en lui lançant :

— Tu as mis plus de temps à venir que je ne le pensais !

— Tout va bien, Bellamy, déclara Brian à sa secrétaire. Vous pouvez disposer… Asseyez-vous, Brannigan ! Le lieutenant Cavanaugh était en train de me parler d'un lien possible entre son enquête en cours et une de vos affaires non résolues…

— Vraiment ?

Ayant soupçonné Kenzie de vouloir à tout prix éviter de collaborer avec lui, Hunter ne s'attendait pas à la trouver là, et il ne comprenait pas pourquoi elle avait pris cette initiative.

— Je suis venue exposer la situation à notre chef à tous les deux, expliqua-t-elle, parce que je veux que ce soit lui qui prenne la décision de nous faire ou non travailler ensemble.

— Le lieutenant Cavanaugh m'a livré un exposé très complet de la situation, indiqua Brian, mais si vous pensez avoir quelque chose à ajouter, Brannigan, je suis prêt à vous écouter !

— Pour moi, déclara Hunter, le lien entre nos deux affaires est évident. La mienne remonte à six ou sept ans, mais ce qui restait de la victime, quand on l'a découverte, portait au niveau du cou et des poignets des traces de coupures semblables à celles que portent la tête et les mains de John Kurtz.

— Ces deux hommes auraient donc été tués par la même personne ?

— Oui, et je pense qu'elle a commis beaucoup d'autres assassinats. Le chien renifleur que nous avons emmené ce matin à Aurora Park y a trouvé un grand nombre de corps sans tête ni mains.

— Mais aucun cadavre complet ?

— Non.

— Ni autres têtes ou mains tranchées ?

— Non.

— Pourquoi, à votre avis ?

Voyant Kenzie ouvrir la bouche pour répondre, Hunter se dépêcha de fournir sa propre explication :

— Dans le cas de John Kurtz, le tueur a pu paniquer, et enterrer sa tête et ses mains là où il met d'habitude le reste des corps. Il doit avoir deux lieux d'enfouissement différents, sinon pourquoi se donnerait-il la peine de mutiler ses victimes ?

— Peut-être parce que cet homme est un déséquilibré ? intervint Kenzie.

— Si c'est un homme..., observa Brian.

— Vous croyez qu'il peut s'agir d'une femme ? s'écria Hunter.

— Quand vous aurez travaillé dans la police aussi longtemps que moi, vous saurez que les apparences sont souvent trompeuses, et que tout est possible.

Brian marqua une pause et fixa longuement ses deux visiteurs tour à tour avant d'enchaîner :

— Je pense qu'il existe en effet un lien direct entre vos deux affaires, et je suis sûr que le Dr Rayburn nous en apportera la preuve – en établissant par exemple que les mutilations ont été effectuées à l'aide du même instrument. Vous allez donc mettre sur pied un groupe de travail interservices, qui comprendra deux autres personnes à part vous dans un premier temps, et plus si le besoin s'en fait sentir. Comme l'identité de la victime la plus récente est connue, commencez par là... Et tenez-moi régulièrement au courant de l'avancée de votre enquête ! Vous pouvez disposer, maintenant !

Hunter se leva, mais pas Kenzie.

— Des questions, lieutenant Cavanaugh ? lui demanda Brian.

— Oui, une.

— Laquelle ?

— Qui dirigera ce groupe de travail ?

Brian hésita. Il savait que sa nièce accepterait mal d'être sous les ordres de Brannigan, même si son affaire à lui était la plus ancienne. Mais la mettre à la tête du groupe de travail risquait de créer des problèmes de communication : Kenzie avait des idées très arrêtées et supportait mal la contradiction.

Après quelques instants de réflexion, Brian trancha.

— Comme vous avez déjà commencé à travailler ensemble et qu'aucun de vos deux services ne s'occupe normalement d'homicides, vous allez codiriger ce groupe de travail.

— Codiriger ? répéta Kenzie, visiblement contrariée.

— Oui, répondit Brian, et sur un pied de stricte égalité. Aucune décision importante ne devra être prise sans concertation… C'est compris ?

— Oui, dirent Kenzie et Hunter en chœur.

— Bien ! Allez arrêter cet assassin avant qu'il – ou elle – fasse une autre victime !

Cette fois, Kenzie se leva, et elle quitta la pièce. Hunter la suivit et lui déclara :

— Je ne m'attendais pas à te trouver dans le bureau de ton oncle !

— J'étais sûre que tu irais le voir, mais j'avais peur que ce soit pour lui demander de m'écarter complètement de l'enquête sur ce tueur en série. Alors j'ai pris les devants.

— Tu voulais absolument que nous menions cette enquête ensemble ?

— Oui. Tu m'es antipathique, mais je travaillerais avec le diable lui-même si ça pouvait m'aider à identifier le meurtrier de John Kurtz !

Kenzie marchait vite mais, une fois arrivée à la hauteur de l'ascenseur, elle dut s'arrêter, et Hunter observa pendant qu'elle pressait le bouton d'appel :

— Je ne sais pas si je dois me sentir insulté ou flatté !

— À toi de voir !

La porte de l'ascenseur s'ouvrit. Une fois dans la cabine, Kenzie appuya sur le bouton de son étage et décréta :

— Les réunions se tiendront dans mon service ! L'espace dévolu au tien a la taille d'un placard.

— C'est faux !

— Il n'est pas *beaucoup* plus grand qu'un placard, alors… Ça te va, comme ça ?

— Oui… Et il est vrai que le chef nous a dit d'intégrer chacun une personne à notre groupe de travail.

— Non, il a parlé de deux personnes en plus de nous, avec possibilité d'en recruter d'autres en cas de besoin. Le groupe comptera donc au départ quatre personnes : nous deux, plus un membre de chacun de nos services.

— Ça me semble équitable. Et je sais déjà qui je choisirai : Jason Valdez, mon coéquipier. Je m'entends très bien avec lui.

Ce qui signifiait que cet homme ressemblait en tout point à Brannigan…, songea Kenzie.

— Génial ! marmonna-t-elle. Je vais donc devoir travailler avec deux dons Juans au lieu d'un…

L'ascenseur s'arrêta. Kenzie en sortit et s'engagea dans le couloir qui menait à son service. Hunter la suivit et, après avoir hésité, il jugea préférable de la détromper.

— Valdez est marié et sera bientôt père. Il est tout le contraire de moi.

— Quelle chance ! Il me plaît déjà !

— Et si tu mettais ton bel esprit au service de notre enquête, au lieu de l'occuper à me chercher des noises ?

Kenzie s'immobilisa et adressa à Hunter un sourire moqueur.

— L'un n'empêche pas l'autre, Brannigan, mais comme tu m'intéresses moins que l'auteur de ces horribles meurtres, c'est sur lui que je vais concentrer mes brillantes facultés intellectuelles. C'est la première fois que le chef me confie la direction d'un groupe de travail, et je ne veux pas le décevoir.

— Il t'en a confié la *co*direction, rectifia Hunter. Et je suis au moins aussi désireux que toi de réussir à arrêter ce tueur… Tu sais déjà à qui, dans ton service, tu demanderas de se joindre à nous ?

— Oui, à Kyle Choi, et je vais lui en parler de ce pas. J'ai quelque chose à faire ensuite, alors si tu allais briefer ton coéquipier pendant ce temps ? Rendez-vous dans une heure dans mon service !

Hunter n'apprécia pas du tout le ton autoritaire de la jeune femme.

— D'une part, je ne suis pas à tes ordres et, d'autre part, j'estime avoir le droit de savoir ce qu'est le « quelque chose » que tu as à faire… De quoi s'agit-il ?

Une expression de colère assombrit les yeux bleus de Kenzie.

— Notre collaboration ne te donne pas le droit d'être au courant de tous mes faits et gestes ! s'écria-t-elle.

— Réponds-moi ! insista Hunter.

Ils avaient tous les deux haussé le ton, et les gens qui les croisaient leur lançaient des regards surpris. Hunter semblait décidé à obtenir satisfaction et, bien qu'elle n'en ait aucune envie, Kenzie se résigna donc à lui expliquer :

— Je n'ai plus d'excuse pour différer une tâche que je redoute. Le tronc et les membres de John Kurtz font sûrement partie des restes humains découverts à Aurora Park, et je dois aller annoncer sa mort à sa fille.

Quand Hunter avait proposé à Kenzie de s'en charger à sa place, elle avait refusé, aussi se borna-t-il, cette fois, à déclarer :

— Je vais t'accompagner !

— Je n'ai pas besoin qu'on me tienne la main !

Comme Kenzie redoutait de toute évidence cette démarche mais était trop orgueilleuse pour l'admettre, Hunter protesta :

— Ce n'est pas pour te tenir la main que je veux t'accompagner.

— Pourquoi, alors ?

*Un prétexte, vite !* songea Hunter.

— Pour interroger ton amie sur les gens que son père a rencontrés ces derniers temps, répondit-il.

— Connie m'a dit ce matin que son père et elle étaient brouillés. Ça signifie qu'elle ne l'a pas vu récemment.

— Merci, je connais le sens de ce mot : je fais des mots croisés ! Mais l'expérience m'a appris que les gens en savent parfois plus qu'ils n'en ont conscience. Toi, tu réconforteras ton amie, et moi, je lui poserai quelques questions.

— Non, je t'interdis de venir !

— S'agissant de ta vie privée, tu as le droit de me tenir à l'écart mais, dans le cadre de notre enquête, tu n'as rien à m'interdire. Donc, je vais parler à mon coéquipier, toi, au tien, et on se retrouve ensuite sur le parking.

Comprenant qu'elle n'aurait pas gain de cause, Kenzie cessa de discuter et se dirigea – non sans maugréer – vers le service des personnes disparues.

# 7

Le trajet du commissariat à la résidence récemment construite à la périphérie sud d'Aurora parut interminable à Kenzie alors qu'il ne faisait pas plus d'une dizaine de kilomètres.

Cela ne l'empêcha pas d'atteindre sa destination plus vite qu'elle ne l'aurait souhaité : son pouls n'avait cessé de s'accélérer à mesure que se rapprochait le moment de parler à Connie, et son cœur battait maintenant à grands coups dans sa poitrine.

Après s'être garée dans le parking souterrain réservé aux visiteurs, elle se tourna vers son passager. Il n'avait pas prononcé un mot depuis leur départ du commissariat, et cela ne lui ressemblait pas.

— Tu es bien silencieux, Brannigan ! Tu regrettes d'être venu ? Dans ce cas, tu peux rester dans la voiture pendant que je vais voir Connie.

Bien que la jeune femme ait détaché sa ceinture de sécurité, elle n'avait pas bougé de son siège, nota Hunter. Cela signifiait qu'il ne s'était pas trompé : elle avait beau affirmer ne pas avoir besoin que quelqu'un lui tienne la main, elle redoutait d'annoncer à Connie Kurtz la mort de son père.

— Non, je ne regrette pas d'être venu, dit Hunter en détachant lui aussi sa ceinture. J'ai pensé que tu avais besoin de calme pour réfléchir à la façon de présenter à ton amie le meurtre horrible de son père, et c'est pour ça que je me suis tu pendant le trajet.

Cette prévenance surprit agréablement Kenzie, si bien qu'elle ne chercha même pas une pique à lui lancer.

— Merci, déclara-t-elle simplement – et sincèrement – avant de sortir de la voiture.

La politesse de Kenzie, à laquelle il ne s'attendait pas, laissa Hunter sans voix, et cela valait sans doute mieux car, s'il avait fait le moindre commentaire, la trêve aurait sûrement été rompue.

Il mit pied à terre et rejoignit Kenzie. Puis, comme elle regardait autour d'elle, l'air indécis, il se risqua à lui demander :

— Tu connais le numéro de l'appartement de ton amie ? Parce que cet immeuble doit en compter des dizaines et des dizaines !

— Non, je vais aller sonner aux portes, l'une après l'autre, en criant son nom jusqu'à ce que je la trouve ! répliqua Kenzie. Évidemment que je connais le numéro de son appartement !

La trêve n'aurait pas duré longtemps ! pensa Hunter, désabusé.

— Et ce numéro est… ?

— 730.

— Si c'est l'ascenseur que tu cherches, il est là-bas ! dit Hunter en montrant du doigt l'angle du mur situé sur leur gauche.

— Comment le sais-tu ? s'écria Kenzie. Tu es déjà venu ici, c'est ça ?

Il avait dû raccompagner un jour l'une des nombreuses femmes qu'il emmenait boire et danser dans toutes les boîtes de nuit de la région !

— Non, je n'étais encore jamais venu ici, répondit Hunter, mais il y a sur le mur une flèche qui indique l'emplacement de l'ascenseur.

Vexée de ne pas avoir vu ce pictogramme, Kenzie se dirigea à grands pas vers l'ascenseur. La cabine était déjà là et, une fois à l'intérieur, elle se plaqua contre la paroi du fond pour être le plus loin possible de Hunter.

Celui-ci appuya sur le bouton du septième étage.

— Je peux le faire à ta place, si tu veux, proposa-t-il quand la porte se fut refermée.

— Faire quoi ?

— Annoncer la mort de John Kurtz à sa fille.

— Non, c'est à moi qu'elle a signalé la disparition de son père, et donc à moi de l'informer de ce qui lui est arrivé.

— Comme tu voudras ! Mais si jamais tu changes d'avis, sache que je suis là.

— Oh ! je le sais, Brannigan ! Inutile de me le rappeler !

L'ascenseur n'arriva que trop vite au septième étage. La porte s'ouvrit, ils la franchirent mais, une fois dans le couloir, Kenzie s'immobilisa.

— Qu'y a-t-il ? demanda Hunter.

Elle se tourna vers lui. Elle devait s'excuser tout de suite, sinon elle n'en aurait plus le courage.

— Je suis désolée. J'ai eu tort de t'envoyer promener alors que tu me faisais une proposition généreuse.

— Ne t'inquiète pas : je comprends. Il est difficile d'annoncer ce genre de nouvelle, et chacun réagit à sa manière à l'appréhension que ça provoque.

Le fait que Hunter pousse la gentillesse jusqu'à lui trouver des circonstances atténuantes lui donna encore plus mauvaise conscience et la poussa aux confidences :

— Je n'ose même pas imaginer ce que j'éprouverais si

quelqu'un venait me dire que mon père avait eu la tête et les mains tranchées.

— Alors n'insiste pas sur ce côté-là des choses. Dirige l'attention de ton amie sur l'aide qu'elle peut nous apporter pour identifier le meurtrier de son père. Le désir de vengeance est un puissant remède à la douleur.

— Oui, tu as sans doute raison.

— Ce jour est à marquer d'une pierre blanche ! s'exclama Hunter.

— Pourquoi ?

— En l'espace de deux minutes, tu m'as présenté des excuses et dit que j'avais sans doute raison… C'est un événement mémorable !

— Tâche de ne pas t'y habituer : tu serais déçu, observa Kenzie.

Puis elle se remit en marche, mais Hunter nota que l'ombre d'un sourire flottait sur ses lèvres. Son hostilité envers lui semblait diminuer.

L'appartement 730 était situé à quelques mètres seulement de l'ascenseur. Kenzie s'arrêta devant et sonna.

La porte s'ouvrit alors que Kenzie avait encore le doigt sur la sonnette, et Connie apparut dans l'embrasure.

L'air encore plus malheureux que le matin au commissariat, elle fixa ses deux visiteurs tour à tour avant de murmurer :

— Les nouvelles ne sont pas bonnes, n'est-ce pas ?

— Qu'est-ce qui vous fait dire ça ? lui demanda Hunter d'une voix douce.

— Kenzie serait venue seule, sinon.

— Je te présente le lieutenant Brannigan, Connie ! déclara Kenzie – un peu à retardement.

Son amie salua Hunter d'un petit signe de tête, puis elle bredouilla :

— Mon… Mon père est mort, c'est ça ?

Kenzie aurait voulu pouvoir la préparer à cette terrible nouvelle, mais sa question ne lui laissait pas le choix…

— Oui, répondit-elle.

À peine ce mot avait-il franchi ses lèvres que Connie vacilla sur ses jambes, et elle serait tombée si Hunter ne l'avait rattrapée à temps. Il la souleva ensuite dans ses bras, entra dans le séjour et alla l'allonger sur un canapé recouvert d'un tissu à fleurs bleues et blanches. Puis il glissa un coussin dans son dos.

— Pourquoi tu fais ça ? lui demanda Kenzie, qui l'avait suivi. Ça la met dans une position très inconfortable !

— J'essaie de rétablir la circulation sanguine dans le haut de son corps… À moins que tu n'aies un flacon de sels sur toi ?

— Bien sûr que non ! On n'est pas au XIXe siècle, Brannigan !

— Dans ce cas…, dit Hunter en glissant un second coussin dans le dos de Connie.

Kenzie se rendit dans la salle de bains et en revint un instant plus tard avec un gant de toilette humide, qu'elle posa sur le front de son amie.

Celle-ci bougea légèrement et poussa un petit gémissement. Elle ouvrit ensuite les paupières et, l'air hagard, demanda à Kenzie d'une voix à peine audible :

— Comment mon père est-il mort ?

— Je te le dirai quand tu te sentiras mieux.

Écartant de la main le gant de toilette, Connie s'assit. Elle avait repris des couleurs, et ce fut d'une voix raffermie qu'elle déclara :

— Tu es sûre qu'il s'agit bien de mon père ?

— Hélas ! Oui.

— Vous savez s'il fréquentait depuis peu des gens nouveaux ? intervint Hunter. Ou s'il s'était engagé dans des activités nouvelles ?

— Non, je l'ignore.

— Où habitait-il ?

— Dans la maison où il a toujours vécu, et où j'ai grandi… Pourquoi ?

— Nous avons besoin d'effectuer des recherches dans cette maison, et il nous faut pour cela ton autorisation, expliqua Kenzie avec une douceur que Hunter ne l'aurait jamais crue capable de manifester.

— Je ne comprends pas, dit Connie. Qu'est-ce que vous cherchez ?

Une expression d'horreur se peignit soudain sur son visage, et elle balbutia :

— Mon père a… a été assassiné ?

— Oui, répondit Hunter pour épargner à Kenzie cette terrible annonce. Il ne s'agit ni d'un accident ni d'un infarctus : quelqu'un a tué votre père.

— Et vous pensez qu'il connaissait son meurtrier ? Vous espérez trouver chez lui quelque chose qui vous permettrait d'identifier cette personne ?

— On ne sait encore presque rien sur ce qui s'est passé, déclara Kenzie, mais il faut bien commencer quelque part… Si ton père fréquentait des gens que tu ne connais pas, il y a peut-être parmi eux quelqu'un qui voyait en lui une menace…

— Non, comme je te l'ai dit ce matin, il vivait en ermite. Après la mort de ma mère, il s'était complètement replié sur lui-même.

— Il y a peut-être quand même chez lui quelque chose qui nous donnerait une indication sur la façon dont il a passé ses derniers jours.

Connie pleurait maintenant. De grosses larmes coulaient sur ses joues, et elle les essuyait au fur et à mesure, mais sans parvenir à en interrompre le flot.

— Je vais… vous emmener là-bas…, hoqueta-t-elle.

— Ce n'est pas nécessaire, dit Hunter. Donnez-nous l'adresse, ce sera suffisant. Vous avez la clé ?

— Oui.

— Le lieutenant Brannigan a raison, observa Kenzie. Il vaut mieux que tu restes tranquillement ici. Retourner tout de suite dans cette maison serait trop douloureux pour toi. Je te rapporterai la clé, mais ça m'ennuie de te laisser seule… Il y a quelqu'un à qui je peux demander de venir te tenir compagnie ?

Connie ravala un sanglot et lui donna le nom et le numéro de téléphone d'une de ses amies. Kenzie l'appela et expliqua la situation à une certaine Sherry Peters, qui promit de venir tout de suite.

Kenzie et Hunter restèrent avec Connie jusqu'à l'arrivée de Sherry.

— Vous étiez au lycée ensemble, Connie et toi ? déclara Hunter sur le chemin du domicile de John Kurtz.

— Non, je l'ai connue à la fac, répondit Kenzie. C'était alors une de ces étudiantes joyeuses et insouciantes qui aiment faire la fête et organisent tout le temps des soirées entre amis… Je ne l'avais encore jamais vue aussi triste, aussi perdue.

— Et encore, tu ne lui as pas dit comment son père était mort…

— Non. Elle va déjà avoir du mal à dormir cette nuit. Je ne voulais pas qu'elle fasse en plus des cauchemars ! Mieux vaut attendre, pour lui parler des mutilations, d'en savoir plus sur ce qui s'est passé plutôt que de lui donner des informations au compte-gouttes.

— Tout à fait !

Voyant du coin de l'œil Hunter sourire, Kenzie lui demanda :

— Qu'est-ce qui t'amuse ?

— Rien. Je suis juste content de constater que nous nous entendons bien.

— Ça ne durera pas.

— Sans doute mais, en attendant, je trouve ça agréable.

Kenzie secoua la tête et observa avec un soupir :

— Je ne sais pas quoi penser de toi, Brannigan !

— Et c'est grave ?

— Oui, parce que, si je ne fais pas attention, je vais baisser ma garde – ce que je veux éviter à tout prix.

— Alors voilà ce que je te propose ; on se concentre sur notre enquête et, quand on aura découvert qui a tué John Kurtz et pourquoi, tu pourras t'intéresser à des choses moins importantes, comme la question de savoir ce que tu penses de moi. Mais il y a d'ores et déjà quelque chose dont tu peux être sûre, et qui devrait te rassurer : je ne suis pas du genre à couper les gens en morceaux.

— C'est rassurant, en effet !

Après avoir mis son clignotant pour tourner à gauche, Kenzie remarqua :

— Tu as rattrapé Connie juste au bon moment… Comment as-tu su qu'elle allait s'évanouir ?

— Je ne le savais pas, mais j'ai de bons réflexes. Tu es heureuse de m'avoir laissé t'accompagner, non ?

— Heureuse ? Je n'irais pas jusque-là !

— Tu es dure !

— Hé oui !

Quelques minutes plus tard, Kenzie se garait devant

le pavillon de plain-pied où, jusqu'à récemment, John Kurtz vivait. Elle mit le frein à main, coupa le moteur et se tourna vers Hunter.

— Prêt à chercher une aiguille dans une meule de foin, Brannigan ?

— Prêt ! répondit-il avant d'ouvrir sa portière.

Restait à espérer que cette aiguille existait vraiment.

# 8

La maison de John Kurtz avait une cinquantaine d'années. Elle était située dans le deuxième lotissement aménagé à l'époque où la famille qui avait fondé Aurora commençait tout juste à en délimiter les contours. Depuis, la ville s'était considérablement étendue, mais personne ne pouvait le deviner en n'en voyant que le petit lotissement où John Kurtz avait vécu.

La façade en stuc du pavillon aurait eu besoin d'être repeinte : elle était en très mauvais état. Il devait aussi pleuvoir dans la maison à la mauvaise saison : de là où elle était, Kenzie voyait que des tuiles manquaient. Et il y avait sûrement dans la toiture des trous invisibles depuis le devant de l'habitation.

— C'est loin d'être coquet ! observa Hunter.

— Ça l'a pourtant sûrement été, autrefois.

Arrivée devant la porte, Kenzie introduisit dans la serrure la clé que Connie lui avait remise.

— Il n'est pas là !

Kenzie et Hunter se retournèrent. La personne qui avait parlé était un homme âgé, sec et de taille moyenne, vêtu d'un jean trop grand et d'une chemise à carreaux. Ce devait être un voisin qui les avait pris pour des cambrioleurs, car il les considérait avec une méfiance mêlée d'indignation.

— Vous avez vu des gens louches rôder dans le quartier, récemment ? lui demanda Hunter.

— Oui, vous ! Partez, ou j'appelle la police !

L'homme sortit un smartphone de sa poche et le brandit à la manière d'un crucifix destiné à tenir les vampires à distance.

— C'est mon petit-fils qui m'a donné ça, reprit-il, et je sais m'en servir ! Je peux faire venir ici toute une armée de policiers en moins de temps qu'il n'en faut pour le dire : le chef de la police est un de mes bons amis.

— Vraiment ? s'exclama Kenzie, feignant d'être impressionnée.

— Oui, vraiment !

— Ainsi, vous connaissez mon oncle ?

— Euh… oui, je le connais… Je peux savoir qui vous êtes ?

— Je suis le lieutenant Cavanaugh, et mon collègue ici présent est le lieutenant Brannigan.

Kenzie et Hunter montrèrent leurs insignes au vieil homme, qui les étudia l'un après l'autre avant de reculer d'un pas.

— Ainsi, vous êtes de la police…, dit-il, l'air un peu penaud. C'est pour John que vous êtes là ? Parce qu'il a disparu. Sa fille le cherche.

— Oui, on est au courant, indiqua Kenzie. Vous avez une idée de l'endroit où il a pu aller, monsieur… ?

— McGinty. Franklin McGinty, et j'habite la maison d'en face. La fille de John m'a posé la même question, et je lui ai répondu que je l'ignorais.

Quelque chose, dans la voix du vieil homme, alerta Hunter.

— Mais vous le savez, en fait, n'est-ce pas ? déclara-t-il.

— Pas exactement, mais à mon avis – et je n'ai pas

voulu le dire à sa fille, parce que les pères ne parlent pas de ces choses-là à leurs enfants –, à mon avis, il est parti avec sa petite amie.

Kenzie échangea un regard avec Hunter. Tenaient-ils une piste ?

— Il a une petite amie ? demanda-t-elle à McGinty.

— Oui. Je les ai vus ensemble deux fois, il y a environ trois semaines. Elle est bien trop jeune pour lui, si vous voulez mon avis, mais les hommes font parfois des choses stupides après avoir perdu la femme de leur vie.

Kenzie ouvrit la porte, entra avec Hunter dans la maison et invita de la main McGinty à les rejoindre.

— C'est d'Edith que vous parlez, n'est-ce pas ? lui dit-elle.

L'air content qu'elle connaisse le prénom de l'épouse de son voisin, McGinty opina vigoureusement de la tête.

— Oui, et c'était une grande dame, cette Edith ! John s'est effondré quand elle est morte. Il a espéré jusqu'au bout qu'elle allait guérir, mais ce n'est pas arrivé… On a tous cru qu'il était du genre à suivre sa femme dans la tombe mais, trois ans plus tard, il est toujours là !

— Qui ça, « on » ? intervint Hunter.

— Les gens du voisinage, ou du moins ce qu'il en reste. Les habitants du quartier étaient soudés, autrefois, mais il y en a plein qui ont vendu leur maison, ou alors ils sont morts.

— C'est triste, observa Kenzie.

Puis elle revint au sujet qui l'intéressait.

— Vous pourriez décrire l'amie de M. Kurtz ?

— Je ne l'ai jamais vue que depuis le trottoir d'en face.

— Essayez quand même !

— C'est une blonde avec une « taille de guêpe », comme on disait de mon temps. Elle dépassait John de dix bons centimètres, mais c'est parce qu'elle portait des talons hauts… Et je ne l'ai pas trouvée très aimable.

— Pourquoi ? demanda Hunter.

— Je lui ai dit bonjour les deux fois où je l'ai vue, et elle ne m'a pas répondu. Elle a fait comme si elle ne m'avait pas entendu, et je sais que ce n'est pas vrai : j'ai une voix qui porte.

— Comment M. Kurtz se comportait-il avec elle ? questionna Kenzie.

— Il avait l'air… subjugué : on aurait dit un collégien à qui une camarade de classe a fait tourner la tête. Mais je vous répète que je n'ai vu cette femme que deux fois. John n'est peut-être pas parti avec elle mais, comme c'est la première personne qu'il fréquente depuis une éternité, je serais surpris que ce ne soit pas le cas.

— Merci, monsieur McGinty. Vous nous avez été d'une grande aide. Si vous vous souvenez de quelque chose, n'importe quoi, appelez-moi !

Kenzie tendit une de ses cartes au vieil homme, qui la mit dans sa poche, et pendant qu'elle le poussait doucement vers la porte, il observa :

— J'espère que John n'est pas tombé dans les mains d'une intrigante.

Ce n'était pas exclu, et Hunter vit à l'expression de Kenzie qu'elle avait envie de révéler à McGinty la vérité sur la disparition de son voisin. Pour l'en empêcher, il déclara à ce dernier :

— Merci encore ! Et vous serez aimable de fermer la porte derrière vous.

Sa demande fut satisfaite, et il se tourna alors vers la jeune femme.

— Tu allais lui dire ce qui est arrivé à John Kurtz, n'est-ce pas ?

— Oui, pour qu'il fasse attention. Il peut y avoir dans les parages une séductrice qui s'attaque aux hommes d'un certain âge du quartier… Mais il apprendra tôt ou tard la nouvelle par les médias, et si je la lui avais apprise, bavard comme il est, il nous aurait tenu la jambe pendant des heures !

— J'ai donc eu raison de hâter son départ ?

— Oui. Cette histoire de petite amie me laisse perplexe, pourtant…

— Pourquoi ?

— Parce que, d'après Connie, son père s'est fâché tout rouge quand, quelque temps après la mort de sa mère, elle lui a conseillé de se remettre à sortir. Il a deviné qu'elle le poussait à se trouver une nouvelle compagne, et leur brouille vient de là.

— Il ignorait alors qu'il allait rencontrer une femme qui lui ferait perdre la tête.

— Très drôle !

— Désolé, le jeu de mots était involontaire !

Tout en parlant, ils étaient entrés dans le séjour et avaient commencé à l'explorer.

— Si tu étais un veuf esseulé, comment t'y prendrais-tu pour trouver une petite amie potentielle ? déclara Kenzie.

— Je m'inscrirais sur un site de rencontres, bien sûr !

— C'est d'un homme d'un certain âge qu'on parle, Brannigan ! Pas d'un ado qui passe ses journées sur les réseaux sociaux !

— Peu importe ! Regarde McGinty… Il n'est pas tout jeune, et il sait se servir d'un smartphone.

— Peut-être, mais Connie m'a dit que son père vénérait la mémoire de sa femme, que la seule idée de la remplacer lui était insupportable…

— Si elle ne l'a plus revu après leur brouille, comment peut-elle savoir s'il n'avait pas changé d'avis et ne s'était pas mis à la recherche d'une compagne ? Il y a des sites de rencontres pour tous les âges, de nos jours. La preuve…

Hunter s'approcha de Kenzie et lui tendit une feuille de papier. C'était le tirage d'une page de profil en haut de laquelle figuraient les mots « Deuxième Chance ».

— Tu viens juste de trouver ça ? demanda Kenzie.

— Non, je suis tombé dessus il y a un petit moment déjà.

— C'est donc ça, et non tes puissantes capacités intellectuelles, qui t'a mis sur la piste des sites de rencontres ! Tu aurais pu me le dire tout de suite !

— Oui, mais ç'aurait été moins amusant, souligna Hunter.

Kenzie lui lança un regard courroucé. Tout n'était donc qu'un jeu, pour lui ?

— On n'est pas là pour s'amuser, Brannigan, mais pour élucider un meurtre, et sans doute même plusieurs ! s'écria-t-elle.

Puis elle sortit son portable de sa poche, l'alluma et entra dedans l'URL inscrite en bas de la feuille. Une page web s'afficha alors sur l'écran.

— Voilà ! dit-elle. Il suffit maintenant de trouver les profils que John Kurtz a consultés, ou les personnes qui ont consulté le sien.

— Voyons s'il possédait un ordinateur, suggéra Hunter.

Une rapide inspection des différentes pièces de la maison ne donna rien.

— Pas d'ordinateur…, déclara Kenzie, déçue.

— Pas d'ordinateur *de bureau,* précisa Hunter.

— S'il passait du temps sur Internet chez lui, et non dans un cybercafé, c'est ce type de machine qu'il aurait eu : un écran de grande dimension est plus confortable.

— Mais impossible à cacher s'il ne voulait pas que sa fille soit au courant de son « vice ».

— Ils étaient brouillés, je te le rappelle !

— Oui, mais Kurtz pouvait craindre que sa fille ne vienne le voir à l'improviste – pour tenter de se réconcilier avec lui, par exemple. Elle avait une clé de la maison.

— Oui, mais…

— Il y a donc peut-être un ordinateur portable dissimulé quelque part. On regarde dans les placards et sous les lits, maintenant ?

Kenzie était sûre que Hunter se trompait, mais le seul moyen de le prouver était d'accepter sa suggestion.

— D'accord, dit-elle.

Et bien lui en prit car, au bout de quelques minutes de recherches, ils trouvèrent un ordinateur portable sous le lit de la chambre d'amis.

— Ça m'agace, déclara Kenzie, mais je suis obligée d'admettre que tu avais raison.

— Ne t'en fais pas ! Je te promets d'avoir tort, la prochaine fois.

Hunter apporta l'appareil dans la cuisine, le posa sur la table et l'alluma. Une fenêtre réclamant le mot de passe apparut sur l'écran.

— Et zut ! s'exclama Hunter. J'espérais que John Kurtz ne s'était pas donné la peine de protéger le contenu de son ordinateur… Mais il a peut-être choisi un de ces mots de passe utilisés par le commun des mortels parce qu'ils sont faciles à retenir.

— Tu sais combien il y en a ? demanda Kenzie.

— Un nombre incalculable, mais ça ne coûte rien d'essayer !

Au bout de cinq tentatives infructueuses, cependant, Hunter poussa un soupir.

— Ça peut prendre des heures…, grommela-t-il.

— À toi, oui !

— Mais pas à toi, parce que tu es un petit génie de l'informatique ?

— Moi, non, mais j'en ai un dans ma famille. On va confier ce portable à Valri. Si elle n'arrive pas à entrer dedans, personne ne le pourra !

— Valri ? Ah oui, Valri Cavanaugh… Il paraît qu'elle est très forte.

— Elle est même prodigieuse !

— Mais dans ce cas, elle croule sûrement sous le travail, et c'est maintenant que nous avons besoin de son aide.

— Elle est très sollicitée, en effet, mais je lui suis apparentée…

— Comme tous les Cavanaugh qui travaillent au commissariat et, vu leur nombre, ils doivent à eux seuls occuper Valri à plein temps !

Kenzie soupira.

— Quel rabat-joie tu fais, Brannigan ! En arrivant ici, on n'avait aucune piste, et on en a une, maintenant… C'est presque inespéré, non ?

— Oui, excuse-moi, Kenzie ! dit Hunter en s'efforçant de paraître contrit.

— Si tu m'appelles encore une fois par mon prénom, je te laisse ici, et tu rentres à pied au commissariat !

— Tu ne le feras pas.

C'était vrai, pensa Kenzie. Hunter lui avait prouvé ses qualités d'enquêteur et, si elle était obligée de l'attendre pour reprendre leurs recherches, ils perdraient un temps précieux.

Leur collaboration s'avérait fructueuse, mais elle produisait un effet indirect : le trouble qu'éprouvait Kenzie quand Hunter se tenait tout près d'elle.

— Je ne serais pas si sûr de rentrer en voiture, si j'étais toi ! déclara-t-elle néanmoins.

— Alors j'obéis, *lieutenant Cavanaugh.*

— Ah ! je préfère !

— Pas moi, murmura Hunter.

— Pardon ?

— Non, rien…

Il éteignit l'ordinateur, le referma et le mit sous son bras. Ils sortirent de la maison et remontèrent en voiture. Hunter fit alors de son mieux pour ignorer la présence toute proche de Kenzie, mais il lui semblait que l'habitacle avait rapetissé.

Après avoir démarré, Kenzie alluma la radio, ce qui les dispensait de parler.

Avec un peu de chance, et à condition de s'interdire en plus de regarder son passager, cette tactique lui permettrait de contrôler un émoi aussi importun qu'inattendu.

# 9

Le lieutenant Valri Cavanaugh était le meilleur élément du service informatique du commissariat. Coachée par Brenda, belle-fille du chef des enquêteurs, elle avait réussi à surpasser son professeur en un temps record.

Si bien que Brenda pouvait maintenant travailler moins. Il lui arrivait même de prendre des vacances !

Valri, elle, arrivait le matin tôt à son bureau et en partait tard le soir pendant la semaine. Elle y passait en plus certains de ses week-ends.

La jeune femme discrète qui n'osait autrefois refuser aucune tâche s'était aussi affirmée au fil du temps : elle savait maintenant se défendre et dire non si nécessaire.

Quand sa cousine arriva avec un ordinateur portable sous le bras, et accompagnée d'un policier qu'elle connaissait vaguement, Valri se prépara donc à livrer bataille.

Elle laissa Kenzie lui exposer sa requête, puis elle secoua la tête et assortit ce geste d'un « non ! » poli mais ferme.

Kenzie ne s'attendait pas à un refus aussi rapide et catégorique.

— Je t'en prie, Valri ! s'écria-t-elle. C'est important !

— Les dizaines de recherches différentes dont je suis déjà chargée le sont tout autant ! indiqua Valri sans lever les yeux du clavier de son ordinateur, ses doigts volant sur les touches tandis qu'elle se connectait à une base de données.

— L'appareil que je t'apporte appartenait à un homme qui a été récemment assassiné, insista Kenzie.

— Je m'en occuperai quand j'aurai le temps. Pose-le sur mon bureau, en attendant… Si tu trouves de la place !

Ledit bureau était en effet encombré d'ordinateurs portables, de téléphones et de tablettes. Kenzie refusa cependant de s'avouer vaincue.

— Cet homme a été victime d'un tueur en série ! dit-elle en posant l'appareil sur un coin du bureau. Si tu nous aides, tu ne nous permettras pas d'élucider *un* meurtre, mais plusieurs, et peut-être même des dizaines !

Cette fois, les yeux très bleus de Valri se posèrent sur Kenzie.

— Écoute, ce n'est pas de la mauvaise volonté de ma part : je suis *vraiment* surchargée de travail.

— On ne voulait pas vous importuner ! déclara Hunter, prenant la parole pour la première fois. C'est juste qu'on trouvait dommage de perdre un temps précieux à chercher ce mot de passe, alors qu'à vous il suffirait de quelques minutes pour résoudre le problème… Mais on ne vous savait pas aussi débordée… On va se débrouiller autrement.

Sur ces mots, il prit l'ordinateur et commença à s'éloigner.

— C'est bon, revenez ! s'exclama Valri. Je vais m'en occuper.

Hunter s'arrêta et se retourna, mais il secoua la tête.

— Non, protesta-t-il, vous êtes déjà submergée de travail. On va…

— Donnez-moi cet ordi ! coupa Valri.

Un sourire à la fois reconnaissant et contrit sur les lèvres, Hunter obéit.

— Qu'est-ce que vous pouvez me dire sur le propriétaire de cet appareil, en dehors du fait qu'il est mort ? grommela Valri.

Kenzie lui remit le formulaire que Connie avait rempli le matin.

— C'est tout ce qu'on a, indiqua-t-elle.

— Ces informations sont fiables ?

— Oui, c'est la fille de la victime qui les a fournies quand elle est venue signaler sa disparition.

— Bon, je vais voir ce que je peux faire.

— Mille mercis ! déclara Hunter avec un grand sourire.

— Mais je ne vous promets rien... Laissez-moi travailler, maintenant !

Après avoir elle aussi remercié sa cousine, Kenzie sortit de la pièce et se dirigea vers l'ascenseur. Hunter arriva à sa hauteur au moment où elle appuyait sur le bouton d'appel, et elle lui adressa un regard qu'il ne parvint pas vraiment à déchiffrer.

— Ton charme a opéré, observa-t-elle.

— Il ne s'agit pas de ça ! Je me suis contenté de me montrer compréhensif.

— Et ça aurait aussi bien marché si tu avais été chauve et bedonnant ?

— Mais oui !

Kenzie soupira. À quoi bon discuter ? Le plus important, c'était le résultat : Valri allait s'occuper de déverrouiller l'ordinateur de John Kurtz.

L'ascenseur arriva et les emmena à l'étage du service des personnes disparues. À peine en étaient-ils sortis que le portable de Kenzie sonna.

C'était Valri.

— Je suis parvenue à entrer dans l'ordi que vous m'avez apporté, ton beau collègue et toi, annonça-t-elle.

Même pour un petit génie de l'informatique comme elle, une telle réussite en si peu de temps était impressionnante, et Kenzie s'exclama :

— Alors qu'on ne t'a pas quittée depuis plus de cinq minutes ? Formidable ! On redescend !

Ayant compris qui appelait Kenzie et pourquoi, Hunter se pencha vers le haut-parleur du téléphone et déclara :

— Vous êtes la meilleure, Valri !

— Vous le saviez déjà, répliqua cette dernière, sinon je n'aurais pas eu le plaisir de votre visite.

Cette remarque pouvait s'adresser à ses deux interlocuteurs ou à Hunter seulement, mais Kenzie penchait pour la seconde hypothèse.

Le temps qu'elle remette son portable dans sa poche, Hunter avait fait demi-tour et se dirigeait vers l'ascenseur. À la fois satisfaite d'être si vite en mesure d'accéder au contenu de l'ordinateur de John Kurtz et agacée de le devoir au pouvoir de séduction de Hunter, Kenzie le rattrapa et lui lança :

— Tu es content de toi, j'imagine ?

— Je devrais l'être ? répondit-il d'un air innocent.

— Repose-moi la question quand on aura arrêté le meurtrier de John Kurtz !

— Je n'y manquerai pas, dit Hunter sur un ton léger en remontant dans l'ascenseur.

Kenzie n'avait jamais eu autant envie d'étrangler quelqu'un, mais son sens de la justice l'obligea à déclarer après être entrée dans la cabine :

— Je reconnais que c'est en partie grâce à toi que Valri a accepté de se pencher sur notre problème.

— Ah ! enfin ! Et… ?

— Et quoi ? Tu veux que je te remercie ?

— Oui. Il me semble l'avoir mérité.

— Merci, marmonna Kenzie.

— Pardon ? Je n'ai pas bien entendu.

— Ça suffit, Brannigan ! Il est décidément aussi difficile de travailler avec toi que je le pensais.

Et même plus, ajouta-t-elle intérieurement, à cause de cette attirance physique imprévue contre laquelle il lui fallait lutter.

— Tu finiras par m'adorer, affirma Hunter.

— Ça m'étonnerait !

— On verra…

L'ascenseur les avait ramenés au sous-sol et, une fois de retour dans les locaux du service informatique, Hunter se dirigea à grands pas vers le bureau de Valri.

— Je ne sais pas comment vous remercier d'avoir déverrouillé cet ordinateur ! déclara-t-il chaleureusement. Vous nous faites ainsi économiser beaucoup de temps et d'efforts.

Surprise que ce beau policier lui témoigne une telle gentillesse, Valri expliqua en rougissant :

— Ça n'était pas bien difficile : M. Kurtz a utilisé comme mot de passe la date de naissance de sa défunte épouse.

— Où l'as-tu trouvée ? lui demanda Kenzie.

Valri gratifia sa cousine du genre de sourire indulgent qu'une mère adresserait à un enfant un peu attardé.

— Internet est une source d'informations inépuisable quand on sait s'en servir, répondit-elle.

— Oui, je suis au courant ! s'écria Kenzie. Mais je ne pensais pas que tu pourrais apprendre autant de choses en si peu de temps !

— C'est parce que je suis compétente et rapide que tu es venue me voir, non ?

— Oui, bien sûr ! Je n'ai jamais douté de tes…

— C'est bon ! coupa Valri. La meilleure façon de me remercier, c'est de reprendre cet ordi et de me laisser m'occuper de tout ça !

Elle accompagna ces mots d'un signe de tête en direction des appareils qui encombraient son bureau, et Kenzie aurait pu jurer que leur nombre avait augmenté au cours des dix minutes précédentes.

Hunter prit l'ordinateur mais ne bougea pas.

— Vous auriez besoin d'aide, dit-il à Valri.

— J'ai un collaborateur, indiqua-t-elle avec un grand sourire, mais il est malade en ce moment. Partez, maintenant, et fermez la porte derrière vous !

— Tu veux que je laisse mon collègue devant ta porte pour empêcher quelqu'un d'autre de te déranger ? lui demanda Kenzie.

Mais Valri s'était déjà remise au travail, et elle se contenta de les chasser d'un geste de la main.

— Ta cousine est extraordinaire ! déclara Hunter sur le chemin de l'ascenseur. Ses supérieurs devraient la cloner !

— Je suis sûre qu'ils ont essayé.

— J'espère qu'elle ne nous a pas rendu service pour rien, et qu'on trouvera dans l'ordinateur de John Kurtz autre chose que des vidéos de chatons en train de se bousculer pour atteindre leur écuelle !

— Le portrait que Connie m'a dressé de son père me fait douter qu'il passe son temps à regarder des vidéos d'animaux, si mignons soient-ils !

— Mais elle t'a dit que jamais il ne se chercherait une nouvelle compagne, et elle s'est trompée…

— C'est vrai, admit Kenzie.

Du coin de l'œil, elle vit Hunter sourire. Agacée, elle lui demanda tandis qu'ils montaient dans l'ascenseur :

— Pourquoi tu souris ?

— Parce que tu viens encore de me donner raison. Si ça continue, on va finir par être comme les deux doigts de la main !

— Dans tes rêves !

— L'espoir fait vivre !

Kenzie jugea inutile de répondre. Quelques instants plus tard, ils entraient dans la salle dévolue au service des personnes disparues, et Kyle Choi sauta aussitôt sur ses pieds.

— On nous a alloué un local, annonça-t-il.

— Vraiment ? s'écria Kenzie, agréablement surprise.

— Oui. Je pense que c'est grâce à ton oncle Brian : il a appelé notre chef pour lui demander de nous installer dans une pièce fermée. Et il n'y en a qu'une à cet étage : le bureau qui sert d'habitude de salle de réunion.

— Ça me rappelle que je dois aller chercher mon coéquipier, observa Hunter.

— Il est déjà là, déclara Kyle, et il a l'air très impatient de se mettre au travail… On s'ennuie à ce point, dans le service des affaires non résolues ?

— Ni plus ni moins que dans celui des personnes disparues, répliqua Hunter.

— Allons-y ! intervint Kenzie. On n'a pas de temps à perdre en vains bavardages !

Puis elle s'empara de l'ordinateur que Hunter tenait sous son bras et se dirigea d'un pas énergique vers la salle de réunion. Les deux hommes la suivirent.

Ils trouvèrent Jason Valdez installé à la table rectangulaire qui, avec six chaises et un tableau d'affichage, composait le mobilier de la pièce.

— Il y a encore du nouveau dans notre affaire, Brannigan ? demanda Valdez, visiblement excité.

— Oui. Je te présente le lieutenant MacKenzie Cavanaugh, et j'imagine que vous avez déjà fait connaissance, Choi et toi ?

Les deux intéressés hochèrent la tête, puis Kyle déclara à Kenzie :

— C’est quoi, cet ordinateur ?

— Celui du père de Connie Kurtz et, espérons-le, la clé du mystère de sa mort.

Le portable de Hunter sonna à ce moment-là. Pensant qu’il s’agissait d’une de ses nombreuses petites amies, Kenzie fronça les sourcils.

Et son humeur s’assombrit encore quand, après avoir pris la communication, Hunter leva la main pour lui imposer silence.

# 10

Le temps que Hunter raccroche, Kenzie bouillait de colère. Alors qu'elle commençait tout juste à voir en lui un bon enquêteur, cet appel sur son portable le ramenait à son statut antérieur de play-boy sans intérêt.

— Il faut que tu dises à tes petites amies de ne pas te téléphoner pendant le service, Brannigan ! lui déclara-t-elle sèchement.

— Mes petites amies ? répéta Hunter, l'air perplexe.

— Ne fais pas l'innocent ! C'est de la personne qui vient de t'appeler que je parle !

— Ah ! Non, tu te trompes : le légiste n'est pas du tout mon type.

— Le légiste ?

— Le Dr Rayburn, si tu préfères. Tu te souviens de lui ? C'est le médecin chargé d'examiner les restes humains découverts à Aurora Park.

Kyle jeta un coup d'œil à sa coéquipière. Les choses risquaient de mal tourner, aussi créa-t-il une diversion en demandant :

— Pourquoi le légiste appelait-il ?

— Parce qu'il a réussi à identifier le propriétaire d'un de ces corps sans tête ni mains, répondit Hunter.

— Comment est-ce possible ? s'écria Kenzie.

— L'une des victimes de notre tueur s'était fait poser une prothèse à la hanche droite.

Pour la première fois depuis qu'ils travaillaient ensemble, Hunter vit alors Kenzie sourire vraiment. Son beau visage en fut illuminé, et il se demanda si elle en avait conscience.

— Alors je comprends, dit-elle, parce que toutes les prothèses de hanche portent un numéro de série qui figure dans une base de données.

— Je suis content de savoir que, si mon oncle Oscar meurt pendant l'une de ses grandes expéditions en solitaire, son corps pourra être identifié et rapatrié ! remarqua Jason Valdez.

— La médecine accomplit des miracles, de nos jours ! lui déclara Kenzie.

Puis elle se tourna vers Hunter.

— Alors, comment s'appelle cette victime ?

— Je l'ignore.

— Comment ça, tu l'ignores ? Le Dr Rayburn vient de t'appeler !

— C'est une information qu'il n'a pas voulu fournir au téléphone.

— Bon… Ça t'ennuie si je t'accompagne à la morgue ? Ma présence ne risque pas de gâcher ton tête-à-tête avec un homme qui te préfère visiblement à moi ?

— Non, ça ne m'ennuie pas, répondit Hunter comme s'il n'avait pas noté le ton sarcastique de la jeune femme.

Pendant qu'ils sortaient du bureau, il ne put cependant résister à la tentation de la taquiner :

— Ne sois pas jalouse, Cavanaugh ! Si le Dr Rayburn m'a appelé, moi, c'est uniquement parce que je l'intimide moins que toi.

— Je ne suis pas intimidante ! protesta Kenzie avec véhémence.

Hunter éclata de rire.

— Qu'est-ce qui t'amuse ? s'exclama Kenzie. Tu me trouves intimidante ?

— Disons que je comprends les gens à qui tu fais cet effet-là.

— Et dont tu n'es pas…

— Non, parce que j'ai connu pire : j'ai été en partie élevé par ma grand-mère maternelle, une vraie terreur ! Elle a enterré trois maris – je pense qu'ils étaient alors bien morts, mais je n'en suis pas absolument certain. Elle jurait comme un charretier, tenait mieux l'alcool qu'un marin, et ne se laissait marcher sur les pieds par personne… Tu ne m'intimides donc pas, mais je suis un cas à part.

— Ça oui, marmonna Kenzie.

L'ascenseur les emmena au sous-sol pour la quatrième fois de la journée et, après en être sortie, Kenzie observa :

— On devrait installer notre groupe de travail ici ! Ça nous ferait gagner du temps.

— Mais ça me priverait du plaisir de passer quelques minutes seul avec toi.

— Tu n'es pas drôle !

— Je n'essayais pas de l'être, déclara Hunter d'une voix caressante qui fit frissonner Kenzie de la tête aux pieds.

Cette réaction l'irrita. Elle connaissait la réputation de cet homme… Comment pouvait-elle se laisser prendre à ses manières enjôleuses ?

— Concentre-toi sur notre enquête, Brannigan ! lui dit-elle froidement. L'heure n'est pas au dilettantisme.

— Tu me traites de dilettante ? s'écria Hunter.

Au lieu de répondre, Kenzie poussa la porte de la morgue, et Hunter se pencha pour lui murmurer à l'oreille :

— On reparlera de ça plus tard.

— Pas si je peux l'éviter !

Kenzie s'approcha du légiste.

— Ainsi, docteur, vous avez découvert une information si extraordinaire que vous ne voulez la communiquer que de vive voix ?

— Oui. Le nom d'Anthony Pagliotti vous dit-il quelque chose ?

— Non, rien.

— Et à vous, lieutenant Brannigan ?

— Oui, répondit Hunter. C'est un chanteur d'opéra qui s'est volatilisé après avoir perdu sa voix.

— Bravo ! s'exclama le médecin.

— D'où tu sors ça, Brannigan ? demanda Kenzie, un peu vexée.

— Bizarrement, ma grand-mère maternelle aimait beaucoup la musique classique, et elle m'a communiqué sa passion.

Kenzie commençait à en savoir sur son coéquipier temporaire plus qu'elle ne l'aurait souhaité. Car tant qu'elle ne voyait en lui qu'un don Juan narcissique, elle pouvait l'ignorer, mais plus il s'humaniserait, plus ce serait difficile.

— La victime que vous avez identifiée grâce à sa prothèse de hanche est donc ce chanteur d'opéra ? déclara-t-elle au légiste.

— Oui. Sa mort date d'une dizaine d'années. Il a, pour son malheur, croisé la route de votre tueur en série.

Kenzie fixait le tronc posé sur la table d'autopsie, et Hunter nota que ce spectacle ne l'impressionnait pas le moins du monde.

— Vous êtes sûr qu'il n'a pas été assassiné par quelqu'un d'autre, docteur ? questionna-t-elle.

— Oui : même modus operandi, même instrument pour trancher la tête et les mains… Il n'y a pas de doute possible : c'est l'œuvre de celui qui a tué John Kurtz.

— Formidable ! s'écria-t-elle. On va pouvoir interroger les gens que Pagliotti fréquentait juste avant sa disparition.

— Il vivait en reclus, indiqua Hunter.

— Comme John Kurtz ! Un profil de victime commence donc à se dessiner ! Mais si cet homme était célèbre, il devait avoir des admirateurs inconditionnels… Il faut les retrouver ! Ils ont peut-être des choses intéressantes à nous apprendre sur lui.

— Peut-être, convint Hunter.

Kenzie et lui esquissèrent un pas vers la porte, mais le légiste les arrêta en disant :

— Il y a autre chose.

Ils se retournèrent d'un même mouvement, et Kenzie demanda :

— Notre chanteur d'opéra vous a livré plus que son identité ?

— Non, il ne s'agit pas de lui.

— Vous avez trouvé une prothèse de hanche sur un autre corps ? déclara Hunter.

— Rien d'aussi directement exploitable, répondit le Dr Rayburn, mais la victime numéro cinq – je les numérote pour mieux m'y retrouver – a sur le torse un tatouage très particulier… Venez voir !

Une rangée de tiroirs métalliques occupait tout un mur de la morgue. Le légiste alla en ouvrir un et dit aux deux policiers, qui l'avaient suivi :

— Regardez ! Je doute qu'il y ait beaucoup de tatoueurs capables de dessiner une Vierge à l'enfant aussi belle !

— La mort est assez récente, n'est-ce pas ? observa Hunter en se penchant sur le tronc.

— Oui, elle remonte à un mois maximum. J'ai envoyé différents prélèvements au labo pour analyse, et j'attends les résultats, mais je pense que vous avez déjà une bonne chance d'identifier cette victime-là grâce à ce tatouage.

— En effet, déclara Kenzie. Vous avez d'autres informations à nous communiquer, docteur ?

— Une seule : les restes humains découverts à Aurora Park appartiennent tous à des hommes blancs d'un certain âge.

Un silence suivit, puis Hunter livra le fruit de ses réflexions :

— Notre assassin semble avoir des comptes à régler avec son père ou une autre incarnation de l'autorité.

— À moins que le choix de cette catégorie de victimes ne soit une solution de facilité, observa Kenzie. Les seniors ont moins de force, courent moins vite et, de façon générale, opposent moins de résistance à un agresseur que les gens jeunes.

Elle regarda Hunter, certaine qu'il allait la contredire, mais il demeura silencieux.

— Vous avez peut-être bien raison, lieutenant Cavanaugh ! déclara le Dr Rayburn.

— Je vais envoyer un des membres de mon groupe de travail prendre des photos de ce torse, lui dit Kenzie. Il fera ensuite avec le tour des salons de tatouage.

— Vous dirigez un groupe de travail ? C'est la première fois ?

Alors qu'elle s'apprêtait à répondre par l'affirmative, Kenzie se ravisa.

— Il s'agit d'un groupe de travail interservices. Je le codirige seulement.

— Avec moi, précisa Hunter. Si vous découvrez quelque chose d'autre, docteur, prévenez-nous.

Comme ce n'était évidemment pas parce qu'elle l'intimidait que le légiste avait appelé Brannigan, Kenzie se dit qu'il avait dû perdre son numéro de portable et elle lui remit une de ses cartes.

— S'il y a du nouveau de votre côté, appelez-moi ! De jour comme de nuit.

Rayburn regarda la carte puis Hunter, l'air de solliciter son avis sur la question.

— Obéissez au lieutenant Cavanaugh, lui dit-il avec un petit sourire, sinon elle me fera une scène.

Pourquoi avait-elle toujours l'impression qu'il s'amusait à ses dépens ? songea Kenzie. Personne n'avait jamais eu autant que lui le pouvoir de la déstabiliser.

— Arrête de sourire, Brannigan ! lui lança-t-elle. Ça donne des rides !

Le sourire de Hunter s'élargit. Quand leur enquête serait terminée, leurs joutes verbales lui manqueraient.

À peine de retour dans la pièce qui allait servir de quartier général à leur groupe de travail interservices, Kenzie déclara à son coéquipier :

— Prends ton appareil-photo et descends à la morgue !

— Je ne sais pas ce qu'on t'a raconté sur moi, mais je n'ai aucune attirance morbide pour les cadavres.

Hunter se mit à rire. Kenzie l'ignora.

— Ce n'est pas le moment de faire de l'humour, Choi ! Je veux que tu photographies le tatouage d'une des victimes de notre tueur en série. Le Dr Rayburn te dira de laquelle il s'agit. Tu iras ensuite montrer les clichés dans tous les salons de tatouage de la ville. Avec un peu de chance, quelqu'un reconnaîtra ce tatouage et saura qui l'a commandé. Ça nous permettra d'identifier une troisième victime.

— Quand je me suis levé ce matin, j'ai cru que j'allais passer une journée tranquille… Je me trompais !

— De quoi tu te plains ? Le soleil brille, dehors, et tu seras le seul de nous quatre à en profiter !

Résigné, Kyle se dirigea vers la porte. Kenzie le suivit des yeux, puis elle se tourna vers les deux autres hommes. Hunter arborait un sourire goguenard, et elle lui demanda :

— Qu'est-ce qui t'amuse, cette fois ?

— Tu as beau le nier, tu intimides les gens.

— Choi m'a obéi parce que j'ai été placée à la tête de ce groupe, pas parce qu'il a peur de moi.

— Tu en es bien sûre ?

Kenzie ne répondit pas. Elle trouvait stupide de perdre du temps à se chamailler avec Hunter. Il y avait dans la région un psychopathe qui s'attaquait à des hommes âgés et solitaires… Il fallait le mettre le plus vite possible hors d'état de nuire.

Hunter dut parvenir à la même conclusion, car il reprit son sérieux et déclara à son coéquipier :

— La victime identifiée grâce à sa prothèse de hanche est Anthony Pagliotti, un chanteur d'opéra autrefois célèbre. Tu peux te renseigner sur lui ? Il serait utile de savoir qui l'a vu en dernier, et si quelqu'un a signalé sa disparition.

— D'accord, dit Valdez. Je vais essayer de me trouver un ordinateur.

Il sortit ensuite de la pièce, laissant Hunter en tête à tête avec Kenzie. Il promena lentement son regard sur la jeune femme avant de susurrer :

— Tu as une idée de ce qu'on peut faire, maintenant qu'on est seuls ?

— Tu dois être la seule personne au monde capable de donner une connotation érotique à une question concernant le travail.

— Je sais, c'est un don…

Hunter posa les yeux sur l'ordinateur portable que Valri avait déverrouillé, puis il reprit :

— Tu veux que j'aille voir quels sites John Kurtz a visités ?

— En plus de celui de Deuxième Chance ?

— On peut commencer par celui-ci…

— Tu crois qu'il s'y est inscrit sous son vrai nom ?

— Il n'avait sans doute pas assez d'imagination pour se fabriquer un pseudonyme. Il ne devait même pas se douter que certaines personnes mettent de fausses informations sur leur profil !

Une question vint soudain à l'esprit de Kenzie et, après une brève hésitation, elle la posa :

— Tu es déjà allé sur un site de rencontres ?

— Non, je préfère avoir les gens en face de moi. Par écrans interposés, il est impossible de savoir si on a des affinités avec quelqu'un.

Il y avait pourtant des gens à qui ces sites avaient permis de trouver l'âme sœur, d'après ce que Kenzie avait entendu dire. L'idée d'y avoir recours ne la tentait pas pour autant.

— Et toi ? demanda Hunter. Tu es déjà allée sur un site de rencontres ?

— Non. Si j'ai du temps libre, je préfère le passer avec un bon roman.

Et belle comme Kenzie l'était, pensa Hunter, elle n'avait sûrement pas besoin d'Internet pour se trouver des petits amis si elle en avait envie.

# 11

— Je regrette un peu le temps où, quand on avait besoin ou envie de quelque chose, il suffisait d'aller dans un magasin pour se le procurer, dit Kenzie à Hunter en se garant sur le parking d'une zone industrielle.

Cet endroit était situé dans le comté voisin, et il leur avait fallu près de deux heures pour le trouver. Ils descendirent de voiture et se dirigèrent vers l'immeuble de douze étages qui abritait, entre autres sociétés, les bureaux de Deuxième Chance.

— C'est d'aliments que tu parles ? demanda Hunter.

— De n'importe quel type de bien de consommation. Tout était simple, à cette époque : si on n'avait pas le commerce voulu à proximité immédiate, on consultait l'annuaire téléphonique, on notait l'adresse et, muni d'une bonne vieille carte papier, on s'y rendait.

— Je ne te croyais pas passéiste !

— Je ne le suis pas. La dématérialisation constitue un progrès dans certains domaines, mais elle a tué le contact humain dans beaucoup d'autres.

— C'est vrai : Internet rapproche les gens et les isole en même temps.

— Allons soumettre ce brillant aphorisme au P-DG de Deuxième Chance ! déclara Kenzie en pénétrant dans l'immeuble.

Le siège de Deuxième Chance était situé au septième étage. Une rangée de trois ascenseurs occupait le fond du hall d'entrée. L'un d'eux était là et, une fois à l'intérieur de la cabine, Kenzie observa :

— Ces gens vont peut-être te trouver la femme de tes rêves !

— La femme de mes rêves a mieux à faire de son temps que remplir des questionnaires sur Internet, répliqua Hunter.

Kevin Campbell, le P-DG de Deuxième Chance dont le nom et la photo figuraient sur son site, avait trente à quarante ans de moins que les personnes auxquelles ce site s'adressait. Et il n'avait pas l'air aimable : ce fut le visage fermé qu'il s'approcha de la porte vitrée à laquelle Hunter et Kenzie frappaient avec insistance depuis deux bonnes minutes.

Il commença par leur faire signe de partir, puis, comme ils ne bougeaient pas, il entrouvrit la porte et leur dit sèchement :

— Désolé, on n'embauche pas en ce moment !

— Ce n'est pas pour demander du travail qu'on est là, indiqua Hunter.

— On ne reçoit pas non plus de clients. Connectez-vous au site et créez-vous un profil, comme tout le monde ! Encore que… vous n'êtes ni l'un ni l'autre dans la tranche d'âge que nous visons… C'est donc un de vos parents que vous voulez sans doute inscrire chez nous, mais ça ne change rien : tout se fait par Internet.

Sur ces mots, il commença à refermer la porte, mais Hunter appuya son épaule contre le battant pour l'immobiliser.

— Allez-vous-en, ou j'appelle la sécurité ! s'écria Campbell.

Kenzie et Hunter sortirent leurs insignes et les lui montrèrent.

— On a besoin d'informations sur un de vos clients, annonça Kenzie.

Campbell s'écarta en soupirant, et ils entrèrent dans un open space sous le regard intéressé de la dizaine de personnes qui y travaillaient.

— Venez dans mon bureau ! grommela Campbell.

Ledit bureau était à peine plus grand qu'une cabine de piscine, et guère plus accueillant.

— Je ne peux vous donner aucune information sur les utilisateurs de mon site : je suis tenu par le secret professionnel, annonça Campbell d'un air important.

— Vraiment ? déclara Hunter. Et si on vous disait qu'on enquête sur la mort d'un de vos clients ? Dans ce genre de cas, les médecins et les avocats eux-mêmes acceptent d'aider la police… On a absolument besoin d'accéder à vos fichiers.

— Vous avez un mandat de perquisition ?

— Non, mais on a mieux que ça : des contacts avec plusieurs blogueurs très influents. Si vous nous obligez à aller chercher un mandat de perquisition – que nous obtiendrons facilement –, votre société coulera encore plus vite que le *Titanic*.

— Vous bluffez !

— Vous êtes prêt à prendre le risque de vous tromper sur notre capacité de nuisance ? intervint Kenzie.

Le visage de Campbell se crispa.

— Quel profil vous intéresse ? demanda-t-il en allant s'asseoir devant l'ordinateur posé sur son bureau.

— Celui d'un certain John Kurtz, pour commencer, indiqua Hunter.

L'air d'avoir du mal à contenir son irritation et à s'empêcher de dire des choses qui auraient encore aggravé la situation, Campbell se mit au clavier. Au bout de quelques minutes, il tourna l'appareil vers ses deux visiteurs.

— C'est lui ? questionna-t-il.

Kenzie se pencha vers l'écran. La photo qui s'y affichait était identique à celle que Connie lui avait apportée. Son père ne devait pas en avoir beaucoup.

— Oui, répondit-elle.

— Maintenant, déclara Hunter, vous allez nous imprimer toutes les informations que vous possédez sur les personnes que John Kurtz a contactées et qui l'ont contacté par l'intermédiaire de votre site.

— Je ne peux pas savoir qui a contacté qui et pour lui dire quoi ! protesta Campbell.

— Bien sûr que si ! Toutes les données fournies ou échangées par vos clients sont stockées quelque part ! Alors arrêtez de nous prendre pour des idiots, et faites ce qu'on vous dit ! Sinon, on confisquera vos ordinateurs, et nos experts en informatique y trouveront ce que vous refusez de nous communiquer.

Plus furieux que jamais, Campbell ramena l'appareil en face de lui et se remit au clavier. N'ayant que moyennement confiance en lui, Hunter contourna le bureau afin de pouvoir regarder ce qui s'affichait sur l'écran. Campbell s'arrêta aussitôt de taper.

— Je déteste avoir quelqu'un derrière moi quand je suis à l'ordinateur ! s'écria-t-il. Ça me perturbe !

— Vous n'avez qu'à vous dire que vous êtes en représentation.

Campbell marmonna quelque chose d'inintelligible, mais il reprit son travail et, quelques instants plus tard, les pages correspondant aux fichiers qu'il ouvrait commencèrent à sortir de l'imprimante posée sur une petite table, sur sa gauche. Kenzie s'en approcha et récupéra les feuilles au fur et à mesure.

— C'est tout ? demanda-t-elle quand l'imprimante se tut. Trois femmes seulement ont eu des contacts avec John Kurtz ?

— Apparemment…, grommela Campbell. C'est lui qui est mort ?

— Oui, indiqua Hunter.

— Alors c'est vrai ? Vous n'avez pas inventé cette histoire pour me convaincre de vous renseigner ?

— Non. John Kurtz est bel et bien mort.

L'air affolé, Campbell sauta sur ses pieds.

— Vous ne pensez tout de même pas que mon site a quelque chose à voir avec ça ?

— On n'exclut pour l'instant aucune hypothèse.

— On veut donc parler à toutes les personnes qui ont eu des contacts avec John Kurtz avant son assassinat, renchérit Kenzie.

— Il a été *assassiné ?* s'exclama Campbell.

Sa voix avait grimpé d'une octave à la fin de sa question.

Kenzie sortit son portable de sa poche et afficha la photo de la tête et des mains de John Kurtz prise à la morgue. Les petits prétentieux l'exaspéraient. Elle n'avait pas envie de ménager celui-ci.

— John Kurtz a pu se faire ça tout seul, à votre avis ? demanda-t-elle en lui mettant l'écran sous le nez.

Campbell pâlit, puis il se couvrit la bouche de ses deux mains, comme pour s'empêcher de vomir. Il mit ensuite presque une minute à se ressaisir, et son visage n'avait toujours pas retrouvé ses couleurs quand il remarqua :

— Il doit y avoir une autre explication.

— On vous écoute ! déclara Kenzie.

— Vous êtes policiers… C'est à vous de trouver les réponses !

Hunter interrogea Kenzie du regard pour savoir si elle avait d'autres questions à poser. Elle secoua la tête, et il dit à un Campbell qui n'avait toujours pas l'air dans son assiette :

— Merci de votre aide. On reviendra si on a autre chose à vous demander… Inutile de nous raccompagner !

Avant de franchir le seuil de la pièce, Kenzie se retourna, et elle vit Campbell ouvrir un tiroir de son bureau et en extirper ce qui ressemblait à une bouteille de whisky. Elle eut alors presque pitié de lui.

Mais presque seulement.

Quand ils sortirent de l'immeuble, la nuit commençait à tomber.

— Il est tard, observa Hunter. La journée a été longue… Si on arrêtait pour aujourd'hui ?

— Tu as rendez-vous avec une de tes nombreuses petites amies ?

— Non, avec ma douche.

Hunter marqua une pause, puis il ajouta sur un ton sarcastique :

— Si tu m'y autorises, bien sûr !

Kenzie ne releva pas cette pique.

— Tu as été très efficace, tout à l'heure, pour convaincre Campbell de coopérer, dit-elle à la place.

Alors qu'il s'apprêtait à lui lancer une réplique cinglante, Hunter décida au dernier moment d'accepter la branche d'olivier qu'elle lui tendait.

— Merci, déclara-t-il.

Le trajet du retour fut silencieux mais, une fois la voiture garée sur le parking du commissariat, Hunter pensa que leurs relations s'étaient suffisamment apaisées pour qu'il demande à la jeune femme :

— Quand on sera redescendus du bureau, tu veux qu'on aille manger un morceau ensemble ?

— Il y a un dîner qui m'attend dans mon frigo, répondit Kenzie, immédiatement sur la défensive.

— Ce sera pour une autre fois, alors…

— Je n'ai pas parlé d'une autre fois !

— Je sais. C'était sous-entendu.

Kenzie ne répondit pas. Non seulement elle était fatiguée, mais, bizarrement, elle n'avait pas envie de s'engager dans une nouvelle dispute avec Brannigan.

— Tu as passé la nuit ici ? demanda Hunter à Kenzie le lendemain matin en entrant dans le quartier général de leur groupe de travail.

Alors qu'il pensait arriver le premier, il trouva la jeune femme assise devant son ordinateur portable.

Quand Hunter posa sur la table le plateau en carton contenant quatre gobelets de café, Kenzie leva à peine les yeux. Elle était en train d'étudier les trois profils récupérés la veille au siège de Deuxième Chance. Elle avait annoté chacune des feuilles et ne cessait de les relire, à la recherche de tout élément intéressant qui lui aurait échappé la fois précédente.

— Non, tu n'as pas passé la nuit ici, répondit Hunter à sa propre question, parce que tu as changé de tenue. Mais tu étais encore là quand je suis parti hier, et tu l'es déjà à une heure que je considère comme matinale… Tu as dormi, entre les deux ?

Parce que Hunter la déconcentrait, et dans l'espoir qu'il se taise ensuite, Kenzie se décida finalement à lui parler.

— Je n'ai pas besoin de beaucoup de sommeil pour être opérationnelle.

— Même le lapin tambour qui vantait l'endurance des piles de je ne sais plus quelle marque a besoin de piles neuves de temps en temps.

— Pas moi !

— Ça te ferait pourtant peut-être du bien de dormir plus.

— De quoi tu t'occupes ?

— Tu t'es levée du pied gauche, Kenzie ?

Non seulement Hunter ne se taisait pas, mais il aggravait son cas en utilisant son prénom !

— Je t'ai déjà dit de m'appeler par mon nom de famille !

— D'accord… Qu'est-ce qui ne va pas, *Cavanaugh ?*

— Tu vois ces profils ? grommela Kenzie en montrant les feuilles posées sur la table.

— Oui. Ils vont nous permettre de…

— Rien du tout, parce qu'ils sont tous fictifs.

— Une partie des informations qu'ils contiennent est peut-être enjolivée, mais…

— Non, ce n'est pas seulement ça.

— C'est quoi, alors ?

— Ces trois femmes n'existent pas. Leurs photos proviennent d'un site Internet qui en propose des milliers. J'ai fait une recherche à partir de chacun de leurs noms… Deux d'entre elles sont sur les réseaux sociaux, mais les photos postées dessus ne correspondent pas à celle de leur profil sur le site de Deuxième Chance. Quelqu'un a créé trois personnages fictifs.

— Pourquoi ?

— Pour appâter un certain type d'homme, j'imagine, mais la correspondance entre John Kurtz et ces trois « fantômes » a été effacée, si bien que nous sommes maintenant dans une impasse.

Hunter prit les feuilles et annonça :

— Je vais apporter ça à Valri. Elle pourra peut-être en tirer quelque chose.

— Tu en as assez de vivre ?

— Non, j'ai envie de savoir si la personne qui se cache derrière ces faux profils est responsable de la mort de John Kurtz.

— Je t'accompagne ! déclara Kenzie en se levant.

— Ce n'est pas la peine.

— Si ! Il n'est pas question que je te laisse descendre seul dans la fosse aux lions !

— J'étais sûr que tu finirais par t'attacher à moi…

— Tu te trompes : je vois juste dans ta témérité l'occasion de faire ma BA de la journée.

— Si on apportait à ta cousine, en guise d'offrande propitiatoire, un des cafés que j'ai apportés ?

— Je doute que ça suffise à amadouer une femme surchargée de travail et sous-payée ! Si tu as de l'argent sur toi, en revanche…

Le rire franc et sonore de Hunter fit courir un délicieux frisson le long du dos de Kenzie.

# 12

Valri fronça les sourcils en voyant Hunter et Kenzie franchir le seuil de son bureau.

— Il faut vraiment que je demande l'autorisation d'accrocher une pancarte « Défense d'entrer » à la porte, marmonna-t-elle.

— On ne vous dérangera pas longtemps, lui dit Hunter.

— Vous étiez censés *ne plus* me déranger !

— On a encore besoin de ton aide, admit Kenzie, mais ensuite on te laissera tranquille, promis !

— Bon, d'accord…, soupira Valri. De quoi s'agit-il, cette fois ?

Après lui avoir expliqué la situation, Hunter déclara :

— Il y a moyen de savoir qui a créé ces faux profils ?

— Non, c'est impossible ! répondit-elle.

Presque aussi déçue que le jour où elle avait appris que le Père Noël n'existait pas, Kenzie observa :

— Je croyais que « l'impossible » était ta spécialité ?

— L'impossible, oui, mais ce que vous demandez relève de la sorcellerie, et l'informatique n'a rien de commun avec la magie noire. Pour que je puisse lancer une recherche de ce type, il me faut du concret : une empreinte digitale, une trace d'ADN, une photo authentique…

— Merci quand même d'avoir pris le temps de nous écouter, dit Hunter.

— Si vous alliez parler aux techniciens de scène de crime qui ont mis au jour la tête et les mains de John Kurtz ? dit Valri. Ils ont peut-être découvert un indice.

— À supposer qu'il y en ait eu un, la boue l'aurait effacé, répondit Kenzie. L'assassin devait de toute façon porter des gants tout au long de son macabre rituel.

— Désolée pour cette fois. Si un élément nouveau et exploitable se présente, vous savez où me trouver.

Puis, sans plus se soucier de ses deux visiteurs, Valri reprit la tâche qu'ils avaient interrompue.

— J'espérais vraiment que ma cousine pourrait nous aider, dit Kenzie à Hunter quand ils eurent regagné son étage.

— Moi aussi. On va maintenant essayer de trouver des parents ou des amis d'Anthony Pagliotti.

— Le chanteur d'opéra ?

— Oui. On aura peut-être plus de chance.

La sonnerie du portable de Kenzie interrompit la conversation. Elle le sortit de sa poche, et à peine s'était-elle nommée que la personne, au bout du fil, se mit à parler – vite et fort.

— Attends, ralentis ! s'écria Kenzie. Je ne comprends rien à ce que tu racontes !

Hunter haussa les sourcils comme pour lui demander qui appelait, et il eut sa réponse quelques minutes plus tard, quand elle déclara :

— Je t'en prie, Connie, arrête de pleurer ! On arrive !

Kenzie raccrocha et déclara :

— C'était Connie Kurtz.

— Oui, j'avais compris, mais pourquoi pleure-t-elle, et pourquoi a-t-elle besoin de nous ?

— Elle a téléphoné ce matin à la banque de son père pour signaler son décès, et là, on lui a appris qu'il avait fermé ses comptes il y a un peu plus de deux semaines.

— « Ses » comptes ? Il en avait combien ?

— Deux seulement : un compte courant et un livret d'épargne.

— Bien garnis ?

— Non, il n'y avait de fortune ni sur l'un ni sur l'autre.

— La banque a pu se tromper, confondre les comptes de John Kurtz avec ceux de quelqu'un d'autre…

— Non, Connie m'a précisé que son père était client de cette banque depuis trente ans. Il y était connu de tous les employés.

Ils étaient dans le couloir menant au service des personnes disparues quand le portable de Kenzie avait sonné. Résignés, ils firent demi-tour, et Hunter observa :

— Dommage que l'usage fréquent de l'ascenseur ne donne pas de points en matière d'avancement !

— Oui, dit Kenzie en riant, parce que, si c'était le cas, cela nous assurerait une promotion rapide !

— Il était seul ? déclara Hunter après être monté dans la voiture de Kenzie.

— De qui tu parles ?

— De John Kurtz. Il était seul quand il a clôturé ses comptes ?

— Je ne sais pas, répondit Kenzie en démarrant. Pourquoi cette question ?

— Je me dis que la mystérieuse petite amie de John Kurtz l'a peut-être accompagné à la banque, ou attendu dehors.

— Et, dans un cas comme dans l'autre, une des caméras de surveillance de la banque l'aurait alors filmée…

— Oui. Ça permettrait à Valri de trouver une correspondance entre le visage de cette femme et ceux qui sont stockés dans les différentes bases de données servant à la reconnaissance faciale.

— Primo, il faudrait pour ça qu'il figure dans l'une d'elles… Et secundo, John Kurtz est peut-être allé seul à la banque.

Une voiture venant en sens inverse en doubla une autre et se rabattit ensuite juste à temps pour éviter d'entrer en collision avec celle de Kenzie. À cette heure matinale, beaucoup de gens se rendaient au travail. Cet automobiliste devait être en retard.

— À la place de cette mystérieuse femme, déclara Hunter, tu aurais suffisamment confiance dans ta proie pour la laisser aller seule chercher ton futur pactole ?

— Non, je ne la quitterais pas des yeux.

— Ah ! tu vois ! Il y a donc de bonnes chances pour que cette femme ait été filmée par une des caméras de surveillance de la banque. On demandera à visionner les enregistrements de ce jour-là.

Au moment où la voiture arrivait à un carrefour, le feu passa à l'orange, et Kenzie accéléra pour ne pas avoir à s'arrêter.

— Je me rends compte que je ne sais pas grand-chose sur John Kurtz, observa Hunter. Il était à la retraite ?

— Connie m'a dit qu'il comptait la prendre à la fin de cette année.

— Quel métier exerçait-il ?

— Il était ingénieur. Comment un homme comme lui a-t-il pu se laisser piéger par une aventurière ?

— Un quotient intellectuel élevé n'a jamais empêché personne de souffrir de la solitude et de faire preuve d'aveuglement dans le domaine des sentiments. La mort de son épouse avait terrassé John Kurtz, et quand son inscription à Deuxième Chance lui a valu ces contacts, il a dû se sentir revivre... Les hommes sont très sensibles à l'intérêt que leur portent des femmes plus jeunes qu'eux.

— Tu parles d'expérience ?

Hunter fronça les sourcils.

— Pourquoi tu fais tout le temps ça ? demanda-t-il.

— À savoir ?

— Tu te sers de tout ce que je dis pour me mettre en accusation.

— Ce n'est pas vrai ! protesta Kenzie – un peu trop vite et un peu trop fort.

— Si ! répliqua Hunter avant de s'enfermer dans le silence.

Alors qu'ils approchaient de l'immeuble de Connie, Kenzie se rangea sur le bas-côté, mit le frein à main et se tourna vers Hunter.

— Excuse-moi, lui déclara-t-elle. S'il m'arrive d'être désagréable avec toi, c'est parce que ta réputation me rappelle...

Elle laissa sa phrase en suspens, mais Hunter insista :

— Te rappelle quoi ?

Au lieu de ce qu'elle avait eu l'intention de dire, Kenzie répondit :

— Le genre d'homme qui se croit tout permis et se prend pour le nombril du monde.

— Ce n'est pas ce que tu allais dire la première fois, n'est-ce pas ?

— Tu lis dans les pensées, maintenant ?

Hunter se tut mais se promit de parler à Finn ou à Murdoch des fiançailles de leur sœur. Tout ce qu'il savait, c'était qu'elle les avait rompues.

Kenzie redémarra et, dix minutes plus tard, ils sonnaient à la porte de Connie. Cette dernière leur ouvrit tout de suite ; elle les attendait manifestement avec impatience.

Quand ils furent tous les trois assis dans son séjour – elle, sur le canapé, et ses visiteurs, chacun dans un fauteuil –, Kenzie commença par la mettre au courant de ce que leur enquête leur avait appris sur son père.

— Il s'est entiché d'une femme beaucoup plus jeune que lui ? s'écria Connie. Comment est-ce possible ? J'ai l'impression d'être en train de parler d'un inconnu !

Puis elle fondit en larmes. Hunter alla la rejoindre sur le canapé et lui passa un bras autour des épaules.

— Si ça peut vous consoler, déclara-t-il, je crois que votre père était comme ensorcelé. La solitude lui pesait, et cette femme en a profité.

— C'était… à moi de… le soutenir, bredouilla Connie entre deux sanglots. Pourquoi il ne s'est pas… tourné vers moi ?

— Il est parfois plus facile de se confier à des inconnus qu'à ses proches. Ce qui s'est passé n'est pas votre faute, et la sienne non plus.

Kenzie observait la scène en silence. Les paroles de Hunter réconfortaient visiblement Connie, qui finit même par ravaler ses larmes et dire d'une voix raffermie :

— Vous avez raison.

Hunter la lâcha mais resta près d'elle et lui prit la main.

— Le chagrin va continuer pendant un certain temps à vous submerger par vagues, mais elles seront de plus en plus espacées et finiront par laisser la place à une forme d'acceptation sereine.

— Vous croyez ?

— J'en suis sûr !

Son amie s'étant maintenant ressaisie, Kenzie jugea le moment propice pour intervenir dans la conversation.

— Tu m'as dit au téléphone que ton père avait fermé ses comptes…

— Oui, il les a complètement vidés le 7 août dernier. Quand l'employé de la banque m'en a informée, je n'en ai pas cru mes oreilles !

Connie essuya du dos de la main ses joues trempées de larmes, renifla… Hunter sortit un mouchoir de sa poche et le lui tendit en silence.

— Merci, murmura-t-elle.

Cela faisait jouer à Kenzie le rôle de la méchante policière qui s'obstinait à interroger une femme fragile sans se préoccuper de sa détresse, mais elle avait le sentiment que le temps pressait, que l'assassin de John Kurtz était en ce moment même à la recherche d'une nouvelle victime.

— Tu peux nous donner le nom et l'adresse de la banque de ton père ? déclara-t-elle. On va aller parler au directeur.

Connie inspira profondément, l'air d'essayer de rassembler ses esprits, et Hunter lui dit d'une voix douce :

— Prenez votre temps !

— C'est l'agence de la First Interstate National qui se trouve à l'angle des rues Alton et Yale, finit par indiquer Connie. Vous voulez que je vous accompagne ?

— Non, ce n'est pas nécessaire, répondit Kenzie. Merci de ton aide ! Si tu as besoin de quelque chose dans les jours qui viennent, appelle-moi !

— C'est gentil, mais ma cousine Rachel s'est proposée pour me tenir compagnie. Elle est sortie faire des courses. Elle ne va pas tarder à rentrer.

Comme un fait exprès, une jeune femme rousse entra alors dans le séjour. Connie lui présenta ses deux visiteurs, et Kenzie nota que Rachel semblait subjuguée par Hunter : elle le dévorait littéralement des yeux.

Son fan-club devait compter au moins un membre de plus par jour !

# 13

Sur le chemin de la banque de John Kurtz, Kenzie chercha un moyen de féliciter Hunter – il avait su réconforter Connie – sans que cela lui monte à la tête. Il avait déjà un ego qu'elle jugeait surdimensionné.

— Ce que tu as dit à mon amie…, commença-t-elle.

Faute de trouver les mots adéquats, elle s'interrompit, et Hunter déclara avec un soupir :

— Qu'est-ce que j'ai encore fait de mal ?

— Rien. Tu as été très gentil et compréhensif, au contraire.

— Ça paraît te surprendre !

— C'est bien le cas.

— Pourquoi ?

— Ça ne cadre pas avec ton image de jouisseur.

— Et si c'était cette image qui ne cadrait pas avec la personne que je suis vraiment ?

Songeant qu'il faudrait pour l'en convaincre des preuves à la fois nombreuses et plus solides, Kenzie observa :

— Une hirondelle ne fait pas le printemps.

— Quel beau proverbe ! s'exclama Hunter en riant.

— Je voulais te faire un compliment, au départ ! s'écria Kenzie, exaspérée. On ne m'y reprendra pas ! Je ne sais même pas pourquoi j'en ai eu l'idée !

— Je le sais, moi : parce que, sans me connaître, tu

m'avais catalogué, et que tu commences maintenant à réviser ton jugement.

Kenzie garda le silence. Hunter avait raison, mais elle était trop fière pour l'admettre à haute voix. Il avait de toute façon un défaut qui la pousserait toujours à se méfier de lui : c'était un séducteur invétéré, comme Billy.

Une fois à destination, elle se gara sur le parking réservé aux clients. Ils sortirent en même temps de la voiture, mais Hunter atteignit le premier la porte de la banque, et il la lui ouvrit.

— Merci, marmonna-t-elle.

— Bravo ! dit Hunter. Avec un peu d'entraînement, tu pourrais devenir une ventriloque de renommée internationale !

Elle lui lança un regard noir.

— Quoi ? demanda-t-il d'un air innocent. C'était un compliment !

Le bureau de l'accueil était tenu par un jeune homme – Aaron Jacobs, d'après la plaque nominative épinglée au revers de sa veste.

— Nous sommes les lieutenants Cavanaugh et Brannigan, lui déclara Kenzie, et nous voudrions parler au directeur de cette agence.

— C'est une femme, Mme Murphy. Mais elle ne reçoit que sur rendez-vous.

— Elle est avec quelqu'un, en ce moment ?

— Non.

— Alors elle peut nous recevoir… Où est son bureau ?

Jacobs montra du doigt une porte située au fond de la salle. Kenzie se dirigea dans cette direction d'un pas énergique, suivie de Hunter.

— Attendez ! s'écria Jacobs, derrière eux. Je vais vous annoncer !

Sans doute craignait-il d'être réprimandé… Toujours est-il qu'il les dépassa, frappa à la porte et déclara après l'avoir ouverte :

— Il y a là deux lieutenants de police qui désirent vous parler, madame Murphy… Je leur ai conseillé de prendre rendez-vous, mais…

— Faites-les entrer ! ordonna une voix autoritaire.

Une fois dans le bureau, Kenzie comprit pourquoi Jacobs avait eu peur de contrarier la directrice : elle n'avait pas l'air commode.

Vêtue d'un tailleur bleu marine, impeccablement maquillée, ses cheveux noirs relevés en un chignon sévère, c'était une de ces femmes qui conserveraient cette apparence irréprochable même au milieu d'une tornade inattendue.

La main qu'elle tendit à Kenzie était froide. Après avoir serré celle de Hunter, elle les invita à s'asseoir et leur demanda :

— Que puis-je faire pour vous ?

— Nous voudrions visionner vos vidéos de surveillance du 7 août dernier, répondit Kenzie. Celles des caméras installées à l'intérieur comme à l'extérieur de la banque.

L'appellation de « reine des glaces » vint à l'esprit de Hunter tandis qu'il observait la directrice : son visage ne trahissait aucune émotion, et sa posture rigide évoquait celle d'une statue.

— Cette requête est extrêmement précise, lieutenant ! remarqua-t-elle. Puis-je vous demander pourquoi vous vous intéressez aux images enregistrées ce jour-là spécifiquement ?

— D'après ce que l'un de vos employés a dit à la fille de John Kurtz, l'un des plus vieux clients de votre agence, c'est ce jour-là que son père a vidé tous ses comptes, expliqua Kenzie.

— Nos clients ont le droit de clôturer leurs comptes quand bon leur semble.

— Bien sûr, madame Murphy ! déclara sèchement Hunter. Tout ce que nous voulons, c'est visionner ces enregistrements.

— Vous avez un mandat ? Parce que nous avons vis-à-vis de nos clients une obligation de confidentialité, et…

— M. Kurtz est mort.

— Je le sais, mais…

— Savez-vous aussi que l'entrave à la justice est un délit dont se rend coupable toute personne qui refuse son aide à la police dans le cadre d'une enquête pour meurtre ? intervint Kenzie. Alors, sauf si vous ne craignez pas de faire une mauvaise publicité à votre banque, et à votre agence en particulier, je vous conseille de nous laisser visionner ces vidéos.

— Très bien ! dit la directrice d'un air hautain.

Elle décrocha le téléphone posé sur son bureau, appuya sur une touche et déclara :

— J'ai besoin de vous, Matthew !

À peine avait-elle raccroché que la porte s'ouvrit et qu'un grand échalas entra dans la pièce. Ce devait être un stagiaire, car il avait l'air tout juste sorti du lycée.

— Matthew va s'occuper de vous, indiqua la directrice.

Son ton cassant disait que l'entrevue était terminée. Elle n'aurait pas congédié de façon moins abrupte un employé dont le comportement l'aurait indisposée.

Hunter et Kenzie quittèrent le bureau, et Matthew les suivit. Il referma la porte, et Hunter lui exposa alors leur requête.

— Vous ne pouvez pas emporter ces vidéos, les prévint le jeune stagiaire, mais les visionner ici ne pose aucun problème.

Il les emmena dans une salle équipée d'une multitude d'écrans de contrôle. S'y affichait en direct ce qui se passait non seulement à l'intérieur de la banque, mais devant et sur le parking des visiteurs.

— Attendez-moi là, déclara Matthew. Je reviens tout de suite. Mais vous avez de la chance, parce que les enregistrements ne sont conservés ici que pendant quatre-vingt-dix jours.

— Que deviennent-ils ensuite ? demanda Kenzie. Ils sont effacés ?

— Oh non ! Ils sont archivés. La banque possède toutes les images filmées depuis l'installation de caméras pour assurer la sécurité de ses clients.

Pour les espionner, plutôt ! songea Kenzie. D'un autre côté, sans ce système de surveillance, les chances de découvrir qui avait dépouillé – et peut-être tué – John Kurtz seraient bien moindres.

Matthew partit, et il revint quelques minutes plus tard avec une boîte remplie de cartes mémoire.

— Ça correspond à une journée seulement ? s'exclama Kenzie.

— Oui, il y a beaucoup de caméras, et chacune a sa carte SD. Maintenant, vous voulez vous partager le travail, ou visionner les enregistrements ensemble ?

— Mieux vaut se partager le travail, répondit Kenzie, sinon on y sera encore demain !

Imitée par Hunter, elle s'installa devant un moniteur et glissa dedans une première carte mémoire.

Deux heures plus tard, Kenzie se renversa dans son siège et massa sa nuque douloureuse.

— Je crois que je ne vais plus jamais regarder la

télévision ! Et je commence à douter de l'utilité de notre recherche : Connie s'est peut-être trompée de date.

— Tu ne tiendrais pas un jour dans le service des affaires non résolues ! dit Hunter en se tournant vers elle.

— Cette remarque est censée froisser mon amour-propre au point de me convaincre de persévérer ?

— Non, mais si elle a cet effet-là, tant mieux !

Agacée, Kenzie s'écria :

— Si tu peux le faire, moi aussi !

Elle se remit au travail et, soudain, son cœur bondit dans sa poitrine. Elle appuya sur la touche « Pause » et se pencha en avant dans l'espoir que l'image gagne en netteté vue de près. C'était le contraire, malheureusement…

— Brannigan ?

— Oui ? Tu as quelque chose ?

— Peut-être.

Après avoir orienté l'écran de manière à ce qu'ils puissent le regarder tous les deux, Kenzie remit l'enregistrement en marche.

Une grande femme blonde marchait de long en large devant le distributeur de billets situé à droite de la porte de la banque. Elle semblait correspondre à la description que Franklin McGinty avait faite de la petite amie de John Kurtz. Au bout d'un moment, elle s'approcha de l'entrée du bâtiment, s'arrêta un instant devant, l'air hésitant, et la franchit finalement.

Grâce à l'heure qui s'affichait en bas de l'écran, Hunter et Kenzie purent ensuite visionner la suite des événements : plusieurs caméras de surveillance avaient filmé la femme blonde à l'intérieur de la banque. Elle ne s'approcha pas de John Kurtz, qui apparaissait lui aussi sur les images, mais il était évident qu'elle l'observait attentivement.

Pas un instant elle ne le quitta des yeux pendant qu'il

remplissait des papiers. L'employé qui s'occupait de lui prit ensuite les documents et disparut dans les profondeurs de l'établissement. Il revint quelques minutes plus tard avec une grosse enveloppe et la tendit à Kurtz, qui la prit d'une main un peu tremblante.

— Il doit y avoir là-dedans les économies de toute une vie, observa Kenzie.

— Oui, c'est vraiment triste !

— Et voilà le vautour qui fond sur sa proie…

La femme blonde se dirigeait en effet vers John Kurtz. Ils sortirent ensemble et, une fois dehors, elle se pendit à son bras, telle une adolescente retrouvant son petit ami après une longue séparation. Ils gagnèrent ensuite le parking des visiteurs, montèrent dans un véhicule, et Kenzie s'exclama :

— Ce n'est pas la voiture de John Kurtz ! Connie m'a dit que son père conduisait une Honda Civic vieille d'une dizaine d'années !

— Je crois que là, on a affaire à une jeep, mais je peux me tromper.

— Quelle modestie ! ironisa Kenzie.

L'une des premières choses que ses frères lui avaient apprises sur Hunter Brannigan, en effet, c'était qu'il s'y connaissait très bien en matière d'automobiles. Il était même capable de démonter et de remonter entièrement le moteur de presque tous les types de véhicule.

— Je savais bien que ma remarque te ferait réagir, déclara-t-il, puisque tu me trouves vaniteux.

— Je n'ai jamais dit ça !

— Mais tu le penses.

C'était vrai mais, pour ne pas avoir à l'admettre, Kenzie détourna la conversation.

— Et si, au lieu d'essayer de lire dans mes pensées, tu

t'employais à déchiffrer la plaque minéralogique de cette voiture ?

— On la voit très mal, sur cette vidéo… Elle sera peut-être plus nette sur d'autres.

Vingt minutes plus tard, après avoir visionné toutes les images du parking sur lesquelles ce véhicule figurait, ils n'étaient parvenus à identifier que trois chiffres sur les sept de la plaque minéralogique.

— C'est mieux que rien, observa Hunter.

— Je préférerais avoir le numéro d'immatriculation complet, mais Valri tirera peut-être quelque chose du peu qu'on a, déclara Kenzie.

Puis elle sortit son portable de sa poche et fit une copie des vidéos susceptibles de faire avancer l'enquête.

# 14

Ils apportèrent à Valri les trois chiffres relevés sur la plaque minéralogique de la jeep et une copie de la vidéo sur laquelle la femme mystérieuse apparaissait le plus nettement.

La jeune informaticienne n'eut pas l'air ravie de les revoir, mais elle interrompit tout de même ce qu'elle était en train de faire pour visionner l'enregistrement.

— Si cette femme a déjà eu maille à partir avec la justice, indiqua-t-elle, sa photo doit figurer dans la base de données de la police. Mais même si c'est le cas, je ne peux rien vous promettre : les caméras de surveillance donnent des images de mauvaise qualité.

— On comprend, dit Kenzie.

— Et si on n'a pas de vos nouvelles d'ici là, déclara Hunter, on se verra de toute façon à la réception de dimanche prochain.

— Oui…, marmonna Valri sans lever les yeux de l'écran de son ordinateur.

Kenzie fronça les sourcils et demanda à Hunter pendant qu'ils quittaient la pièce :

— Quelle réception ?

— Celle que donne ton oncle Andrew pour fêter la nomination de son fils Shaw au poste de chef de la police, bien sûr !

— Je sais qui est Shaw, merci ! Mais il occupe cette fonction depuis un petit moment déjà !

— Il a apparemment été difficile de trouver pour cette réception une date qui convienne à tout le monde.

Ils étaient arrivés devant l'ascenseur, et Kenzie appuya sur le bouton d'appel avec plus de force que nécessaire. Le fait que Hunter lui apprenne sur cette réception des choses qu'elle ignorait l'irritait au plus haut point.

— Comment se fait-il que tu en saches plus que moi sur ma propre famille ? déclara-t-elle.

— C'est peut-être parce que je n'ai pas autant de frères, d'oncles et de cousins que toi. Ça libère de la place dans mon cerveau.

La porte de l'ascenseur s'ouvrit et, quand ils furent montés dans la cabine, Hunter reprit :

— Tu iras à cette réception, n'est-ce pas ? Si je te pose la question, c'est parce que tu en as déjà manqué plusieurs. Je crois que ta présence à celle-ci ferait très plaisir à ton oncle.

— Ma décision en la matière ne te regarde pas !

— Étant donné le nombre de Cavanaugh qui travaillent dans un commissariat où je passe la moitié de mes journées, leurs affaires me regardent, d'une certaine façon.

— Ton raisonnement est trop alambiqué pour que je perde du temps à essayer de le comprendre… Tout ce qui m'intéresse, c'est l'arrestation de la personne qui tue des hommes vulnérables avant de les couper en morceaux et de disséminer leurs restes.

— Je suis aussi désireux que toi de mettre cette personne hors d'état de nuire ! Mais tu n'as pas répondu à ma question.

— Laquelle ?

— Tu iras à la réception donnée en l'honneur de ton cousin Shaw ?

— Oui, j'irai…, grommela Kenzie.

L'ascenseur s'arrêta. Elle en sortit la première et observa en s'engageant dans le couloir qui menait à son service :

— J'espère que ton coéquipier a pu trouver des gens susceptibles de nous renseigner sur Anthony Pagliotti.

Hunter entra derrière elle dans la pièce qui servait de quartier général à leur groupe de travail, et son attention se fixa aussitôt sur le tableau d'affichage.

Des photos y avaient été punaisées. Tout en haut s'alignaient celle de John Kurtz, deux d'Anthony Pagliotti et celle d'un parfait inconnu.

Kenzie s'approcha du tableau et examina ce dernier cliché. Il représentait un homme aux cheveux ras et si blonds qu'ils paraissaient presque blancs, son visage était buriné et sillonné de rides profondes.

— Qui est-ce ? questionna-t-elle.

— Je te présente William Kelly, répondit Choi. C'est l'homme au tatouage de la Vierge à l'enfant.

— Tu l'as identifié ? Bravo !

— Je n'ai pas grand mérite… Tu savais que le FBI a un fichier où sont recensés les porteurs d'un tatouage atypique ou intéressant ? Ça aide les fédéraux à identifier criminels et terroristes.

— Tu n'as donc pas eu à faire le tour des salons de tatouage ?

— Non.

— Comment as-tu pu avoir accès à ce fichier, Choi ? demanda Hunter, intrigué.

— Disons que j'ai un peu partout des amis assez larges d'esprit pour me donner un coup de main de temps en temps. À charge de revanche.

Hunter n'insista pas. Presque tous les policiers avaient des contacts dans d'autres administrations que la leur. Des informations s'échangeaient ainsi sans qu'il soit besoin de passer par les voies officielles, lourdes et lentes.

— J'imagine que tu as enquêté sur ce William Kelly, Choi ? déclara Kenzie.

— Oui. Il s'est volatilisé en décembre dernier. Son frère a signalé sa disparition, mais il a ensuite annulé sa demande de recherche.

— Pourquoi ?

— Il a découvert que William avait vidé son compte en banque, et il en a déduit qu'il était parti chercher fortune à Las Vegas.

— Comment son frère s'est-il aperçu de la clôture de ce compte ?

— La banque en a envoyé à William une confirmation écrite, que son frère a trouvée dans son courrier. Son propriétaire l'avait appelé pour lui dire que William ne payait plus son loyer depuis deux mois.

— Une seconde ! s'écria Kenzie. Kelly a vidé son compte bancaire ?

— Oui. Pourquoi ? C'est important ?

— Et comment ! répondit Hunter après avoir échangé un regard avec Kenzie. John Kurtz a fait la même chose peu de temps avant sa mort. Tu peux te renseigner sur les finances d'Anthony Pagliotti, Valdez ? Essaie de découvrir qui l'employait et où ses cachets étaient versés. Ça permettrait de savoir de quelle banque il était client, et s'il a lui aussi vidé son compte avant de disparaître de la circulation. Ça me semble probable, mais il faut bien sûr vérifier.

Hunter et Kenzie exposèrent ensuite à leurs collègues le résultat de leurs démarches de la veille et de la matinée.

— On a donc sans doute affaire à une veuve noire, conclut Hunter. Elle n'épouse pas ses victimes avant de les tuer, mais le mobile – l'argent – et la méthode – la séduction – sont les mêmes.

— Je vois bien une femme tuer des hommes un peu âgés, observa Choi, mais pas les couper en morceaux et aller en enterrer une partie dans un endroit, et l'autre, ailleurs. C'est compliqué, et ça demande beaucoup de force physique.

— Oui, admit Hunter, mais notre veuve noire a peut-être un complice, qui se charge de liquider les victimes après qu'elle les a dépouillées. Mais elle peut aussi agir seule : on trouve des tueuses en série dans les annales du crime. Et la femme qu'on a vue ce matin sur les vidéos de la banque semble avoir de la ressource. Certaines femmes ne sont pas les créatures fragiles et vulnérables qu'elles prétendent être.

Hunter avait prononcé cette dernière phrase en fixant Kenzie.

— N'oublie jamais ça ! lui dit-elle, l'air plus amusé qu'irrité.

— Maintenant, il faut essayer d'identifier les autres victimes, en étudiant les affaires de personnes disparues et jamais retrouvées au cours de ces dix dernières années… Tu es d'accord, Cavanaugh ?

— Oui. Les recherches se concentreront sur les hommes veufs ou célibataires de cinquante ans ou plus. Même ainsi, c'est beaucoup de travail, et le chef des enquêteurs nous a permis d'augmenter nos effectifs en cas de besoin. Je crois que c'est le moment de demander du renfort… Une objection, Brannigan ?

— Non. Il y a quelqu'un, dans ton service, qui ferait l'affaire ?

— Dylan O'Hara a bouclé un dossier la semaine dernière, rappela Choi à Kenzie.

— Exact, déclara-t-elle. Et c'est quelqu'un de très consciencieux.

Puis elle se tourna vers Hunter et lui demanda :

— Tu penses à quelqu'un d'autre ?

— Non. Un élément supplémentaire devrait suffire pour l'instant. Tu es du même avis ?

— Oui.

Kenzie apprécia le fait que Hunter ne prenne aucune décision sans l'avoir consultée d'abord. D'autres que lui se seraient imposés d'emblée à la tête du groupe…

Sur ce plan-là, Hunter la traitait avec beaucoup d'égards, alors qu'elle était désagréable avec lui depuis le début de leur collaboration !

Elle avait laissé sa relation avec Billy influencer son jugement sur Hunter, et elle se promit d'être plus juste envers lui à l'avenir.

— Jamais je n'aurais cru qu'il y avait en Californie autant d'hommes qui se volatilisaient tous les ans ! soupira Kenzie le lendemain après-midi.

Même avec l'aide de Dylan O'Hara, le tri des dossiers était encore loin d'être terminé.

Kenzie travaillait au service des personnes disparues depuis relativement peu de temps, mais elle y avait été mutée à un moment où ce changement avait été le bienvenu : acquérir de nouvelles compétences lui était apparu comme un dérivatif à une rupture de fiançailles dont elle avait du mal à se remettre.

Elle savait qu'il lui restait des choses à apprendre, et la recherche systématique dans les archives d'hommes présentant le même profil que les trois victimes identifiées de la veuve noire lui faisait toucher du doigt une triste réalité : il y avait chaque année un nombre élevé d'hommes comme John Kurtz, Anthony Pagliotti et William Kelly qui disparaissaient du jour au lendemain.

Il fallut deux jours supplémentaires à l'équipe pour mener sa tâche à bien.

— Voilà, terminé ! s'écria Hunter, l'air aussi soulagé qu'un marathonien franchissant la ligne d'arrivée. En ce qui concerne la Californie, tout du moins, parce que la veuve noire et son éventuel complice ont pu aller opérer dans d'autres États.

— J'espère que non ! dit Kenzie, qui venait elle aussi de refermer son dernier dossier. J'ai sélectionné soixante-quatorze affaires de disparition, et toi, Brannigan ?

— Cent dix.

— Moi, il m'en reste quelques-unes à étudier, indiqua Choi, mais j'en suis déjà à quatre-vingt-trois.

— Moi, j'arrive à presque deux cents ! déclara Valdez. Ça me donne droit à une médaille ?

— Seulement dans un monde où les derniers sont les premiers, répondit Kenzie. Et toi, O'Hara ?

— Soixante-huit seulement.

— « Seulement » me paraît impropre dans ce contexte, observa Kenzie. Parce que, si on additionne tous ces chiffres, on arrive à un total impressionnant de disparus ! J'espère qu'ils n'ont pas tous croisé la route de notre veuve noire !

— C'est le cas d'au moins dix d'entre eux, lui rappela Hunter.

C'était en effet le nombre de troncs non identifiés découverts à Aurora Park.

— Il faut être complètement détraqué pour commettre de telles horreurs ! s'exclama O'Hara.

— C'est certain, dit Hunter. Maintenant que la liste

des victimes potentielles est établie, on va essayer de la raccourcir.

— Comment ? questionna Valdez.

Hunter ouvrit une enveloppe en papier kraft et en vida le contenu sur la table. Il s'agissait de photos au format 10 x 15 des troncs non identifiés qui avaient été déterrés quelques jours plus tôt.

— C'est l'un des techniciens de scène de crime qui, à ma demande, est allé prendre ces photos à la morgue, expliqua Hunter. On va les comparer aux descriptions physiques contenues dans les dossiers de nos disparus, pour voir s'il y a des correspondances.

— J'ai du mal à imaginer travail plus macabre ! s'écria Choi.

— Macabre ou pas, il faut le faire ! déclara Kenzie. Les choses seraient plus faciles si on avait des empreintes digitales, mais c'est justement pour nous compliquer la tâche que notre tueuse a coupé les mains de ses victimes.

— Plus on identifiera de victimes de cette femme, plus on aura de chances de la démasquer, renchérit Hunter.

— Il faut aussi penser aux familles de ces hommes, qui attendent pour certaines depuis dix ans de savoir ce qu'est devenu leur proche, souligna Kenzie.

— C'est vrai, admit O'Hara. Je regrette seulement que le côté glamour de notre travail ne soit pas toujours au rendez-vous.

Cette remarque suscita l'hilarité générale et détendit l'atmosphère.

— Qui a faim ? demanda ensuite Kenzie. Je vais commander des sandwichs…

— Faim ? répéta Valdez comme s'il s'agissait d'un mot dont il ignorait la signification.

— Je mangerais volontiers un morceau… À condition

que ces photos ne soient plus sur la table à ce moment-là, annonça Choi.

— Moi aussi ! indiqua O'Hara.

— Moi aussi, déclara Valdez. Et pour plus de sûreté, je vais remettre tout de suite ces photos dans leur enveloppe.

— Quelle petite nature tu fais ! s'écria O'Hara en riant.

— Tu as trouvé un moyen de remonter le moral des troupes, murmura Hunter à Kenzie. Bravo !

Le sourire chaleureux qui ponctua ces mots troubla tellement Kenzie qu'elle dut attendre d'avoir recouvré l'usage de la parole pour passer sa commande.

# 15

Quatre jours plus tard, l'équipe n'avait pas encore fini son travail d'élimination, mais elle était parvenue à ramener la liste des victimes potentielles de cinq cents à cent « seulement ».

Cent disparus, parmi lesquels se trouvaient les dix hommes non identifiés dont les restes avaient été découverts à Aurora Park.

— J'ai la vue qui se brouille, à force d'étudier ces dossiers ! grommela Valdez qui, après avoir passé vingt-cinq minutes sur un de ces dossiers, n'avait toujours pas décidé s'il devait l'écarter ou non.

— Personne n'a dit que ce travail serait facile, lui rappela Hunter.

— Non, déclara Choi, mais personne ne nous avait prévenus que ce serait comme chercher une aiguille dans une botte de foin !

Hunter se tourna vers une Kenzie entièrement absorbée par sa tâche et lui demanda :

— Tu sais si Valri a obtenu un résultat avec le système de reconnaissance faciale ?

— Non, et j'ai peur de l'appeler pour lui poser la question, parce qu'une réponse négative achèverait de me plomber le moral.

— Je comprends.

Puis, comme l'atmosphère confinée de la pièce commençait à lui donner mal à la tête, Hunter ajouta :

— Je vais aller lui rendre une petite visite.

— Non, Valri étant ma cousine, c'est à moi de le faire ! protesta Kenzie De plus, j'ai besoin de me dégourdir les jambes.

Elle se leva et se dirigea vers la porte, mais s'arrêta net en voyant Hunter lui emboîter le pas.

— Inutile de m'accompagner ! lui dit-elle.

Il l'ignora et, quand ils furent dans l'ascenseur, Kenzie observa avec une pointe d'irritation dans la voix :

— On n'a vraiment pas besoin d'être deux pour demander à Valri si elle a trouvé une correspondance !

— Je sais. Je suis là uniquement pour te soutenir moralement.

— Je ne te vois pas du tout dans ce rôle, Brannigan !

— C'est parce que tu me connais mal, répliqua-t-il avec un grand sourire.

Et, pour la première fois, Kenzie remarqua qu'il avait une fossette à la joue gauche.

L'ascenseur les conduisit au sous-sol et, le temps d'atteindre le bureau de Valri, Kenzie éprouvait une dose égale d'espoir et d'appréhension.

— Le visage de notre suspecte figure dans une base de données ? demanda-t-elle à sa cousine.

— Pour une fois, vous tombez bien, tous les deux !

— Pourquoi ?

— Attends !

Valri pressa quelques touches de son clavier, puis elle se leva et alla se poster devant l'une des imprimantes de la pièce. Des feuilles commencèrent à en sortir, qu'elle prit une à une avant de les réunir et de regagner son bureau avec.

— La recherche faciale que j'ai lancée ce matin vient

juste de me fournir un résultat, expliqua-t-elle alors. Votre suspecte n'est pas une personne ordinaire : elle a commis de nombreux délits sous tout un tas de noms différents. Soit elle souffre du trouble de la personnalité multiple, soit c'est une criminelle extrêmement inventive.

— Je penche pour la seconde hypothèse, indiqua Kenzie.

— Sa dernière adresse connue est mentionnée quelque part ? demanda Hunter.

— Non, déclara Valri.

Puis elle tendit les feuilles à sa cousine et se remit au travail sans plus se préoccuper de ses visiteurs.

Kenzie la remercia et Hunter lui dit au revoir, mais seul le cliquetis des touches du clavier leur répondit, et ils quittèrent rapidement la pièce.

Pendant qu'ils attendaient l'ascenseur, Kenzie jeta un coup d'œil aux feuilles qu'elle tenait à la main, et observa :

— Il y a là un nombre incroyable de pseudonymes – qui viennent s'ajouter à ceux de ses profils sur le site de Deuxième Chance. Et elle en a peut-être d'autres… Comment fait-elle pour se souvenir de tous ?

— Le fait que sa survie en dépend doit l'y aider, répondit Hunter.

L'ascenseur arriva, et Kenzie demanda pendant qu'ils remontaient à son étage :

— Tu as des informateurs ?

Surpris par ce brusque changement de sujet, Hunter s'écria :

— Pardon ?

— Est-ce que tu as des informateurs ? Des indics, ou des sources, si tu préfères, susceptibles de nous aider à retrouver cette femme ?

— Non, mais je sais que Murdoch en a. Je lui en toucherai un mot.

— Et moi, je demanderai à Finn d'activer ses contacts. Il y a forcément quelqu'un, quelque part, qui peut nous mettre sur la piste de cette psychopathe !

De retour dans leur quartier général, Hunter et Kenzie s'apprêtaient à rapporter à leurs collègues ce qu'ils venaient d'apprendre quand Choi leur annonça :

— On a découvert que les trois victimes identifiées à ce jour avaient quelque chose d'autre en commun : elles étaient inscrites sur le site de rencontres Deuxième Chance.

— Ah ! on avance ! observa Kenzie. Il faut maintenant voir si certains des hommes qui figurent sur la liste établie à partir des dossiers de personnes disparues étaient eux aussi abonnés à ce site.

— Mais on n'a encore pu relier aucun d'entre eux aux restes humains déterrés à Aurora Park ! protesta Choi.

— C'est vrai mais, comme il y a maintenant de bonnes chances pour que la veuve noire fasse la connaissance de ses futures victimes par l'intermédiaire de ce site de rencontres, il faut explorer cette nouvelle piste.

— D'accord ! soupira Choi, résigné. Mais je dois dire que je n'ai jamais été aussi heureux de voir le week-end arriver ! Quel soulagement ça va être de pouvoir se détendre et se livrer à des activités *normales* pendant deux jours !

— Je suis du même avis, déclara Valdez. Même l'idée d'aller faire des courses avec ma femme me sourit, c'est tout dire ! Et toi, Brannigan, tu as prévu quelque chose de spécial ?

Certain que son coéquipier allait passer le week-end en compagnie d'une de ses belles petites amies, il accompagna ces mots d'un sourire entendu.

— Oui, répondit Hunter en se tournant vers Kenzie.

Elle comprit alors qu'il pensait à la réception donnée par l'ancien chef de la police en l'honneur du nouveau.

— Amuse-toi bien ! lui lança-t-elle. Moi, je serai ici, à chercher un moyen d'identifier notre veuve noire.

— Tu m'avais dit que tu irais à cette fête ! lui rappela Hunter.

— J'ai changé d'avis.

— Pourquoi ? Les victimes ne seront ni plus ni moins mortes si tu mets notre enquête en suspens pendant deux jours !

— Non, mais l'homme sur lequel elle a peut-être déjà jeté son dévolu aura la vie sauve si elle est arrêtée à temps.

Sachant que Kenzie n'aimerait pas se faire sermonner devant les autres, Hunter la tira à l'écart.

— En suivant ton raisonnement, les policiers ne devraient jamais rentrer chez eux, parce que ça pourrait les empêcher d'appréhender un malfaiteur avant qu'il commette un nouveau crime !

La jeune femme plissa les yeux et releva le menton d'un air belliqueux.

— Pourquoi tu tiens tellement à ce que j'assiste à cette réception ?

— J'ai déjà répondu à cette question : parce que ça ferait très plaisir à ton oncle Andrew. Je pense aussi que tu as, comme tout le monde, besoin de décompresser.

Kenzie faillit s'éloigner sans rien dire, mais Hunter aurait interprété cela comme une dérobade. Elle n'avait jamais fui un contradicteur, et ce n'était pas maintenant qu'elle allait commencer !

— Mon oncle a beaucoup d'autres nièces. Je ne lui manquerai pas. Il ne s'apercevra même pas de mon absence !

— Tu plaisantes ? C'est d'Andrew Cavanaugh qu'on parle ! Même s'il n'est plus chef de la police, rien ne lui échappe… Tu ne devrais pas avoir besoin qu'on te le rappelle !

— Je n'en ai pas besoin, en effet.

— Alors pourquoi suis-je en train de le faire ?

— Parce que tu adores fourrer ton nez dans les affaires des autres.

Sur ces mots, Kenzie quitta la pièce et alla dans la salle de repos se servir un café. Elle n'eut même pas à se retourner pour savoir que Hunter l'avait suivie.

— À propos de fourrer mon nez dans les affaires des autres…, déclara-t-il.

— Quoi, encore ?

— J'ai eu une conversation intéressante avec tes frères, l'autre soir.

— Portant sur quoi ?

— Tes fiançailles.

Courroucée, Kenzie s'exclama :

— Qu'est-ce qui t'autorise à fouiller dans ma vie privée ? Continue comme ça, et ton nez aura l'air d'avoir servi de punching-ball au champion du monde de boxe catégorie poids lourds !

Hunter eut du mal à ne pas éclater de rire. Kenzie était sûrement capable de lui donner un coup de poing, mais de là à se comparer à un poids lourd… Il ignora donc sa menace. Maintenant qu'il avait abordé le sujet, il voulait aller jusqu'au bout.

— Aucun de tes frères n'a pu me dire pourquoi tu avais rompu tes fiançailles, déclara-t-il. Mais ils sont contents que tu ne te sois pas mariée avec ce Billy. Ils trouvaient qu'il n'était pas assez bien pour toi.

Bien que sa colère ne cesse de monter, Kenzie s'interdit de crier, pour ne pas attirer l'attention.

— Je me moque de ce que mes frères pensent de mes

fiançailles et de leur rupture, et je me moque encore plus de ce que *tu* en penses ! Ton opinion sur le sujet – et sur tout autre sujet – m'indiffère totalement.

Elle prononça ces derniers mots avec plus de force que les précédents, comme si cela pouvait suffire à les rendre vrais.

En fait, depuis qu'ils avaient commencé à travailler ensemble, l'opinion de Hunter lui importait. Un peu trop, même.

— Alors, comme tes frères ne pouvaient pas me renseigner, expliqua Hunter sans tenir compte de sa diatribe, j'ai mené ma petite enquête.

Kenzie faillit s'étouffer.

— Tu as quoi ?

— Après la rupture de tes fiançailles, enchaîna Hunter comme si de rien n'était, tu as changé de service, tu t'es noyée dans le travail, et tu tiens depuis les autres à distance sans raison valable.

Furieuse que Hunter sache autant de choses sur elle, Kenzie faillit tout nier en bloc, mais elle se serait ainsi mise sur la défensive. Mieux valait contre-attaquer.

— En ce qui te concerne, Brannigan, j'ai une excellente raison de te tenir à distance !

— Tu parles de ma vie privée, j'imagine ? Eh bien, contrairement à ce que tu as l'air de croire, je traite mes petites amies avec le plus grand respect. Je ne sors jamais avec plus d'une femme à la fois, et nos séparations, qu'elles soient de mon fait ou du leur, se passent toujours bien. Tu peux aller leur demander ce que tu veux, je te garantis qu'aucune ne te dira du mal de moi.

Pourquoi Hunter lui racontait-il tout ça ? songea Kenzie. Était-ce seulement vrai ?

— Qu'est-ce que tu attends de moi, Brannigan ? Des félicitations ? Une médaille ?

— Non, je veux juste que tu arrêtes de me considérer comme un coureur de jupons. Je ne suis pas ton ennemi.

— Tu n'as pas que des qualités non plus !

— Je te l'accorde. Mais je peux être ton ami.

— J'en ai déjà plein.

— On n'a jamais trop d'amis.

— J'ai l'impression d'entendre un slogan, observa Kenzie.

Hunter lui sourit, et elle sentit une onde tiède se propager dans ses veines. Cette réaction involontaire l'inquiéta, et elle se dépêcha d'enchaîner :

— Maintenant, si tu n'as rien d'autre à me dire…

— Si tu ne vas pas à la réception de dimanche, tu le regretteras.

— Pourquoi ?

— Primo, parce que ton oncle sera déçu, et secundo, parce que tu te priveras bêtement de quelques heures de détente au milieu de ta famille et de tes amis.

— Mais tu y seras, toi, et nous n'avons d'autre relation que professionnelle.

— Mon offre d'amitié tient toujours, mais on peut s'ignorer complètement ce jour-là, si tu préfères.

— Tu me promets de ne pas me parler ?

— S'il faut ça pour que tu te décides à te rendre à cette réception, oui, je te le promets.

Kenzie doutait que Hunter tienne parole, mais il avait avancé un argument qui ne pouvait la laisser indifférente : son oncle serait sensible à sa présence et, chez les Cavanaugh, la famille passait avant tout le reste.

Elle regrettait juste que ce soit Brannigan qui le lui ait rappelé.

# 16

— J'étais sûr de te trouver là !

Surprise, Kenzie leva les yeux du dossier qu'elle était en train de lire sur l'écran de son ordinateur. La dernière personne qu'elle s'attendait à voir aujourd'hui dans le service des personnes disparues se dirigeait vers elle.

Hunter.

Comme tous les samedis, le commissariat fonctionnait en effectif réduit. Des renforts pouvaient être mobilisés en cas de besoin, mais il y avait dans les salles beaucoup plus de postes de travail vides qu'occupés.

Hunter ôta sa veste, la suspendit au dossier d'une chaise et s'installa au bureau qui lui avait été assigné de façon temporaire.

Kenzie se demanda pourquoi elle avait éprouvé un tressaillement de joie en voyant Hunter. C'était la réaction contraire qu'elle aurait dû avoir !

— Qu'est-ce que tu fais là ? s'exclama-t-elle. Je croyais que tu devais passer ta journée en charmante compagnie !

— Je n'ai jamais dit ça ! Mais maintenant que tu en parles, n'est-ce pas ce qui va se passer ?

— Comme ce n'est sûrement pas dans le but de flirter avec moi que tu es venu, je répète ma question : qu'est-ce que tu fais là ?

— Je suis venu poursuivre notre enquête.

— On est samedi !

— Rien ne t'échappe, on dirait !

Kenzie se risqua à regarder Hunter. Ses yeux verts brillaient de malice, et un sourire charmeur flottait sur ses lèvres… S'il restait, elle n'arriverait pas à travailler.

— Rentre chez toi, Brannigan !

Une expression étrange se peignit sur le visage de Hunter et chassa son sourire. Si Kenzie n'avait pas été certaine de n'avoir aucun pouvoir sur l'humeur de cet homme, elle aurait dit qu'il était peiné.

— Je me suis douté que tu serais là, déclara-t-il, et je suis venu t'aider. Mais si tu dois passer tout ton temps à me chercher des noises, il vaut mieux que je m'en aille, en effet ! À toi de voir !

Logiquement, Kenzie aurait dû saisir la perche que Hunter lui tendait pour le faire partir… Au lieu de cela, elle s'entendit demander :

— C'est vraiment pour m'aider que tu es venu ?

— Oui, répondit-il sobrement.

— Admettons ! Mais les autres membres de l'équipe attendaient le week-end avec impatience… Tu n'as pas envie, comme eux, de te changer les idées ?

— Je m'investis beaucoup plus dans mon métier que tu ne le penses, et je n'aime pas savoir que rôde dans les parages une tueuse à la recherche de sa prochaine victime… D'autres questions ?

Que pouvait-elle dire sans avoir l'air de pinailler ? songea Kenzie.

— Non, pas d'autres questions… Tu vois cette pile de dossiers, sur ma droite ? Tu peux commencer par là.

— D'accord.

À la grande surprise de Kenzie, Hunter parla très peu

pendant qu'ils travaillaient, et cela leur permit d'avancer vite : de nombreux dossiers de personnes disparues purent ainsi être éliminés parce que leur physique ne correspondait à aucun des troncs retrouvés à Aurora Park.

Hunter commanda un déjeuner pour deux sans se préoccuper des protestations de Kenzie.

Protestions qui ne l'empêchèrent pas, ensuite, de manger avec appétit.

À la fin de la journée, ils réussirent à identifier un troisième tronc. C'était celui d'un certain Jerry Wiley, lequel avait lui aussi un profil sur le site de rencontres Deuxième Chance.

— Je crois maintenant possible d'affirmer que ce site est le terrain de chasse de notre veuve noire ! s'écria Kenzie, triomphante.

— En effet, et ça tombe bien : on peut en rester là, parce qu'il commence à se faire tard, tout en ayant le sentiment de ne pas être venus pour rien.

Hunter repoussa son siège, effectua quelques étirements pour détendre ses muscles ankylosés et reprit :

— Tu es d'accord pour qu'on s'arrête ?

Kenzie hésita. Elle avait envie de continuer, mais sa nuque et ses épaules étaient douloureuses, et elle avait mal aux yeux à force de lire des dossiers dont certains n'existaient que sous forme informatique.

— Oui, déclara-t-elle. Je me range à ton avis.

— J'ai dû m'endormir et ne pas être encore complètement réveillé, parce que j'ai l'impression de rêver !

Trop fatiguée pour se fâcher, Kenzie se contenta d'observer :

— Je peux encore retirer ce que je viens de dire…

— Non, surtout pas !

Après avoir éteint son ordinateur et rangé sommairement son bureau, Hunter demanda :

— Tu as faim ? On pourrait aller manger un morceau ensemble… C'est moi qui régale !

— Non, je n'ai pas…

— Je te laisse choisir le restaurant !

— Merci, dit Kenzie, mais je suis éreintée. Je vais rentrer chez moi et me coucher.

Hunter n'insista pas, ce qui la surprit agréablement et lui donna envie, pendant qu'ils quittaient la salle, de lui faire un compliment.

— Merci pour ton aide, Brannigan !

— De rien !

— Tu as été très efficace.

— Cette fois, je rêve, c'est sûr !

Personne d'autre qu'eux n'utilisant l'ascenseur à cette heure tardive, il les emmena au rez-de-chaussée sans s'arrêter une seule fois. Hunter en sortit derrière Kenzie et déclara :

— On se voit demain, chez ton oncle !

— Chez… Ah oui ! J'avais presque oublié !

Une fois sur le parking du commissariat, et avant qu'ils regagnent chacun leur voiture, Hunter referma une main sur le bras de la jeune femme, la regarda droit dans les yeux et lui dit sur un ton ferme :

— À demain, donc !

Kenzie eut le sentiment désagréable de recevoir une mise en demeure.

Ce sentiment la tarauda pendant tout le trajet, et perdura encore longtemps après qu'elle se fut couchée.

Plongée dans son travail depuis l'aube, Kenzie relisait certaines de ses notes quand la sonnette de son appartement retentit.

Elle regarda sa montre. 11 heures.

11 heures. Un dimanche, et pas n'importe lequel : celui d'une réception où elle avait promis d'aller.

*Et zut !*

Nouveau coup de sonnette. Ce devait être Brannigan. Il était sûrement capable de venir la harceler jusque chez elle pour lui rappeler sa promesse.

Elle décida de faire la morte. Il finirait par se lasser et partir.

— Ouvre, Kenzie ! cria une voix grave depuis le couloir. On sait que tu es là !

*« On » ?*

Kenzie ayant reconnu cette voix, cependant, elle alla ouvrir et se trouva face à ses frères Finn et Murdoch.

— Qu'est-ce que vous faites là ? leur demanda-t-elle.

Ils la dominaient l'un comme l'autre d'une bonne tête, et ce fut Finley, le plus grand des deux, qui répondit :

— On vient te chercher, Cendrillon ! Tu avais oublié qu'il y avait un bal, aujourd'hui ?

Sans attendre d'y être invités, les deux hommes entrèrent chez elle.

— C'est la première fois que vous vous proposez de m'accompagner à une des fêtes d'oncle Andrew ! observa-t-elle en les considérant d'un air suspicieux. Qu'est-ce qui se passe ?

— On a adopté une nouvelle politique, déclara Murdoch.

Puis il examina sa sœur de la tête aux pieds et reprit :

— Tu n'as rien de plus élégant à te mettre qu'un jogging qui poche aux genoux ? Tu te laisses vraiment aller !

— Non, je ne me laisse pas aller, espèce d'idiot ! Ce jogging me sert de vêtement d'intérieur : je ne me suis pas encore habillée, parce que ce n'est pas nécessaire pour travailler chez soi.

Kenzie savait qu'il y avait de l'affection sous les remarques sarcastiques de ses frères, mais, là, elle n'était pas d'humeur à les supporter.

— Arrête de travailler et va t'habiller ! lui ordonna Finn en la poussant vers la porte de sa chambre. Ton carrosse t'attend dehors, et les chevaux piaffent, alors dépêche-toi !

Mais elle se dégagea et, les poings serrés, se tourna vers ses frères.

— C'est Brannigan qui vous a dit de venir me chercher, n'est-ce pas ?

— Tu ne nous crois pas capables de prendre des décisions tout seuls ? répliqua Finn.

— De façon générale, si. Mais là, non.

— Arrête de discutailler et va te rendre présentable ! intervint Murdoch. Tu pourrais arriver chez oncle Andrew vêtue d'un rideau de douche sans qu'il y trouve à redire, mais les autres membres de la famille en seraient un peu gênés.

— Tu veux que je t'aide à choisir une tenue ? proposa Finn. Je suis devenu une sorte d'expert dans ce domaine.

Kenzie leva les yeux au ciel.

— Non ! Restez là, tous les deux ! Je n'en ai que pour quelques minutes.

— « Quelques minutes » en langage féminin équivalent à combien d'heures dans le langage courant ? demanda Finn en consultant ostensiblement sa montre.

D'abord tentée de riposter, Kenzie s'en abstint finalement. Elle savait que son frère avait dit cela dans le seul but de l'agacer, et elle ne voulait pas lui donner le plaisir de voir qu'il avait atteint son objectif.

Une fois dans sa chambre, elle sortit une robe sans manches bleu roi, achetée sur un coup de tête et encore jamais portée. Elle l'avait rangée au fin fond de sa penderie après avoir quitté Billy.

Les étiquettes étaient même encore dessus ! Kenzie

les enleva, enfila la robe et constata alors qu'elle tombait mieux que le jour de son achat. Autre conséquence de la rupture de ses fiançailles, elle avait perdu, et jamais repris, plusieurs kilos.

Un peu de mascara, de fard à paupières et de blush, un coup de brosse, une paire de talons hauts…

*Voilà, terminé !*

Le tout ne lui avait pas pris plus de dix minutes, et l'expression surprise de ses frères quand elle les rejoignit la récompensa de s'être dépêchée.

— Prêts ? leur déclara-t-elle sur un ton faussement innocent avant de les inviter de la main à sortir de l'appartement.

Kenzie aurait préféré se rendre à la réception avec son propre véhicule, afin d'être libre de la quitter dès qu'elle pourrait le faire discrètement, mais ses frères ne lui avaient pas laissé le choix, et son sort serait donc entièrement entre leurs mains pendant une bonne partie de la journée.

D'un autre côté, il était difficile de se garer dans le quartier où leur oncle habitait. C'était peut-être en partie cela qui avait poussé ses frères à venir la chercher, et à le faire tôt, de façon à arriver à la réception parmi les premiers invités.

— Je crois qu'oncle Andrew a décidé de mettre les petits plats dans les grands, dit Murdoch après avoir trouvé une place de stationnement à deux rues seulement de leur destination finale. Il reçoit toujours royalement mais, là, il paraît qu'il s'est mis aux fourneaux dès hier.

Les réceptions de l'ancien chef de la police étaient réputées : c'était un excellent cuisinier, et un hôte merveilleux.

Kenzie et ses frères se dirigèrent vers la maison de leur oncle et, bien que la porte d'entrée ne soit sûrement pas fermée à clé, Kenzie appuya sur la sonnette pour prévenir leur oncle et leur tante de l'arrivée de nouveaux invités.

À peine avait-elle baissé son bras que la porte s'ouvrit, et elle faillit pousser un cri de surprise en voyant Hunter s'encadrer dans l'embrasure.

— Tu travailles au noir comme portier, Brannigan ? déclara Finn en riant.

— Si tu t'attends à un pourboire, tu vas être déçu ! plaisanta Murdoch à son tour.

S'apercevant ensuite que sa sœur n'avait pas bougé, il lui lança :

— Entre, Kenzie ! Tu bloques le passage !

— Votre oncle m'a demandé d'aller ouvrir la porte, dit Hunter. Il est occupé, et Mme Cavanaugh est en train d'apporter des verres sur la desserte de la salle à manger.

Ces explications n'étaient pas destinées à ses amis mais à Kenzie, qui le considérait d'un air accusateur.

— Il y a beaucoup de « Mme Cavanaugh », remarqua Finn. J'imagine que c'est de notre tante Rose que tu parles ?

— Euh… Oui, répondit Hunter.

Depuis que Kenzie lui était apparue dans une robe dont la couleur faisait ressortir celle de ses yeux, il était comme hypnotisé, incapable de détacher son regard d'elle.

— Arrête me fixer, Brannigan ! s'écria-t-elle avant d'entrer dans la maison.

— Tu es très jolie, se risqua-t-il à observer. Le bleu te va bien.

La jeune femme poussa un grognement indistinct.

— Dis merci au gentil monsieur, lui susurra Murdoch.

— On lui a appris les bonnes manières, déclara Finn, mais les inconnus la rendent encore un peu nerveuse.

Kenzie fusilla ses frères du regard.

— À plus tard, les guignols ! Je vais aller dire bonjour à oncle Andrew.

— Il est dans la cuisine, indiqua Hunter en lui emboîtant le pas.

— Inutile de m'accompagner : je sais où est la cuisine !

Mais Hunter ne se laissa pas décourager.

— On a réussi, hier, à passer toute une journée sans se disputer, lui rappela-t-il. Si on faisait la même chose aujourd'hui ?

Kenzie s'arrêta net et se tourna vers lui.

— Autant que je me souvienne, tu t'étais engagé à n'avoir aucun contact avec moi pendant cette réception si telle était ma volonté.

— Je peux essayer de t'éviter, mais ça va être difficile ! J'avais oublié que les gens étaient un peu les uns sur les autres, dans ce genre de réunion... Maintenant, permets-moi au moins de t'emmener voir ton oncle. Il m'a fait promettre de te conduire à lui dès ton arrivée.

— C'est bien vrai ? demanda Kenzie, sceptique.

— Pourquoi je mentirais ?

— Je l'ignore, mais je t'en sais parfaitement capable, répondit Kenzie.

Et puis, brusquement, la situation lui parut tellement absurde qu'elle éclata de rire.

— Peu importe, au fond ! Allons-y !

# 17

Andrew Cavanaugh s'activait dans une cuisine presque aussi bien équipée que celle d'un restaurant. Il surveillait tour à tour la cuisson de ce qui mijotait dans la demi-douzaine de casseroles posées sur les brûleurs de son piano, et celle du contenu de ses deux fours contigus.

— Il doit faire plus chaud dans cette cuisine qu'en enfer ! murmura Hunter.

Cette chaleur ne semblait pas déranger le maître des lieux. Grand et mince, encore athlétique, il faisait malgré ses cheveux gris dix ans de moins que son âge.

De façon inhabituelle pour un homme aussi observateur que lui, il ne s'aperçut qu'il n'était plus seul dans la pièce qu'en voyant le reflet de Kenzie dans la porte vitrée d'un des fours.

— Kenzie ! s'écria-t-il en se retournant. Tu es venue !

— Bien sûr ! dit-elle. Je n'aurais manqué cette fête en l'honneur de Shaw pour rien au monde !

Son oncle avait traversé la pièce pendant qu'elle parlait, et il l'écrasa alors pratiquement entre ses bras. Elle s'attendait à ce que Hunter rétablisse la vérité – il avait dû beaucoup insister pour qu'elle vienne – et, comme il se taisait, elle tourna la tête vers lui. Il contemplait la scène en souriant, et elle se demanda ce qu'il manigançait.

— Vous m'aviez dit de vous amener Kenzie dès qu'elle

serait là, déclara-t-il à l'ancien chef de la police. Mission accomplie !

— Bravo ! s'exclama Andrew en relâchant sa nièce. Tout le monde sait qu'elle n'aime pas recevoir des ordres... Maintenant, allez rejoindre les autres, tous les deux ! Il me reste beaucoup de choses à faire.

— Je peux t'aider ? proposa Kenzie.

— Oui, en me laissant travailler.

— D'accord !

Dès qu'ils furent sortis de la cuisine, Kenzie demanda à Hunter :

— Pourquoi tu n'as pas dit à mon oncle que tu étais l'artisan de ma présence ici aujourd'hui ?

— Je ne voulais pas qu'il le sache. Apprendre que tu ne serais pas venue si je ne t'y avais pas pratiquement forcée lui aurait gâché son plaisir.

Hunter était manifestement sincère, et Kenzie le fixa un moment en silence. Jamais elle ne l'aurait cru capable d'une telle délicatesse. Il ne méritait donc pas *tout* le mal qu'elle pensait de lui.

— Tu commences à ressembler à un être humain, Brannigan ! observa-t-elle.

Loin de se vexer, il déclara en riant :

— Et tu n'as encore rien vu !

Bien que cette remarque l'intrigue, Kenzie s'abstint de faire le moindre commentaire et de poser la moindre question. Elle craignait, si elle connaissait mieux Hunter, de devoir réviser complètement son jugement sur lui. Elle trouvait plus simple de continuer à l'assimiler à son ex-fiancé.

— C'est là qu'on se sépare ! annonça-t-elle.

Et elle s'éloigna d'un homme qui, à sa grande surprise, commençait à lui faire peur.

Dans un endroit rempli de gens qu'elle connaissait, Kenzie aurait cru relativement facile d'éviter de croiser la seule personne qu'elle n'avait pas envie de voir.

Qu'elle aille dans le jardin, sur la terrasse, dans le séjour ou la salle à manger, pourtant, Hunter y était. Ou alors il y apparaissait dans les cinq minutes qui suivaient.

Et, peut-être plus agaçant encore, elle constatait au fil des heures qu'il ne parlait et ne riait pas seulement avec Finn et Murdoch : tous les autres membres de la famille semblaient le connaître et l'apprécier.

Si bien qu'elle dut se résoudre à remettre en question une partie au moins de ses préjugés contre lui. Si ses tantes Rose, Lila et Maeve, notamment, l'aimaient bien, il valait mieux que sa réputation de don Juan, car elles avaient toutes les trois un jugement très sûr.

Pour tenter d'y voir plus clair, elle décida d'aller interroger Finn, celui de ses frères qui connaissait le mieux Hunter. Elle le trouva devant l'une des tables qui faisaient office de buffets.

— Pourquoi ton copain Brannigan n'est pas venu accompagné de sa dernière conquête ? lui demanda-t-elle sans préambule.

— Bonne question ! Et maintenant que j'y pense, je ne l'ai vu avec aucune femme depuis la création de votre groupe de travail interservices… Qu'est-ce que tu fais ? Tu l'enchaînes à son bureau ?

— Bien sûr que non !

— Alors il doit consacrer toute son énergie à votre enquête. La vieille affaire non résolue qui en fait partie le hante depuis des années. Sans doute espère-t-il pouvoir enfin l'élucider et ne pense-t-il plus qu'à ça… Ou alors il en a assez de papillonner. Il suffit à un homme de trouver la femme qui lui convient pour s'assagir, paraît-il.

— Si c'était son cas, il te l'aurait dit, non ?

— Pas forcément.

— Je croyais qu'entre hommes on se racontait ce genre de chose ?

— Pas toujours.

— Tu ne m'aides pas beaucoup !

— Désolé, je ne peux pas faire mieux, déclara Finn.

Puis il quitta sa sœur pour aller parler au roi de la fête, leur cousin Shaw.

— Tu passes une bonne journée ? questionna une voix grave derrière Kenzie.

*Hunter !*

La seconde d'après, il surgissait à son côté.

— Tout allait très bien jusqu'à maintenant, répondit Kenzie.

Elle voulut accompagner ces mots d'un regard hostile, mais sans du tout y parvenir.

— Arrête ! s'exclama Hunter. Tu ne me détestes pas autant que tu essaies de me le faire croire. Tu commences à t'attacher à moi, admets-le !

— Je me demande comment tu arrives à te tenir droit : ton ego hypertrophié devrait t'en empêcher.

— Je n'ai pas un ego hypertrophié. Je sais juste ce dont je suis capable et ce dont je ne suis pas capable. Je n'ai pas peur de dire, par exemple, que je suis un bon policier, parce que c'est vrai. Tu l'as toi-même reconnu.

Kenzie soupira. Elle n'aurait jamais dû faire des compliments à Hunter ! Il n'en avait pas besoin pour être content de lui.

— Je ne nie pas tes compétences professionnelles, en effet ! déclara-t-elle.

— Mais sur le plan personnel, tu me rejettes en bloc… Si tu enlevais tes œillères, tu t'apercevrais que tu m'aimes bien, en fait : notre collaboration ne serait pas aussi fructueuse si tu ne m'appréciais pas au moins un peu en tant qu'homme.

— Tu ne manques pas de…

— Ose dire que je te suis indifférent !

Kenzie ne savait pas si l'émotion qui accélérait les battements de son cœur était de la colère ou autre chose. Quoi qu'il en soit, elle se tut le temps de recouvrer son calme. Hunter en profita pour poser un champignon farci sur l'assiette qu'elle tenait à la main, puis il ajouta :

— De quoi as-tu peur ? Je ne mords pas… Sauf si tu me le demandes.

Afin de couper court à un face-à-face qui la mettait de plus en plus mal à l'aise, Kenzie esquissa un pas en avant, mais Hunter la retint par le bras. Sans doute croyait-il qu'elle avait pris sa boutade au premier degré, car il s'écria :

— Détends-toi : je plaisantais ! Tu es ici plus en sécurité que tu ne le seras jamais !

Hunter avait raison, songea Kenzie. Pourquoi était-elle si nerveuse ? Quoi qu'elle pense de Brannigan, il n'était pas homme à l'entraîner de force derrière les buissons d'azalées et à abuser d'elle ! Si une femme refusait ses avances, il n'insisterait pas, elle en était sûre.

C'était cependant une situation qui ne devait pas lui être familière : son physique avantageux faisait sans doute craquer toutes les femmes.

*Sauf moi,* songea Kenzie.

Alors peut-être était-ce cela qui la rendait intéressante à ses yeux… Elle lui résistait, et il voulait la faire changer d'avis.

Ça ne risquait pas d'arriver !

— Ça va ? lui demanda Hunter. Tu es toute rouge, brusquement !

— Je pensais à notre enquête, prétendit Kenzie. L'idée des meurtres atroces que notre veuve noire a commis me met en colère.

— Tu devrais essayer de ne plus y penser jusqu'à demain. Tu te fais du mal pour rien… Tu as besoin de te détendre et de manger… Commence par les champignons farcis : ils sont délicieux !

— Je suis une grande fille, Brannigan ! s'écria Kenzie. Arrête de…

La fin de sa phrase lui resta dans la gorge : Hunter avait saisi le champignon posé sur son assiette et l'avait glissé entre ses lèvres.

Obligée de le mâcher si elle ne voulait pas s'étouffer, elle admit après l'avoir avalé :

— Délicieux, en effet !

— J'avais donc raison ! Et si j'étais toi, je me dépêcherais d'en prendre un autre, sinon, le temps que tu te décides, ils seront tous partis.

Hunter se tourna vers la table et vit qu'il ne restait plus qu'un champignon dans le plat. Il s'en saisit et le posa dans l'assiette de la jeune femme en indiquant :

— C'est le dernier.

— Tu le veux peut-être alors ?

— Non, je te le laisse.

Mais Kenzie refusait de devoir quoi que ce soit à Hunter. Si elle acceptait son offre, il ne perdrait ensuite aucune occasion de lui rappeler son « sacrifice », et cela l'agaçait à l'avance.

— On va le partager, déclara-t-elle.

— Tu es sûre ? lui demanda Hunter en plongeant les yeux dans les siens.

Pourquoi avait-elle l'impression que cette question portait sur tout autre chose que le champignon ? pensa Kenzie.

Et puis elle se dit que son imagination lui jouait des tours, que rien ne justifiait le trouble qui menaçait soudain de l'envahir.

— Sûre et certaine, répondit-elle.

Hunter prit une fourchette sur la table et coupa le champignon en deux. Il souleva ensuite un des morceaux et le glissa entre ses lèvres, comme la première fois, mais, ensuite, il ne quitta pas sa bouche des yeux et, malgré tous ses efforts pour se concentrer sur le goût du champignon, Kenzie sentit son trouble grandir.

— Alors, c'est bon ? demanda Hunter quand elle eut dégluti.

— Oui, articula-t-elle péniblement.

— Tu veux l'autre moitié ?

— Non, c'est la tienne !

— Je te la laisse, si tu veux.

— Pas question ! On a passé un accord, il faut le respecter !

— Oui, mais…

Hunter ne put terminer sa phrase, car la jeune femme fit la même chose que lui : elle se saisit du morceau de champignon et le lui mit dans la bouche.

Kenzie ne s'attendait pas à ce que Hunter lui prenne la main pendant qu'elle l'abaissait, et encore moins à ce qu'il effleure ses doigts d'un baiser. Une sorte de décharge électrique la traversa, qui faillit lui arracher un cri de surprise.

— Il y avait un peu de farce dessus, expliqua-t-il.

Bien que rapide et léger, ce baiser eut des effets intenses et durables sur elle : son cœur battait toujours la chamade lorsque Hunter lâcha sa main.

— Je vais aller demander à mon oncle la recette de ces champignons, s'entendit-elle déclarer.

Parce qu'elle *devait* dire quelque chose, sinon elle céderait à la tentation d'embrasser celui qu'elle vilipendait depuis le début de leur enquête.

C'était incompréhensible ! Comment était-il possible d'éprouver une telle flambée de désir pour un homme qu'elle méprisait ?

Alors était-elle folle ? ou bien Hunter avait-il raison de dire qu'elle ne le détestait pas, en fait ?

# 18

— Tu danses ?

Après les toasts et les discours en l'honneur du nouveau chef de la police qui avaient accompagné la dégustation d'un énorme gâteau, les invités s'étaient de nouveau divisés en petits groupes. De la musique jouait, en sourdine pour ne pas gêner les conversations, mais quelques couples dansaient dessus.

Et cela avait donné à Brannigan l'idée saugrenue de l'inviter à se joindre à eux, songea Kenzie.

— Non, répondit-elle.

— C'est un slow ! Tout ce que tu auras à faire, c'est te balancer un peu et bouger de temps en temps les pieds.

— Tu penses que je ne sais pas danser ?

— C'est le cas ?

— Non.

— Alors tu as d'autant moins de raisons de rater cette occasion de te changer les idées !

Sans attendre d'y être invité, Hunter prit la main de Kenzie et lui enlaça la taille de son bras libre. Il la serra ensuite légèrement contre lui et l'entraîna vers la petite piste créée au milieu du séjour par les autres couples.

— Qu'est-ce que tu fais ? protesta Kenzie. J'avais refusé ton invitation !

— Allez, détends-toi ! Il faut de temps en temps s'autoriser à lâcher prise.

Kenzie ne voulait pas provoquer un esclandre chez son oncle, et Hunter ne l'aurait sans doute pas écoutée, de toute façon. Elle n'avait donc d'autre choix que de céder.

— Bon, d'accord, Brannigan… Tu as gagné.

— Je pensais ne jamais t'entendre me dire ça ! Mon cœur chavire !

— Tu as de la chance qu'il batte encore, parce qu'il y a beaucoup d'armes dans cette maison, et que je sais m'en servir ! répliqua Kenzie.

Les yeux de Hunter lui sourirent une seconde avant que tout son visage s'illumine. C'était un sourire si chaleureux qu'elle se surprit à le lui rendre.

Et, bizarrement, quand le slow s'acheva, elle ne songea pas à s'écarter de son cavalier. Un autre morceau suivit, et elle continua tout naturellement de danser avec lui.

Kenzie aurait aimé pouvoir le nier, mais mentir n'était pas dans sa nature.

Il lui fallait donc l'admettre : en dansant avec Hunter, elle avait commencé non seulement à toucher du doigt le charme de cet homme, mais à y succomber.

Après trois – peut-être quatre – slows pendant lesquels Hunter la serra si fort contre lui que leurs corps semblaient ne plus faire qu'un, il s'immobilisa, et elle lui lança un regard surpris.

— La musique s'est arrêtée, lui dit-il.

— Ah ? Euh… Oui, en effet, déclara-t-elle, embarrassée. J'étais perdue dans mes pensées.

— Moi aussi.

À contrecœur, Hunter lâcha la main de la jeune femme,

mais il continua de la tenir par la taille pendant qu'il regardait autour de lui.

— La réception touche à sa fin, observa-t-il.

La moitié au moins des invités étaient en effet déjà partis, et les autres semblaient s'apprêter à le faire.

— Tu veux que je te ramène chez toi ? demanda Hunter.

— Non, merci, ce n'est pas la peine. Je suis venue avec Finn et Murdoch.

Bizarrement, c'était la mort dans l'âme que Kenzie avait décliné l'offre de Hunter. Le champagne devait lui être monté à la tête… Elle n'en avait pourtant bu qu'une coupe, et elle tenait plutôt bien l'alcool, d'habitude.

Ce n'était donc pas cela la cause de ses regrets.

— Ça veut donc dire que tu vas maintenant au Malone, déclara Hunter.

— Pourquoi ?

Le « Malone » était le nom du bar où les policiers de la ville aimaient aller boire un verre après leur service. Ils disaient que cela leur permettait de prendre du recul par rapport aux dures réalités de leur métier avant de rentrer chez eux. C'était une sorte de sas de décompression.

— J'ai entendu tes frères proposer à quelques autres personnes d'aller y finir la soirée, expliqua Hunter. Mais je déduis de ta question que tu n'étais pas au courant…

— Non.

— Ça te tente ?

— Pas du tout, et je ne comprends pas que Finn et Murdoch aient pris cette décision sans m'en parler !

Furieuse, Kenzie fit un pas vers eux, mais Hunter la tira en arrière.

— Au lieu de courir sonner les cloches à tes frères, pourquoi ne pas accepter que je te ramène chez toi, tout simplement ? J'aurai juste besoin de l'adresse.

Une adresse que Hunter devait déjà connaître, pensa Kenzie. Et comme elle le soupçonnait d'avoir inventé cette histoire de bar pour la convaincre d'accepter son offre, ce fut en observant attentivement son visage qu'elle déclara :

— D'accord, mais il faut que j'aille annoncer à mes frères que je n'ai pas besoin d'eux pour rentrer.

— Je t'accompagne, si tu veux.

Cela signifiait qu'il n'avait pas peur d'être confondu, et donc qu'il n'avait pas menti.

— Ce n'est pas la peine, lui dit Kenzie

Alors qu'elle se dirigeait vers ses frères, Murdoch se porta à sa rencontre.

— Finn, quelques amis et moi, on va aller boire un verre au Malone, lui indiqua-t-il. On n'y restera pas longtemps, et on te ramènera ensuite chez toi, promis !

— Inutile : je me suis arrangée autrement.

— Tu es sûre ?

— Certaine ! Amusez-vous bien !

Kenzie se mit ensuite à la recherche de son oncle Andrew et de sa tante Rose. Elle les trouva sur la terrasse et les remercia chaleureusement. Hunter vint la rejoindre dans le même but, et l'ancien chef de la police dit à Kenzie au moment où elle s'apprêtait à partir :

— Il n'y a pas que le travail dans la vie, ma belle ! Lève le pied, de temps en temps !

— D'accord.

— Je compte sur vous pour lui faire tenir parole, Brannigan !

— Je ferai de mon mieux, monsieur, répondit l'interpellé.

Quand ils eurent quitté la terrasse, Kenzie demanda à Hunter :

— Je rêve, ou bien tu viens de t'engager à m'empêcher de me surmener ?

— Non, je viens de promettre à ton oncle d'essayer de te faire « lever le pied ». Mais je ne peux pas t'y forcer, et le succès ou l'échec de ma mission dépend donc de toi.

— Tu pinailles !

— Non, je cherche à éviter que mes paroles soient mal interprétées. C'est un risque dont j'ai appris très jeune à me protéger.

— Très jeune ? répéta Kenzie, intriguée.

Car elle connaissait la réputation de Hunter, mais pas son passé.

— À l'âge où j'ai dû élever mon père, déclara-t-il.

Bien qu'il n'ait pas du tout l'air ivre, peut-être avait-il quand même trop bu, pensa Kenzie, parce que sa réponse n'avait aucun sens.

— Tu m'expliques ? demanda-t-elle.

Hunter faillit éluder, mais Kenzie satisferait alors sans doute sa curiosité par un autre moyen. Si c'était lui qui racontait l'histoire, il saurait au moins qu'elle en entendrait une version exacte.

— Mon père a quitté le domicile conjugal quand nous étions encore petits, mon frère cadet et moi. Notre mère, qui n'était déjà pas très équilibrée, a alors décidé de refaire sa vie complètement – c'est-à-dire sans s'encombrer d'enfants. Elle nous a confiés à sa mère et, quand celle-ci n'a plus été capable de s'occuper de nous, notre père est venu à la rescousse.

Ces derniers mots furent ponctués d'un tendre sourire, puis Hunter reprit :

— C'était un type formidable, mais il aimait un peu trop la bouteille, si bien que j'ai dû m'occuper autant de lui ⊠ de façon différente mais presque aussi attentive ⊠ que de mon petit frère.

Tout en parlant, ils avaient atteint la petite voiture de

sport de Hunter, garée dans une rue voisine. Bien qu'il ne la lui ait pas encore demandée, Kenzie lui donna son adresse.

— J'ai répondu à ta question ? déclara-t-il après avoir démarré.

— C'est un début.

— Comment ça ?

— Eh bien, j'imagine que j'apprendrai le reste de ton histoire par épisodes, pendant que nous travaillerons ensemble… C'est ce que font les coéquipiers, non ? Ils se racontent leur vie pour tromper l'ennui.

— Notre enquête est tout sauf ennuyeuse !

— Oui, mais elle avance lentement.

— Tu trouves ?

— Ce n'est pas une critique ! Ce que je veux dire, c'est que si tu as envie ou besoin de parler, je t'écouterai.

Hunter ravala la remarque ironique qui lui était montée aux lèvres. Le brusque changement d'attitude de Kenzie envers lui le surprenait agréablement, et il ne voulait pas gâcher ce moment de grâce en lançant un de ses sarcasmes habituels.

— D'accord, je m'en souviendrai, déclara-t-il simplement.

Kenzie s'agita nerveusement dans son siège. Hunter lui ayant confié quelque chose de personnel, elle se sentait presque obligée de lui rendre la pareille, mais sans en avoir pour l'instant le courage.

Quand il se gara sur le parking de son immeuble, elle se tourna vers lui et se jeta à l'eau.

— Tu avais raison, l'autre jour.

— À propos de quoi ?

— De mon ex-fiancé. Tu as dit qu'il ne me méritait pas et, sans me vanter, c'est la vérité.

— Bien sûr ! C'était alors une simple conjecture de

ma part, mais tes frères me l'ont confirmé depuis. Ils ne savent cependant pas pourquoi tu as rompu tes fiançailles.

— Non, je ne l'ai dit à personne. Je ne voulais pas inspirer de la pitié.

— De la pitié ? Et pourquoi ?

— Parce que Billy me trompait, répondit Kenzie.

Même après tout ce temps, ces mots lui laissaient un goût amer dans la bouche. Elle avait aimé Billy, et la blessure causée par ses infidélités n'était pas complètement cicatrisée.

— Quand je l'ai appris, continua-t-elle, il m'a suppliée de lui pardonner, et promis de ne jamais recommencer.

— Mais il a recommencé…

— Oui, et je lui ai de nouveau pardonné.

— Mais la fois suivante, tu l'as quitté.

— Comment le sais-tu ?

— Je pense que tu n'es pas femme à supporter plus de trois fois d'être trahie.

Lisant sur le visage de Kenzie un mélange d'inquiétude et de méfiance, Hunter posa une main sur son épaule.

— Ne t'en fais pas, reprit-il, je n'en parlerai à personne, et surtout pas à tes frères. S'ils étaient au courant, ils tueraient ce Billy de leurs propres mains. Je peux les comprendre, mais ce sont mes amis, et je ne veux pas les voir inculpés de meurtre. Sans compter que sa stupidité vaut déjà à ce type une lourde punition.

— Quelle punition ?

— Il t'a perdue faute de mesurer la chance qu'il avait, non ?

Kenzie eut soudain l'impression que le temps s'arrêtait.

Peut-être était-ce à cause de l'heure tardive… Ou de la fatigue accumulée au cours de ses longues journées d'enquête… À moins que ce ne soit le fait d'entendre, pour la première fois depuis longtemps, quelqu'un d'extérieur à sa famille lui dire quelque chose de gentil ?

Toujours est-il que, sous l'effet d'une impulsion subite, elle se pencha vers Hunter et l'embrassa…

Une fois, et puis elle recommença, comme pour se convaincre que le plaisir provoqué par ce premier baiser n'était pas le fruit de son imagination.

Mais, non, elle éprouva le même feu d'artifice de sensations, le même sentiment d'euphorie…

Alors qu'elle s'apprêtait à s'écarter de Hunter, il la serra contre lui et prolongea leur baiser avec une ardeur qui fit bouillonner le sang dans ses veines et battre son cœur encore plus fort qu'à l'arrivée du marathon couru pendant ses études à l'école de police.

# 19

Hunter détacha ses lèvres de celles de Kenzie.

Il lui semblait avoir été propulsé dans un univers parallèle. Ou alors il était en train de dormir, et tout cela n'était qu'un rêve. Un rêve merveilleux.

— Si je m'attendais à ça…, déclara-t-il.

— Pour moi aussi, c'est une surprise, murmura Kenzie.

Puis elle s'obligea à bouger dans l'espoir de recouvrer un minimum de contrôle sur la situation et sur elle-même. Mais sa main tremblait lorsqu'elle ouvrit sa portière, et ses genoux manquèrent de se dérober sous elle quand elle mit pied à terre.

*Ressaisis-toi, Kenzie !*

— Merci de m'avoir raccompagnée, dit-elle à Hunter.

— De rien.

Hunter mourait d'envie de pousser plus loin l'initiative que la jeune femme avait prise, mais il savait qu'en précipitant les choses il risquait de l'effrayer, ou pire… Il resta donc assis au volant, immobile et silencieux.

L'appartement de Kenzie était situé au rez-de-chaussée d'un immeuble de deux étages. Elle se dirigea vers l'entrée mais, au bout de trois pas, elle rebroussa chemin et alla demander à Hunter par la vitre ouverte de sa portière :

— Tu veux entrer boire un café ?

Après quelques secondes d'hésitation, il répondit :

— Volontiers.

— Alors viens !

Il descendit de voiture, appuya sur la commande de verrouillage des portières et suivit Kenzie.

— J'habite au rez-de-chaussée, lui indiqua-t-elle.

— Ce n'est pas prudent, pour une femme seule.

— Je sais, mais cet immeuble n'a pas d'ascenseur, et je n'aime pas l'idée de gravir des étages avec de lourds sacs de provisions. De plus, quand je me suis installée ici, c'était censé être temporaire. Je voulais surtout, dans un premier temps, habiter à proximité du commissariat.

Kenzie ouvrit sa porte, et introduisit Hunter dans un séjour clair et spacieux

— Ce « temporaire » dure maintenant depuis un peu plus de trois ans, ajouta-t-elle en refermant la porte derrière lui.

— Mais tu as toujours envie d'aller vivre ailleurs ? demanda-t-il.

— Oui, dans une maison. Quand je regarde par la fenêtre de ma chambre, j'aimerais voir un jardin, pas un parking.

— Je comprends, et ça t'arrivera un jour.

— Comment peux-tu être aussi affirmatif ?

— Tu es une battante. Tu feras en sorte que ton rêve se réalise.

— Qu'est-ce que tu en sais ? Tu me connais à peine !

Avant de répondre, Hunter alla s'installer sur un canapé qui devait pouvoir accueillir quatre personnes au moins.

Ce meuble était à l'image de la famille Cavanaugh : d'une taille démesurée ! pensa Hunter, amusé.

Kenzie, elle, était maintenant dans la cuisine attenante au séjour, et elle préparait le café.

— Détrompe-toi ! répliqua Hunter. J'ai étudié de près *tous* les Cavanaugh.

— Quelle drôle d'idée ! Tu n'aurais pas le cerveau un peu dérangé ?

— Non, c'est le comportement de quelqu'un qui n'a pas de famille et qui le regrette.

— Pas de famille ? Tu m'as parlé tout à l'heure de ton père et de ton frère cadet !

— Je me suis mal exprimé : c'est *plus* de famille que j'aurais dû dire.

Venue entre-temps s'asseoir sur le canapé, Kenzie déclara, un peu honteuse de sa brusquerie :

— Excuse-moi… Que s'est-il passé ?

— Mon père est mort pendant ma dernière année d'école de police : son foie a fini par lâcher. Quant à mon frère, il a un jour disparu de la circulation, et j'ai appris il y a six mois qu'il avait succombé à une overdose d'héroïne. Tes frères sont pour moi ce qui se rapproche le plus d'une famille et, par extension, ça vaut pour tous les Cavanaugh.

La cafetière émit un dernier gargouillis, puis trois petits bips annoncèrent que le café était prêt. Hunter se leva et se dirigea vers la cuisine.

— Où tu vas ? lui demanda Kenzie avant de sauter sur ses pieds et de le suivre.

— Je réponds à l'appel de la cafetière.

— Tu es mon invité, ce n'est pas à toi de servir le café !

— Ça ne me dérange pas, et nous avons dépassé le stade des cérémonies, il me semble !

Hunter se retourna et posa sur Kenzie un regard brûlant.

— Ce n'est pas seulement pour boire un café que tu es venu, n'est-ce pas ? dit-elle d'une voix mal assurée.

— Non, mais je ne ferai rien que tu ne m'aies donné la permission de faire.

Le cœur battant, les yeux fixés sur le beau visage de Hunter, Kenzie s'approcha de lui.

Pourquoi la fascinait-il autant ? Pourquoi, de tous les hommes de son entourage, était-ce celui-ci qu'elle désirait ?

— Je vais le regretter, mais tant pis…, déclara-t-elle avant de lui passer les bras autour du cou.

— Ce n'est pas certain, observa-t-il en l'enlaçant.

— Si, ça l'est.

Kenzie crut avoir prononcé ces mots à voix haute, mais peut-être ne les avait-elle formulés qu'intérieurement… Elle ne le saurait jamais, parce que Hunter s'empara juste après de ses lèvres et qu'elle sentit sa lucidité s'envoler.

Il était trop tard, beaucoup trop tard, pour revenir en arrière.

L'aurait-elle pu, d'ailleurs, qu'elle ne l'aurait pas fait, faute de le vouloir. En cet instant précis, elle avait *besoin* de s'abandonner au plaisir qu'elle savait d'instinct Hunter capable de lui procurer.

Une même fièvre devait habiter ce dernier, car à peine lui avait-elle indiqué, en déboutonnant sa chemise, sa volonté d'aller plus loin qu'il descendit la fermeture Éclair de sa robe et la fit glisser sur le sol. Ils finirent ensuite de se déshabiller mutuellement, sans se soucier de l'endroit où tombaient leurs vêtements.

Lorsqu'ils furent peau contre peau, Kenzie crut que Hunter allait tout de suite unir leurs corps… Au lieu de cela, il commença par tracer des sillons de baisers sur ses épaules, sa gorge, son ventre… Elle essaya de lui rendre la pareille, mais il lui était difficile de se concentrer quand une multitude de sensations délicieuses ne cessaient de fuser à travers son corps.

Des sensations encore inconnues.

Car bien que Hunter ne soit pas son premier amant, jamais encore aucun homme ne l'avait fait se sentir aussi belle, aussi désirée.

C'était cela dont elle se souviendrait plus tard, se promit-elle.

Et si ses frères disaient vrai, si des dizaines de femmes s'étaient réellement succédé dans la vie de Hunter, elle voulait que, pour lui aussi, ces moments soient mémorables.

Forte de cette résolution, Kenzie gagna en audace et en inventivité, si bien qu'ils n'eurent pas le temps d'aller dans la chambre : ce fut le tapis du séjour qui accueillit leurs corps palpitants.

Avant de la pénétrer, Hunter plongea son regard dans celui de Kenzie, comme pour solliciter son accord. Elle le lui donna au moyen d'un sourire et, l'instant d'après, ils ne faisaient plus qu'un. Hunter se mit ensuite à bouger en elle, de plus en plus vite, jusqu'à ce que l'explosion de la jouissance leur arrache à tous les deux un cri de bonheur.

Pendant quelques minutes, Kenzie flotta dans un état de semi-inconscience, et puis la réalité s'imposa.

Maintenant qu'il avait assouvi son désir, pensa-t-elle, Hunter allait lui murmurer une banalité, se lever, se rhabiller et partir.

Peut-être même ne dirait-il rien.

Elle s'interdit d'en éprouver de la déception. Car ce n'était pas une relation suivie qu'elle recherchait, mais la satisfaction ponctuelle d'un besoin physique, non ?

Hunter, qui s'était affaissé sur elle, se mit à bouger…

Voilà, songea-t-elle, le moment fatidique était arrivé.

Mais, à sa grande surprise, Hunter se contenta de rouler sur le côté. Il se souleva ensuite sur un coude, se pencha vers elle et lui demanda :

— Ça va ?

— Oui, répondit-elle avec circonspection. Pourquoi ?

— Parce que, l'espace d'un instant, à la fin, j'ai cru que tu t'étais arrêtée de respirer. Je ne t'ai pas fait mal, j'espère ?

Cachant sa surprise, car elle ne s'attendait pas à ce que Hunter se montre aussi attentionné, Kenzie répondit :

— Je suis plus solide que j'en ai l'air.

— Aucun doute là-dessus ! Je voulais juste m'assurer que tout allait bien.

Kenzie s'aperçut alors que Hunter lui avait passé un bras autour des épaules et la serrait contre lui. Elle sentait leurs cœurs battre à l'unisson, et il y avait dans cet accord quelque chose d'émouvant.

— Tout va bien, déclara-t-elle.

— Tant mieux ! dit Hunter en effleurant ses cheveux d'un baiser.

Il se comportait comme s'ils éprouvaient de l'affection l'un pour l'autre, comme si ce qui venait de se passer entre eux était autre chose qu'un rapport sexuel torride mais sans lendemain.

C'était incompréhensible, et cela continuait d'entamer l'image qu'avait Kenzie d'un Hunter séducteur sans scrupules.

— Qu'est-ce qu'on va faire du reste de la soirée ? demanda-t-il.

Sans trop savoir pourquoi – peut-être à cause du ton sur lequel il avait posé cette question –, Kenzie éclata de rire. Des larmes se mirent à couler sur ses joues, et elle les essuya du revers de sa main avant d'embrasser Hunter en guise de réponse.

L'incendie qui enflamma instantanément leurs sens rendit leurs ébats plus fougueux encore que les précédents, même s'ils eurent cette fois le temps d'aller s'étendre sur le lit de Kenzie avant d'en savourer l'apothéose.

Hunter passa la nuit chez Kenzie et, bien que certaine de ne pas pouvoir fermer l'œil, elle s'endormit dans ses bras.

Quand Kenzie se réveilla, le lendemain matin, la place, à côté d'elle, était vide.

Une onde de déception la parcourut, qu'elle se reprocha aussitôt : à quoi s'attendait-elle ? À trouver des pétales de roses sur son oreiller ? Elle n'était qu'une femme parmi les dizaines de celles que Hunter avait séduites et séduirait encore ! Il n'était pas homme à s'attarder une fois sa libido satisfaite. Elle était même surprise qu'il soit resté si longtemps… Car il n'avait sûrement pas envie qu'elle commence à croire au début d'une grande histoire d'amour !

Kenzie se redressa. Elle devait s'habiller en ce lundi matin, premier jour d'une nouvelle semaine d'enquête. Elle avait une tueuse en série à mettre hors d'état de nuire, et ce n'était pas en se lamentant sur son sort qu'elle y parviendrait.

Une odeur indéfinissable lui parvint de la pièce voisine au moment où elle se levait.

Avait-elle oublié d'éteindre la cafetière, hier soir ? Si oui, cela risquait de provoquer un incendie !

Affolée, elle se rua dans la cuisine, prête à y voir… tout sauf ce qu'elle découvrit.

# 20

La stupeur laissa Kenzie sans voix.

Hunter n'était pas parti.

Ce qu'elle avait senti, c'était une odeur de café frais mêlée à celle des œufs au bacon en train de cuire dans une poêle. Il y avait aussi du pain dans le toasteur, mais, pour l'instant, Hunter ne cuisinait pas : il fixait Kenzie.

— Tu ne t'habilles jamais pour le petit déjeuner ? demanda-t-il sur un ton pince-sans-rire.

S'apercevant alors qu'elle était sortie de sa chambre en tenue d'Ève, Kenzie poussa un petit cri de consternation et chercha des yeux quelque chose pour se couvrir.

Et puis elle renonça à cette idée. Hunter l'avait déjà vue nue, et ce brusque accès de pudeur était donc absurde.

Elle n'en alla pas moins se poster derrière un siège dont le dossier lui permettait de se sentir plus à l'aise pour entamer une conversation.

— J'ai eu peur d'avoir laissé la cafetière allumée, hier soir, expliqua-t-elle. Mais je me rappelle maintenant qu'elle s'éteint automatiquement au bout d'un quart d'heure… Qu'est-ce que tu fais ?

— Je prépare le petit déjeuner. Ça me paraissait évident, mais peut-être que ça ne l'est pas tant que ça, puisque tu me poses la question !

— C'était moins une question qu'une manifestation

de surprise ! dit Kenzie un peu sèchement, parce qu'elle n'aimait pas être prise au dépourvu. Pourquoi tu ne m'as pas réveillée ?

Les tranches de pain sautèrent du toasteur. Hunter les sortit et commença à les beurrer avant de répondre :

— Tu travailles beaucoup en ce moment. J'ai pensé qu'une petite grasse matinée te ferait du bien. Si je t'ai contrariée, je m'en excuse.

Honteuse de sa brusquerie, Kenzie déclara d'une voix radoucie :

— Euh... maintenant que je suis rassurée, je vais aller m'habiller.

— Tu peux rester comme ça. Ça ne me dérange pas, au contraire !

— Très drôle ! grommela Kenzie avant de regagner sa chambre.

Elle en ressortit moins de cinq minutes plus tard, et Hunter, qui se tenait devant la gazinière, dos au séjour, lui demanda :

— Tu ne t'es pas habillée, finalement ?

Puis il se retourna et, à sa grande déception, vit que la jeune femme portait un jean et un T-shirt.

— Tu as fait vite ! observa-t-il. Viens t'asseoir, le petit déjeuner est prêt.

Kenzie s'attabla, et Hunter posa devant elle un mug de café et une assiette assez grande pour contenir des œufs au bacon et deux tranches de pain de mie grillées.

Peu habituée à se faire servir, Kenzie se sentit gênée de l'être – et chez elle, de surcroît !

— Merci, déclara-t-elle, mais... où est passé le Brannigan machiste que je connais ?

— Il n'a jamais existé que dans ton imagination. Je t'avais

dit que je traitais les femmes avec le plus grand respect… Ce n'est pas ma faute si tu as alors refusé de me croire !

Plutôt que de s'attarder sur un sujet qui ne la faisait pas paraître à son avantage, Kenzie se tut et attaqua son petit déjeuner. Hunter alla se servir le sien, puis il s'installa en face d'elle.

Ce fut seulement en commençant à manger que Kenzie eut conscience d'avoir très faim, et il ne restait presque plus rien dans son assiette quand elle observa :

— C'est très bon ! Quand as-tu appris à cuisiner ?

— Quand mon père nous a récupérés, mon frère et moi. Après qu'il a failli plusieurs fois mettre le feu à la cuisine en préparant un repas, j'ai compris que je devais prendre les choses en main dans ce domaine-là *aussi*.

Le portable de Kenzie sonna, dans sa poche. Elle l'en avait à peine sorti que celui de Hunter fit de même. Il attendit pour décrocher de s'être levé et éloigné de quelques pas. Kenzie, elle, avait tout de suite pris la communication. C'était Choi qui appelait.

— Un ranger a rencontré un couple de randonneurs terrorisés, tard hier soir. Ils s'étaient perdus et, quand ils ont vu un bungalow, ils ont décidé d'y passer la nuit : ils le croyaient abandonné. D'après le ranger qui les a recueillis, ils tremblaient comme des feuilles.

— Où sont-ils en ce moment ?

— Dans nos locaux. Le ranger a appelé la police, et une de nos voitures est allée les chercher.

— Tu leur as parlé ?

— Oui. La peur rend leurs propos presque incohérents, mais d'après ce que j'en ai compris, ce qu'ils ont à raconter est très intéressant… Il faut les soumettre à un interrogatoire serré.

— J'arrive !

Kenzie coupa la communication, et Hunter, qui avait déjà raccroché, lui annonça :

— Valdez a localisé le frère et la belle-sœur de Jerry Wiley, la quatrième victime identifiée. Il va aller leur parler, pour tenter de savoir qui Jerry fréquentait dans les mois ou les semaines qui ont précédé sa disparition… Et toi, qui t'a appelée ?

— Choi, pour m'informer qu'un couple de randonneurs était tombé par hasard sur un bungalow qui, pour une raison ou pour une autre, les a terrorisés.

Kenzie se dirigea vers le secrétaire où elle rangeait son arme de service. En se retournant après l'avoir prise, elle vit que Hunter avait pendant ce temps débarrassé la table et empilé la vaisselle dans l'évier.

Cet homme ne cessait décidément d'accumuler les bons points !

— Qu'y avait-il dans ce bungalow de si horrible ? demanda-t-il.

— Je ne sais pas : Choi n'est pas entré dans les détails. C'est un ranger qui a trouvé ces randonneurs, et ils sont maintenant au commissariat… On y va ?

— On y va !

Une fois sur le parking, Kenzie observa :

— Je crois qu'on devrait prendre chacun notre voiture.

— Bonne idée ! Mieux vaut ne pas prêter le flanc aux commérages.

— Et il y a autre chose : certaines personnes présentes à la réception de mon oncle vont peut-être remarquer que tu portes les mêmes vêtements qu'hier.

— Peut-être, mais ces personnes ne me poseront pas de questions, car elles savent que je n'y répondrai pas. Je ne suis pas du genre à faire étalage de ma vie privée.

Kenzie se rendit alors compte que c'était précisément

cela dont elle avait peur : si quelqu'un apprenait que Hunter et elle avaient passé la nuit ensemble, le commissariat tout entier ne tarderait pas à être au courant. Sans en avoir honte ni le regretter, elle préférait que cela ne s'ébruite pas.

— Tu n'as pas à t'inquiéter, reprit Hunter. Je ne parlerai à personne de la nuit dernière.

Il monta ensuite dans sa voiture et démarra pendant que Kenzie se dirigeait à grands pas vers la place de parking qui lui était réservée.

Sur le chemin du commissariat, Kenzie ne put s'empêcher de penser au changement que ces dernières vingt-quatre heures avaient amené dans sa vie.

*Non !* se dit-elle aussitôt. À partir de maintenant, elle ne devait plus considérer Hunter comme un amant, mais de nouveau comme un simple collègue. Elle n'avait pas le droit de se laisser distraire de leur enquête… Sans compter qu'il considérait peut-être déjà cette parenthèse comme refermée.

Arrivée à destination, Kenzie se gara comme d'habitude à l'arrière du commissariat. Elle gravit ensuite deux à deux les marches qui menaient à la porte de derrière. L'appel de Choi avait piqué sa curiosité.

Qu'est-ce qui avait bien pu terroriser ces randonneurs ? Pour qu'ils aient été dirigés vers son groupe de travail, ce devait être en rapport avec l'enquête… Étaient-ils tombés sur un cadavre ? ou sur des restes humains semblables à ceux qui avaient été découverts à Aurora Park ?

Quand Kenzie entra dans la pièce qui servait de quartier général à leur équipe, Choi y était seul. Elle n'avait pas vu la voiture de Hunter sur le parking, tout à l'heure, mais elle n'en avait rien déduit : aucun règlement n'obligeait le personnel du commissariat à s'y garer.

Mais, comme ils avaient quitté le parking de son immeuble à quelques minutes seulement d'intervalle, il aurait dû être là…

Où était-il ?

Kenzie s'interdit de s'inquiéter. Hunter devait traîner un peu en route, tout simplement, pour ne pas risquer d'arriver en même temps qu'elle et d'alimenter ainsi les ragots.

Choi se leva alors et lui annonça :

— Les randonneurs sont dans la salle de conférences.

— Comment s'appellent-ils ?

— Bob et Cynthia Kellogg. On y va ?

— Non, on attend Brannigan. Il codirige l'équipe, et il serait indélicat de recueillir un témoignage important sans lui.

— Il n'est pas au courant, pour les randonneurs. Je ne l'ai pas appelé.

— Moi, si, juste après ton coup de téléphone, prétendit Kenzie. Il m'a dit qu'il allait sauter dans sa voiture, mais tout le monde n'habite pas aussi près du commissariat que moi.

Ce fut tout ce qu'elle trouva pour expliquer l'absence de Hunter et faire patienter son coéquipier.

Par chance, Hunter arriva deux minutes plus tard. Préférant finalement prévenir toute question sur l'endroit où il avait passé la nuit, il s'était changé, et Kenzie réprima un sourire.

Il salua Choi d'un signe de tête, n'oublia heureusement pas d'adresser le même à Kenzie, et demanda ensuite :

— Où sont les randonneurs ?

— Dans la salle de conférences, répondit Choi. O'Hara n'est pas encore là, et Valdez est allé interroger le frère et la belle-sœur de Jerry Wiley.

— Pourquoi est-ce à nous que ce couple a été adressé ?

— Les agents de police qui sont allés les récupérer leur

ont parlé. Il semble que l'histoire de notre veuve noire se soit répandue.

Hunter, Kenzie et Choi se rendirent ensuite dans la salle de conférences. Ils y trouvèrent deux trentenaires d'allure sportive, mais aussi nerveux que s'ils craignaient que leurs chaises ne prennent brusquement feu. Leur récente aventure les avait traumatisés au point que la femme avait poussé un cri de frayeur en entendant la porte s'ouvrir.

— Désolée ! déclara Kenzie. Je ne voulais pas vous faire peur.

— Tout lui fait peur en ce moment, indiqua son mari. Et à moi aussi !

Après que Choi eut fait les présentations, Hunter demanda :

— Que s'est-il passé hier soir, monsieur Kellogg ?

— J'aimerais pouvoir l'effacer de ma mémoire…

La voix de l'homme se brisa. Son épouse lui prit la main, et Kenzie se demanda si c'était pour lui offrir du réconfort ou pour en chercher.

— Ça nous ennuie de vous faire revivre une expérience aussi éprouvante, monsieur Kellogg, dit-elle, mais on a absolument besoin que vous nous la racontiez de la façon la plus complète et précise possible. Un détail apparemment insignifiant nous permettra peut-être de sauver la vie de quelqu'un.

Bob inspira profondément, serra la main de sa femme comme pour se donner du courage et déclara :

— On a marché plus longtemps que prévu, et on a fini par se perdre. Un orage nous a ensuite surpris, et quand on a aperçu un bungalow, on s'est dit qu'on avait de la chance : il allait nous servir d'abri contre la pluie, et même de refuge pour la nuit si le temps ne s'améliorait pas.

— Vous sauriez y retourner ? demanda Hunter.

Bob ferma les yeux, comme si cette seule perspective

lui était douloureuse. Cynthia, elle, poussa un petit gémissement. Hunter s'en serait voulu de les faire souffrir si leur témoignage n'avait été aussi important.

— Oui, finit par répondre Bob, je crois que je pourrais retrouver ce bungalow.

— Très bien ! Vous y êtes entrés ?

— Oui.

— La porte n'était pas fermée à clé, alors ?

— Non, et ce qu'on a vu derrière nous a donné froid dans le dos. C'était tellement… bizarre.

— Bizarre comment ? déclara Kenzie.

— Il y avait des feuilles de plastique accrochées un peu partout. Plusieurs allaient du sol au plafond, et il y avait ce qui ressemblait à du sang sur certaines… On a tout de suite senti qu'il se passait des choses horribles dans cette maison, et puis, tout à coup, on a entendu un bruit strident…

— Vous avez vu ce qui l'avait produit ? demanda Hunter.

— Vous plaisantez ? On a fait demi-tour, et on est partis en courant !

Kenzie et Hunter échangèrent un regard.

Les Kellogg seraient-ils tombés sur l'endroit où la veuve noire tuait et découpait ses victimes ?

# 21

Bob Kellogg aurait peut-être accepté d'emmener les policiers au bungalow si son épouse ne s'y était opposée avec une véhémence proche de l'hystérie.

— J'ai l'impression que ces deux-là ne sont pas près de repartir en randonnée, observa O'Hara.

Il avait rejoint ses collègues quelques minutes plus tôt, et ils s'étaient tous réunis dans un coin de la salle de conférences pour offrir au couple un peu d'intimité.

— Qu'est-ce qu'on va faire ? déclara Kenzie.

Plutôt que de perdre du temps à étudier différentes possibilités, Hunter se tourna vers Bob et lui demanda :

— Vous vous rappelez dans quelle direction vous alliez quand l'orage a éclaté ?

— Oui, vers le nord. Et à partir du moment où je me suis aperçu qu'on s'était perdus, j'ai créé des repères visuels tous les cent mètres environ, sous forme de petits tas de pierres, pour nous guider au retour. La pluie a commencé à tomber après l'installation du troisième repère, et le bungalow nous est apparu quelques minutes plus tard.

— J'imagine que vous avez une carte, dans votre sac à dos ?

— Oui.

— Montrez-nous jusqu'où vous êtes allés avant de vous perdre.

Bob obéit, et Hunter, qui connaissait assez bien la région, fut certain de pouvoir maintenant trouver le bungalow sans son aide.

Les quatre policiers remercièrent les Kellogg et regagnèrent leur quartier général pour préparer leur expédition.

Estimant qu'un assassinat au moins avait été commis dans ce bungalow, Kenzie décida de demander à une équipe de la police scientifique de les accompagner.

— Ne vaut-il pas mieux d'abord s'assurer que nos randonneurs ne se sont pas laissé emporter par leur imagination ? objecta Hunter.

Normalement, Kenzie aurait été du même avis mais, là, son instinct lui disait que le temps pressait.

— J'ai le sentiment que, si on attend, cette piste sera perdue. C'est la saison des incendies… La personne qui utilise ce bungalow peut en profiter pour y mettre le feu si elle se sent menacée.

— Tu as raison, admit Hunter. Allons voir ton oncle Sean.

— Je ne comprends pas pourquoi tant de gens aiment la randonnée, déclara Kenzie quelques heures plus tard.

Hunter, Choi, O'Hara et elle, accompagnés de quatre techniciens de scène de crime, étaient en train de gravir une hauteur baptisée Big Haven Mountain.

— Je pense que c'est pour la vue, dit Hunter.

Kenzie craignait à chaque pas de glisser. Hunter lui avait tendu la main à plusieurs reprises, mais elle l'avait ignorée à chaque fois.

— Je peux trouver sur Internet de magnifiques photos de paysages, souligna-t-elle.

— L'air est plus pur ici qu'en ville.

— Oui, mais il y a moins de moustiques en ville, et on s'y fatigue moins à marcher.

— J'ai l'impression d'entendre une ado grognon ! observa Hunter en riant.

— Bon, j'arrête de me plaindre, mais la randonnée ne comptera jamais parmi mes activités préférées ! Je regrette de ne pas avoir le pied aussi sûr qu'une chèvre.

— Si tu l'avais, tu ressemblerais à une chèvre, et ce serait très dommage !

Cette remarque les fit rire, et Choi, derrière eux, s'exclama :

— Vous vous amusez bien, tous les deux ? J'aurais vraiment préféré que vous ayez choisi Valdez pour vous accompagner !

— Il est plus âgé que toi, indiqua Kenzie.

— Oui, et ça veut dire que je mourrai *vraiment* jeune si je me casse le cou sur cette satanée montagne !

— Malgré son nom, cette « montagne » est à peine plus haute qu'une colline ! indiqua Hunter. Et on vient de dépasser le troisième tas de pierres construit par Kellogg… On est presque arrivés.

— Tant mieux ! s'écria Choi. Mais j'aurai au moins appris aujourd'hui que je préfère encore la paperasse à la randonnée !

— Ce qui ne t'empêchera pas de râler la prochaine fois que tu auras un rapport à rédiger ! dit Kenzie.

Sans doute parce que c'était vrai, son coéquipier ne protesta pas.

— Je le vois ! s'exclama alors Hunter.

— C'est du bungalow que tu parles ? demanda Kenzie. Parce que moi, je ne vois rien !

— Là-bas…, déclara Hunter en pointant le doigt vers la droite.

Le groupe prit cette direction, et Kenzie ne tarda pas à apercevoir le logis découvert par les Kellogg. Elle en fut si contente que, oubliant sa fatigue, elle franchit presque en courant le reste du trajet et se trouva vite devant une petite maison rustique, sans étage et aux volets fermés.

Arrivée la première devant la porte, elle commença par enfiler des gants en latex. Elle bouillait d'impatience mais, si son instinct ne la trompait pas, il y avait déjà dans cet endroit les empreintes digitales de nombreuses personnes. Inutile de compliquer encore les choses en y ajoutant les siennes !

Le temps qu'elle mette ces gants, Hunter l'avait rejointe, et elle s'aperçut qu'il avait pris la même précaution qu'elle.

— Prête ? lui demanda-t-il, la main sur la poignée.

Du coin de l'œil, elle vit que leurs compagnons avaient l'air de retenir leur souffle.

— Prête ! répondit-elle.

À la seconde même où Hunter ouvrit la porte, Kenzie sut qu'ils avaient trouvé le repaire de la veuve noire : bien qu'il n'y ait aucun cadavre en vue, il y flottait une odeur de mort.

— Qu'est-ce que tu en penses ? lui demanda Hunter.

— Je suis certaine qu'on est au bon endroit.

Le vent chaud qui entrait par la porte faisait bouger les grandes feuilles de plastique dont Bob Kellogg avait parlé. Ce bruit et ce mouvement achevaient de rendre inquiétante l'atmosphère de la maison.

— C'est du sang, déclara Kenzie en montrant une tache rouge, sur l'appui d'une fenêtre.

— Et il y en a des éclaboussures ailleurs, dit Hunter.

Leurs collègues les rejoignirent alors. Les techniciens de scène de crime entreprirent de passer le bungalow au peigne fin tandis que Kenzie, Hunter et les deux membres de leur groupe de travail se mettaient en quête d'indices plus directement exploitables que des empreintes ou des éléments pileux.

Le bungalow se composait de deux pièces et d'une minuscule salle de bains. La porte d'entrée s'ouvrait sur un séjour meublé de deux chaises et d'une grande table rectangulaire.

L'imaginant recouverte de plastique et servant à tout autre chose qu'à manger, Kenzie ne put réprimer un frisson, et Hunter observa :

— Tu trembles ? Tu ne peux tout de même pas avoir froid !

— Si, murmura-t-elle.

Car l'horreur des crimes commis ici glaçait le sang dans ses veines.

— Hé, Cavanaugh ! appela Choi depuis la pièce voisine. Devine ce que j'ai trouvé !

*Pas un autre tronc sans tête, j'espère !* pensa Kenzie.

Accompagnée de Hunter et d'O'Hara, elle alla rejoindre son coéquipier.

Choi était à quatre pattes près d'un lit, et ils le virent sortir ce qui était caché dessous : une scie sans fil et une scie à métaux dont la lame était partiellement cassée. Il se releva ensuite, épousseta ses genoux et s'écria :

— Je crois qu'on a touché le jackpot !

Pendant ce temps, O'Hara était allé ouvrir l'unique meuble de rangement de la pièce – une armoire penderie qui ne contenait que des cintres vides.

— La personne qui mettait là des vêtements est partie avec, déclara-t-il.

— Mais elle était encore là quand les Kellogg ont pénétré dans le pavillon. Ils ont eu de la chance, car c'est leurs cadavres que nous aurions sans doute trouvés ici aujourd'hui ! observa Hunter.

— Non, je ne pense pas, objecta Kenzie. Ils ne correspondent ni l'un ni l'autre au type de victime que recherche notre veuve noire.

— En effet, mais elle les aurait alors tués par nécessité, non par plaisir, souligna O'Hara.

— C'est vrai, admit Kenzie. Si on allait explorer les alentours, maintenant ?

Un appentis se dressait au fond du jardin, derrière la maison. Ils commencèrent par là, et Kenzie observa en s'en approchant :

— J'espère qu'il n'y a pas de rats, là-dedans !

— Il n'y a qu'un moyen de le savoir, dit O'Hara.

Puis il dépassa ses compagnons et alla ouvrir la porte de l'appentis.

— Bon sang ! s'exclama-t-il.

Hunter courut le rejoindre.

— Qu'y a-t-il ?

Apparemment incapable de parler, O'Hara lui fit signe de reculer. Il s'éloigna ensuite de quelques pas et se mit à vomir tripes et boyaux.

Inquiète, Kenzie voulut se porter à son secours mais, en arrivant au niveau de la porte, elle vit l'intérieur de l'appentis et s'arrêta net, prise d'un dégoût insurmontable.

Le sol du bâtiment était jonché de têtes et de mains coupées – celles des victimes dont le tronc avait été découvert à Aurora Park, de toute évidence.

Voyant que Kenzie, malgré sa pâleur, s'apprêtait à entrer dans l'appentis, Hunter la prit par le bras et la tira en arrière pour l'en empêcher.

— Va chercher les techniciens, Choi ! ordonna-t-il.

— C'est là qu'elle les cachait…, dit Kenzie d'une voix blanche.

Hunter essayait de l'éloigner de l'appentis, et il était fort, mais elle résista.

— C'est sa salle des trophées, poursuivit-elle. Là où cette femme peut venir admirer son œuvre.

— Tu n'en sais rien, objecta Hunter. Cet endroit lui sert peut-être juste à entreposer les restes identifiables de ses victimes.

— Non, dans son esprit, ce sont des trophées, je le sens ! On a affaire à un monstre !

— Ce n'est pas moi qui te dirai le contraire !

Choi revint alors, accompagné des techniciens de scène de crime. C'étaient tous des professionnels chevronnés, et pourtant le spectacle d'horreur qu'ils découvrirent à leur tour les fit pâlir.

— Ça va nous prendre du temps ! annonça Lawrence, leur chef.

— Prenez-en autant que nécessaire, lui déclara Kenzie en s'efforçant de cacher qu'elle était toujours au bord de la nausée.

Puis elle se tourna vers Hunter.

— Il faut se renseigner pour savoir à qui ce bungalow appartient.

— La conservation des hypothèques du comté nous le dira. Il ne s'agit peut-être pas de notre veuve noire, mais, même dans ce cas, l'identité du propriétaire fera avancer l'enquête et, de pas en pas, on finira par la boucler.

Kenzie se raccrocha à cet espoir. Il lui semblait de plus en plus urgent de trouver *la* piste qui les mènerait à la tueuse en série.

# 22

Le Dr Rayburn poussa un petit grognement en voyant Kenzie et Hunter franchir le seuil de la morgue, le lendemain.

— Sachez que, de toute ma carrière de légiste, je n'avais encore jamais eu le « privilège » de m'occuper d'une affaire de ce genre ! leur lança-t-il. Elle dépasse en horreur toutes les autres, et de loin !

Pour gagner du temps, Kenzie, Hunter, Choi et O'Hara étaient restés sur place, la veille, pour aider les techniciens de scène de crime à recueillir et cataloguer tous les indices découverts dans le bungalow et l'appentis.

Douze têtes, vingt-quatre mains et un tronc – celui de John Kurtz, selon toute vraisemblance – avaient été ensachés, étiquetés et déposés à la morgue la veille au soir. Le Dr Rayburn était alors parti, et Kenzie imaginait facilement le choc qu'il avait eu en découvrant ce matin ce nouveau « lot » de restes humains.

— Ça va vous aider à identifier les troncs stockés dans vos tiroirs réfrigérés, lui déclara-t-elle.

— Je l'espère.

— Vous n'en êtes pas sûr ? demanda Kenzie, surprise.

— Non, parce que ces têtes et ces mains appartiennent peut-être à d'autres victimes que celles d'Aurora Park… Que se passera-t-il, dans ce cas ?

— On continuera à chercher les morceaux manquants, et on les trouvera !

— J'admire votre optimisme, et je l'envie ! Maintenant, je peux savoir pourquoi vous êtes là, tous les deux ?

— Pour vous remettre ceci, répondit Kenzie en tendant une grosse chemise cartonnée au médecin. Il y a là une copie des dossiers de personnes disparues dont le profil correspond à celui des quatre victimes identifiées à ce jour. On pense que quelques-uns au moins de ces hommes font partie des victimes dont nous avons retrouvé les restes hier. Ces dossiers peuvent donc vous être utiles.

Le légiste soupira. Le gobelet de café qu'il avait acheté sur le chemin de la morgue était en train de refroidir sur son bureau, parce qu'il s'était mis au travail tout de suite en arrivant… Et maintenant, il avait en plus ces dossiers à consulter ! Mais le lieutenant Cavanaugh avait raison : les informations qu'ils contenaient pourraient l'aider à identifier les hommes dont la tête attendait son examen.

— D'accord, merci ! dit-il en posant la chemise sur le brancard vide le plus proche. Autre chose ?

— Non, déclara Kenzie. On vous laisse.

— J'ai l'impression que Rayburn n'aime pas son travail, déclara Hunter à Kenzie dans l'ascenseur qui les ramenait au service des personnes disparues.

— Moi, j'en suis sûre : j'ai vu sur son bureau un calendrier de décompte.

— Qu'est-ce que c'est ?

— Un calendrier qui donne le nombre de jours qui sépare quelqu'un de la retraite. Rayburn est donc impatient de prendre la sienne.

— Personne ne devrait exercer un métier qui ne le passionne pas.

— Le tien te passionne ?

— Je me réveille tous les matins en sifflotant, répondit Hunter.

Était-il sérieux ou sarcastique ? se demanda Kenzie. Mais comme elle n'avait pas envie de lui poser d'autres questions personnelles, elle changea de sujet :

— J'espère qu'on pourra identifier quelques autres victimes… Plus on en connaîtra, plus on aura de personnes susceptibles de nous fournir des informations… Et à ce propos, Valdez en a obtenu du frère et de la belle-sœur de Jerry Wiley ?

— Je n'ai pas encore eu l'occasion de lui parler. Comme tu t'en souviens peut-être, la journée et la soirée d'hier ont été chargées.

Un sourire accompagna ces mots. Rentrés tard du bungalow, ils étaient allés directement chez Kenzie et avaient commandé des pizzas. Bien qu'ils n'aient pas déjeuné, ils y avaient à peine touché : c'était d'autre chose que de nourriture qu'ils avaient faim.

Hunter était parti au petit matin pour aller se changer, et Kenzie aurait pensé qu'il en serait ainsi tous les jours si sa raison ne l'en avait empêchée : Hunter Brannigan n'était pas homme à se laisser enfermer dans une routine. Elle aurait aimé pouvoir se dire qu'il était en train de changer sous l'effet de sentiments nouveaux pour lui, mais ce genre de miracle ne se produisait que dans les comédies sentimentales…

Et là, c'était la vraie vie.

Mieux valait se concentrer sur le présent, profiter pleinement de leur liaison le temps qu'elle durerait. Il ne fallait surtout pas tomber dans le piège des projets d'avenir : Kenzie savait que ce serait le début de la fin.

Ils trouvèrent Valdez seul dans leur quartier général, et ce fut lui qui engagea la conversation :

— Alors, il paraît que vous avez passé une sacrée journée, hier ?

— Oui, répondit Hunter, mais où sont les autres ?

— Choi est allé se chercher un café, et O'Hara n'est pas encore arrivé.

— D'accord… Et toi, tu as appris quelque chose d'utile des Wiley ?

— Oui. De très utile, même ! J'avais emporté un cliché provenant des enregistrements de la banque le jour où John Kurtz a vidé ses comptes, et je le leur ai montré.

Valdez marqua une pause, et Hunter s'écria :

— Continue !

— Jenny Wiley a reconnu la femme blonde : son beau-frère sortait avec elle juste avant de disparaître, il y a un an.

— Jenny l'a rencontrée ? demanda Kenzie.

— Non. Jerry ne présentait jamais ses petites amies à sa famille. Il ne leur parlait même jamais de sa vie intime.

— Alors comment sa belle-sœur a-t-elle pu reconnaître notre veuve noire ?

— Elle est très curieuse. Elle était sûre que son beau-frère avait une liaison, et elle a décidé un jour de le suivre. Elle l'a vu entrer chez cette femme, et une fenêtre laissée ouverte lui a ensuite permis de les observer.

— Elle se souvient de l'adresse ? demanda Kenzie.

— Oui.

— Alors il faut y aller tout de suite ! Même si elle n'y habite plus, on trouvera peut-être là-bas quelque chose qui nous aidera à la localiser.

— Après la disparition de Jerry, son frère et sa belle-sœur se sont rendus à cette adresse pour parler à cette femme, mais elle n'y était pas. Selon les voisins, la maison en question était inoccupée depuis un certain temps.

— Encore une impasse ! s'exclama Kenzie, profondément déçue.

— Ça y ressemble, admit Hunter, mais il ne faut pas se décourager. On a une autre piste à explorer, celle du propriétaire du bungalow.

— Une piste qui ne mènera peut-être nulle part, elle non plus.

— Si le métier de policier était facile, tout le monde pourrait l'exercer.

— Je sais, je sais…

— Où est passé l'optimisme que le légiste t'enviait, tout à l'heure ?

— J'attendais trop du témoignage du frère et de la belle-sœur de Jerry Wiley, j'imagine…

— Et à propos du Dr Rayburn, il y a de bonnes chances pour que la comparaison entre les restes découverts hier et les dossiers qu'on lui a apportés lui permette d'identifier d'autres victimes.

D'humeur résolument sombre, Kenzie observa :

— On devra dans ce cas enlever à de nouvelles personnes l'espoir de retrouver un jour vivant leur proche disparu.

— Mais on obtiendra peut-être d'elles des informations capitales, souligna Hunter. Je vais maintenant aller à la conservation des hypothèques du comté. Tu m'accompagnes, ou tu préfères rester ici ?

Cette question fouetta l'orgueil de Kenzie. Comment Hunter pouvait-il penser qu'elle se laisserait mettre sur la touche ?

— Je t'accompagne ! Je ne suis pas du genre à me tourner les pouces en attendant que quelqu'un d'autre obtienne des résultats, au cas où tu ne l'aurais pas remarqué !

— Si, je l'ai remarqué ! s'écria Hunter en riant.

— Qu'est-ce que vous voulez qu'on fasse pendant ce temps ? demanda Valdez.

Choi et O'Hara les avaient maintenant rejoints, et Hunter déclara :

— O'Hara, tu vas aller voir au labo si l'analyse des prélèvements effectués hier a déjà donné quelque chose… Choi, descends au service informatique et tâche de faire dire à Valri Cavanaugh où elle en est de ses recherches sur notre veuve noire… Toi, Valdez, retourne voir les Wiley et demande-leur s'ils savent dans quelle agence bancaire Jerry avait un compte. Dans l'affirmative, va là-bas, renseigne-toi sur le jour où il a vidé son compte – il l'a fait, j'en mettrais ma main au feu –, et tâche de te procurer les images enregistrées par les caméras de surveillance ce jour-là. Notre veuve noire a dû rôder dans les parages pendant toute l'opération de fermeture du compte, pour s'assurer que sa proie lui obéissait… Elle finira bien par commettre une erreur qui nous permettra de l'identifier et de l'arrêter.

— Ça arriverait peut-être dans un monde parfait…, marmonna Choi.

— Non, dans un monde imparfait ! rectifia Hunter. Parce qu'un monstre comme cette femme n'existe pas dans un monde parfait.

La conservation des hypothèques du comté se trouvait à une quarantaine de kilomètres d'Aurora. Hunter se porta volontaire pour conduire et, à sa grande surprise, Kenzie n'émit pas d'objection.

— Je te trouve bien morose, lui dit-il pendant le trajet. L'étau se resserre pourtant autour de notre veuve noire.

Mais Kenzie ne voyait pas les choses de la même façon.

Ils allaient peut-être obtenir le nom de la personne à qui appartenait le bungalow, mais ce nom ne serait pas forcément le bon. Elle avait le sentiment qu'une affaire d'une telle complexité ne pouvait pas connaître un dénouement aussi simple et rapide.

— Si ça se trouve, l'identité du propriétaire de ce bungalow nous apportera plus de questions que de réponses, déclara-t-elle. J'ai parfois l'impression d'être bloquée dans un rêve où je marche sur une route qui en mène à une autre qui en mène à une autre, et ainsi de suite.

— Tu as peut-être besoin de faire une pause. Si cette enquête devient trop dure pour toi, je pense que tu aurais intérêt à t'en détacher pendant un petit moment.

— Contrairement à ce que tu crois, tu me connais vraiment mal, pour me suggérer une chose pareille ! Je n'ai pas le droit de faire une pause ! Il faut retrouver cette femme avant qu'elle ait piégé un autre homme.

— D'accord, tu ne veux pas lever le pied. Alors, dans ce cas, concentre-toi sur la résolution de cette affaire, et fais abstraction du reste.

— Quel reste ?

— Les têtes et les mains coupées, les troncs… Efface ces images de ton esprit et remplace-les par celle du moment où on arrêtera ce monstre, compris ?

Kenzie éclata de rire.

— Oui, chef !

— « Chef » ?

— Tu avais un ton de sergent instructeur, à l'instant, alors j'ai répondu comme une recrue !

Le portable de Hunter se mit à sonner.

— Tu prends la communication ? déclara-t-il.

— L'appareil est dans ta poche !

— Et alors, où est le problème ? Tu étais moins pudibonde, la nuit dernière !

Cette remarque rappela à Kenzie toutes sortes de souvenirs agréables, et elle secoua la tête, impressionnée : Hunter avait réussi à la faire rire à un moment où elle se sentait un peu déprimée, et il lui inspirait des pensées érotiques alors qu'ils étaient tous les deux habillés et assis dans une voiture roulant à cent kilomètres/heure…

Cet homme ne cesserait décidément jamais de la surprendre !

# 23

L'achat de la maison dont Kenzie et Hunter recherchaient le propriétaire ne figurait pas dans ses fichiers informatiques, leur apprit l'employée de la conservation des hypothèques qui les reçut. Cette acquisition datait donc d'une époque où les documents de ce type n'existaient que sur papier, et ils étaient maintenant conservés à un autre endroit.

Ils s'y rendirent, et, là, un fonctionnaire pâle et voûté du nom d'Arthur Calavetti les emmena dans un immense sous-sol rempli d'étagères dont chacune contenait des rangées interminables de boîtes d'archivage poussiéreuses.

— Ce que vous cherchez devrait être là, déclara-t-il.

Kenzie ne trouva pas cet emploi du conditionnel très encourageant.

— Ce local compte combien de boîtes en tout ? demanda Hunter.

— Des milliers… Je vous laisse maintenant : il faut que je retourne à l'accueil.

Les étagères allaient du sol au plafond et, une fois seule avec Hunter, Kenzie observa :

— Combien de gens sont morts d'épuisement ou étouffés par la poussière avant d'avoir trouvé le document dont ils avaient besoin ?

— Sans doute moins que tu ne le penses.

— Voilà qui n'est pas vraiment réconfortant ! Comment on procède ?

Après avoir examiné les étagères les plus proches d'eux, Hunter répondit :

— Les boîtes sont rangées par ordre chronologique. On va commencer par l'année la plus proche de nous, et remonter ensuite le temps.

— On en a pour des heures et des heures !

— Tu as une meilleure idée ?

— Oui ! déclara Kenzie, qui venait justement de penser à quelque chose. Arthur n'a pas l'air de trouver grand intérêt à son travail, tu ne trouves pas ?

— Si, et alors ?

— Alors si on lui dit exactement ce qu'on cherche et pourquoi, il acceptera peut-être de nous aider. Si quelqu'un peut nous faire gagner du temps, c'est bien lui !

— Peut-être, mais je te rappelle qu'on est ici pour les besoins d'une enquête criminelle en cours... On n'a le droit de communiquer à personne des informations la concernant.

— Si on se passe de toute aide extérieure, cette enquête restera au point mort. Et Arthur ne me semble pas du genre à communiquer ce qu'on lui dira à un journal en ligne ou à une chaîne d'info... Même s'il le voulait, d'ailleurs, il ne saurait sans doute pas comment s'y prendre. L'illettrisme numérique est plus répandu qu'on ne le croit généralement.

— Bon, d'accord ! Va le chercher !

Hunter avait à peine fini sa phrase que Kenzie était partie. Elle revint dix minutes plus tard avec un Arthur tout excité. Hunter aurait même pu jurer qu'il s'était redressé et que ses joues avaient rosi.

— Il s'agit donc d'un meurtre ? était-il en train de dire à la jeune femme.

— Pas « un » : plusieurs, indiqua-t-elle.

— Combien ?

— Au moins treize, et vous rendriez un immense service à la collectivité en nous aidant à attraper l'assassin.

— Qu'est-ce que je peux faire ?

— On a besoin de savoir à qui appartient une maison située près du sommet de Big Haven Mountain, répondit Hunter.

Kenzie sortit son téléphone de sa poche et sélectionna quelques-unes des photos qu'elle avait prises la veille du bungalow et de l'appentis. Elle se limita aux vues extérieures : les clichés de la « salle des trophées », notamment, auraient inutilement terrifié Arthur.

— Je vois ! s'écria ce dernier. Attendez-moi là !

Puis, l'air résolu d'un homme investi d'une mission, il pivota sur ses talons et disparut dans le labyrinthe des rangées d'étagères.

Quelques heures plus tard, Hunter et Kenzie remontaient en voiture avec une copie du document qu'ils étaient venus chercher.

— On a enfin un nom ! s'exclama Kenzie. Et ça ne nous a coûté que dix dollars… Ce n'est pas cher, pour une information aussi importante !

— Ne nous emballons pas ! déclara Hunter. Il faut découvrir où ce Cameron Bishop se trouve en ce moment et ce qu'il a fait pendant tout ce temps. Une chose est sûre, en tout cas : il n'habite pas, ou plus, ce bungalow à l'année.

— Tu penses que l'assassin est un homme finalement ?

— Je n'ai pas dit ça. Il peut s'agir de la femme de ce Bishop, ou de sa fille… Il est encore trop tôt pour affirmer quoi que ce soit.

Dans d'autres circonstances, les conseils de modération de Hunter auraient agacé Kenzie, mais, là, elle était trop contente pour s'en offusquer. La réussite de leur expédition avait chassé ses doutes du matin sur son utilité.

— Tu as raison, admit-elle, il faut attendre pour conclure d'avoir tous les éléments en main. Mais c'est comme quand on court un marathon et qu'on aperçoit la ligne d'arrivée : on a soudain envie d'accélérer, de sentir le ruban contre sa poitrine avant les autres concurrents.

— Un peu de patience, Desiree Linden !

— « Desiree » qui ?

— Linden. C'est la gagnante du marathon de Boston de 2018. Comme tous les spécialistes de cette discipline, elle te dirait que la précipitation peut provoquer une chute synonyme de défaite.

Kenzie prit son portable et annonça :

— Je vais téléphoner à Valri et lui demander de trouver le maximum d'informations sur ce Cameron Bishop.

— Il n'est pas un peu tard pour l'appeler ? Elle est peut-être déjà rentrée chez elle.

— On va voir.

Sans réponse au bout de quatre sonneries, Kenzie commençait à penser que Hunter avait raison lorsque sa cousine décrocha.

— Valri ? Kenzie, à l'appareil.

— Sois brève, parce que je suis sur le départ. J'ai atrocement mal au dos en ce moment, et mon mari m'a promis de me masser quand je rentrerais.

— D'accord… On a trouvé un nom, le lieutenant Brannigan et moi, qui ouvre une piste potentiellement prometteuse dans notre enquête.

— Rappelle-moi demain matin, et je m'en occuperai dès que je pourrai.

— Non, c'est tout de suite qu'on a besoin d'aide, Valri ! C'est très important : cette femme a déjà coupé en morceaux au moins treize hommes, et elle recommencera si on ne l'arrête pas rapidement.

— Vous êtes sûrs, maintenant, que c'est une femme ?

Cette question lui disant qu'elle avait capté l'attention de sa cousine, Kenzie estima pouvoir entrer dans les détails sans risquer de se faire raccrocher au nez.

— Oui, c'est une femme. On a découvert la maison où ses victimes ont été tuées, et on a le nom du propriétaire de cette maison. On a maintenant besoin d'un maximum d'informations sur ce dernier.

Un soupir, dans l'écouteur, lui indiqua que sa cousine capitulait.

— Bon, d'accord, donne-moi ce nom ! Je vais voir ce que je peux faire, mais ne t'attends pas à des miracles !

— De toi, j'en attends toujours, Valri ! s'exclama Kenzie avec un grand sourire. La personne qui nous intéresse s'appelle Cameron Bishop.

— Compris… Je te téléphonerai quand j'aurai quelque chose, mais ça peut prendre du temps, alors n'attends pas mon coup de fil pour aller te coucher !

— Tu sais très bien que je le ferai quand même ! Merci, Val…

Kenzie ne termina pas sa phrase : sa cousine avait coupé la communication.

— Que feras-tu « quand même » ? déclara Hunter lorsqu'elle eut raccroché.

— Valri m'a dit de ne pas attendre d'avoir de ses nouvelles pour aller me coucher.

Hunter allait lui conseiller d'écouter sa cousine, parce que les informations demandées ne seraient sans doute pas disponibles avant le lendemain, songea Kenzie.

Elle se trompait.

— Je connais une façon très agréable de faire passer le temps, annonça-t-il.

Le pouls de Kenzie s'accéléra.

— Vraiment ? Et de quoi s'agit-il ?

— À ton avis ?

— J'ai bien une petite idée sur la question…

— Et comme les grands esprits se rencontrent, il y a de grandes chances pour qu'on pense à la même chose ! s'écria Hunter en riant.

Kenzie reçut un appel de sa cousine le lendemain un peu avant 10 heures. Accompagnée de Hunter, elle descendit au service informatique, et Valri observa en la voyant :

— Tu as l'air aussi fatiguée que si tu n'avais pas dormi de la nuit ! Je t'avais pourtant dit de ne pas attendre que je te téléphone pour aller te coucher !

— J'ai étudié les éléments de l'affaire en notre possession jusqu'à tard hier soir, déclara Kenzie.

C'était faux, mais elle ne pouvait pas dire à sa cousine qu'elle avait passé la nuit à faire l'amour avec Hunter. Ce n'était pour lui qu'un moyen de la distraire pendant un moment de l'enquête en cours, et elle ne voulait pas qu'il la soupçonne de prendre leur liaison au sérieux.

Aucune des femmes avec lesquelles il était sorti n'avait pu le convaincre de se ranger… Cela signifiait qu'il refusait de se laisser mettre la corde au cou, et ce n'était pas elle, Kenzie, qui allait le changer !

— Alors, qu'est-ce que vous avez découvert, Valri ? demanda Hunter. Où peut-on trouver Cameron Bishop ?

— Aucune idée !

Une déception à la hauteur de ses espoirs submergea Kenzie.

— Mais vous avez quand même découvert quelque chose sur cet homme, n'est-ce pas, Valri ? insista Hunter.

— Oui. Je sais qu'il a disparu sans laisser de traces. Et ce n'est pas une grande perte : c'était quelqu'un de très déplaisant.

— Comment ça ?

— J'ai réussi à reconstituer son histoire. Il ne s'est jamais marié et a vécu pour l'essentiel dans l'ombre de son frère Steve qui, parti de rien, a fini par devenir milliardaire. Steve et sa femme sont morts un jour dans des circonstances suspectes, laissant derrière eux une fille, Camille, dont Cameron a récupéré la garde. Il a aussi obtenu de gérer jusqu'à sa majorité l'argent qu'elle a hérité de ses parents.

— J'ai le sentiment que cette histoire se termine mal, observa Kenzie.

— Il y a eu au fil des ans plusieurs signalements aux services sociaux de la part de voisins, poursuivit Valri, mais aucun n'a été suivi d'effet.

— Cameron a conservé la garde de sa nièce ? demanda Hunter.

— Oui, il est toujours arrivé à circonvenir les travailleurs sociaux, en leur faisant croire que Camille ne supporterait pas de ne plus habiter chez elle. Il s'agissait en effet de la maison de ses parents, où il était venu s'installer pour s'occuper d'elle – lui ne possédait en propre qu'un petit bungalow.

— Celui qu'on a trouvé avant-hier, souligna Kenzie.

— Oui, déclara Valri. Selon lui, Camille avait besoin d'une stabilité qu'il était la seule personne à pouvoir lui assurer. Et pendant ce temps, il la dépouillait apparemment petit à petit de son argent.

— Pourquoi les services sociaux sont-ils intervenus, au départ ? questionna Kenzie.

— Pour des soupçons de maltraitance. D'abus sexuels, plus précisément.

Bien que les pièces du puzzle commencent à s'assembler dans son esprit, Hunter demanda :

— Camille a fini par échapper à son oncle ?

— Oui, quand il a disparu. Ça m'a donné du mal, mais j'ai réussi à dénicher une photo de Camille Bishop prise par un employé des services sociaux à l'occasion de leur dernière intervention.

Valri tourna l'écran de son ordinateur vers ses visiteurs et reprit :

— Ça ne vous rappelle pas quelqu'un ?

# 24

Kenzie fixa la photo un peu floue que sa cousine avait trouvée.

— Ça pourrait être la petite sœur de la femme qui a volé l'argent de John Kurtz ! s'écria-t-elle.

— Ou cette même femme quand elle était adolescente, souligna Hunter.

Le scénario des meurtres perpétrés par la veuve noire commençait à prendre forme dans l'esprit de Kenzie.

— Et tu dis que des soupçons d'abus sexuels ont pesé sur Cameron Bishop, Valri ? déclara-t-elle.

— Oui, mais rien n'a jamais pu être prouvé. Il s'agissait de simples rumeurs.

— L'ADN de cet homme est peut-être répertorié quelque part... Dans un dossier médical constitué à l'occasion d'une opération chirurgicale, par exemple.

Hunter se tourna vers Kenzie.

— Où veux-tu en venir ?

— Je pense aux têtes et aux mains stockées dans l'appentis du bungalow. Et si Cameron Bishop avait été la première victime de Camille ? On peut imaginer qu'il ait utilisé cette maison isolée pour abuser d'elle en toute tranquillité, et qu'un jour elle se soit défendue. Folle de rage, non seulement elle l'aurait alors tué, mais coupé en morceaux... Si on récupère un échantillon de l'ADN de son oncle, le Dr Rayburn pourra le comparer à celui des victimes encore non identifiées, et je suis prête à parier qu'il trouvera une correspondance.

— Tu t'avances beaucoup ! observa Hunter.

— Je sais qu'il m'arrive de m'emballer mais, là, je suis sûre de ne pas me tromper ! Tu peux nous tirer la photo de Camille Bishop, Valri ?

— Oui, et je vais vous imprimer aussi la liste des pseudonymes que je lui ai découverts. Il y en a sept : Sheila Gibson, Dorothy Wilson, Penelope James, Colleen Alexander, Sally Marco, Miriam Howe et Rebecca Robertson.

— Mais elle en utilise peut-être un autre en ce moment, remarqua Hunter.

— Quel rabat-joie tu fais ! s'exclama Kenzie. Viens, on va aller parler au Dr Rayburn.

— Vous voulez que j'analyse l'ADN de toutes les victimes encore non identifiées de votre tueuse en série ? grommela le légiste.

— Ce n'est pas possible ? dit Kenzie d'un air faussement surpris.

— Bien sûr que si, mais ça prendra beaucoup de temps, et en plus, pour que ça serve à quelque chose, il faut que vous m'apportiez un échantillon de l'ADN de ce Cameron Bishop.

— Un de nos collègues est en train de s'en occuper, indiqua Hunter.

Avant d'entrer dans la morgue, en effet, il avait appelé Valdez et l'avait chargé de rechercher tout dossier médical relatif à Cameron Bishop.

— D'accord…, marmonna le légiste. Laissez-moi travailler, maintenant !

Les deux policiers quittèrent la morgue et, pendant qu'ils attendaient l'ascenseur, Kenzie déclara :

— Il faut trouver un moyen de localiser notre veuve noire… Des suggestions ?

Hunter réfléchit, puis il demanda :

— Qu'est-ce qu'elle ne cesse de faire ?

— Elle séduit des hommes d'âge mûr et les tue.

— Oui, bien sûr, mais en plus de ça ?

L'ascenseur arriva et, quand ils furent montés dedans, Hunter se pencha vers Kenzie. Troublée par sa proximité, elle demeura silencieuse.

— Allez, Kenzie ! insista-t-il. Tu connais la réponse !

Une bouffée de colère l'envahit. Elle n'avait aucune envie de jouer aux devinettes !

Et puis la lumière se fit dans son esprit.

— La veuve noire emmène ses victimes au bungalow pour les tuer parce qu'elle reproduit à chaque fois le meurtre de son oncle.

— Exactement ! Si elle choisit ses proies dans la tranche d'âge à laquelle Cameron Bishop devait appartenir quand elle s'est débarrassée de lui, c'est tout sauf un hasard !

— Et avant de les tuer, elle leur vole leur argent, mais pas par cupidité : parce que son oncle lui avait pris le sien !

La douloureuse histoire de Camille Bishop rendait maintenant évident le mobile de ses crimes. Cette femme n'en était pas moins une dangereuse psychopathe, qu'il fallait mettre le plus vite possible hors d'état de nuire.

L'ascenseur s'arrêta, la porte s'ouvrit, et Kenzie déclara en la franchissant :

— Je crois savoir ce que tu as en tête : tu veux surveiller le bungalow.

— Oui. Camille va forcément y retourner. Tu avais raison, tout à l'heure : c'est là que son oncle abusait d'elle, là qu'elle l'a tué, et en y emmenant ses proies elle assouvit sa soif de vengeance.

— Mais pourquoi n'a-t-elle pas prévenu la police, autrefois, ou dit aux services sociaux ce que son oncle lui faisait subir ? Pourquoi ce silence ?

— C'était compliqué pour elle de le dénoncer : Cameron était sa seule famille, après la mort de ses parents… Elle s'est retrouvée piégée dans une relation de dépendance envers un homme qu'elle haïssait sûrement, mais dont elle avait besoin.

— Peut-être, mais ceux qu'elle a tués ensuite ne lui avaient fait aucun mal, eux !

— C'est vrai, mais il ne faut pas demander à une déséquilibrée d'agir rationnellement ! Maintenant, si on allait voir ton oncle Brian pour l'informer de l'avancée de notre enquête et lui demander son feu vert pour l'opération de surveillance ? On va devoir constituer deux – voire trois – équipes de deux personnes, qui se relaieront pour observer le bungalow jusqu'à ce que Camille Bishop y amène sa prochaine victime.

— Ça va te paraître horrible, mais j'espère que ce sera bientôt. Et si c'est nous qui l'arrêtons, je n'hésiterai pas à l'abattre si nécessaire.

Kenzie scruta le visage de Hunter à la recherche d'un signe de réprobation avant d'ajouter :

— Ça fait de moi un monstre sanguinaire ?

Une onde de soulagement la parcourut lorsqu'elle vit un sourire se dessiner sur les lèvres de Hunter.

— Je ne pense pas, répondit-il, et si c'était le cas, nous serions deux à l'être, parce que je suis dans le même état d'esprit.

Ils avaient donc quelque chose en commun, songea Kenzie. Et ce constat lui apporta un immense soulagement.

Brian Cavanaugh donna tout de suite son accord à l'opération de surveillance du bungalow.

— Bon boulot ! dit-il à sa nièce et à Hunter à la fin de leur entretien. Continuez comme ça !

Valdez s'occupant de rechercher un dossier médical susceptible de leur fournir l'ADN de Cameron Bishop, les deux équipes de surveillance mises sur pied se composèrent de Kenzie et de Hunter d'une part, de Choi et d'O'Hara d'autre part. Pour commencer, elles se relaieraient toutes les douze heures et, s'il fallait à la veuve noire plus d'une semaine pour se trouver une nouvelle proie et l'amener au bungalow, d'autres équipes seraient constituées.

— Le camping a de moins en moins d'attrait pour moi ! déclara Kenzie à Hunter en tuant un énième moustique d'une tape sur son cou.

Ils étaient assis dans la voiture de Hunter garée en haut de Big Haven Mountain. De là, ils avaient une bonne vue sur le bungalow et pouvaient également repérer toute personne qui s'en approcherait en provenance de n'importe quelle direction.

— Je ne sais pas ce qui, des moustiques ou de la chaleur, m'incommode le plus ! reprit Kenzie.

— Et moi qui pensais que ma compagnie te ferait oublier tout ça !

— Ta compagnie ne m'est pas d'une grande utilité en ce moment. On est en planque, je te le rappelle !

Faire l'amour avec Hunter dans une voiture n'aurait pas déplu à Kenzie mais, quand elle était dans ses bras, elle oubliait tout le reste, et une opération de surveillance n'autorisait pas le moindre relâchement de l'attention.

— Ça fait maintenant presque une semaine qu'on observe ce bungalow vingt-quatre heures sur vingt-quatre, enchaîna Kenzie, dont l'impatience ne cessait de grandir. Je commence à me demander si on ne l'a pas découvert trop tard : Camille Bishop a peut-être décidé d'aller commettre ses crimes ailleurs, ou alors elle estime qu'avec treize victimes sa vengeance est assouvie.

Un moustique l'avait piquée à l'épaule. Cet endroit la démangeait et elle se tortillait pour tenter de l'atteindre quand, soudain, elle s'immobilisa et s'écria :

— Regarde, Hunter ! Une jeep vient de se garer sur le côté du bungalow !

Une silhouette émergea de l'avant du véhicule, et Kenzie souffla :

— C'est elle…

Un homme descendit de la jeep côté passager, et Hunter observa :

— Il est sur ses deux jambes.

— Oui, c'est déjà ça, dit Kenzie.

Ils virent la femme passer un bras sous celui de son compagnon, qui ne se doutait manifestement de rien. Quiconque n'aurait pas connu l'histoire de Camille Bishop aurait pris ces deux personnes pour un couple ordinaire.

Elle murmura quelque chose à l'oreille de l'homme. Il pressa le pas, et ils entrèrent ensemble dans le bungalow.

— On y va ! déclara Kenzie.

Puis, sans attendre l'avis de Hunter, elle bondit de la voiture et dévala la pente. Il se lança à sa poursuite pour l'empêcher d'intervenir seule, comme il l'en croyait capable.

Sans doute était-ce bête de sa part – et elle en serait agacée si elle le savait –, mais il voulait la protéger. Même si Kenzie n'avait rien d'une faible femme, la veuve noire avait peut-être un pistolet sur elle, et une arme à feu, dégainée et déchargée au bon moment, pouvait avoir raison en une seconde du plus solide des adversaires.

Kenzie et Hunter atteignirent en même temps le bas de la pente. Ils communiquèrent alors par gestes : elle allait entrer par la porte principale, et lui par celle du jardin, après avoir compté tous les deux jusqu'à vingt.

Un coup de pied suffit à chacun pour enfoncer « sa » porte, et ils comprirent immédiatement qu'ils arrivaient juste à temps : une minute de plus, et le couteau que Camille Bishop tenait à la main aurait égorgé sa dernière conquête.

— Lâchez ce couteau, Camille ! ordonna Hunter. Cet homme n'est pas votre oncle ! Lui, vous l'avez tué il y a des années !

Comprenant soudain qu'il venait d'échapper de justesse à la mort, l'homme en question poussa un cri et courut se réfugier derrière Hunter tandis qu'un hurlement s'échappait des lèvres de la veuve noire. Privée de sa proie, elle fixa sur les policiers des yeux remplis d'une telle haine qu'elle n'avait plus rien d'humain.

Kenzie lui arracha le couteau des mains… et ne s'aperçut qu'elle disposait d'une autre arme qu'en la voyant braquer sur elle un pistolet jusque-là caché dans le creux de son dos.

Hunter vint aussitôt se placer entre les deux femmes et engagea le combat avec Camille. Une détonation retentit, puis une autre…

La deuxième balle rata Kenzie de peu, et Hunter parvint ensuite à désarmer son adversaire. Après lui avoir immobilisé les bras dans le dos, il dit d'une voix étrangement sourde :

— Passe-lui les menottes, Kenzie, et fais-la s'allonger sur le sol, face contre terre.

Kenzie obéit, puis elle appela son oncle Brian pour le mettre au courant de la situation.

— C'est fini : la veuve noire est neutralisée, lui annonça-t-elle dès qu'il eut décroché.

Un bruit étrange attira soudain son attention. Elle se

tourna vers Hunter et vit qu'il était tombé à genoux. L'instant d'après, il s'écroulait.

— Hunter ! cria-t-elle, plus effrayée qu'elle ne l'avait été de toute sa vie.

Et sa peur grandit encore quand une tache rouge apparut sur la chemise de Hunter, s'agrandit…

— Que se passe-t-il, Kenzie ? déclara son oncle.

— Envoie-nous une ambulance et des renforts ! Hunter est blessé : Camille Bishop lui a tiré dessus… Non, envoie-nous plutôt un hélicoptère sanitaire : je ne suis pas sûre que Hunter tiendrait jusqu'à l'arrivée d'une ambulance.

— Entendu.

Kenzie coupa la communication et alla s'agenouiller près de Hunter. Il ouvrit alors les paupières et murmura :

— Ne t'inquiète pas, ça va aller.

— Ne parle pas, je t'en prie ! dit-elle, les larmes aux yeux. Il faut que tu économises tes forces… Mais qu'est-ce qui t'a pris d'intervenir ? C'était à moi que cette balle était destinée !

— Je sais.

— Tu n'es qu'un idiot ! s'exclama Kenzie.

— C'est comme ça que tu me remercies ?

— Je refuse de te remercier d'avoir pris une balle à ma place ! Et dès que tu seras sur pied, je te flanquerai une bonne raclée pour t'apprendre à être moins bête !

— J'ai… hâte.

Ce fut tout ce que Hunter parvint à articuler avant de perdre connaissance.

Les larmes que Kenzie essayait de retenir se mirent alors à couler sur ses joues, bientôt accompagnées de violents sanglots.

# 25

Les minutes suivantes furent les plus longues de toute sa vie tant elle craignait que Hunter ne meure dans ses bras. Elle crut même être sur le point de le perdre quand les secours s'annoncèrent, car il était alors inconscient depuis presque un quart d'heure et respirait de plus en plus faiblement.

Et puis, au moment où l'hélicoptère se posait près du bungalow, elle sentit les doigts de Hunter effleurer son poignet. Son cœur bondit dans sa poitrine.

— Tiens bon, Hunter ! lui murmura-t-elle à l'oreille. On va te soigner.

L'entendait-il ? Impossible à savoir, car il avait les paupières closes et les traits figés.

— On est à l'intérieur ! cria Kenzie à pleins poumons pour tenter de couvrir le bruit des rotors de l'hélicoptère.

— Je vais aller les chercher, déclara l'homme que l'intervention des deux policiers avait sauvé.

Dans son affolement, Kenzie l'avait presque oublié !

— D'accord, lui dit-elle.

Il revint moins d'une minute plus tard accompagné de deux secouristes et de Murdoch.

Ce dernier courut rejoindre Kenzie et lui demanda, les yeux fixés sur le visage livide de Hunter :

— Que s'est-il passé ?

— Cet idiot a jugé utile de barrer la route à une balle qui m'était destinée.

Kenzie se remit à pleurer et ne prit même pas la peine d'essuyer ses larmes. Son frère lui passa un bras autour des épaules, la releva et lui dit en l'éloignant doucement du blessé pour permettre aux secouristes de faire leur travail :

— Brannigan est un battant. Il va s'en sortir.

— Il a intérêt !

— On est prêts à y aller, lieutenant ! annonça l'un des secouristes à Murdoch.

— Je pars avec vous ! s'écria Kenzie.

L'homme interrogea Murdoch du regard et eut un hochement de tête affirmatif en guise de réponse.

— Je vais rester ici avec la prisonnière, indiqua ensuite Murdoch à sa sœur.

Puis, un peu tardivement, il se tourna vers le rescapé et lui demanda :

— Qui êtes-vous ?

— Je m'appelle Donavan Reese, et…

— C'est l'homme qui a failli devenir la victime numéro quatorze de cette femme, intervint Kenzie.

Les secouristes avaient maintenant allongé Hunter sur une civière. Elle les suivit et, au moment où elle franchissait le seuil du bungalow, elle entendit Camille Bishop répéter en ricanant :

— La victime numéro quatorze ? Il y a bien plus de treize macchabées enterrés dans les environs !

Si les secouristes n'avaient pas été en train de charger la civière dans l'hélicoptère, Kenzie aurait fait demi-tour et secoué la veuve noire jusqu'à ce qu'elle donne l'emplacement des corps.

Elle laissa cette tâche à son frère. Rien ne lui importait plus désormais que la vie de Hunter.

— Où l'emmenez-vous ? demanda-t-elle aux secouristes.

— À l'hôpital d'Aurora. Le personnel a été prévenu. On nous attend.

— Tu entends ça ? dit Kenzie en se penchant vers Hunter. Il y a des médecins qui attendent ton arrivée… Ils vont te remettre sur pied en un rien de temps !

L'hélicoptère se posa sur le toit de l'hôpital moins d'un quart d'heure plus tard. Les secouristes sortirent aussitôt la civière de l'appareil, et Kenzie courut derrière eux, le dos courbé et le souffle des hélices faisant voler ses cheveux.

Les deux brancardiers qui attendaient le blessé le prirent ensuite en charge et, dans l'ascenseur qui les emmenait au bloc opératoire, Kenzie chuchota à l'oreille de Hunter :

— On n'arrête décidément pas de prendre l'ascenseur ensemble, Brannigan…

Sauf pour descendre de l'hélicoptère, elle n'avait pas lâché sa main. Sans qu'elle puisse se l'expliquer, ce lien physique lui semblait indispensable à la survie de Hunter.

Toutes les salles d'opération de l'hôpital étaient situées au rez-de-chaussée. Ce fut devant la porte à double battant de l'une d'elles que Kenzie dut finalement lâcher la main de Hunter.

— Vous ne pouvez pas aller plus loin, l'informa le Dr Rogers, un chirurgien dont elle se souvenait vaguement.

— Je ne bouge pas d'ici, Brannigan ! cria-t-elle tandis que le lit, poussé par les brancardiers, franchissait la porte. Je t'attends, et je t'interdis de me poser un lapin !

— Tout ira bien, dit une voix dans son dos. Cet hôpital est l'un des meilleurs du pays.

Kenzie se retourna. Son oncle Brian était juste derrière elle, et elle vit à travers ses yeux embués de larmes qu'il n'était pas seul : son oncle Andrew, son cousin Shaw, sa tante Maeve et plusieurs autres membres de la famille Cavanaugh étaient là, eux aussi.

— C'est moi qui devrais être au bloc en ce moment ! leur expliqua-t-elle. La balle qu'il a reçue m'était destinée !

— Il a fait ce qu'il estimait devoir faire, lui dit Maeve. Inutile de revenir là-dessus ! Pense plutôt à l'aide que tu pourras lui apporter pendant sa convalescence.

Trop émue pour parler, Kenzie hocha la tête, et quand sa tante lui tendit les bras, elle alla y chercher la chaleur et le réconfort dont elle avait désespérément besoin.

Pendant que Hunter était en salle d'opération, les couloirs du rez-de-chaussée de l'hôpital se remplirent rapidement de policiers – accompagnés pour certains de leur femme ou de leur mari.

Eve Cooper, l'infirmière en chef du service, considéra d'un œil réprobateur tous ces gens entassés dans un espace relativement restreint et dit à la jeune collègue qui l'accompagnait :

— Regina Henderson, à qui j'ai succédé, m'avait prévenue : dès qu'un policier est amené ici après avoir été blessé dans l'exercice de ses fonctions, tout le commissariat débarque. Sur le moment, j'ai cru qu'elle exagérait, mais elle parlait visiblement d'expérience !

Puis, haussant la voix pour se faire entendre par-dessus le brouhaha ambiant, elle reprit :

— S'il vous plaît ! Vous ne pouvez pas rester là ! Vous allez désigner une personne ou deux à qui je donnerai des nouvelles du patient et qui vous les transmettront. Les autres, *rentrez chez vous !*

Voyant à l'expression de Kenzie qu'une violente dispute menaçait, Andrew se hâta d'intervenir :

— Désolé, madame, mais nous voulons *tous* savoir

comment s'est passée l'opération *dès* qu'elle sera terminée. Nous ne partirons pas avant. Attendre près du téléphone est trop éprouvant pour les nerfs.

Sans doute impressionnée par la calme assurance et l'autorité naturelle de son interlocuteur, l'infirmière déclara sur un ton radouci :

— J'imagine que je ne peux pas vous mettre tous dehors à moi toute seule...

— J'en doute, en effet.

— Vous me promettez de partir quand votre collègue aura quitté le bloc ?

— Oui. Ne resteront que les quelques personnes autorisées à l'accompagner dans sa chambre.

— Bon, d'accord, mais rassemblez-vous au moins par petits groupes, au lieu d'encombrer l'ensemble du rez-de-chaussée !

— Entendu.

Une fois les infirmières parties, Brian s'approcha de son frère aîné et observa malicieusement :

— On dirait que ton charme légendaire agit toujours !

— Cette femme fait son travail en tant qu'infirmière en chef, et moi le mien en tant que chef de la famille Cavanaugh, dit Andrew avec bonhomie.

— « Chef de »... je te déconseille de répéter ça devant papa !

— Aucun risque : je ne suis pas suicidaire.

Toujours debout devant la porte qui menait au bloc opératoire, Kenzie entendait et voyait à peine ce qui se passait autour d'elle. Ses frères et sa sœur Skylar étaient venus lui apporter leur soutien, et elle les avait remerciés, mais son attention était concentrée sur la porte qui la séparait d'un homme qu'elle craignait de ne plus jamais revoir vivant.

Au bout de deux heures et demie, cette porte s'ouvrit enfin, et le Dr Rogers apparut.

— On a extrait la balle, annonça-t-il. Elle a causé une grosse hémorragie interne, mais on a réussi à la stopper à temps. Le lieutenant Brannigan était heureusement en excellente santé, sinon il n'aurait pas survécu. Maintenant, les prochaines quarante-huit heures vont être cruciales, mais sauf complication imprévue, je pense que votre collègue se remettra complètement de sa blessure.

— Merci, docteur, dit Shaw au nom de toutes les personnes présentes. Nous voilà rassurés.

— On va le garder en salle de réveil pendant une heure encore, puis le monter dans sa chambre.

Reconnaissant ensuite en Kenzie la jeune femme aux vêtements tachés de sang qui avait voulu accompagner le blessé au bloc, le chirurgien lui déclara :

— Vous pourrez alors aller le rejoindre.

— Merci, murmura-t-elle.

— Je te ramène d'abord chez toi pour que tu te changes ? suggéra Maeve.

— Non, je ne partirai pas d'ici avant que Hunter ait ouvert les yeux. Mais c'est gentil de me le proposer.

— C'est tout naturel, ma chérie ! s'écria sa tante en la reprenant dans ses bras. La famille est là pour toi, et pour Hunter aussi, parce qu'il en fait partie.

Ces derniers mots remplirent de joie le cœur de Kenzie.

Bien que consciente d'avoir l'air de sortir d'une rixe, Kenzie tint parole : elle refusa de rentrer chez elle tant que Hunter ne serait pas réveillé.

Assise à son chevet, elle passa ainsi de longues heures à lui parler en lui tenant la main. Quand elle ne trouvait plus rien à lui dire, elle lui faisait la lecture. Deux ou trois fois, la fatigue la terrassa, et elle succomba au sommeil, mais pas longtemps : c'était comme si, inconsciemment, elle craignait que Hunter ne rouvre les yeux pendant ce temps.

Le lendemain matin, Skylar lui apporta des vêtements de rechange. Elle les enfila et remit les autres à sa sœur.

— Ne te donne pas la peine de les laver : jette-les ! Même propres, ils me rappelleraient de trop mauvais souvenirs.

— D'accord ! Il faut que je te laisse, maintenant. Je sais que tu t'inquiètes parce que Hunter n'a pas encore repris connaissance, mais tu ne devrais pas : il va s'en sortir.

— Oui, c'est ce que tout le monde me dit.

Une fois seule, Kenzie retourna s'asseoir près de Hunter et le regarda avec attention. Pas un muscle de son visage n'avait bougé depuis son installation dans cette chambre, et elle se surprit alors à implorer le ciel.

Quand les gens demandaient un miracle, qu'offraient-ils en échange ?

— Je donnerai de l'argent aux bonnes œuvres, je travaillerai bénévolement dans une association caritative, je prendrai le voile s'il le faut, mais s'il vous plaît, *s'il vous plaît,* ramenez-le-moi ! Je ne pourrai pas vivre dans un monde qu'il aura quitté.

Fermant les paupières, elle continua de prier jusqu'à perdre la notion du temps.

— Kenzie ? Qu'est-ce que tu marmonnes ?

Bien que certaine d'être victime d'une hallucination, elle ouvrit les yeux…

Ceux de Hunter étaient ouverts, eux aussi, et ils la fixaient.

# Épilogue

Une fois réveillé, Hunter se rétablit si vite que le Dr Rogers lui-même en fut surpris.

— Vous êtes vraiment extraordinaire ! s'écria le chirurgien trois jours après son admission, quand il l'autorisa à quitter l'hôpital.

— On me dit souvent ça, en ce moment…, observa Hunter avec un regard appuyé en direction de Kenzie.

Venue le chercher pour le ramener chez lui, cette dernière déclara au médecin :

— Il délire, docteur ! Vous devriez le garder encore un peu.

— Non, il est prêt à partir : j'ai signé son bulletin de sortie… Prenez soin de vous, lieutenant Brannigan ! Et à l'avenir, tâchez d'éviter de vous retrouver sur la trajectoire d'une balle !

— Je ferai de mon mieux.

Le Dr Rogers s'en alla, et Kenzie remit à Hunter les vêtements qu'elle lui avait apportés.

— Tu as besoin d'aide pour t'habiller ? s'enquit-elle.

— Pour me déshabiller, éventuellement…

— Très drôle !

Alors que Kenzie se dirigeait vers la salle de bains pour y prendre les affaires de toilette de Hunter, il l'arrêta en refermant une main sur son poignet et indiqua :

— Pendant qu'on est encore seuls, il faut que je te demande quelque chose.

Les mots sortaient difficilement de sa bouche. Pour la première fois de sa vie, il avait à poser une question dont dépendait tout le reste de son existence.

— Oui, je veux bien te servir de chauffeur jusqu'à ce que tu sois complètement rétabli, dit Kenzie.

— Merci, mais il ne s'agit pas de ça.

La gravité de Hunter inquiéta Kenzie. Elle ne savait pas du tout à quoi s'attendre.

— Je t'écoute…, murmura-t-elle.

— Eh bien, comme tu m'as vu sous mon plus mauvais jour et que tu n'es pas partie en courant, peut-être que… qu'on pourrait officialiser les choses ?

La jeune femme fixa Hunter en silence pendant un moment qu'il trouva très long, et il se rendit compte qu'il retenait son souffle.

— Quelles choses ? finit-elle par déclarer.

— Bon sang, Kenzie, tu ne comprends donc pas que c'est une demande en mariage ? Je ne veux pas attendre que tu te trouves un homme moins amoché que moi !

Pour le taquiner, Kenzie fit mine de réfléchir, puis elle répondit :

— Je ne peux pas t'épouser.

D'abord comme sonné, Hunter reprit le dessus et s'exclama :

— Tu peux me dire pourquoi tu refuses de m'épouser ? Et si c'est pour une raison qui ne me paraît pas pertinente, je te préviens : je reviendrai à la charge jusqu'à ce que tu changes d'avis !

— Je ne peux pas t'épouser parce que j'ai conclu un accord avec une puissance supérieure : si elle te laissait la vie sauve, je devrais prendre le voile.

Kenzie avait l'air si sérieuse que Hunter se demanda si elle plaisantait ou non. Dans le doute, il observa :

— Tu ferais une très mauvaise religieuse.

Un sourire se dessina sur les lèvres de la jeune femme, s'agrandit…

— C'est ce que cette puissance supérieure m'a dit, et elle a donc préféré accéder à ma demande sans contrepartie.

— Tu es complètement folle, MacKenzie Cavanaugh, tu sais ça ? s'écria Hunter, infiniment soulagé.

— Oui, et on est donc faits l'un pour l'autre, parce que aucun homme sain d'esprit n'aurait l'idée de barrer la route à une balle !

— C'est oui, alors ? Tu veux bien m'épouser ?

— Non.

— Pardon ?

— C'est *mille fois* oui !

Hunter attira alors Kenzie sur ses genoux et l'embrassa passionnément.

Il avait trois jours à rattraper… Autant commencer tout de suite !

Retrouvez prochainement,
dans votre collection

# BLACK ROSE

**Quelqu'un te surveille, d'Amanda Stevens - N°638**

LES DISPARUES DU LAC ECHO - 3/3

« Il revient... » Chaque soir, Ellie reçoit ce message anonyme pendant l'émission de radio qu'elle anime. Hantée par le souvenir de la nuit fatale durant laquelle deux de ses amies ont disparu, terrifiée à l'idée que l'homme qui les a enlevées est peut-être de retour, elle accepte d'enquêter aux côtés de Sam Reece, un séduisant agent du FBI qui a rouvert ce dossier vieux de quinze ans...

**Au mépris des menaces, de B.J. Daniels**

Aussi belle que farouche... Dès sa rencontre avec Maureen Mortensen, Brick Savage comprend que ses échanges avec la troublante policière vont être houleux. Pourtant c'est à lui qu'elle a fait appel pour retrouver la personne qui a détruit sa famille. À lui qu'elle a confié cette enquête complexe dans laquelle ils vont avancer côte à côte en dépit du danger...

---

**Précieuse mission, de Carla Cassidy - N°639**

Des jumeaux ! Abasourdi, Dallas écoute Avery qu'il vient de croiser alors qu'il patrouillait en ville. Ainsi la jolie juriste avec laquelle il a partagé une folle nuit de passion, sept mois plus tôt, est enceinte de lui... Aussitôt, sa décision est prise : il va assumer cette paternité inattendue et protéger Avery qui, suite à l'arrestation d'un dangereux criminel, a reçu plusieurs lettres de menaces...

**Une présence rassurante, de Julie Miller**

Messages anonymes, voiture piégée... Qui s'acharne sur Hazel Cooper, la vétérinaire de la ville, et ses deux filles ? Son ex-mari, récemment libéré de prison et qui n'a pas le droit de revoir sa famille ? L'une des victimes qu'il a escroquées et qui cherche à se venger ? Désespérée, Hazel confie son désarroi à Jedediah Burke. Et tombe peu à peu amoureuse du beau et rassurant sergent...

Retrouvez prochainement,
dans votre collection

# BLACK ROSE

**Un bébé à choyer, de Regan Black - N°640**

Comment peut-on abandonner son enfant ? C'est la question que se pose Fox Colton le soir où il découvre un bébé devant sa porte. Déstabilisé, il se demande ce qu'il va faire de lui lorsqu'une jeune femme en quête de travail se présente au ranch. Séduit par son dynamisme, Fox lui propose de l'embaucher comme baby-sitter avant de se lancer à la recherche des parents du bébé…

**L'imprudente cavale, de Janice Kay Johnson**

Après le crash de l'avion qui l'emmenait à Seattle où elle doit témoigner dans un procès pour meurtre, Maddy Kane se retrouve seule, blessée, en pleine montagne. Alors qu'elle tente de s'orienter, elle est secourue par Will Gannon, un randonneur solitaire qui, bon gré mal gré, accepte de l'héberger. Mais le trajet jusqu'à la vallée est long et semé d'embûches et ils se rendent compte bientôt qu'un hélicoptère les a pris en chasse…

---

**Pour la vie d'une enfant, de Delores Fossen- N°641**

Le cœur broyé par le chagrin, Addison relit la lettre de la mère porteuse à qui elle a fait appel pour avoir sa petite Emily. Ainsi, c'est à cause du sombre trafic dans lequel cette femme a trempé que son bébé a été enlevé… Mais aussitôt Addison se ressaisit. Elle sait qui peut l'aider à retrouver sa fillette disparue : Reed, l'adjoint du shérif. Reed, son ex-fiancé dont elle s'est séparée il y a quelques mois…

**Et si c'était elle, de Beth Cornelison**

Se pourrait-il que Grace, sa fille, soit toujours en vie ? Cette idée obsède Elise depuis qu'un couple rencontré dans un groupe de soutien et qui, comme elle, a perdu un bébé à la naissance, lui a parlé d'un trafic de bébés… Et, si Grace est vivante, se pourrait-il qu'elle ne soit autre qu'Isabel, le bébé adopté par Jared Coleman, qui fréquente lui aussi le groupe de soutien ?

# OFFRE DÉCOUVERTE !

Vous souhaitez découvrir nos collections ? Recevez **votre 1er colis gratuit* av** **1 cadeau surprise !** Une fois votre colis de bienvenue reçu, si vous souhait continuer à recevoir nos livres, cela se fera automatiquement. Vous recevrez alc vos livres inédits** en avant-première.

Vous n'avez aucune obligation d'achat et cette offre est sans engagement de duré

*1 livre offert + 1 cadeau / 2 livres offerts pour la collection Azur + 1 cadeau.
**Les livres Ispahan, Sagas, Gentlemen et Hors-Série sont des réédités.

**☛ COCHEZ la collection choisie et renvoyez cette page au**
**Service Lectrices Harlequin – CS 20008 – 59718 Lille Cedex 9 – France**

| Collections | Références | Prix colis* |
|---|---|---|
| ❑ **AZUR** | Z1ZFA6 | 6 livres par mois 29,39€ |
| ❑ **BLANCHE** | B1ZFA3 | 3 livres par mois 24,15€ |
| ❑ **LES HISTORIQUES** | H1ZFA2 | 2 livres par mois 16,89€ |
| ❑ **ISPAHAN** | Y1ZFA3 | 3 livres tous les 2 mois 23,85€ |
| ❑ **PASSIONS** | R1ZFA3 | 3 livres par mois 25,59€ |
| ❑ **SAGAS** | N1ZFA3 | 3 livres tous les 2 mois 28,26€ |
| ❑ **BLACK ROSE** | I1ZFA3 | 3 livres par mois 25,59€ |
| ❑ **VICTORIA** | V1ZFA3 | 3 livres tous les 2 mois 26,19€ |
| ❑ **GENTLEMEN** | G1ZFA2 | 2 livres tous les 2 mois 17,35€ |
| ❑ **HARMONY** | O1DFA3 | 3 livres tous les mois 20,16€ |
| ❑ **ALIÉNOR** | A1ZFA2 | 2 livres tous les 2 mois 17,35€ |
| ❑ **HORS-SÉRIE** | C1ZFA2 | 2 livres tous les 2 mois 17,85€ |

N° d'abonnée Harlequin (si vous en avez un) ____________

Mme ❑ Mlle ❑ Nom : ____________

Prénom : ____________ Adresse : ____________

____________

Code Postal : ______ Ville : ____________

Pays : ____________ Tél. : ____________

E-mail : ____________

Date de naissance : ____________

**Date limite : 31 décembre 2021.** Vous recevrez votre colis environ 20 jours après réception de ce bon. Offre soumise à acceptation et réservée aux personnes majeures, résidant en France métropolitaine, dans la limite des stocks disponibles. Prix susceptibles de modification en cours d'année. Vous pouvez demander à accéder à vos données personnelles, à les rectifier ou à les effacer. Il vous suffit de nous écrire en nous indiquant vos nom, prénom et adresse à : Service Lectrices Harlequin CS 20008 59718 LILLE Cedex 9. Service Lectrices disponible du lundi au vendredi de 9h à 17h : 01 45 82 47 47.